웃음

채영주 장편소설

지은이의 문학과지성사판 소설집

가면 지우기 (1990)

채영주 장편소설
웃 음

초판발행/ 1996년 4월 15일
3쇄발행/ 1996년 12월 16일

지은이/ 채영주
펴낸이/ 김병익
펴낸곳/ ㈜**문학과지성사**
등록번호/ 제10-918호 (1993. 12. 16)

서울 마포구 서교동 363-12호 무원빌딩 (121-210)
편집: 338) 7224~5 · 7266~7 FAX 323) 4180
영업: 338) 7222~3 · 7245 FAX 338) 7221

ⓒ 채영주, 1996. Printed in Seoul, Korea
ISBN 89-320-0793-4

값 6,500원

* 잘못된 책은 바꾸어드립니다.
* 지은이와 협의에 의해 인지는 생략합니다.
* 이 책의 판권은 엮은이와 문학과지성사에 있습니다.
  양측의 서면 동의 없는 무단 전재 및 복제를 금합니다.

웃음

채영주 장편소설

1

 영인이 몇 시간이고 미동도 없이 웅크리고 앉아 무언가를 들여다보고 있다면 그건 예외 없이 레오노라 캐링턴의 그림책이었다. 거기에는 온갖 얄궂은 형상들이 요상하고 신비스럽게 뒤엉켜 있었다. 지구의 반대쪽 멕시코라는 나라에서 대양을 헤엄쳐온 책답게.
 그녀가 그 그림책을 갖게 된 것은 삼 년 전, 아직 광고회사에 몸담고 있을 때였다고 했다. 맥주 광고를 찍기 위해 뉴욕을 다녀왔던 한 선배가 빌리지의 헌 책방을 뒤지다 우연히 발견하고는 그녀를 떠올리며 샀다는 것이었다. 나는 그 선배라는 작자를 만나볼 기회가 없었다. 그녀가 내게로 온 것은 광고회사를 집어치우고도 한참이 지난 다음이었으니까. 하지만 나는 그가 대단히 정확한 안목의 소유자임을 의심할 수 없었다. 그날 이후 그 책은 그녀의 재산 목록 제1호가 되었음이 분명했던 것이다.

그림책 여기저기에 흩어져 있는 해설에 따르면 캐링턴의 작품은 두 가지 커다란 축을 가지고 있었다. 페미니즘과 신화주의가 그것들이었다. 그녀는 대단히 여성적인 상상력과 직관을 통하여 고대 신화의 세계로 작품을 이끌어갔노라고 했다. 아주 오래 전, 지구상의 인간들이 몇 개의 커다란 종족으로 나누어지던 무렵으로. 그 무렵의 아스라한 전설들로. 그런 해설을 읽고서 다시 그녀의 그림을 보면 나처럼 무지한 독자에게도 약간의 느낌은 오는 듯했다. 그림에 주로 등장하는 인물들은 몹시 신비한 분위기를 풍기는 여자들이었다. 여성 예언자라든가 마녀, 여사제, 혹은 여신과 같은. (남자들도 드물게 등장했지만 악인이나 적의 역할이 고작이었다.) 게다가 캐링턴이 그녀들을 등장시키는 방법은 대단히 여성적인 소도구를 통해서였다. 그림의 구석구석에는 여성들의 일상에 익숙한 물건들, 이를테면 가재도구나 바느질 거리, 주방 기구 등속이 널려 있었고 그 주변으로는 두 팔을 날개처럼 치켜들고 주문을 외는 여자들의 모습이 있었던 것이다.

"그걸 왜 굳이 주문을 외는 거라고 생각하죠?"

언젠가 영인은 그 그림들에 대한 내 나름의 해석 방식에 이의를 제기한 적이 있었다. 「작은 섬 집 앞의 채마밭」이라는 그림을 보고 있을 때였다. 그런데 나는 그녀의 이의를 이해할 수 없었다. 주문이 아니라면 그게 무엇이란 말인가. 그림의 한가운데는 작지 않은 채마밭이 있었다. 그곳에는 꽤 여러 마리의 닭들이 있었고, 닭의 요정 모양을 한 여자들이 대여섯쯤 둘러서 있었다. 그들 중 한 명은 커다란 사과나무 위에 쪼그리고 앉아 험상궂은 얼굴을 짓고 있기도 했다. 그리고 그녀들은 한결같이 진지한 표정으로 입술을 옴짝거리고 있었던 것이다.
"그럼 이걸 뭐라고 하지? 이렇게 심각한 모습들로, 요정들이 잡담이라도 나누는 거야?"
"요정들은 잡담을 나눠서는 안 된다는 투로군요."
그녀는 내가 잡담이란 낱말의 뜻을 이해하지 못하는 게 아니냐는 듯 그렇게 말했다. 나는 그녀에게 다시 물었다. 그럼 요정들이 지금 나누는 잡담이라는 건 어떤 얘기들일 것 같으냐고. 내가 납득할 만한 거라면 나도 동의하겠노라고. 그녀는 별로 머뭇거리지도 않고 그 잡담의 소재를 찾아내었다.
"채마밭에 관한 거겠죠. 올해는 배추와 무가 잘 익었다거나 사과도 잘 열렸는데 아이들이 자꾸 서리를 해먹어서 걱정이라거나. 누구네는 무슨 비료를 썼더니 양파가 몇 배나 굵어졌다는 얘기도 있을 테구요."
영인과 얘기를 나눌 적에 종종 나를 안타깝게 만드는 것은 그녀에게는 도무지 잡담과 대화의 경계가 구분되어 있지 않다는 느낌이었다. 그 두 가지는 적어도 내게는 보색 관계에 있는 두 장의 손수건처럼 달랐다. 그러나 그녀의 입을 통해서 흘러나올 적에는 마술사의 모자로부터 끊임없이 빠져나오는 색색의 헝겊들처럼 맺고 끊음이 없었다. 나는 얼른 몇 페이지를 넘겨 눈여겨보아두었던 또 한 장의 그림을 찾아내었다. 「태양과 다른 별들을 움직이는 사랑」이라는 아름다운 제목을 가진 그림이었다. 그 그림에는 앞의 채마밭에서 본 듯한 일단의 여자들이 다시 등장하고 있었다. 그런데 그녀들은 모두 무언가에 도취된 모습으로 어딘가를 향해 몰려가고 있었다. 그녀들이 가는 곳 저만치에는 눈부신 빛이 반짝이고 있었고. 그녀들을 유혹하듯, 혹은 인도하듯.
 "이 여자들에 대해서는 뭐라고 설명할 거야? 이 그림에 나오는 여자들이 바로 채마밭에서 중얼거리던 닭의 요정들이란 점엔 동의하겠지. 그런데 이 여자들도 야채와 과일에 대해 잡담이나 나누려고 저 아득한 빛을 좇아가는 걸까?"
 나는 자신있는 목소리로 그녀를 다그쳤다. 적어도 이 두번째 그림에 대해서는 그녀가 머뭇거리지 않을 수 없으리라 생각하며. 그러나 그녀는 오히려 안타깝다는 듯 고개를 저었다. 하기야 그것은 그녀의 잘못이 아니었다. 우리가 같은 집에서 살았던 지난 일 년 반 동안 그녀가 내 짐작대로 움직여준 경우는 거의 한번도 없었다. 나는 잠시 그 사실을 잊고 있었던 것이다.
 "이따금 말예요, 난 민재형이 연극을 하는 이유는 뭘까 하는 의문에 잠길 때가 있어요. 가슴속에 과연 어떤 의미를 간직하고 있길래 연극이라는 허수아비에 그토록 연연해하는 걸까 하구요."
 나는 다만 캐링턴의 그림책에 대해서 이야기를 나누고 싶었을 뿐이었다. 그런데 영인은 불쑥 화살의 끝을 내 심장으로 돌려대고 있었다.
 "형도 모르는 바는 아니겠지만, 여자들이 원하는 건 아주 단순해요. 이 그림 속의 요정들처럼 채마밭에 둘러서서 수확할 작물에 대해 잡담이나 나눌 수 있다면 그것으로 족해요. 그러고 있어도 세상이 평화롭고 아름답기만 하다면 말예요. 그런데 남자들은 여자들의 그 소박한 소망을 충족시켜주지 못했어요. 세상을 갈기갈기 찢어서는 투전판으로 만들어버렸어요. 그래서 여자들은 여자들의 힘으로라도 돌아가려는 거예요. 저 빛이 반짝이는 아득한 고대의 평화로. 그런데 뭐라구요? 여자들이 험상궂게 둘러서서는 주문이나 외고 있다구요? 어떻게 그런 말을 할 수가 있죠?"

나는 별로 할말이 없었다. 그녀와 그런 논쟁을 시작한 게 후회스러울 따름이었다. 그림책은 벌써 삼 년째 그녀의 소유였고, 그 사이 그녀는 자기 나름대로의 이야기를 수백 편도 더 만들어보았을 테니 말이다.

어쩌면 영인이 그런 과정을 거쳐서 만들어낸 해석은 캐링턴이 애당초 자신의 그림에다 부여한 의미와 크게 다르지 않을지도 몰랐다. 캐링턴과 영인은 모두 같은 여자들이었고, 그런 점에서 그들은 나보다는 훨씬 더 서로에게 가까이 다가서 있었으니까. 그러나 영인이 그녀의 그림을 좋아하게 된 배경에는 또 한 가지의 이유가 있었다. 그것은 영인이 여행을 무척이나 좋아한다는 사실이었다. 그녀는 기회만 되면 커다란 배낭을 짊어지고 광활한 땅을 헤매고 다녔다. 특히 태국이라는 나라를 좋아하여 그 기다란 남과 북을 아마 보리밭처럼 누비고 다녔을 것이었다. 그런데 레오노라의 그림에는 여행에의 상상력을 자극하는 수많은 상징들이 담겨 있었던 것이다. 아득한 곳에서 흘러나오는 빛이라든가 날개를 펼친 새, 망토를 입은 여인 등과 같이.

"틀림없어요. 캐링턴은 아마 여행광이었을 거예요. 훤히 보인다니까요."

영인은 이따금 그렇게 중얼거리곤 했다. 나는 특별히 대꾸할 필요성을 느끼지 못했지만 한마디씩 반응을 보일 적도 있었다. 그럴 테지. 그림이니 사진이니 하는 사람치고 여행을 자주 다니지 않는 작가가 어디 있겠어. 그러면 그녀는 고개를 저었다.

"여행에 미쳤다는 건 여행을 자주 다닌다는 것과는 달라요. 그건 여행의 횟수나 빈도와는 아무런 상관도 없는 거라구요."

"그게 무슨 소리지? 그럼 뭐와 관계가 있다는 거야?"
"글쎄요. 그건 아마, 아무것과도 관계가 없을 거예요…… 그냥 그거죠. 여행에 미쳤다는 것."
 그녀는 그뒤의 설명을 계속하지 않았다. 아마 그녀로서도 그걸 설명하기는 쉽지 않은 까닭일 것이었다. 그러나 그녀의 삶을 일 년 반 동안 지켜보아온 내게는 그녀가 말하고자 하는 바가 어렴풋이 느껴지는 듯도 했다. 그녀는 이런 얘기를 하려는 게 아니었을까. 여행에 미쳤다는 건 삶이 언제나 여행을 지향함을 뜻하는 것이라고.
 실제로 영인은 그리 잦은 여행을 다니는 편은 못 되었다. 그녀는 자기 힘으로 자신의 삶을 꾸려나가야 할 생활인이었고 따라서 많은 역할과 의무들에 구속되어 있었던 것이다. 그러나 그녀의 방 한구석에는 언제나 커다란 배낭이 세워져 있었다. 그 배낭에는 자잘한 여행 필수품들이 가득가득 채워져 있었다. 양말, 속옷, 반바지, 깡통따개, 빗, 그녀가 가고 싶은 나라의 여행 안내서 한 권, 그리고 칫솔과 세면도구에 이르기까지. 뿐만 아니라 그녀는 배낭 속의 물건들을 직접 꺼내어 이용하기도 했다. 어지간히도 여행을 떠나고 싶은데 여건이 그렇지 못할 때, 아마 그녀는 그런 행동으로 스스로를 속이고 달래는 모양이었다.
 영인의 그런 버릇을 내가 알게 된 것은 우리의 공동 생활이 시작되고도 몇 달이 지나서였다. 원래 호기심이 많은 편도 아니었던 데다 그녀의 방에 대해서는 의도적으로 신경을 끊고 있었던 터라 나는 서너 달이 지나도록 그 방을 들여다볼 기회가 없었다. 그러던 어느 날 우연히 욕실에 그녀의 칫솔이 걸려 있지 않음을 알게 되었다. 그녀가 매번 방으로부터 양치질을 시작한다는 사실을 깨달은 나는 배낭의 존재까지도 알아내게 되었다. 처음에 나는 그녀를 조롱하려 했었다. 소풍을 하루 앞둔 국민학생도 아니고 그게 무슨 짓이냐고. 하지만 여행이라는 게 그녀에게 얼마나 소중한 신앙이었던가를 알고서는 그런 생각을 그만두었다. 그녀에게 여행은 단지 배낭을 짊어지고 비행기를 타는 것이 아니었다. 그녀는 여행을 자신의 숙명으로 이해하고 있었다. 혹은 모든 인간들의. 인생이라는 것조차도 그녀는 어떤 거대한 여행의 아주 작은 한 부분에 불과한 것으로 믿고 있었던 것이다.

"그게 무엇인지는 나도 몰라요. 어디를 향해 가고 있는지, 어느 만큼의 시간이 소요되는 것인지. 알려고 해본 적도 없구요. 하지만 왠지 그런 느낌이 들어요. 삶이란 건 어떤 거대한 그래프의 꼭 지점에 불과하다는 느낌 말예요."

글쎄다. 여행에 대한 그처럼 형이상학적인 상념이 잡동사니로 가득 찬 배낭과 어떻게 어우러지는가에 대해서는 나도 아는 바가 없다. 다만 내가 얘기할 수 있는 것은 그녀의 삶이 모든 구체성과 추상성을 아우르며 여행을 지향하고 있었다는 사실이다.

길을 가다가 예쁘고 단단해 보이는 주머니칼이 있으면 그녀의 눈은 동전만하게 커졌다. 누군가가 천국으로 가는 좁고 험한 길에 대해서 연설을 늘어놓을 적이면 그녀는 숨을 죽였다. 심지어 그녀는 우주 여행의 비밀을 안고 있다는 웜홀에 대해서까지도 깊은 관심을 갖고 있었다. 두 개의 블랙 홀이 어마어마한 중력으로 연결되어 만들 수도 있다는 그 가상의 터널에 대하여 그녀는 수없이 많은 진지한 질문들을 던졌다. 그 터널을 통과하기 위해서는 우선 첫번째 블랙 홀로 빨려들어가야 할 텐데, 그러면 우리 몸은 밀도 무한대의 점이 되어버릴 텐데, 그러고서도 맞은편의 화이트 홀에서 예전의 모습으로 토해질 수 있을까. 안성기가 최진실이 되고 공룡은 풍뎅이가 되는 엉뚱한 사건들이 연발하지는 않을까. 그렇잖으면 그 터널은 우리의 사후 여행을 위해서 신이 준비한 비밀통로인 것일까. 영혼들의 여행을 위해서. 영혼에게는 질량이나 밀도 따위가 없을지도 모르니까.

여행에 관한 한 영인은 그녀 자신이 하나의 블랙 홀이라고도 할 수 있었다. 주위를 떠도는 여행과 관계된 모든 것을 그녀는 강력한 진공청소기처럼 빨아들이고 있었다. 생각하고 움직이고 스스로 판단하는 용량 무한대의 진공청소기처럼. 그처럼 게걸스러운 모습은 내게 거대한 로켓을 떠올리게 하기도 했다. 멀고 긴 우주로의 여행을 위해서 이제 곧 카운트다운에 들어갈 로켓. 그래서 엄청나게 많은 양의 연료와 산소와 식량을 닥치는 대로 쑤셔넣고 있는 로켓. 물론 내가 얼핏이라도 그런 말을 하면 영인은 두 눈을 동그랗게 떴다.

"무슨 소릴 하는 거예요. 내가 가진 거라곤 저 자그마한 배낭 하나뿐이란 말예요."

하기야 그녀의 말에도 일리는 있었다. 세속적인 부의 관점에서 보자면 그녀는 정말이지 가진 게 없었으니까.

2

 그날도 영인은 소파 위에 잔뜩 웅크리고 앉아 캐링턴의 그림책을 들여다보고 있었다. 두 팔로 두 개의 자그마한 무릎을 감싸고서. 내가 현관문을 밀고 들어서도 쳐다보지 않았고 저녁을 먹었느냐는 말에도 대꾸하지 않았다. 만약 사정을 잘 모르는 사람이 그런 장면을 보았다면 우리가 아주 사납게 싸워서 틀어졌거나 그녀가 내게 단단히 화라도 난 줄 알 것이었다. 그런데 그녀의 그런 모습에는 늘 어떤 동물적인 긴장감이 서려 있었다. 사냥감에게 독을 쏘기 위해 숨을 죽인 히드라랄까, 혹은 먹이를 덮치기 위해 잔뜩 또아리를 튼 비단뱀이랄까. 좀더 인간적으로 표현하자면 출발 신호를 기다리며 무릎을 단단히 긴장시킨 수영 선수 같다고도 할 수 있으리라. 그녀는 그런 자세로 몇 시간이고 앉아 있을 수도 있었지만 어느 순간엔 번개처럼 튕겨나가 시야에서 사라져버릴 수도 있었다.
　내가 욕실로 들어가 삼십여 분 간의 쾌적한 시간을 보내고 나왔을 때도 그녀는 여전히 같은 자세로 앉아 있었다. 그녀가 펼쳐놓은 것은 「거대한 아기」라는 좀 우스꽝스럽게 생긴 그림이었다. 그림 속의 여자 아기는 아주 작은 손발과 얼굴을 갖고 있었지만 몸집은 어울리지 않게 거대했다. 그리고 그 거대한 몸집에는 거대한 망토가 둘러져 있었다. 아기의 허리 둘레로는 대여섯 마리의 기러기들이 안타까운 표정으로 날고 있었다. 영인의 설명을 따르자면 레오노라는 그 그림에서 실현될 수 없는 비상에의 절망을 그리고 있노라고 했다. 마음은 아기지만 삶은 속물스런 어른이 되어버린 한 여인이 이제는 더 이상 기러기들과 함께 날아오를 수 없음에 절망하고 있노라고.
　"전화 왔었어요."
　커피를 만들려고 주방 근처를 얼쩡거리는 내게 그녀가 말했다. 나는 이미 그녀가 무슨 말인가를 건네리라는 것을 알고 있었다. 욕실을 나왔을 때 그녀의 눈빛은 느슨하게 풀어져 있었다. 번개처럼 튕겨나가 시야에서 사라져버릴 정도의 긴장은 찾아지지 않았던 것이다. 나는 커피메이커에 새 필터를 갈아끼우고 커피 가루를 부었다.
　"이상한 남자였어요. 형에 대해서 이것저것 묻더군요. 형의 먼 친척이라면서 말예요."
　"먼 친척이라고?"
　"그래요. 하지만 정확하게 누구인지는 밝히지 않았어요."
　커피를 마시면서 영인은 그 남자에 대한 설명을 조금 더 했다.

그는 꽤 나이 들고 점잖은 목소리를 갖고 있었으며 내게 대해 자상한 관심을 갖고 있었노라고. 그녀가 나에게 누구인가를 묻기까지 했노라고. 나는 머릿속을 잠시 뒤져보았지만 그녀의 설명에 부합하는 인물을 찾아낼 수는 없었다. 오랜 세월 후에 문득 내게 전화를 걸어 진지한 관심을 보일 만한 먼 친척을. 그래서 그저 대수롭지 않은 일로 치부해버리기로 했다. 어쩌면 그것은 정신이 온전치 못한 누군가의 장난일 수도 있었다. 연극을 오래 한 사람들 중에는 드문드문 그런 작자들이 있었다. 자신의 전성기 적 배역을 잊지 못해 끊임없이 그 배역과 자신의 진짜 삶을 치환시키는 작자들이. 그런 사람들은 어느 순간 누군가의 아버지가 되기도 했고, 사돈의 팔촌이나 철천지 원수가 되기도 했다. 내가 아는 한 선배는 어느 날 한 남자로부터 배달증명 등기우편을 받은 적도 있었다. 봉투 속에는 그에게 백억 원의 유산을 상속하노라는 글이 커다랗게 적힌 마분지 한 장이 들어 있었다. 두세 개의 붉은 도장까지 찍혀서. 나중에 선배가 기억해낸 바에 따르면 그 남자는 십오 년 전 자신의 연극에서 매독에 걸린 백만장자 역을 맡았었노라고 했다.

전화에 대한 이야기가 미지근해지자 우리는 별로 할말이 없었다. 그녀는 커피를 소리나게 마셨다. 후루룩 후루룩, 아주 천천히. 그런데 어쩐지 나는 그녀가 내게 무언가를 얘기하고 싶어한다는 느낌이 들었다.

"일은 어땠어요?"

그녀의 질문은 내 느낌을 더욱 분명하게 해주었다. 영인은 내게 그런 식의 질문을 하는 편이 아니었다. 그녀의 관심은 언제나 그녀가 참여하는 연극에, 그 중에서도 특히 그녀가 맡은 배역에 집중되어 있었다. 그녀가 삶의 방식으로 연극을 선택한 이유는 연극 속으로 들어가 새로운 배역을 맡음으로써 끊임없이 새로운 인물이 되기 위해서였던 것이다. 끊임없는 변신의 황홀감을 찾기 위해서. 한 꺼풀만 살짝 벗겨낸다면 그건 끊임없이 여행을 지향하는 그녀의 생활과도 일치하는 것이었다. 미지의 땅으로 여행을 떠나듯 그녀는 배역이라는 배낭을 짊어지고 미지의 인물 속으로 여행을 떠나는 셈이었으니까.

"별로 잘된 일이 없었어. 다들 어떻게나 바쁜지 얘기를 제대로 꺼낼 수도 없었거든."

나는 솔직하게 대답해주었다.

"배우들은요?"

"배우들이 더 바빠. 도무지 예전 같지가 않아."

스스로의 목소리가 너무 풀이 죽은 듯해 나는 얼른 한 소절을 덧붙였다.

"잘된 일인지도 모르지. 연극쟁이들이 이렇게 바쁜 때는 일찍이 없었으니까."

나는 내 일에 대해서 약간의 자신감은 가진 편이었다. 대단한 성공까진 모르겠지만 적어도 이 바닥에서 그럭저럭 버텨나갈 만큼의 능력은 가졌노라고 믿고 있었다. 그리고 지난 삼사 년 간의 일들은 내 그런 믿음이 아주 허황되지는 않았음을 뒷받침해주었다. 하지만 지난해 말을 전후하여 시작된 나의 개인적인 불황은 점점 사정을 어렵게 만들고 있었다. 어처구니없이 불운한 사건이 발단이긴 했지만 그것은 내 모든 작업의 전망을 한꺼번에 비틀어버리고 말았다. 어쩌면 나는 지난 겨울에 예약해둔, 4개월 앞으로 다가온 소극장의 대관 기간마저 포기해야 할지도 모를 상황에 있었다.
 "그러게 내가 뭐랬어요. 시대 감각을 좀더 정확하게 읽어야 한댔잖아요. 그런 구닥다리 발상으로는 괜찮은 배우들을 모으기가 힘들다구요."
 나는 그녀와 말다툼을 벌일 기분이 아니었다. 샤워와 커피 한 잔을 하는 동안 다소 신경이 누그러지기는 했지만 그날의 실망과 피로는 여전히 끈적한 여운을 남기고 있었다. 게다가 그즈음은 매일매일이 그러했으니까. 그러나 영인은 간단히 나를 놓아줄 기색이 아니었다.
 "배우들도 모이지 않는 연극에 물주가 나타날 리 없구요. 안 그래요?"
 나는 슬그머니 기분이 상했다.
 "그래. 그렇고말고. 물주조차 붙지 않는 연극은 아무런 의미도 없는 거고 말이야."
 "뭐 꼭 그렇다는 건 아녜요. 하지만 그럴 수도 있겠죠. 그 시대 사람들이 원하는 걸 가장 정확하게 읽어내는 게 돈이기도 하니까."
 "그건 몹시 솔직한 의견이군. 그런데 과연 얼마나 되는 사람들이 그 의견에 동의할까. 예를 들어 얘기해보자구. 지금 서울의 연극가를 가장 맹렬하게 공격하고 있는 건 여자들의 옷을 벗기는 연극이야. 매일 아침 눈을 뜨면 새로운 포르노 연극 포스터가 거리에 나붙지. 매일처럼 새로운 자본이 그쪽으로 날아들고. 하지만 과연 얼마나 많은 사람들이 섹스야말로 이 시대 연극의 정신이라고 얘기하겠느냔 말이야."
 "형을 이해할 수는 있을 것 같아요. 성생활에 대해서는 형은 언제나 금욕주의자적인 입장을 취해왔으니까. 더구나 그건 정상적이지 못한 과거의 어떤 경험으로부터 비롯된 것이니까요."

그녀는 이해심이 가득한 표정으로 그렇게 말했다.

"하지만 그 경험 때문에 형은 가볍지 않은 시각 장애를 겪고 있어요. 그건 작은 일이 아니에요. 보통 사람들이 그런 문제를 안고 있다면 대수로운 일이 아닐 수도 있겠죠. 사람들은 누구나 고유한 불치병을 갖고 있게 마련이니까. 하지만 형은 달라요. 형 같은 일을 하는 사람이라면 적어도 시각의 영역에서는 장애가 없어야 한단 말예요."

그녀는 계속해서 진지한 설명을 늘어놓았다. 내가 왜 시각 장애를 일으켜서는 안 되는가에 대해서. 연극이라는 것은 언제나 총체성을 지향해야 한다. 어떤 사소한 문제를 입구 삼아 들어가건 연극은 결국 전체로서의 삶을 다루어야 한다. 그런데 그 연극을 총지휘하는 연출가가 시각의 결함을 갖고 있다면 어떻게 올바른 총체성을 그려낼 수 있을 것인가. 이를테면 내가 지금 갖고 있는 성적인 문제에 대한 시각 장애를 주목해보자. 성이란 건 그 자체로서는 절대적인 중요성을 띠지 않을 수도 있다. 그러나 성적인 현상들은 한 사회가 한 시대에서 보유하고 있는 총체성을 측정하는 지표로서는 중요한 의미를 지닌다. 그 시대의 정신이 한 뼘씩 확장되어 깊어지고 솔직해지는 과정에서 성은 다른 무엇보다 정확한 측정 기준이 될 수도 있는 것이다. 뒤집어서 얘기하자면 성은 총체성을 확장해가는 도구로서 사용되어질 수도 있다는 말이 아니겠는가.

그녀는 분명히 지나치게 말하는 면이 있었다. 더구나 스스로 규정한 나의 성적 시각 장애를 의식하느라 성현상이라는 것에 무리하게 커다란 의미를 부여하고 있었다. 그러나 나는 함부로 입을 열 수 없었다. 논쟁이 시작되기도 전에 이미 그녀로부터 '정상적이지 못한 과거의 어떤 경험' 운운하는 치명적인 테러를 당한 까닭이었다. 역시 그녀에 의해 규정되었으며 이제는 나마저도 그렇게 믿게 된 '과거의 비정상적인 경험'이란 내 옛날 여자 친구 유미와의 관계를 가리키는 것이었다.

"그런 욕구를 가진 여자가 아주 드물다고는 말할 수 없어요. 하지만 결코 정상인의 범주에 포함시킬 수도 없을 거예요. 형 얘기를 액면대로 믿는다면 말예요."

영인은 그렇게 말했었다. 유미에 대해서는 다시 이야기할 기회가 있을 것이다. 첫번째 결혼을 몇 달 만에 끝낸 그녀는 이따금 내게 전화를 걸어오기도 했으니까.

"꼭 여배우의 옷을 벗겨야 한다는 얘기는 아니에요."

영인은 그날 하루종일 집을 지키고 있었음이 분명했다. 한번 열린 그녀의 입술은 닫힐 줄을 몰랐다. 그 이상한 남자를 제외하고는 전화도 한 통화 걸려오지 않았으리라.

"반드시 여배우여야 할 필요도 없는 거구요. 하지만 벗김으로써 더 강렬한 감동을 줄 수 있는 장면이라면 당연히 벗겨야죠. 그렇잖아요? 그게 이 시대의 방식 아니겠어요?「욕망의 섬」이란 연극을 예로 들어볼까요. 그 연극에서는 여배우가 옷을 벗는 장면이 두 번 나와요. 처음엔 두 자매 중의 동생이 남자를 지키기 위해서 벗는 장면이죠. 그런데 그건 아무런 이유도 감동도 없는 옷 벗기예요. 그 장면 이전에 이미 그 여잔 그 남자와 수십 차례 잠자리를 같이했다는 걸 관객들이 알고 있거든요. 여배우의 젖가슴은 남자 관객들에게 던져진 눈요깃감 보너스일 뿐이에요. 하지만 두번째 장면은 달라요. 귀부인인 언니가 남자가 생매장된 우물가에서 자기 몸을 끌어안고 있는 마지막 신 말예요. 아마 이런 대사가 있었죠. '모두 떠나갔어요. 당신과 나밖에 남지 않았어요. 이제 당신은 영원한 내 사랑이라구요.' 그 장면에서 그 여잔 완전한 발가숭이가 되었어야 해요. 연극에선 어설프게도 저고리만 벗겨 어깨를 드러내는 데 그쳤지만. 자기 남자를 자기 손으로 생매장한 여자의 미친 애욕을 표현하기 위해선 차가운 돌우물 가에 완전한 나체로 쪼그리고 앉는 길밖에 없었단 말예요."

  그녀가 작정을 하고 공격해올 적에는 몸을 사리는 것이 상책이었다. 어설프게 한마디를 거드는 것은 그녀의 창고를 여는 열쇠 역할을 할 뿐이었다. 그녀는 그런 종류의 사례를 순식간에 서른 가지쯤 열거할 것이었다. 책으로 묶어내어도 손색이 없을 터이리라. '연극에서의 섹스 오용 사례집' 정도 제목을 붙여. 그녀가 유미를 몹시 괴상한 인물로 간주하면서도 정작 마주앉으면 밤을 새워 떠들어대는 것도 따지고 보면 조금도 이상할 바가 없는 일이었다. 나는 숨을 죽인 채 폭풍이 지나가기만을 기다리다가 마감 뉴스 시각에 맞춰 텔레비전을 켰다. 다행스런 일이라면 그 시각까지 그녀가 다시 '비정상적이고 불운했던 과거의 경험' 따위를 거론하지는 않았다는 사실이었다.

3

 영인이 나를 찾아온 것은 이 년 전이었다. 동숭동의 어느 뒷골목 골방에서 연극 연습을 하고 있을 때였다. 그 무렵은 내가 신인 연출가로서는 제법 괜찮은 평을 듣던 때이기도 했다. 연습에 몰두하느라 문이 열린 것도 모르고 있었던 나는 문득 그녀가 방의 한쪽 구석에 웅크리고 앉아 있는 것을 발견했다. 나는 어떻게 왔느냐고 물었고 그녀는 내가 여배우를 한 명 필요로 한다는 말을 듣고 왔노라고 말했다. 나는 그녀에게 그게 어떤 배역인지를 아느냐고 물었다. 그때 내가 필요로 했던 것은 송장 역할을 맡을 여배우였던 것이다. 그녀는 고개를 끄덕였다.
 "아무 배역이면 어때요. 전 어차피 초보 연기잔걸요."
 그녀가 맡을 송장 역은 사실은 그 연극에서 가장 중요한 배역이었다. 연극은 어느 오피스 레이디의 죽음을 둘러싸고 전개되고 있었다. 발랄하고 상냥했던 한 젊은 여인이 어느 날 문득 의문의 자살을 하자 그녀의 친구가 주변을 탐색하고 사람들을 만나며 그녀의 삶과 죽음에 얽힌 비밀들을 풀어나가는 형식이었다. 물론 그 배역을 맡을 여배우는 처음부터 정해져 있었다. 그리고 그녀는 우리와 함께 열심히 연습하고 있었다. 그런데 문제는 그녀가 처음부터 끝까지 줄곧 정신없이 무대를 들락거려야 한다는 사실에 있었다. 현재 시점에서 그녀는 늘 송장이 되어 무대 위에 누워 있어야 했고, 과거 회상 시점으로 돌아가면 발랄하고 화려하게 움직여야 했다. 옷을 갈아입기 위해서만도 그녀는 정신이 없었다. 게다가 송장 역을 십 분쯤 하고 나면 그녀의 몸은 뻣뻣하게 굳어버렸다. 그녀는 도무지 연기를 할 수가 없다고 투덜거렸다. 그래서 나는 그녀와 비슷한 체구의 여자를 찾아 송장 역을 떼어 맡기기로 생각하고 있었던 것이다.

영인은 몹시 성실하게 자신의 역할에 임했다. 순식간에 극의 흐름을 파악해버렸고 가장 훌륭한 송장이 되어주었다. 그녀는 마치 죽음과 삶에 대해 깊은 명상에 잠긴 송장처럼 보였고, 그녀가 무대 위에 드러눕기만 하면 모든 사람은 근본주의적인 회의론자가 되고 말았다.

"왜 사람들은 죽음에 대해 이런 야단법석을 떠는 걸까요?"

어쩌다 그녀가 그런 한마디를 던지면 사람들은 정말 누가 죽기라도 한 것처럼 법석을 떨었다. "글쎄. 그건 마지막으로 한번 스포트라이트를 비춰주자는 것 아닐까. 그런 것도 없이 인생에서 퇴장한다면 너무 쓸쓸한 일이니 말이야." 조명 기사의 견해였다. 영인의 회상 시점을 맡은 주연 여배우는 또 이렇게 말했다. "내 생각엔 그게 두려움을 무마시키는 최선의 방책인 것 같아. 열심히들 야단을 침으로써 그 죽음이 일깨우는 자신의 죽음을 잊고자 하는 거지."

그런데 그 무렵 나는 한 가지 의문에 사로잡혀 있었다. 연습실의 한구석에 웅크리고 앉아 있는 그녀를 처음 보았을 때부터 시작된 의문이었다. 그녀는 분명히 처음 보는 사람이었지만 도무지 낯설게 느껴지지가 않았던 것이다. 특히 그녀의 눈빛은 마치 아주 오랫동안 나를 바라보아온 듯 익숙하게 느껴졌다. 그것은 내가 기억할 수 없는, 그러나 내 속에 깊숙이 각인된 누군가의 눈길 같기도 했다. 나는 기억의 갈피에 담겨 있는 모든 여자들을 뒤적여보았다. 친구의 미팅을 따라나가 야릇한 가슴 설레임으로 현장을 지켜보았던 고등학교 시절부터 대학을 거쳐 연극계로 들어오기까지의 모든 시간대를 통하여. 심지어 나는 군복무 시절 외출이나 외박을 나오면 빠짐없이 들렀던 부대 앞의 어느 레코드 가게 아가씨까지도 점검해보았다. 그러나 영인의 존재를 설명해주는 인물은 어디에도 없었다. 나는 그녀에게 그녀가 지나온 길을 묻기도 했다. 드문드문, 가능한 한 자연스럽게. 그녀는 자신의 출신 학교며 과거의 직장 등을 얘기해주었다. 그런데 그 어느 것도 내 삶과의 연결고리는 제공해주지 않았다. 여전히 의문에 잠겨 있는 나에게 그녀는 신비스런 미소를 짓곤 했다.

꽤 여러 날이 지나도록 나는 그 의문으로부터 빠져나올 수 없었다. 내 주변에는 언제나 그녀의 눈빛이 있었고 나는 그것을 의식하고 있었다. 보이지 않는 레이저 보안 장치에라도 갇힌 것처럼 나는 그녀의 시선이 만들어낸 작은 울타리 속에 감금되어 있었다. 물론 그 모든 것은 내 쪽에서 만들어낸 허구였다. 실제로 그녀는 나를 많이 쳐다보지도 않았고 나와 특별히 가까이서 일할 기회도 많지 않았으니까. 그러나 이따금 그녀는 아주 강렬한 눈빛으로 나를 쏘아볼 때가 있었다. 그럴 때 그녀는 마치 이런 말을 하는 듯했다. 아직도 저를 기억할 수 없으신가요?…… 그것은 남녀간의 접근전을 예고하는 유혹적인 응시와는 전혀 종류가 달랐다.

그러던 어느 날이었다. 연극은 이미 시작되어 관객들로부터 괜찮은 반응을 얻고 있을 무렵이었다. 밤이 꽤 늦은 시각이었는데 나는 그녀와 단둘이 극장에 남아 있었다. 무대 장치 약간을 손볼 게 있었는데 그녀가 남아서 도와주었던 것이다. 일을 끝내고서야 둘만이 남아 있음을 깨달은 나는 약간 머쓱해졌다. 나는 다시 그녀에게 무언가를 물어보아야 할 것만 같은 느낌에 빠졌다. 그녀의 친구라든가 혹은 언니나 동생이라든가, 행여 내 생활의 테두리를 스쳐갔을 법한 누구는 없었는지. 그런데 그녀는 내가 질문을 시작하기도 전에 예의 그 신비스런 미소를 머금고 있었다. 마치 이미 내 마음을 읽고 있다는 듯. 나는 용기를 내어 물었다. "뭐가 그렇게 우습죠?" 그 말을 들은 그녀는 진짜 웃음을 터뜨리고 말았다. 몹시 밝고 유쾌하고 장난스런 웃음이었다. 한참을 웃고 난 다음에야 그녀는 허리를 곧추세우고 이렇게 말했다.

"해바라기를 먹은 개구리를 기억하세요?"

나는 잠시 동안 정전 상태가 되어버렸다. 밝은 조명이 켜진 극장 안이 갑자기 새까만 어둠으로 탈바꿈했다. 제법 긴 시간이 지나서야 머릿속은 낡은 형광등처럼 느릿느릿 명암을 교차시켰다. 나는 두 눈을 둥그렇게 뜨고 그녀를 돌아보았고 그녀의 눈빛 속에서 아주 오래된 꼬마 계집애의 얼굴을 찾아낼 수 있었다. 익숙함에 대한 의문으로 나를 몰아넣었던. 개구리가 해바라기를 먹어버렸어요……

 그러니까 그건 벌써 이십 년도 넘는 옛날의 일이었다. 내가 아버지 어머니와 함께 부산 광안리 바닷가의 이층 양옥에서 살고 있었을 때 우리집에는 한 젊은 여자와 딸이 세를 들어 지내고 있었다. 그들은 일층의 절반 크기인 이층을 쓰고 있었는데 나는 틈만 나면 그곳으로 올라가 놀곤 했다. 지금 생각하면 그건 좀 이상한 일이기도 했다. 그 집에는 내 친구가 될 만한 연령이 없었다. 그 무렵 나는 국민학교 졸업반쯤의 나이였는데 두 여자들 중 엄마는 서른 살 가량의 과부였고 딸은 겨우 유치원에나 다닐 법한 나이였던 것이다. 그러나 어쨌건 나는 부지런히도 그 집을 올라다녔다. 어머니의 갖은 구박에도 불구하고. 그건 주변에 다른 집들이 별로 없었기 때문이기도 했고, 그 집에서는 여자들만의 독특한 향기와 더불어 우리집에선 결코 찾을 수 없었던 신비스런 평화가 느껴지기 때문이기도 했다. 그 집에서는 모든 일들이 평화로웠다. 바람 소리도 나직나직했고 주방에서의 칼질 소리도 상냥하고 부드러웠다. 바로 아래층에서처럼 접시나 도마가 허공을 날아다니는 일은 상상할 수 없었다. 회벽 위에 칠해진 페인트 색깔이며 커튼의 색깔도 아이들의 속삭임처럼 차분한 감칠맛을 풍겼다. 거기에 더 인상적이었던 것은 그 모든 소리와 색상을 주재하는 이층 아줌마의 눈빛이었다. 언제나 무척 먼 곳을 바라보고 있는 듯하던 그녀의 눈빛에서는 어떤 따스한 신비로움이 느껴졌다. 나중에 알게 된 일이지만, 그 신비로운 평화에 매료되어 종종 그 집을 방문한 사람은 나 외에도 한 명이 더 있었다. 유전자는 그래서 질긴 것일까. 그는 바로 내 아버지였다.
 아버지의 신화적인 여성 행보에 대해서는 얘기할 기회가 얼마든지 있을 테니 여기서는 참기로 하자. 대신 해바라기를 먹어버린 개구리의 이야기로 돌아가보자.

그즈음 내 어머니에게 유일한 낙이 있었다면 그건 집 앞의 작은 텃밭에 야채를 심고 가꾸는 일이었다. 그 무렵 광안리에는 일 년 내내 주인이 나타나지 않는 버려진 땅들이 많이 있었고 사람들은 편리한 대로 그 땅을 이용하고 있었다. 그러던 어느 봄날 어머니는 텃밭에다 해바라기를 심기로 작정하셨다. 아버지의 바람기를 다소나마 잡기 위해서는 부득불 당신이 예뻐지는 도리밖에 없다고 생각하신 터에 누구에게선가 해바라기 씨가 피부 미용에 좋다는 얘기를 들은 것이었다. 어머니는 시장에서 알이 굵고 싱싱한 해바라기 씨를 한 봉지 사왔다. 텃밭의 이용 계획을 세우느라 이삼 일쯤 그것을 찬장 속에 넣어두었다. 그런데 하필이면 그 중의 어느 날, 나는 이층집의 딸을 우리집으로 초대하게 되었다. 개울에서 개구리를 잡다가 집으로 돌아오는 길이었는데 마침 우리집에는 아무도 없었기에 그녀에게 집구경을 시켜주고 싶어졌던 것이다.

나는 집 안을 구석구석 뒤지며 뭐 먹을 만한 게 없나 찾아보았다. 그것은 내가 이층으로 올라가면 그녀가 늘 하는 일이었다. 한참을 뒤진 끝에 해바라기 씨를 찾아낸 나는 기쁘기 짝이 없었다. 그것이 쓰일 용도도 모른 채 나는 그녀와 함께 한 봉지의 씨를 깨끗이 먹어치웠다. 껍질은 말끔히 쓸어담아 쓰레기통 속으로 버리고. 그런데 그때 어머니가 돌아왔다. 텃밭 이용 계획을 마무리지은 터라 설레는 마음으로 해바라기 씨를 찾았다. 그러나 찬장의 그릇은 비어 있었다. 어머니는 내게 그 행방을 다그쳤다. 나는 몹시 난감한 상황에 빠지고 말았다. 해바라기 씨를 먹어치웠다는 사실 때문이 아니라 어머니의 언성이 너무 거칠었기 때문이었다. 그 목소리는 계단 하나를 사이에 둔 이층집의 평화와는 너무도 두드러지게 대조적이었던 것이다. 내가 해바라기 씨 먹은 벙어리가 된 채 입을 열지 못하는 사이 문득 이층집의 조그마한 딸이 이렇게 말했다. "개구리가 해바라기를 먹어버렸어요." 그녀는 유리병을 높이 치켜들고 그 속에 들어 있는 개구리 네 마리를 손가락으로 가리켰다. 기가 막힌 어머니는 그녀를 이층으로 쫓아올려 보내버렸다. 물론 혼자가 된 나는 신나게 여기저기를 얻어맞아야 했다.

이튿날 내가 다시 이층으로 올라갔을 때 이층 아줌마는 유리병 속의 개구리를 손가락질하며 웃었다. 개구리 때문에 혼이 난 모양이구나. 아줌마는 우리 어머니가 그 이야기를 전하며 배꼽을 잡고 웃었노라고 했다. 세상에, 개구리가 해바라기 씨를 먹었다니. 고 쬐끄만 계집애가 어쩌면 그런 생각을 할 수가 있지. 그때는 아직 어머니가 아버지와 이층 아줌마의 관계를 의심하기 전이었고 그래서 두 여인의 관계가 괜찮을 무렵이었다.

그제서야 나는 영인의 눈빛에서 느꼈던 익숙함의 정체를 알 수 있었다. 그것은 광안리의 이층집에서 내가 알았던 젊은 과부 아줌마의 눈빛이었다. 그리고 영인은 바로 그녀의 쬐끄만 딸이었다. 까마득히 멀어져간 추억으로부터 문득 이십 년의 세월을 뛰어넘어 그녀는 내 앞에 우뚝 서 있었던 것이다. 모친의 신비스러운 눈빛을 고스란히 닮은 채.

연습실의 문을 살그머니 들어설 때부터 영인은 이미 내가 누구인지를 알고 있었노라고 했다. 신문 문화면의 공연란에서 성민재라는 이름을 접한 그녀는 그 성민재가 자신이 어릴 적에 알았던 성민재와 동일한 인물임을 어렵지 않게 확인할 수 있었다는 것이었다. 송장 역할을 하면서 그녀가 줄곧 시침을 떼고 있었던 것은 과연 내가 자신을 알아볼 수 있을까를 시험해보고 싶어서였다고 했다. "하기야 쉬운 일은 아니었겠죠. 우리 모녀가 그 집에서 쫓겨난 건 내가 고작 일곱 살 되던 해였고 그로부터 벌써 이십 년이라는 세월이 흘렀으니까요. 하지만 난 어쩌면 형이 나를 알아볼지도 모른다고 생각했어요." 말하자면 그녀는 나와 모종의 게임을 하고 있은 셈이었다.

그 연극의 일차 공연이 끝났을 때 내가 가장 먼저 한 일은 영인과 함께 부산으로 내려간 것이었다. 그녀의 모친은 아직도 광안리 바닷가를 겨드랑에 끼고서 살고 있었다.

유미가 엄청나게 많은 비난의 낱말들을 늘어놓고 내게 작별을 고한 것은 그런데 영인과는 아무런 상관이 없는 일이었다. 물론 그녀는 그 일의 구실로서 영인을 들먹였었다. 자기를 따돌린 채 둘이서 전국을 돌아다녔다느니, 장모 자리에게 인사까지 드리러 갔었다느니. 그러나 영인과 나 사이가 그런 사이가 아니라는 것은 우리를 아는 사람이면 모두가 알고 있는 사실이었다. 유미라고 그것을 모를 리가 없었다. 만약 그녀가 진심으로 우리를 의심하고 있었다면 그녀는 차라리 자신의 정서 구조를 의심하는 편이 현명했으리라. 그녀는 아마 그 무렵 자신과 나 사이에 뚜렷하게 드러나기 시작한 성생활의 취향 차이를 고심하고 있었던 게 분명했다. 그녀의 요구를 좇아가는 데도 지쳐 있었던 터라 나는 노골적으로 거부감을 표시하고 있었던 것이다. 아닌게아니라 유미와의 결별이 있은 직후 나는 그녀가 새로운 남자를 만나기 시작했다는 소문을 들었다. 미스터 코리아와 씨름판 천하장사를 적당히 버무려놓은 듯한 거구의 육체파 남자라고 했다. 어떤 사람은 그녀가 그 육체파를 만나기 시작한 게 이미 오래 전의 일이었을 것이라고 얘기하기도 했다. 그렇지 않고서야 내게 결별을 선언한 이튿날 아침 그녀의 아틀리에에서 그 남자가 걸어나왔을 수는 없다는 것이었다.

그로부터 서너 달 후 영인은 내 아파트로 짐을 옮겨 들어왔다. 그러나 그것 역시 유미가 의심했던 종류의 이유에서는 아니었다. 영인과 나는 더없이 가까워져 있었고 서로를 필요로 하고 있었지만 잠자리를 같이하는 방식은 아니었다. 그녀와 나는 이성으로서의 관계를 제외한 모든 방식으로 서로에게 익숙해지고 있었다.

그 동거의 시작부터가 그러했다. 그녀는 어느 날 내게 말했다.

"형, 우리 옛날처럼 한번 살아볼까. 같은 집에서 서로 먹을 것을 뒤져주며 말이야."

그녀의 그 말은 내게 이유를 알 수 없는 고통스런 향수를 불러일으켰다. 나는 엄지발가락이 저려옴을 느끼며 고개를 저었다.

"안 돼. 무슨 말 같잖은 소리를 하는 거야."

그리고 다음 주말 영인은 몇 개의 커다란 가방과 함께 내 집으로 옮겨 들어왔다.

"도대체 넌 왜 연극을 하기로 마음먹었지? 늦은 나이에, 그렇게 좋은 직장을 팽개치고?"

짐을 푸는 그녀 옆에 쪼그리고 앉아 있던 나는 그렇게 물었다. 그건 그녀가 처음 나를 찾아왔던 날부터 내 속에서 맴돌던 의문이었다. 나보다 여섯 살 아래였으니 그때 그녀의 나이는 스물다섯이었고, 연극을 시작하기에는 어지간히 늦은 때였다. 심리학과를 졸업하고 광고회사 기획실에 근무하고 있었다면 직장이 실망스럽지도 않았을 텐데. 그녀는 빙그레 웃더니 초록색 가방에서 그림책

한 권을 꺼내었다. 그때가 그러니까 내가 레오노라 캐링턴이라는 여자를 처음으로 소개받은 순간이었다. 영인은 내게 「고(故) 파트리지 부인」이라는 그림을 보여주었다. 그 그림 속에서는 한 여인이 걸어가고 있었다. 세련된 검은 옷자락을 바람결에 날리며. 그런데 여인의 허리 부분에는 커다란 새 한 마리가 겹치게 그려져 있었다. 그녀의 몸집과 맞먹을 정도로 커다란 새였다. 얼핏 보기에는 닭 같기도 했는데 확실치는 않았다. 영인은 여인과 새의 형상을 따라 손가락으로 선을 그었다.
"재밌지 않아요? 여자는 죽어서 새가 된다는 생각 말예요."
나는 약간 어이가 없었다. 하지만 그녀의 설명을 듣고 다시 그 그림을 들여다보니 재미가 아주 없지는 않았다.
"왜 새가 되는 걸까?"
"여행을 떠나기 위해서겠죠. 멀고 아득한 허공을 날아야 할 테니까요."
나는 고개를 갸웃거렸다.
"그런데, 이건 너무 큰 것 아냐? 멀리 날려면 몸이 좀더 가벼워야 할 텐데."
"그럴 것까진 없어요. 그림 속 새의 크기는 육신의 크기가 아니라 마음의 크기니까요. 게다가 모든 여행은 어차피 자기 영혼을 향해 떠나는 거구요."
그 무렵 이미 그녀는 거의 완전한 해석에 도달하고 있었던 모양이었다. 캐링턴의 그림에 대해서, 나름대로는. 그런데 그 몇 마디의 대화를 나누는 사이 나는 내가 그녀에게 던진 첫번째 질문은 말끔히 잊어버리고 말았다. 늦은 나이에 직장까지 팽개치고 연극을 시작한 이유가 무엇이었는지. 나중에 나는 다른 사람을 통해서 그녀가 연극을 시작한 것은 그때가 처음은 아니었다는 얘기를 들었다. 대학교 4년의 시간 동안 그녀는 줄곧 연극반에 소속되어 있었노라고 했다. 그러나 그는 그녀가 연극반 속에서도 늘 종잡을 수 없는 의문부호였노라는 말도 덧붙였다.

그런데 영인에게는 왜 여행이라는 것이 그처럼 중요했을까.

이 질문에 대한 해답을 찾아내는 데는 무척 오랜 시간이 소요되었다. 이 년여에 걸친 그녀와의 동거 기간이 몽땅 소요되었다고도 할 수 있었다. 그러고도 여전히 내가 정확한 해답을 얻어낸 것인지는 자신할 수 없지만, 어쨌건 그 해답을 얘기하자면 그건 알베르 카뮈의 평범하고 무상한 한마디로 귀결되었다. 배우는 스러지는 것 속에서 군림한다, 라는.

이건 그다지 어려운 말은 아니다. 연극에 조금이라도 관심이 있는 사람이라면 한번쯤은 들어보았을 말이다. 그러나 그녀를 잘 모르고 그녀의 방식에 익숙하지 않은 사람에게는 다소 낯설게 느껴질 수도 있겠기에 나는 약간의 설명을 덧붙이겠다. 그런데 설명에 들어가기에 앞서 그녀의 삶과는 상반되는 대비형으로서 나는 먼저 나 자신의 삶을 설명해야 할 필요성을 느낀다. 그래야 그녀의 방식이 더욱 선명하게 두드러지겠기에 말이다.

내가 대학을 졸업하던 무렵 친구들이 직업이나 장래를 선택하는 방식에는 여러 가지가 있었다. 80년대의 불확실성에 대한 경계도 있었고, 시간이 흐르면 갈가리 쪼개어져가는 개인들의 무력함에 대한 절망도 있었다. 역사는 결국 인간들을 저버리지 않으리라는 사해동포적인 환상도 없지 않았다. 그러나 내가 연출가라는 것을 업으로 삼은 이유는 그런 사전적인 분류법 속에는 들어 있지 않은 무엇이었다. 그것은 전적으로 나 자신의 무수한 변덕에 있었다.

그 무렵 나는 조령모개나 조삼모사를 변덕의 척도로 지정한 우리 조상들에 대하여 경외의 염을 갖고 있었다. 심지들이 얼마나 곧고 단단했으면 아침과 저녁 사이에 겨우 한차례 생각이 달라지는 정도를 가장 변덕스런 경우라 하였을까. 내 속에서는 한 시간이 멀다 하고 수많은 판이한 변덕들이 스쳐가고 있었는데. 오늘 점심으론 무얼 먹을까와 같은 사소한 문제에서부터 정권에 대한 입장, 대학을 마친 후의 장래 계획에 이르기까지. 그 무수한 변덕들은 가만히 지켜보고 있기에도 진이 빠질 정도였다. 아무런 원칙도 없이 브라운 운동을 계속하는 공기 입자들과 다를 바가 없었다.

그러던 내가 천직에 대한 어떤 계시를 받게 된 것은 우연찮게도 연극 연출이라는 것을 맡게 되면서였다. 그건 정말이지 우연찮은 일이었다. 후배들은 복학생이라는 이유만으로, 그리고 단원들이 나와 이야기하기를 좋아한다는 이유만으로 내가 연출을 맡아야 한다고 주장했으니 말이다. 그런데 그 연출의 경험은 연극에 대한 내 태도를 완전히 뒤바꿔놓고 말았다. 배우로서 참여했을 때와는 달리 연출가로서의 내게는 처음부터 어떤 권위 같은 게 주어져 있었다. 그 권위는 연출가라는 낱말 자체에 속하는 것이었고 동시에 스스로에 대한 상당량의 자신감을 내포하고 있기도 했다. 다시 말하자면 연출가가 되는 순간 내 인생은 갑자기 자신감과 권위로 충만하게 된 것이었다. 후배들은 가장 사소한 부분에서까지 내 지시를 기다렸고 그것에 절대적인 순종을 보였다. 나는 문득 인생의 모든 것을 이해하고 있었고 그 행로를 확신하고 있었다. 마치 만화영화에서 한 꼬마아이가 신의 계시를 받아 무적의 전사로 변신하듯.

그것은 커다란 충격이었다. 감당하기 힘들 정도의 충격이었다. 자신이 하고 있는 일의 의미가 무엇인가를 언제나 알고 있는 사람이라면 그때의 내 상태를 이해할 수는 없으리라. 빌려온 권위의 탈을 쓰고서야 비로소 자기 삶에 자신감을 갖게 된 사람의 충격을.

연극 연습이 이어지던 동안 나는 출생 이후 가장 평화로운 날들을 보내었다. 공연이 끝났을 때는 그러나 불안과 초조의 늪으로 추락했다. 내 속에서는 이런 조급한 질문이 울렁거리고 있었다. 과연 그 자신감과 권위는 모든 연극의 연출가에게 주어지는 갑옷일까. 그렇잖으면 이 연극만의, 혹은 초보 연출가만의 특징일까. 다른 연극의 연출을 한다 해도 나는 다시 무적의 전사로 변신할 수 있을까. 그 같은 조급함은 내게 재빨리 또 하나의 연극을 조직하도록 만들었다. 그리고 또 하나의 승리를 맛보도록 해주었다. 권위와 자신감은 여전히 연출가의 강제 조항이었다. 나는 비로소 안도할 수 있었다. 내 삶에 대해서.

생각보다 사설이 길어진 듯한데, 다시 한번 간추리자면 이런 이야기다. 내가 연출가의 길을 선택한 것은 내 삶의 성격을 개조하기 위해서였다. 브라운 운동을 보이던 내 변덕들에 연출가라는 권위의 갑옷을 입히기 위해서. 그래서 그 운동들이 일정한 윤곽을 지닐 수 있도록.

"말하자면 지시형의 삶을 살겠다는 것이었겠죠."

영인은 내 얘기를 듣고는 그렇게 평했었다. 나는 그게 꼭 지시형의 삶을 지향했다고는 생각지 않는다. 그러나 지시형이 되기 위해서는 많은 것을 잊고 무뎌져야 한다는 게 영인이 말하고자 한

바였다면, 그녀의 말이 옳을지도 모르겠다. 어쨌건 그 무렵 나는 내 삶의 폭을 가능한 한 축소시키고 싶었으니까.

영인이 연극을 선택한 동기는 그러나 나와는 전적으로 상반되는 것이었다. 그녀 역시 가슴속에 수많은 활발한 브라운 운동 입자들을 간직하고 있었다. 그러나 나와는 달리 그녀는 그 입자들을 해방시키려 했다. 하나하나의 운동 입자들에 자기 삶의 무게를 실어보냄으로써 입자와 자기 자신을 동시에 해방시키려 했다. 그건 몹시 어려운 일임에 틀림없었다. 삶이라는 것은 수십 장을 복사해두었다가 이 회사 저 회사에 띄워보낼 수 있는 이력서는 아니었으니까. 삶의 무게에 짓눌린 입자는 어딘가에서 운동을 멈추어야 했을 테고 그러면 그녀는 다시 자신의 삶을 회수해들여야 했을 테니까.

그러나 그런 고충을 지적하는 내게 그녀는 빙그레 미소를 지었다.

"그건 형이 잘못 알고 있는 거예요. 형이 단 한차례라도 그걸 시도해보았다면 삶이 얼마나 강한 회귀 본능을 갖고 있는가를 이해할 수 있을 거예요. 아무리 먼 곳으로 팽개치더라도 잠시 후엔 다시 제자리로 돌아와 같은 길을 터벅터벅 걷고 있거든요. 사라진다는 건 아무나 할 수 있는 일이 아니라구요."

설명을 듣고서도 이해할 수 없었던 걸 보면 나는 그녀의 말처럼 한번도 삶을 팽개쳐본 경험이 없는 모양이었다. 아니면 그녀만이 유별나게도 개의 수호신을 갖고 있었거나. 무엇이든 던지기만 하면 재빨리 달려가서 물어다주는. 만약 두 가지 중 어느 한쪽에 돈을 걸어야 한다면 나는 두번째 가능성을 택할 것이었다. 그녀의 신비스런 모친을 생각하면 영인이 모친으로부터 특별한 수호신을 한두 명쯤 물려받은 것은 충분히 상상할 수 있는 일이기 때문이었다.

4

　영인에게 전화해서 내 신상에 관한 일들을 꼬치꼬치 캐물은 나의 먼 친척이라는 남자는 사흘 후에 다시 전화를 걸었다. 이번에는 무척 이른 아침 시각이었고, 십여 차례의 벨을 울린 후에 나를 깨우는 데 성공했다. 나는 도마뱀 껍질처럼 갈라진 목소리로 수화기를 들었다. 그런데 그 남자는 내가 짐작했던 은퇴한 연극 배우나 정신질환자는 아니었다. 뜻밖에도 그는 진짜 나의 먼 친척이었다. 그는 다름아닌 장군이었던 것이다.
　장군은 간단히 안부를 물은 다음 빠른 시일내에 나를 한번 만나고 싶다고 말했다. 나는 엉겁결에 그러자고 대답하고 그와의 약속을 정해버렸다. 시내 모 호텔의 레스토랑에서 저녁식사를 함께하기로. 영문도 모른 채. 그런데 그것은 대단히 엉뚱한 일이었다.

나는 그가 나의 먼 친척이 된다는 것을 알고 있었지만 한번도 그를 친척으로 생각해본 적은 없었다. 더 정확하게 얘기하자면 그는 내 어머니의 사촌오빠라고 했다. 내게는 외오촌아저씨가 되는 셈이었고 그건 그다지 먼 촌수는 아니었다. 더구나 어머니 쪽으로는 형제나 사촌이 흔하지 않았으니까. 그러나 내가 그를 친척으로 간주할 수 없었던 것은 그와 나 사이에서는 단 한차례도 사적인 왕래나 교감이 없었던 까닭이었다. 한두 차례 또 다른 먼 친척의 결혼식장에서, 먼발치에서 그를 본 적이 있었지만 그것은 신문의 인물 동정란에서 그의 자그마한 흑백 사진을 보는 것과 다를 바가 없었다. 박영한 장군 제1군단장 취임 따위 기사와 함께. 김완선과 알란탐의 홍콩 공연 소식과 나란히. 그런데 그가 문득 내게 전화를 걸어와 저녁식사를 함께하기를 청한 것이었다. 몹시 조심스럽고 예의바른 목소리로.

 다시 침대에 드러누워 잠을 청하는 사이 내 머릿속으로는 장군에 대한 상념이 어지럽게 피어올랐다. 아직 한 번도 그와 대면해본 적이 없는 내가 그에 대해 알고 있는 한 가지는 그는 그야말로 감탄을 자아내는 위인이라는 사실이었다. 격변의 소용돌이를 거듭해온 대한민국 현대사에서, 그것도 군대라는 특수한 집단 속에서 삼십여 년의 세월을 버티며 삼성 장군의 위치에까지 올라갔다면 그는 이미 대단한 위인이 아닐 수 없었다. 아라미드 섬유처럼 질긴 행운을 하늘로부터 선물받았거나 아니면 보통 사람으로서는 상상조차 할 수 없는 어마어마한 노력을 끊임없이 경주하는 인물이 틀림없었다.
 "그 양반 재주에는 제갈공명도 박수를 쳤을 거야. 원 세상에, 어쩌면 이렇게 질길 수가 있니."

군부내 고급 장교들의 인사 이동 소식이 있을 때마다 어머니는 촉각을 곤두세우며 기사를 찾았다. 행여 옷을 벗는 장성들의 명단 속에 그의 이름이 들어 있지 않을까 기대하며. 그러나 그 기대는 번번이 채워지지 않았다. 오히려 진급자의 명단 속에 끼여 있는 경우가 허다했고 그러면 어머니는 신문을 팽개치며 그렇게 말하곤 했던 것이다. 그건 아마도 어머니가 장군으로부터 받았던 몇 차례의 사적인 박대 때문에 생겨난 감정이었을 것이다.

아닌게아니라 장군에게는 그런 재주가 있었다. 순간순간 상황을 읽고, 그 상황의 변화를 예감하여 다음 시대에 대비하는. 그러지 않았다면 그는 마흔넷의 젊은 나이에 장군이 될 수도 없었을 것이며 그 이후로 줄곧 군부내의 실세와 줄이 닿아 있을 수도 없었을 것이었다. 한얼회라는 군부내 사조직이 맹위를 떨치던 5·6공 시절에 그는 그 조직의 촉망받는 총아였다. 그러던 그가 잠시 빛을 잃은 것은 90년대초, 6공화국의 말기에서였다. 그때는 누구도 그것이 문민 정부로의 이양을 예감하며 준비한 그의 포석임을 알지 못했다. 그러나 정작 문민 정부가 들어섰을 때 그는 옷을 벗지 않아도 되는 몇 안 되는 한얼회 장성들 중의 한 명으로 남았다.

내가 약속 장소에 도착한 것은 정시에서 이삼 분 전이었다. 장군은 먼저 나와서 자리를 잡고 있었다. 그는 나를 보더니 일어나서 악수를 청하기까지 했다.

"우리가 마지막으로 만난 게 언제였지? 사 년 전이었던가? 그래, 그랬었지. 그때가 아마 민정이 결혼식 때였겠지."

나는 잠시 어리둥절해졌다. 그에게서 전화가 걸려오기 전까지 나는 그가 나라는 인물을 전혀 모르고 있으리라고 생각했다. 이름이나 얼굴은커녕 나라는 인물의 존재조차도 알지 못하리라고 생각했었다. 그런데 그는 놀랍게도 나를 정확히 기억하고 있었다.
"결혼식장이란 건 사람을 만나기에는 가장 지독한 자리지. 제대로 얘기를 나눌 수도 없고, 섣불리 인사만 나누었다가는 형식적인 만남으로 격이 떨어지기 십상이고. 난 언제나 자네와 마주앉아 긴 얘기를 나눌 기회를 기다리고 있었다네."
 그 말을 들었을 때 내 머릿속으로 스쳐간 생각은 삼성 장군이란 건 그래서 아무나 될 수 있는 게 아닌 모양이라는 것이었다.
 장군은 먼저 내 일에 대한 이야기로부터 대화를 풀어나갔다. 우리 집안에서 문화계로 자네 같은 큰 인물이 나와서 기쁘기 짝이 없다느니, 대학교를 들어갈 적에 이미 크게 되리라는 걸 알고 있었다느니, 자네에 관한 소식은 신문이며 잡지 등을 통해서 늘 접하고 있다느니. 그런데 그는 나를 만나기 위해서 보좌관에게 어지간히 준비를 시킨 모양이었다. 나는 그의 말처럼 대단한 인물도 아니었고, 공연란의 짤막한 연극 소개를 제외하고는 신문이나 잡지에 실린 적이 몇 차례 되지 않았는데 그는 그것들을 훤히 꿰고 있었던 것이다. 그것들이 지난해 봄부터 가을 사이에 집중되어 있었다는 사실까지도.
 내가 내 일에 대해 이야기하기를 달가워하지 않는다는 것을 눈치채었는지 그는 곧 집안일로 화제를 옮겼다. 그는 어렸을 때 자신이 내 어머니와 얼마나 가까운 사이였던가에 대해서 기다란 설명을 늘어놓았다. 창녕의 한 조그만 마을에서 함께 자라는 동안 그들이 얼마나 많은 일들을 함께했던가를. 얼마나 많은 수박과 참외를 함께 서리해 먹었던가를. 두 살이라는 나이 차가 얼마나 대수롭지 않은 것이었으며, 사촌이라고는 친가 외가를 통틀어 여섯 명밖에 되지 않던 형편에서 그들이 서로에게 얼마나 소중한 존재였던가를.
"네 어머닌 정말이지 겁이 없는 아이였어. 네게도 이따금 그런 얘기를 했을 테지. 그렇지 않니?"
 그는 아스라이 추억에 잠긴 눈빛을 하고는 내게 동의를 구했다. 나는 고개를 끄덕여주었다. 그건 틀린 얘기가 아니었다. 자주는 아니었지만 어머니도 가끔은 그 시절을 이야기할 때가 있었다. 삼성 장군 박영한이 당신과 함께 포복을 해서는 수박밭으로 돌진하던 시절의 이야기를. 그런데 어머니가 그런 이야기를 꺼내는 이유는 대체로 장군의 이유와는 상반되는 것이었다. 그들이 얼마나 가까운 사이인가를 설명하기 위해서가 아니라 어머니는 장군이 얼마나 배은망덕한 위인인가를 강조하기 위해서 그 시절을 들먹인 것이었다. "인정도 없고 의리도 없는 배은망덕한 작자지 뭐니." 그런 얘기를 들었을 때 나는 어머니에게 물어보았다. 어머니가 그에게 은혜를 베푼 적이 있는지, 있다면 그건 무엇이었는지. 어머니는 잠시 눈살을 찌푸리더니 당당하게 말했어. 난 내 어린 시절을 몽땅 그와 함께 노는 데 소비했어. 그래서 그에게 아름다운 추억을 만들어주었어. 그 정도면 은혜치고도 최고급 은혜가 아니겠니?
"네 어머닌 내겐 무척 소중한 사촌동생이었어. 그런데 우리 사이가 어쩌다 이렇게까지 멀어져버렸는지 모르겠구나."
 그 부분에 대해서는 나도 어머니에게 이야기 들은 바가 있었다. 별로 모르는 척하고 싶지가 않았기에 나는 입을 열었다.
"어머닌 그 일로 가끔 장군님을 탓하시더군요. 장군님이 어머니와 아버지의 결혼에 절대적으로 반대를 하고 나서는 바람에 모든 일이 어려워졌다구요."

"그건 그렇지가 않아. 그건 정말이지 네 어머니의 오해였단다. 너도 이해하겠지만 여자들은 결혼할 무렵이 되면 신경이 몹시 날카로워지는 법이잖니."

그런 이야기가 오가고 있었을 때 우리는 함께 식사를 하는 중이었다. 나이프와 포크로 고기를 썰고 올리브를 집어먹으며. 그런데 어머니의 오해 대목에 이르자 장군은 양손의 무기들을 모두 탁자에 내려놓았다. 그건 마치 너무 중요한 대목에 이르렀으니 무장을 해제해도 좋다고 말하는 듯했다.

"내가 창녕에 들렀을 때 네 할아버지께 드렸던 얘기는 아주 조금의 염려를 담고 있었을 뿐이었어. 네 아버지가 우리 같은 시골 출신들과는 많이 달라 보였으니까 말이다…… 물론 긍정적인 이야기도 했지. 근본 심성이 착해 보여서 경신이를 고생시킬 것 같지는 않다고. 하지만 시골에 계시는 노인양반에게는 걱정거리가 하나 있으면 열 가지 좋은 점도 아무 쓸모가 없는 일이잖겠니. 그래서 그 양반은 내 핑계를 대며 결혼 절대 불가론을 주장하고 나서신 거야."

그는 그런 사정을 몰랐으니 네 어머니가 오해를 했던 것도 있을 수 있는 일이었다고 말했다. 그래서 그날 이후로 자기를 모르는 사람 취급한 것도 이해할 수 있는 일이라고. 그러나 장군의 얘기는 내가 어머니로부터 들은 내막과는 많은 차이가 있었다.

어머니는 우선 장군이 끼여들기 전까지는 모든 일이 순조롭게 진행되고 있었노라고 말했다. 시골에 계시던 외할아버지는 사윗감에 대한 설명을 들으시고는 대단히 만족스러워하셨다. 장군에게 따로 의견을 구하지도 않았고 더더욱 정찰 임무 따위를 맡기지는 않으셨다. 그런데 장군이 괜히 밸이 틀려서는 시골까지 달려내려가 입방아를 찧어대었다는 것이었다. 남자가 씀씀이도 헤플 뿐 아니라 생김생김이 꼭 기생오라비 같아서 여자들이 어지간히 달라붙을 것 같다느니, 명색이 사촌오빠인 자신에게 대하는 태도가 너무 불경스럽더라느니, 결혼도 하기 전부터 그래서야 나중에 처가 식구들을 어떻게 알겠느냐느니. 덕분에 외할아버지는 어머니의 결혼을 다시 생각하게 되셨고 결국 어머니는 집안의 반대 속에 결혼을 강행해야 했다. 이후로 아버지는 언제나 어머니의 집안으로부터 차가운 박대를 받았다. 어머니와 함께 몇 차례 억지로 시골집엘 다니러 갔었지만 소용이 없었다.

"네 아버지가 결혼 생활에 재미를 붙이지 못한 건 모두 그것 때문이었다. 세상에 어느 남자가 처가 식구들한테 그런 수모를 당하고도 처를 귀히 여기겠니. 그건 아마 나라도 견디기 힘들었을 게다."

어머니는 아버지의 바람에 대한 진단을 그렇게 내렸다. 물론 그건 아버지가 돌아가신 후의 일이었지만. 어쨌건 어머니는 장군의 훼방으로 일이 틀어지지만 않았어도 당신의 결혼 생활이 그 지경까지 내몰리지는 않았으리라 푸념하는 것이었다. 나는 그 말을 믿기로 하고 있었다. 나로서는 사정을 정확히 알 수 없는 일이었지만 어머니가 그렇게 생각하고 있다면 그 생각을 물려받는 게 자식된 도리 아니겠는가. 게다가 아버지의 복잡한 사생활이 어떤 비극적인 요인에 의해 촉발되었다는 생각은 한결 낭만적이었던 것이다.

내가 그런 생각을 하는 사이에도 장군은 부지런히 이런저런 이야기를 늘어놓았다. 그 결혼을 전후한 자신의 입장에 대해서. 또 그 후 자신이 내 어머니와의 관계를 회복하기 위해서 얼마나 많은 노력을 기울였던가에 대해서. 그는 자신이 어머니의 결혼식장에 부조금을 들고 참석한 유일한 사촌이었노라고 말했다. 몇 주 후에는 아버지가 경영하던 레스토랑으로 선물을 사들고 찾아갔었노라고도 했다. 그는 그 레스토랑이 어떻게 생겼던가에 대한 설명까지 덧붙였는데 그건 내가 전해들은 기억 속의 장소와 많은 공통점을 갖고 있었다. 그러나 그는 그곳에서도 어머니의 화를 풀지는 못했노라고 했다.

"내가 얼마나 마음이 아팠는지를 너는 이해할 수 없을 게야. 네 어머닌 내게는 정말이지 소중한 사촌이었거든. 사실은 그 이상이었지. 사과나무를 서리할 적에도 난 사과가 네 어머니 머리 위로 떨어질까봐 늘 마음을 졸였었는데……"

나는 그쯤에서 한걸음 양보해야겠다고 생각했다. 그가 그날 나를 불러낸 것은 분명히 다른 이야기가 있어서일 텐데 내가 그의 입장에 동의하지 않는다면 그는 언제까지고 사과나무와 레스토랑 이야기만 되풀이할 것이기 때문이었다. 나는 적당히 안타까운 표정을 꾸미며 말해주었다. "서로에게 너무 정들이 많았기 때문에 일어난 오해였겠죠. 워낙 모두가 어려운 시절이기도 했구요." 그런데 그 말이 떨어지자 장군이 취한 행동은 나를 무척 당황하게 만들었다. 그는 불쑥 두 손으로 내 손을 움켜쥐었다. 잔주름과 잔털이 잔뜩 박힌 두툼한 손으로. 그리고는 대단히 감동적인 눈빛이 되어 나를 응시하는 것이었다. 마치 혁명을 함께할 동지라도 발견했다는 듯. 성민재 장군, 우리 생사는 이제 하늘의 뜻에 맡깁시다, 사나이답게 한번 나라를 세워봅시다…… 나는 괜히 등골을 따라 으스스한 한기가 번지는 느낌이었다.

장군이 그의 하나뿐인 아들에 대한 이야기를 시작한 것은 식탁이 깨끗이 치워지고 후식으로 커피가 나온 다음이었다. 그런데 그 이야기가 시작되자마자 나는 그것이 그날 그가 나를 만나자고 한 이유와 관계되어 있음을 알 수 있었다. 재원이라는 아들의 이름을 한번씩 발음할 때마다 그는 설악산 대청봉 꼭대기에서 폭우를 만난 사람처럼 사색이 되곤 했던 것이다. 그건 내 어머니가 사람들 앞에서 내 이야기를 할 때보다 훨씬 더 심각한 증상이었다.
"이 나이가 되어서 내가 달리 바랄 게 무어 있겠나. 하나 있는 아들놈 별 탈 없이 자기 길 찾아간다면 그걸로 고마울 따름이지. 그런데 글쎄 이놈이 젊은 한때의 혈기로 길고 긴 인생 경주를 망치려 드는 게야……"
나는 그의 아들에 대해서 관심이 없었다. 아직 아들을 낳아본 적이 없는 총각이 남의 아들에 대해서 관심이 없는 것은 당연한 일이었다. 그러나 나는 어머니로부터 그의 아들에 대한 소식은 드문드문 접하고 있었다. 부산을 한 번씩 내려갈 때마다 어머니는 재원이 이야기를 들먹였는데 그럴 때 당신은 구태여 희열감을 숨기려고도 하지 않았다. 당신의 소식통에 따르면 그는 대학원에 재학중이던 1992년 가을 학생 운동과 관계된 말썽을 일으켰노라고 했다. (그 일은 장군에게도 적지 않은 타격이 되었는데 공교롭게도 그것은 문민 정부를 예감한 장군의 근신 작전과 때를 같이하여, 결과적으로는 도움이 되고 말았다.) 그 후 독자에게 적용되는 병역 특례에 따라 육개월간 방위병 복무를 한 다음 어딘가로 사라졌노라고 했다. 산으로 들어갔다는 얘기도 있었고 외국 여행을 떠났다는 말도 있었다. 여기까지가 내가 어머니를 통해서 알고 있는 전부였다.
장군은 내 지식과 별반 다르지 않은 과거사를 간단히 정리한 다음 재원이의 최신 근황까지 이야기를 해주었다. 그는 한때 전라도의 모 산사로 들어가 기거하다가 다시 동남아시아로 여행을 나갔다고 했다. 그러니까 두 가지 학설이 모두 근거를 갖고 있는 셈이었다. 그런데 문제는 그가 동남아 여행을 떠난 지도 벌써 일 년이 가까워온다는 사실이었다. 그는 주로 수마트라나 자바, 술라웨시 등 인도네시아의 섬들을 돌아다니는데, 장군이 이따금 현지의 정보통을 통해 받는 소식에 따르면 60년대 잘나가던 미국의 히피족과 다를 바가 없노라고 했다. 치렁치렁한 머리에 텁수룩한 구레나룻, 허벅지가 찢어진 핫바지 등등. 어쩌면 조만간 알코올과 마리화나 중독으로 폐인이 되어버릴지도 모른다고 했다.

"나는 이제 이 자리에서 모든 공직을 물러나도 여한이 없는 사람이라네. 군대 생활 시작하자마자 4·19랑 5·16을 겪고 유신이며 10·26까지 겪은 사람이 별 세 개 달았으면 어지간히 일을 한 셈이지. 더 이상 무얼 바라겠나. 하지만 아들놈이 저 모양인 한은 편히 쉴 수가 없어. 나라에 면목도 서지 않고 말이야. 어떤가. 자네가 좀 도와주지 않으려나. 하나뿐인 내 아들놈 사람 좀 만들어주지 않으려나. 내 이렇게 부탁하네."

나는 그의 아들에게는 관심이 없었다. 남의 집 가정 교육 문제에까지 끼여들어 골머리를 썩일 정도로 한가롭지는 않았으니까. 다만 내가 그의 이야기에 귀를 기울인 까닭은 그것을 어머니에게 들려주면 신바람이 나서 어쩔 줄 몰라하시리라는 생각 때문이었다. 아마 어머니는 당장 몇몇 친척분들에게 전화를 걸어서 자초지종을 보고할 것이었다. 장군의 아들이 이제 곧 폐인이 될 거래요. 알코올에다 마약에다, 아 그게 모두 가정 교육이 잘못된 탓이라지 뭐예요. 그러고도 모자라서 그들을 몽땅 가게로 초대해서는 한바탕 이야기 잔치를 벌일 것이었다. 그건 내가 좀처럼 드리기 어려운 커다란 효도가 될 것이었다.

　내 침묵에 대해 장군은 아마 잘못된 해석을 한 모양이었다. 그는 아주 조심스럽게, 그의 아들을 악의 수렁에서 구해낼 작전 계획을 이야기하기 시작한 것이었다.

　가장 간단하게 생각해볼 수 있는 방법은 아들을 강제로 서울로 데려오는 것이다. 기술적으로도 그건 조금도 어려운 문제는 아니다. 현지의 기관에 양해를 구하고 사람을 두어 명만 사면 되니까. 정 어려우면 군 기관에 부탁할 수도 있는 일이니까. 하지만 그 방법은 데려오는 것 이상의 결과는 기대할 수 없다. 오히려 훨씬 험악한 상황을 만들 수도 있다. 아들은 고집이 보통내기가 아닌 까닭이다. 그래서 그는 오랫동안 고민을 해보았는데, 아들이 또 정에는 무척 약하다는 사실에 착안하게 되었다.

　정이라면 여러 가지가 있을 것이다. 부정, 모정, 자정, 우정 등등. 그런데 그 중에서도 제일 강한 건 역시 애정일 것이다. 동남아시아를 뒹굴고 있는 N극의 자석을 서울까지 끌고 오려면 어떤 잡다한 쇠붙이보다 S극의 자석이 효과적이지 않겠는가. (나는 장군의 군대식 단순화에 실소를 금할 수 없었다. 세상 어디에 N극만 가진 자석이 있고 S극만 가진 자석이 존재한단 말인가!) 그래서 그는 여자라는 S극의 자석을 이용하기로 마음먹었다. 그건 단지 아들을 서울까지 데려오는 데서 끝나지 않고 훨씬 많은 역할을 해줄 수도 있을 것이다. 아들에게 남자로서의 책임감을 일깨우고 나아가서는 훌륭한 사회인이 되도록 채찍질해줄 것이다. 세상의 모든 S극 자석은 N극을 강화시키려는 목적 한 가지로 존재하고 있는 것이다.

"어떤가, 내 계획이? 순리에 맞고 이치에 맞지 않는가?"

장군은 어느새 빙그레 미소까지 머금고 있었다. 스스로 만들어 낸 논리에 대한 감탄 때문에 그는 자신이 왜 그런 계획을 짜내어야 했던가를 잊어버린 모양이었다. 자신이 얼마나 불행한 상황에 처해 있었던가를. 그러나 그는 문득 그 생각을 해내었는지 다시 어두운 표정으로 돌아갔다.

"물론 나도 이렇게까지 하고 싶지는 않아. 하지만 어쩔 도리가 없지 않은가. 무작정 끌고 들어와 상처를 줄 수는 없는 일이고 말일세."

그는 계속해서 세부적인 이야기를 했다. 계획은 세웠지만 거기엔 문제가 있었다. 그 계획에 투입할 만한 마땅한 여자가 없다는 사실이었다. 아들을 한 순간에 사로잡을 만한 여자도 구하기 힘들었지만 그만한 지성과 연기력을 갖춘 여자는 더더욱 없었다. 그래서 고민을 거듭하던 중 그는 나를 떠올리게 되었다.

"나는 이 일이 한 편의 완전한 연극이 되어야 한다고 생각한다네. 여배우를 찾아 직접 부탁할 수도 있었지만, 그런다면 거기엔 연출이 빠지지 않겠나. 그렇다고 내가 그런 능력이 있는 것도 아니고…… 어쩌면 자네는 이런 일이 연극의 본질에서 벗어나는 것이라고 생각할지도 모르지만 내 생각은 달라. 한 사회가 성장해가는 동안 예술이 담당해야 할 역할이라는 게 뭔가. 그 사회의 구성원들을 끊임없이 화해시켜 하나의 연대감으로 엮어주는 것 아니겠나. 부자와 가난한 사람이 서로를 인정하고 늙은이와 젊은이가 서로를 이해할 수 있도록 말일세…… 다행히 요즘 자네는 재충전의 시간을 갖느라 덜 바쁜 모양이더구먼. 절대 보람없는 일이 되지는 않을 걸세."

그의 놀라운 답변은 잠시 나를 당황하게 만들었다. 그와 그의 집 나간 아들을 화해시키는 것이 연극의 본질적 역할이라니! 더구나 그즈음 내가 아무런 전망 없이 빈둥거리는 중이라는 사실까지 알고 있었다니. 나는 그의 제의를 거절하기가 만만찮을 것임을 느꼈다. 그런데 그때 다행스럽게도 그가 자충수를 두어주었다. 그는 내게 은밀한 집안일 운운하며 사례금을 소곤거렸는데 그것은 자그마치 칠천만 원이나 되었다. 칠천만 원이라면 규모 있는 연극 한 편을 괜찮은 배우들을 써서 준비할 수 있는 돈이었다. 그가 배려한 바도 그 점이라고 했다. 나는 한편으로 귀가 솔깃해지지 않는 바는 아니었다. S극 자석을 담당할 여배우에게 천만 원쯤을 사례금으로 지불한다 해도 모자라지 않을 것이었다. 하지만 그런 생각은 아주 잠깐 사이에 스쳐갔을 뿐이었고 불쾌한 느낌이 한결 강하게 솟구쳤다. 나는 점잖게 말투를 가다듬었다.
"저는 이제 곧 연습에 들어가야 합니다. 넉 달 후로 이미 공연 일정이 잡혀 있습니다. 하지만 필요하시다면 사람을 수소문해봐드리겠습니다. 그 정도 액수라면 몇 사람을 사기에 충분할 것 같으니까요."
이번엔 그가 당황스런 표정을 지었다. 그는 내가 그렇게 빨리 거절 의사를 밝히리라고는 예상하지 못한 모양이었다.
"아니야. 그럴 것까진 없네. 자칫 소문이라도 나면 얼마나 망신스런 일이겠나. 그래서 내가 집안 사람인 자네에게 부탁을 한 거고…… 좀더 시간을 갖고 생각해봐줄 수 없겠나?"
"글쎄요. 지금으로서는 곤란한 일이군요. 공연이라는 게 워낙 많은 사람들과의 약속이 되어놔서 말씀입니다."
"그렇지만 아직은 시간이 있지 않은가……"

장군은 말꼬리를 흐리며 내 눈을 빤히 쳐다보았다. 그런데 나는 그때부터 장군의 전혀 새로운 측면을 맞닥뜨려야 했다. 그처럼 활달하던 그는 문득 돌부처가 된 듯 입을 다물고 무거운 침묵 속으로 빠져들어간 것이었다. 거의 아무런 움직임도 없이, 자신이 원하는 대답을 얻을 때까지는 그대로 그렇게 있겠다는 듯. 그러다가는 간혹 같은 소리를 되풀이했다. 좀더 시간을 갖고 생각해보지 않겠나. 돈이 작아서 그런다면 더 무리를 해보겠네. 나는 얼른 두 손을 내저었다. 그런 게 아닙니다. 액수가 문제가 되는 게 아닙니다. 그러면 그는 다시 침묵의 늪으로 스며들어갔다. 그러나 잠시 후엔 또다시 이렇게 입을 열었다. 돈이 작아서 그런다면 내 좀더 무리를 해보겠네.

그는 마치 자신의 어떤 권리를 내가 인정하지 않는다며 침묵 시위라도 벌이는 듯한 모습이었다. 그 고등어는 벌써 한 달째 그의 냉장고 속에 들어 있었으니 찌개를 끓일 권리는 당연히 그에게 있지 않느냐, 라든가. 그때 그의 상심한 표정을 누군가가 보았다면 아마 나를 피도 눈물도 없는 고리대금업자쯤으로 여겼을 것이었다.

결국 나는 그에게 조금 더 생각해보겠노라고 둘러대고 그 자리를 벗어날 수밖에 없었다. 일주일 이내에 내 쪽에서 연락을 하겠노라고. 그러나 그런 약속을 했다고 해서 달라질 일은 아무것도 없었다. 나는 그 일을 떠맡을 생각이 조금도 없었던 것이다.

5

 사람들은 잘못된 일에 대해서는 언제나 다른 구실들을 찾으려 하게 마련이다. 자기 자신의 잘못이 아닌 다른 누구의, 혹은 일상적인 기대 질서를 무너뜨린 어처구니없는 어떤 사건의 잘못으로 돌리려 한다. 지하철에서 껌을 파는 사람들이 돌리는 하소연장을 보면 그건 아주 완벽하게 드러난다. 연필로 씌어진 비뚤비뚤한 글씨는 백이면 백 모두 어떤 기막히는 사건들이 자신을 그 지경으로 만들었는가를 고도의 논리력으로 분석하고 있는 것이다.
 이건 내 얘기가 아니다. 내가 나 자신의 실패에 대해서 이런저런 원인을 찾았을 때 영인이 한 말이다. 그녀는 아마 내 실패는 결국 나 자신의 잘못일 뿐 어느 누구에게도 책임을 떠넘길 수 없는 일이라는 얘기를 하고 싶었을 것이다. 나는 그녀의 생각에 반대하지 않는다. 사람들은 자기 일만으로도 너무 바빠서 다른 사람의 불행에까지 관여할 여유는 도무지 없으니까. 하지만 여전히, 나는 그게 나의 잘못이었다고는 생각하지 않는다. 실수였다고도 인정하기가 힘들다. 굳이 얘기하자면 운이 내게 따르지 않았다고나 할까. 그건 정말이지 예측할 수 없었던 갑작스런 불운이었던 것이다(영인은 이런 모호한 분석을 가장 싫어하지만).

지난해 겨울이 가까워오면서 나는 무척 흥분하고 있었다. 몇 해 동안 구상한 연극을 심혈을 기울여 준비하고 있었으며, 모든 일은 빈틈없이 맞물려 돌아가고 있었다. 특히 나는 배우들에 대해 몹시 만족하고 있었다. 그 연극을 위해 필요했던 다섯 명의 배우들을 나는 팔개월에 걸쳐 하나하나 캐스팅한 형편이었다.

더 많은 공을 들이느라 그 연극은 연습 일정도 석 달을 꽉차게 잡아두고 있었다. 스태프나 배우들도 불만이 없었다. 그들도 나의 구상이나 연출 의도에 공감하고 있었고 그것이 괜찮은 작품이 되리라 믿고 있었으니까. 그런데 연습이 두 달이 지나가던 무렵 문득 톱니바퀴가 어긋나기 시작했다. 그건 갑작스런 사고였다. 그 연극의 여주인공인 이상은이 수두에 걸려 드러눕게 된 것이었다. 나는 충격으로 심장이 멎는 듯했다. 그 연극만 아니었다면 설사 그녀가 베스비오 화산 정상에서 분화구로 뛰어들었다 해도 그처럼 놀라지는 않았을 것이었다.

의사는 그녀가 회복하는 데 이 주일에서 삼 주일 가량의 시간이 걸린다고 했다. 어림잡아 계산하자면 그녀가 일어난 다음부터 공연 날짜까지는 열흘이 채 못 남는 셈이었다. 다른 배우들과 스태프들은 여주인공을 한 명 더 준비해야 한다고 말했다. 이십여 일 열심히 연습시킨다면 그럭저럭 쫓아올 수는 있을 것이라고. 상은은 설사 정상적으로 회복되어 공연에 합류한다 할지라도 체력적으로 버티기가 힘들 것이라고. 그러나 내 생각은 달랐다. 상은은 풋내기 신인 시절부터 나를 감탄시킨 끼가 있는 연기자였다. 그 연극의 구상이 시작되던 무렵부터 이미 그녀는 여주인공 자리를 차지하고 있었다. 그 역을 위해서 나는 그녀 이외의 어떤 인물도 상상할 수 없었다. 게다가 나는 그녀의 정신력을 높이 사고 있었다. 설사 약간 힘에 부친다 할지라도 그녀는 나를 실망시키지 않을 것이 분명했다. 연습으로 말하자면, 그녀는 이미 오래 전에 그 역할을 자신의 것으로 만들고 있었으니 문제될 게 없었다.

나는 새로운 여주인공을 구하지 않은 채 연습을 강행했다. 상은은 내 그런 조치에 대해서 대단한 감사를 표했다.

이 주일이 지나자 그녀는 억지로 병원을 빠져나와 다시 연습 대열에 합류했다. 그녀의 얼굴에는 아직도 수두의 흉터들이 남아 있었고 나는 그녀에게 며칠을 더 쉬어야 한다고 말했지만 그녀는 듣지 않았다. 다른 단원들과 똑같이, 아니 오히려 더 많이 연습을 했다. 내가 예상했던 대로 그녀에게는 아무런 문제가 없었다. 이 주일 간의 공백은 그녀를 더 성숙한 연기자로 만들어주었을 뿐이었다. 그런데 그렇게 대엿새가 지났을 때였다. 사그라져가던 그녀의 수두 자국들이 다시 꿈틀꿈틀 움직이는가 싶더니 그녀는 다시 쓰러져버리고 말았다. 그것은 전혀 예상할 수 없었던 일이었다. 첫번째 쓰러짐보다 훨씬 더 불길하고 충격적인 사건이었다. 설상가상이라고, 그 두번째 쓰러짐에서 그녀는 다른 한 명의 동료 연기자까지 함께 쓰러뜨린 것이었다.

그때는 이미 모든 것이 너무 늦어 있었다. 일주일도 채 남지 않은 상황에서 한꺼번에 두 명의 대역을 구한다는 것은 불가능한 일이었다. 부득불 나는 공연을 연기하기로 마음먹었다. 이미 계약되어 있었던 극장은 포기하고 이삼 주 후 날짜로 새로운 극장을 구하기로. 하지만 그 일도 마음대로 되지 않았다. 적당한 극장 자리가 나타나지 않았다. 위치가 괜찮고 객석이 이백쯤 되는 곳은 모두 일 년 후까지 대관 계약이 끝나 있었다. 시간을 조금 더 뒤로 미루려고 하니 이번엔 배우들이 아우성을 쳤다. 스케줄이 부딪친다고.

우습게 들릴지 모르겠지만 그것이 전부였다. 지난 겨울 내가 파산을 맞게 된 경위의. 그리고는 잠시 어영부영 하는 사이 모두가 내 곁을 떠나버리고 말았으니까. 내가 그처럼 정성을 기울였던 연극은 바람과 함께 허공으로 떠버리고. 그런데 내게 더 커다란 상처를 준 것은 그 파산에 뒤이어 동숭동 거리를 유령처럼 나돌게 된 소문이었다.

"그게 사실이에요?"

그 소문을 처음 접한 것은 영인의 입을 통해서였다.

"무슨 얘기야?"

"상은이랑 형이랑 어쩌구저쩌구 하는 소문 말예요."

나는 잠시 어리둥절했다. 그러나 곧 그녀의 말뜻을 알아들을 수 있었다. 나는 그녀에게 좀더 자세한 설명을 요구했다. 그녀는 동숭동의 연극쟁이들 사이에는 이미 소문이 파다하게 깔렸노라고 말했다. 상은이가 나의 정부이며 내가 그녀만을 싸고 돌다가 연극을 모조리 망쳐버렸노라고. 나는 그녀에게 되물었다. 도대체 그런 일이 가능하기나 하다고 생각하느냐. 내 생활을 손바닥처럼 훤히 알고 있는 그녀가 보기에. 영인은 시무룩이 고개를 저었다. 자기도 그렇게 생각하지는 않는다. 하지만 어쨌건 일은 모양이 좋지 않게 되었다. 소문이란 건 사실보다 더 커다란 힘을 지니고 있으니까. 게다가 민재형에게도 잘못이 많았다. 일 처리를 너무 편파적으로 했다. 상은이 연기력이 뛰어나다는 건 알지만 곰보딱지가 되어 드러누워 있는데도 그녀만을 고집할 필요는 없지 않았느냐……

그날 난 영인이와 제법 소리를 질러가며 말다툼을 했었다. 그건 좀처럼 없는 일이었다. 그녀는 내게 불평이나 잔소리를 늘어놓는 타입은 아니었다. 다른 사람의 얘기를 듣고 들어와서 쫑알거리는 성격은 더더욱 아니었던 것이다.

이 자리에서 내가 분명히 해두고 넘어가고 싶은 점은 그 무렵 상은과 나 사이에는 정말이지 아무런 사적인 관계도 없었다는 사실이다. 그 점에 대해서는 영인이 언제든지 증인이 되어줄 것이다.

상은에 대해서 내가 아무런 호감도 갖고 있지 않았다고 얘기한다면 그건 아마 거짓말일 것이다. 연출가로서 좋은 배우에 대해 갖게 되는 관심은 간혹 개인적인 차원에서의 관심과 뒤섞여 쉽게 구분되지 않는 경우도 있었으니까. 물론 그런 감정을 억제하는 것이 좋은 연출가가 되기 위한 첫번째 조건이었겠지만 상은에 대해서는 나는 구태여 두 가지 관심 사이에 선을 그어야 할 필요성을 느끼지 못하고 있었다. 더 솔직하게 얘기한다면, 그녀와 나 사이에는 제법 애매한 상황도 없지 않았었다. 그러나 그것은 연극 연습에서 내가 그녀를 감싸고 돌았다는 어처구니없는 소문과는 무관한 것이었다. 오히려 그 소문이 동숭동 거리를 휩쓸고 지나간 다음에 일어난 아주 작은 상황이었으니까.

구십삼년의 달력이 많은 아쉬움을 남긴 채 벽에서 내려지던 날, 상은이 내게 전화를 걸어서는 무얼 할 거냐고 물었다. 자기는 할 일이 아무것도 없다고. 그래서 우리는 시내에서 만나기로 했다. 덕수궁 근처 길모퉁이에 있는 사과나무라는 커피숍이었다. 그녀는 영인이도 함께 나오기를 원했지만 영인인 벌써 나가고 없었다. 홍두라는 이름을 가진, 이름만큼이나 괴상한 성격이어서 내가 쉽게 이해할 수 없는 남자 친구와 데이트가 있노라고 했다.

차를 마시고 저녁을 먹고 맥주도 한잔 마시고, 꽤 늦게까지 이런저런 얘기들을 나누다가 헤어져야 할 시간이 되었다. 그런데 그때 아리송한 주제가 테이블 위로 등장했다. 밤이 늦어 헤어질 적에 남자가 여자를 바래다주는 것이 어떤 의미를 가지느냐에 대한 논쟁이었다. 그런 이야기가 왜 시작되었는지는 기억나지 않는다. 누가 먼저 얘기를 꺼내었는지도. 어쨌건 일어나야 할 시간이 되었을 때 탁자 위에는 그런 이야기가 올라와 있었다. 그녀는 그게 어리석은 관행이긴 하지만 나름대로 귀여운 면도 있노라고 말했다. 약간은 낭만적이기도 하다고. 나는 그녀와는 다른 의견을 내세웠다. 그건 조금도 낭만스러운 일이 아니다. 신변의 안전이 언제나 위협받는 사회에서 어쩔 수 없이 생겨난 성가신 관행일 뿐이다. 설사 남자가 여자를 사랑하지 않는다 할지라도 조금이라도 염려하는 마음이 있다면 당연히 해야 할 일이다.

나는 아마 조금 취했을 테고, 그녀의 말에 무조건 동의하고 싶지 않았을 것이다. 그런데 그런 말을 내뱉은 다음 나는 이미 내게 선택이 여지가 없어졌음을 깨달아야 했다. 밤이 늦은 시각이었고, 만약 내가 그녀를 혼자 들여보낸다면 그건 내가 그녀를 염려하는 마음이 조금도 없다는 뜻이 되기 때문이었다. 물론 그녀는 나를 만류했다. "그럴 필요 없어요. 그건 모두 농담이지 않았어요. 설마하니 이런 초저녁에 제가 무슨 일이라도 당할까봐 걱정하는 건 아니겠죠." 그녀는 깔깔거리고 웃었다. 나는 어거지로 우겨 그녀와 함께 택시 속으로 들어갔다.

택시는 불광동의 자그마한 골목길 앞에 멈추어 섰다. 택시에서 내려서 우리는 잠시 걸었다. 그리고는 그녀가 혼자 산다는 연립주택 앞에 이르렀다. 그즈음 내 머릿속에는 여러 가지 생각들이 서성거리고 있었다. 괜히 객기를 부렸다는 생각, 잘했다는 생각, 집 안으로 들어가서 커피라도 한잔 마시고 가야 하지 않겠느냐는 생각, 그런데 그녀가 초대를 할 것인가 하는 의문 등등. 그녀도 아마 비슷한 생각들에 시달리고 있은 모양이었다. 집 앞까지 걸어가는 동안 내내 아무런 얘기도 없었으니 말이다.

집 앞에서 우리는 쓸데없는 얘기들을 시작했다. 또 한 해가 가고 헛되이 나이만 하나 더 먹었다든가, 무척 따뜻한 겨울밤이라든가 뭐 그런 얘기들이었다. 하지만 우리는 서로가 피하고 있는 화제가 무엇인가를 잘 알고 있었다. 그건 함께 집으로 들어갈 것인가 아니면 거기서 헤어질 것인가 두 가지 중 한 가지였던 것이다.

마침내 먼저 마음을 정한 쪽은 그녀였다. 어쩌면 그건 처음부터 그녀의 몫이었는지도 모르겠다. 손님이 주인을 초대할 수는 없는 노릇이었으니까. 그녀는 내게 잠시 올라와서 차를 한잔 마시지 않겠느냐고 말했다. 그런데 나는 그 대목에서 심술궂게도 웃음을 터뜨리고 말았다. 그리고는 분위기에 맞지 않는 소리를 늘어놓았다. 차를 마시는 건 좋지만 나는 이 시간에 한번 신발을 벗으면 다음날 정오까지는 신지 않는 버릇이 있다, 그래도 괜찮으냐. 그녀는 빙그레 미소를 지었고 그건 곤란하겠노라고 말했다. 그래서 우리는 거기서 작별을 고해야 했다.

돌아오는 길에 나는 내 머리카락을 무수히도 쥐어뜯고 있었다.

신발이 어쩌고저쩌고 하던 바보스런 말들에 대해. 그러나 이상하게도 마음은 상쾌했다. 행여 내가 도덕군자라도 되는 걸까 오해들은 없기 바란다. 거기엔 내게도 아직 분명찮은 어떤 이유가 있었을 테니 말이다.

6

 영인과 나는 종종 엉뚱한 이야기들을 나눴다. 김유신 장군이 단칼에 쳐죽인 애마는 과연 자신이 살해당한 이유를 알고 있었을까, 사이버 섹스나 전자 엘에스디가 대중화되는 것은 서기 몇 년도쯤일까 등등. 그러니 내가 20년 전 태양계에서 있었던 사건들에 대해 진지한 대화를 시작했다고 해서 그녀가 내 의도를 의심할 이유는 없었다.
 1975년 태양계에서는 여러 가지 사건들이 있었다. 사우디아라비아에서는 파이잘 왕이 피살되었고 캄보디아에서는 론놀 정권이 붕괴하였으며 베트남은 공산월맹에 무조건 항복을 선언하였다. 아랍의 테러리스트들과 일본의 적군파는 전년도에 이어 세계 각지에서 왕성한 파괴 활동을 보였다. 내 아버지는 또 예닐곱 명의 젊고 싱싱한 여인들과 은밀한 데이트를 즐겼을 것이었다. 그런데 그해에는 그 모든 사건들을 합친 것보다 훨씬 기념비적인 사건 한 가지가 있었다. 다름아닌, 미국의 항공우주국 NASA에서 쏘아올린 쌍둥이 탐사선 바이킹의 화성 착륙이었다.

바이킹이 화성 표면에 내려앉을 즈음 그 역사적인 사건에 관여했던 과학자들은 가슴을 떨며 숨을 죽이고 있었다. 쌍둥이 탐사선은 거의 완벽하게 지성적인 로봇이었는데 그들의 주요 임무는 화성에서 생물체를 찾아내는 것이었다. NASA의 과학자들은 외계에서 발견될지도 모를 최초의 생명에 대한 설레임으로 긴장하고 있었던 것이다. 그러나 잠시 후 바이킹 우주선이 지구로 송신한 전파는 화성에는 아무런 생물체도 존재하지 않는다는 냉랭한 소식뿐이었다. 화성은 여름의 한낮을 제외하고는 모든 것을 얼려붙이는 추위가 맹위를 떨치고 있으며, 적어도 우리가 이해하는 생물의 개념에는 완벽히 부적합한 환경이라는 사실이 밝혀졌다. 다시 말하자면 그것은 태양계내에서는 지구만이 생명을 가진 유일한 행성임을 뜻하는 것이었다.

"거대하고 황폐한 태양계 속에 홀로 살아남아 발버둥치는 작은 섬인 지구를 생각하면 괜히 가슴이 저려. 그런데 이야기는 거기서 끝나지 않아."

"그럼 어디까지 이어지죠?"

"진짜 아스라한 건 그 다음이야. 그 탐사를 위해서 화성에 착륙했던 쌍둥이 바이킹의 운명에 관한 거지."

닐 암스트롱을 싣고 달에 착륙했던 아폴로 11호와는 달리 바이킹은 지구로 귀환하지 못할 운명이었다. 귀환은커녕 자신들이 내려선 지점에서 단 한 발자국도 움직이지 못할 운명이었다. 그저 그렇게 그 자리에서 일생을 마치도록 되어 있었다. 이제는 지구와의 교신도 끊어진 채, 그들은 묵묵히 침몰하고 있었다. 사막으로 가득한 화성의 사나운 바람은 마모성이 강한 모래와 산성의 먼지를 일으켜서 이 미아들을 야금야금 갉아먹고 있었다. 다리를 갉아먹어 무릎을 꿇리고, 껍질을 벗기고, 궁극에는 몸뚱어리를 조각조각 해체하여 산화시킬 것이었다. 그리고 그 과정은 지금 이 순간에도 멈추지 않고 진행되고 있었다.

내 장황한 이야기가 끝났을 때, 그녀는 콧물을 훌쩍였다.
"그러니까 그 어린 쌍둥이 바이킹들이 지금도 화성에서 죽어가고 있다는 얘기로군요."

그녀는 창문을 열고 밤하늘을 올려다보며 화성을 찾아내려고까지 했다. 그녀의 눈가에는 어쩌면 호흡 곤란으로 목줄기를 움켜쥐고 비틀거리는 두 바이킹이 어른거리고 있었을지도 몰랐다. 담배 한 개비에 불을 붙여 재떨이 위에 똑바로 세운 다음 그녀는 피어오르는 연기를 향해 두 손을 합장했다. 사뭇 장엄한 추모식이었다.
"왜 사람들은 쌍둥이 바이킹의 시신을 회수해올 생각들은 않는지 몰라. 당시로서는 불가능했겠지만 지금 단계에서는 크게 무리한 일도 아닐 텐데."

나는 이 이야기를 아무렇지도 않은 척 말했다. 그러나 사실은 이것이 그날의 가장 중요한 대사였다. 나는 이 질문을 그녀에게 던져서 그녀의 의견을 듣기 위해 머나먼 길을 돌아온 것이었다. 그런데 그녀의 태도는 내가 기대했던 바와는 달랐다. 그녀는 화성의 겨울밤처럼 냉랭하게 두 눈을 치켜떴다.
"그래서요? 그래서 어쩌자는 거예요?"
"글쎄. 그래서 다시 예쁘게 단장할 수도 있겠지. 화성의 모래 알갱이랑 산성 먼지도 깨끗이 닦아내고."

"그리구요?"

"그 다음은, 나도 알 수가 없지. 다시 사용할 수 있을지도 모르고 우주 박물관에 보관하게 될지도 모르고. 하지만 적어도 화성의 사막에 팽개쳐두는 것보다야 낫지 않겠어?"

그녀는 한숨을 내쉬고는 타들어가는 바이킹의 추모비를 집어들어 연기를 빨아들였다.

"형은 미라에 대해서 어떻게 생각해요? 사람들이 죽은 이의 육신을 기어코 붙잡아 자연으로 돌아가지 못하도록 가로막는 행위에 대해서 말예요. 물론 그게 바람직한 일이라고는 생각하지 않겠죠. 그건 정말이지 흉측한 일이에요. 낭만스럽지도 못하구요. 누군가의 죽음을 애도한다는 것과 그 죽음을 물고늘어져서 미련을 떤다는 것은 전혀 다른 일들이니까요. 게다가 미라를 만드는 사람들은 대부분 그걸 이용해서 자신의 현실적인 이득을 추구하는 족속이죠. 권세라든가 후광이라든가 뭐 그런 거요. 바이킹의 죽음에 대해서도 마찬가지예요. 그 어린 쌍둥이들은 그런 비극적인 운명을 안고 태어났어요. 그래서 화성이라는 사막으로 보내어졌고 거기서 장엄하게 자신들의 최후를 맞고 있어요. 모래바람이 휘몰아치는 사막에서 차츰 퇴색되고 형체를 잃어가는 그들의 모습은 참으로 아름답고 낭만적일 거예요. 그런데 뭐라구요? 그들을 다시 지구로 데려오자구요? 그래서 모래를 씻어내고 예쁘게 단장해서 박물관에 집어넣자구요? 도대체 어떤 종류의 사람들이 그런 생각을 해낼 수 있을까요. 그 쌍둥이들에게 직접 물어봐도 아마 그들은 고개를 저을걸요. 그처럼 어처구니없는 종말보다는 차라리 사막에서의 장렬한 최후를 택하겠다구요."

영인의 입장은 단호했다. 더 이상 나는 아무 말도 덧붙일 수 없었다. 그녀의 말대로 그것이 두 바이킹의 아름답고 낭만적인 최후에 미련을 덕지덕지 붙이는 일인지 확신할 수는 없었지만. 아니 그전에 그들의 최후가 그처럼 아름답고 낭만적인 것인지도 확신할 수 없었지만.

영인에게 바이킹에 대한 이야기를 꺼내었을 때 기실 나는 다른 것을 생각하고 있었다. 허공으로 떠올라 사라져버린 내 연극에 대한 미련이었다. 상은의 갑작스런 수두로 시연조차 못 해보고 막을 내려야 했던 바로 그 연극 「하얀 피아노」에 대한.

더 솔직하게 얘기하자면, 나는 사람들이 먼저 내게 그 연극을 다시 살려야 한다고 말해주기를 기다리고 있었다. 그리고 그 사람들 중에서 내가 첫번째로 기대할 수 있는 사람은 바로 영인이었다. 그녀는 지리적인 거리로나 심정적인 거리로나 나와 가장 가까운 곳에 있었으니까. 게다가 그 연극에도 깊숙이 관여한 경력이 있었고. 그러나 아무리 기다려도 그녀는 그런 이야기를 꺼내지 않았다. 도대체 그녀는 그런 일이 있었다는 사실조차 까맣게 잊은 듯했다. 나는 그녀의 아스라한 연민을 일깨워보기로 했다. 스칸디나비아 반도에서 태어나 북대서양과 지중해를 누비다가 뜻밖에도 화성에서 종말을 맞게 된 바이킹을 들먹임으로써. 그러나 그녀의 태도는 내 기대에 커다란 못을 박아버리고 말았다. 그녀에게는 미련이라는 낱말처럼 미련스러운 게 없었다. 지나간 일은 지나간 일이며 슬픔은 슬픔이었다. 그리고는 새로운 시작이 있을 뿐이었다.

영인의 그 같은 태도 때문에 내가 더 이상 그 연극에 미련을 갖지 않을 것을 고려하기 시작했다고 말한다면 사람들은 아마 고개를 내저을 것이다. 그러나 그것은 사실이라고 할 수 있었다. 성민재라는 인간은 결단력이 결여된 편은 아니었다. 내 인생이 걸린 중요한 문제 앞에서 나는 언제나 분명하게 한 가지를 선택했다. 대학교 삼학년을 마치고 군대를 갈 적에도 그랬고, 연극 연출을 업으로 선택할 때도 그랬다. 적잖은 어려움이 있었지만 결국 나는 한 가지를 정할 수 있었다. 그런데 문제는 조금 덜 중요한 일들을 결정하는 데 있었다. 이 연극을 할 것인가 저 연극을 할 것인가, 이 배우를 쓸 것인가 저 배우를 쓸 것인가, 이 여자를 만날 것인가 저 여자와 교제를 계속할 것인가…… 그런 문제들 앞에서 나는 이상하리만치 관대해지고 너그러워졌다. 모든 대안들이 나름대로 의미가 있었고 가치가 있어 보였다. 그런 대안들 중에서는 어느 쪽을 선택하건 나는 여전히 하루 세 끼니 밥을 먹을 것이며 이틀 걸러 하루 꼴로 술을 마실 게 분명했다. 그럴 때면 나는 삶이라는 것에 대해 짜증을 느꼈다. 삶이 끊임없이 강요되는 선택의 연속이라는 사실에 대해. 내가 영인에게 약간의 열등감을 느끼는 것은 그녀가 그런 면에서 나와는 너무도 상반되는 성격의 소유자이기 때문이었다. 그녀는 어떤 편인가 하면, 선택을 유보하며 하루하루를 넘기는 사람들의 삶을 도무지 이해하지 못했다.

"어떻게 그렇게 살 수가 있죠? 하루를 걸어가는 동안 우리에게는 수없이 많은 공이 날아와서 부딪쳐요. 그 공들은 그때그때 쳐내어져야 해요. 그렇잖으면 잠시 만에 움직이는 공의 무덤이 되고 말 테니 말예요."

그녀는 내 관대함을 우유부단으로 간주하고 있음이 분명했다. 그런 말은 물론 내 기분을 상하게 했다.

"그럼 사람들이 손가락질하며 비웃을 테고?"

"사람들이 손가락질하는 게 문제가 아니에요. 자기 몸이 자꾸 무거워지는 게 문제죠. 그렇게 많은 공들을 매달고 어떻게 민첩하게 움직일 수 있겠어요."
"난 내가 무거워진다고 느껴본 적은 없는데?"
"형이 스스로 그걸 느끼려면 아마 슬로 모션 정도는 되어야 할 거예요."
그녀는 혀도 내밀지 않고 그렇게 말했다.
하루를 걸어가는 동안 우리에게는 수없이 많은 공이 날아와서 부딪친다는 영인의 논리는 어떻게 보면 핵심을 찌르는 면이 있었다. 그 공들은 그때그때 쳐내어져야 한다는 것도. 공기가 브라운 운동을 하는 수많은 분자들에 의해서 스스로를 지탱해나간다면 세상은 브라운 운동을 하는 수많은 관계와 기대들에 의해서 그 형태를 지탱하고 있었던 것이다. 그녀는 과연 스스로의 말대로 매순간 공들을 쳐내며 살아가고 있었다. 그녀가 선택해서 결정한 방향으로. 그런데 내가 만약 그녀의 논리를 인정한다면, 내게로 날아오는 그 수많은 공들은 모두 어떻게 되고 있는 것이었을까. 나는 매번 부지런히 공을 쳐낸 기억이 없었다. 하지만 그렇다고 해서 엄청나게 많은 공들의 무덤 속에 파묻혀 허우적거리는 것 같지도 않았다.
"형은 어떤가 하면 말예요, 공을 받아서는 잠시 만지작거리다가 슬그머니 버리는 식이에요. 말하자면 살아서 날아온 공을 죽여서 내려놓는 거죠. 형 같은 사람들이 몇 명만 더 생기면 세상은 결국 모두 수면 속으로 빠져들고 말 거예요."
그녀의 설명은 친절하고 그럴듯했다. 나는 그녀에게 감탄하지 않을 수 없었다. 그러나 내가 세상이라는 거대한 존재에 대해 수면제 역할을 담당한다는 논리는 간단히 승복할 수 있는 것이 아니었다. 그것은 인간 성민재의 역할을 지나치게 과대평가하고 있었다. 내 존재 방식에 대한 그런 식의 규정이 나를 얼마나 섭섭하게 만들었던가는 차치하고서라도.

영인과 그런 얘기를 나누었다고 해서 내 행동이 특별히 달라지리라고는 생각할 수 없는 일이었다. 그런데 그날 이후로 조금씩, 나는 미묘한 변화를 느끼게 되었다. 자신도 모르는 사이 어느 틈에 나는 그녀를 흉내내기 시작한 것이었다. 그것은 한 박자가 지체된 모방이었는데, 이를테면 이런 식이었다. 그녀와 함께 식당을 가면 나는 그녀가 주문하는 메뉴와 방식을 눈여겨본다. 따로 노력을 기울일 필요도 없이 자연스럽게 그렇게 된다. 그리고 다음날 다른 사람과 식당을 가면 나는 그녀가 주문했던 것을 그녀의 방식으로 주문하는 것이었다. "회냉면 하나 주세요. 너무 맵지 않게요." 손가락 하나를 치켜들며.

그것은 비단 식당에만 관계된 일이 아니었다. 카페에서 맥주의 종류를 결정할 때도 그러했고, 넥타이 한 장이나 양말을 살 때도, 사람들과 약속 장소를 정할 때도 그러했다. 그런 모방을 시작하자마자 나는 그것이 얼마나 편리한 삶의 방법인가에 놀라야 했다. 그 방법은 우선 내게 아무런 고민이나 갈등을 요구하지 않았다. 나는 다만 그녀가 전날 주문했던 메뉴가 무엇이었던가만 기억해내면 되었다. 게다가 그 방법은 사람들의 눈에 비친 나를 무척 민첩하고 명쾌한 존재로 만들어주었다. 늘 무엇을 선택해야 하는가를 알고 있는 사람으로. 내게로 날아오는 수많은 공들을 매순간 어디로 쳐내어야 하는지를 알고 있는 사람으로. 나는 더 이상 살아서 날아온 공을 죽여서 슬그머니 버리는 수면제가 아니었던 것이다.

쌍둥이 바이킹에 대한 이야기도 마찬가지였다. 그 자리에서 당장은 나는 그녀의 의견에 동의하지 않았다. 그러나 불과 며칠이 지나지 않아 서서히 그녀의 의견 쪽으로 이끌리고 있었다. 말하자면 한 박자 지체된 모방 현상이 다시 일어나고 있었다. 그녀의 방식은 점점 더 많은 매력을 발산했다. 한번 떠나간 것은 이미 인연이 다한 것이며, 그것에 연연해하는 것은 새로운 연극을 만들어낼 자신이 없음을 뜻하는 것 아니겠는가. 나는 어쩌면 지난 수개월간 나를 괴롭혔던 미련을 버리고 새로운 가능성을 탐색해야 하는 것일지도 모른다고 스스로에게 질문하기 시작했다.

만약 내게 두 주일만 더 시간이 주어졌더라면 나는 그 미련을 깨끗이 털어버렸을지도 몰랐다. 허공으로 뜬 연극은 말끔히 잊고 새로운 무엇을 시작했을지도. 그러나 결과적으로 나는 그것으로부터 벗어날 수가 없었다. 내가 평화로워지는 것에 대해 대단히 못마땅한 의견을 갖고 있는 어떤 세력이 내게 한 여인을 보내온 까닭이었다.

어느 쪽이 나았을까. 그때의 그런 회의를 계속해서 밀고 나가는 편이 옳았을까. 그래서 새로운 연극을 시작하는 편이 현명했을까.

선택하지 않은 일에 대한 미련처럼 미련스런 것은 아마 없을 것이다. 그건 실패한 일에 대한 미련보다도 한 단계 저속한 차원의 미련임에 분명하다. 그러니 그런 의문은 지워버리기로 하자. 대신 이제 잠시 동안, 어떤 경로로 내가 다시 실패한 옛 연극에의 집착으로 돌아가게 되었는지를 얘기해보도록 하자. 내게로 보내어진 여자는 누구였으며 그녀는 어떤 방법으로 내 신경을 긁어대었는지를. 그것은 그러니까 구십사년 삼월 중순이었다. 연극이 실패로 마무리지어지고서 석 달 남짓이 지날 무렵이었다.

7

 그 오후 나는 아파트 발코니에 기대어 서서 창 아래를 내려다보고 있었다. 아파트 건물들 사이로 조각조각 정돈된 공지에는 엉성하게나마 제법 푸른 기운이 오르고 있었다. 햇살도 그럴듯했고 진달래의 분홍빛 꽃잎들도 듬성듬성 드러나보였다. 쌍쌍이 날며 그 해분의 번식을 준비하는 찌르레기들도 보였다. 그 봄의 도래와 더불어 나는 어떤 일을 시작할 수 있을까, 어떤 재미있는 사건을 기획할 수 있을까, 아마 나는 그런 생각에 잠겨 있었을 터이다.
 초인종이 울린 것은 내가 담배를 입에 물고 라이터를 찾기 위해 바지 주머니에 손을 찔러넣었을 때였다. 종소리는 두 번을 단정하게 울린 다음 조용해졌다. 나는 담배에 불을 붙이고 창밖으로 연기를 내뿜었다. 미취학 아동을 찾는 영재교육회사의 여선생이거나 하나님의 거룩한 심부름꾼쯤 되려니 생각했다. 그런데 잠시 후 초인종은 다시 두 번을 울렸다. 그리고는 잇달아서 몇 번을 더 울렸다. 나는 투덜거리며 현관문을 열었는데 뜻밖에도 내 앞에는 유미가 버티고 서 있었다.
"안녕!"
그녀는 손가락을 들어올려 허공을 간지르듯 인사했다. 그녀는 아마 자신이 아직도 내게 대단히 매력적인 인물인 것으로 생각한 모양이었다.
"면도기가 떨어진 모양이지. 전기 면도기는 어떻게 했어? 지난번에 내가 사준 게 있었잖아."
내가 잠시 멍하게 있는 사이 그녀는 나를 비집고 집 안으로 들어갔다. 거실을 한바퀴 휘둘러본 다음 소파에 걸터앉았는데 그것은 일 년 반 전과 조금도 다를 바가 없는 모습이었다. 두 다리를 포개고 앉아 허벅지 사이가 슬쩍 드러나보이게 한 것도 그때와 다를 바가 없었다. 나는 현관문을 열어둔 채 소파의 맞은편 자리에 앉았다.
그녀는 그 동안의 안부를 묻는 것으로 이야기를 시작했다. 그 동안 지내기는 재미있었느냐, 여행을 다녀온 곳은 없었느냐, 영인이와 함께 지내는 데 불편함은 없었느냐 등등. 마치 두어 주일 집을 비웠던 가정주부가 자기 집에서 있었던 일들을 확인하는 듯한 태도였다. 나는 그저 건성으로 짤막짤막한 대꾸들을 해주었다. 그러자 그녀는 집 안 청소를 좀더 자주 해야겠노라고 걱정한 다음 자기는 몇 달 간 프랑스를 다녀왔노라고 했다. 파리로 가서 에펠탑과 몽마르트의 서정에 흠씬 젖었다 돌아왔노라고. 루브르 박물관에도 갔었고 빅토르 위고의 집에도 갔었으며 피카소 박물관도 둘러보았노라고 했다. 카페 거리로 유명한 몽파르나스에서 40년대의 음악과 함께 먹는 브런치는 무척 인상적이었노라고도 했다.

"그런데 카페와 바가 어떻게 다른지 알아? 카페의 본고장인 프랑스에서 말이야."

그녀는 대단한 걸 가르쳐주기라도 하겠다는 듯 엉덩이를 흔들며 두 다리를 고쳐 포개었다. 허벅지 사이는 조금 전보다 더 깊숙이 들여다보였다. 나로서는 알 도리가 없는 사항이었다.

"글쎄?"

"차이점은 두 가지가 있어. 우선 하나는, 카페는 거리를 향해 열려 있지만 바는 그렇지 않다는 거야. 카페는 보통 넓고 큰 유리창을 갖고 있는데 바는 사방이 벽으로 밀폐된 어두운 공간이거든. 하지만 그건 본질적인 차이점은 아니야. 오히려 중요한 것은 문화적인 차이야. 프랑스 사람들에게 카페란 기차가 잠깐 지나치는 간이역과 같은 곳이야. 간단한 식사를 하거나 차 한잔, 혹은 칵테일 한잔 정도를 위해서 잠시 들르는 곳이지. 반면에 바는 자체로서 하나의 목적지야."

그녀는 무척 일반적인 이야기들을 하고 있었다. 그 동안 지내기가 재미있었느냐는 것으로부터 시작해서 루브르 박물관과 피카소 박물관, 카페와 바의 차이, 간이역과 목적지의 차이 등에 이르기까지. 모든 대화는 밝고 건설적이었고 상식에 도움이 되는 내용들이었다. 그런데 그런 대화를 이끌어나가는 그녀의 태도는 왜 조금도 일반적이지 못했을까. 왜 은근하고도 강렬하게 성적인 분위기를 풍기고 있었을까. 일 년 반이라는 세월이 흘렀지만 그녀가 내게 선사하는 첫번째 의문은 조금도 달라지지 않고 있었다. 그녀는 마치 내게 이런 얘기를 하고 있는 듯했다. 그 동안 성생활은 어땠어? 내가 없어서 심심하지 않았어? 영인이 같은 어린애랑이야 별 재미가 없었을 테지. 프랑스에 가서 아주 세련된 종류의 섹스들을 배워왔어. 카페형 섹스와 바형 섹스라는 거야……

그녀가 모든 남자들 앞에서 그런 분위기를 연출하는 것은 아니었다. 물론 내가 자신할 수 있는 부분은 아니었지만, 적어도 주변 친구들 얘기로는 그랬다. 친구들은 자기네가 어쩌다 그녀와 단둘이 얘기하게 되는 경우가 있어도 그녀가 노골적으로 허벅지를 내보이는 적은 없었노라고 주장했던 것이다. 그런데 이상하게도 유미는 내 앞에만 오면 유혹이라는 목적 의식에 사로잡히곤 했다. 그녀가 한때 고백한 말을 따르자면 그것은 그녀의 잘못이 아니었다. 내 속의 무엇이 언제나 먼저 그녀를 자극하기 때문이라고 했다. 내 속에서 스며나오는 어떤 파장이 그녀에게 나를 낮은 곳으로 이끌어야 한다고 속삭인다는 것이었다. 영인에게서 내가 세상의 수면제 역할을 담당한다는 얘기를 들었을 때 사실 나는 무척 놀랐었는데 그건 혹시 그 얘기가 유미가 말하는 낮은 곳으로의 유혹과도 관계되어 있을지 모른다는 생각 때문이었다. 그러고 보면 내게서는 무언가 예사롭지 않은 파장이 스며나오기는 나오는 모양이었다. 전달받는 사람에 따라서 졸리움으로 번역되기도 하고 성적인 유혹으로 번역되기도 하는. 그런데 그 파장을 전달받는 영인과 유미의 해석 체계가 서로 뒤바뀌었더라면 어땠을까.

처음 유미가 내게 자신의 허벅지를 드러낸 것은 우리가 서로를 알게 되고 불과 두번째 만남에서였다. 학교의 연극반 후배들과 함께 만든 두번째 연극에서 나는 그녀에게 포스터 제작을 의뢰했었다. 물론 그전까지는 전혀 모르는 사이였고 그 일 때문에 억지로 소개받은 형편이었다. 연습을 마치고 막걸리 한잔을 들이켠 다음 나는 밤늦게 미술대학 작업실로 올라갔었다. 그녀가 작업중인 포스터의 진도를 확인하기로 약속되어 있었다. 응용미술학과의 작업실에는 아무도 남아 있지 않았다. 그녀는 다른 학생들이 모두 돌아갔는데 그 일 때문에 자기만 혼자 남아 있노라고 투덜거렸다. 그리고는 포스터에 대해서 함께 의견을 나누기 시작했는데, 그런데 그녀의 허벅지가 조금씩조금씩 올라가기 시작했다. 그녀의 몸동작은 어찌나 자연스러웠는지 나는 허벅지를 오르내리는 치마의 움직임을 볼 때마다 아찔한 높이의 파도를 타는 느낌이었다. 새삼스럽게 술기운이 오르는 듯도 했다.

그날 나는 결국 그녀를 덮치는 주정을 부리고야 말았다. 그녀는 소스라치게 놀라 나를 밀치며 달아났고, 작업실은 순식간에 난장판이 되었다. 육각형의 거대한 나무 상자들이 바스러지고 목 없는 비너스는 허벅지마저 으깨어져 바닥으로 나뒹굴었다. 나는 숨이 턱 끝까지 차오른 다음에야 그녀 속으로 들어갈 수 있었다. 그녀는 마침내 뜨거운 숨을 몰아쉬며 나를 끌어안았다. 그 일이 마무리지어졌을 때 나는 대단한 승리감에 도취했다. 연극 이외의 분야에서 무언가를 이룬 것은 그때가 처음이었다. 그러나 그것이 그녀에 의해 치밀하게 계산된 무대였으며 그로부터 수년 간 강요될 나의 운명이었음은 꿈도 꾸지 못하고 있었다. 그 후로 그녀는 언제나 내게 자신을 겁탈할 것을 강요했던 것이다.

여자와 남자의 한 가지 결정적인 차이점을 내가 알게 된 것은 바로 그녀를 통해서였다. 여자는 같은 남자로부터 수백 번의 겁탈을 당해도 여전히 흥분과 쾌감을 느끼지만 남자는 그렇지 않다는 사실이었다. 오히려 짜증스러워질 뿐이었다. 세상의 어느 남자가 같은 여자를 수백 번씩 겁탈하는 중노동을 상상이나 할 수 있겠는가.
"어쨌든 그건 민재씨 잘못이야. 그 첫날 민재씨가 나를 그런 식으로 덮치지만 않았어도 번번이 그럴 필요는 없었을 거야. 민재씨가 내 속에 잠들어 있던 쾌락의 여신을 두들겨 깨운 거라구."
한바탕 난리가 지나간 다음이면 그녀는 내 어깨의 손톱 자국들에 연고를 발라주며 그런 말을 했다. 물론 대단히 행복한 미소를 지으며. 그러나 나는 그게 나로부터 비롯되었다는 말은 믿지 않았다. 그녀 속의 마조히스트는 이미 오래 전에 다른 누군가에 의해서 일깨워져 있었음이 분명했다. 말하자면 나는 재수없이 걸려든 피해자였다. 내가 사디스트가 아니라는 사실을 나는 만유인력의 법칙만큼이나 확신하고 있었다.
그녀는 여전히 성적인 분위기를 풍기고 있었지만 예전처럼 성급하지는 않았다. 앞끝이 터진 그녀의 치마는 아주 조금씩만 올라가고 있을 뿐이었다. 파리라는 도시가 아마도 그녀에게 몇 가지 교양 강의를 해준 모양이었다.
"연극 얘기 들었어. 나도 속이 많이 상했더랬어."
"고마워."
"고맙긴. 고작 해줄 수 있는 게 말뿐인걸."
그녀는 손가방에서 담배를 꺼내었다. 발음이 쉽지 않은 가늘고 긴 프랑스제 담배였다. 그녀는 연기도 가늘고 기다랗게 내뿜었다.
"그렇지만 그냥 말만 그렇다는 건 아니야. 커다란 실패를 경험한 사람에게는 사랑하는 친구의 실패처럼 가슴 아픈 게 없는 법이야. 나 그 사람이랑 헤어졌다는 얘기는 들었지?"
나는 고개를 끄덕여주었다. 우리가 헤어지고 두 달이 지나선가 나는 그녀가 갑작스런 결혼을 했다는 소리를 들었다. 나와 결별을 선언한 다음날 그녀의 아틀리에에서 나왔다는 남자인지 아닌지 확인할 길은 없었지만 어쨌건 그 남자도 상당한 근육질의 육체파라고 했다. 그녀의 결혼식에 참여했던 친구들은 피로연장에서 신부를 찾기가 무척 힘들었노라고 했다. 신랑의 덩치에 가려서 잘 보이지가 않았다는 것이었다. 그러나 그녀의 결혼은 오래가지 못했다. 몇 달이 지나지 않아 나는 그녀가 별거에 들어갔다는 소리를 들었으며 다시 한 달 후에는 이혼 서류에 도장을 찍었다는 소식을 들었다. 이혼 사유에 대해서는 여러 가지 말들이 많았지만 두 가지가 유력한 가능성을 띠고 있었다. 남자의 허리가 보기보다 허술했다는 점과 남자가 덩치답게 느리고 게을렀다는 점이었다. 어느 쪽이건 나로서는 충분히 이해할 수 있는 이유들이었다.

"어쩌면 잘된 일인지도 몰라."

그녀는 불쑥 그렇게 말하고는 혼자서 고개를 끄덕였다. 나는 그녀가 자신의 이혼에 대해서 얘기하는가보다고 생각했지만 그게 아니었다.

"하얀 피아노였던가? 그 연극 대본을 구해서 읽어보았는데, 썩 좋은 연극은 아니었어. 별로 새롭다는 느낌이 들지 않더라구. 꼭 80대 연극들을 짜깁기해서 만들어논 이불보 같다고나 할까. 충격적이고 자극적인 부분들이 없었거든. 모든 인물들이 상식과 표준에 의해서 움직이고, 기껏 변태적인 인물로 설정된 아버지는 보이지 않는 곳에서만 행동할 뿐이고. 새로운 시대를 이야기하는 새로운 모티프가 전혀 없단 말이야······"

나는 커피를 만들기 위해 소파에서 일어났다. 그 자리에 그냥 앉아 있다가는 예전 같은 싸움을 피하기가 어렵겠기 때문이었다.

왜 여자들은 나만 보면 시비들을 걸려고 안달이 나는 것일까. 특히 나와 가까운 여자들은. 하지만 이즈음은 커피를 끓이는 데도 소요되는 시간이 너무 짧았다. 커피 가루를 붓고 물을 붓고 전기 플러그를 꽂으면 그것으로 그만이었다. 그 다음은 기계가 혼자 알아서 움직였다. 그래서 유미는 나를 향한 의욕적인 발언들을 계속했다.

그녀가 말하고자 하는 바는 내 연극이 90년대에 제대로 적응하지 못하고 있다는 것이었다. 새로운 시대에는 새로운 형식의 담론 구조가 있을 터인데 나는 아직 그것을 찾아내지 못하고 있다. 여전히 80년대식의 진부한 진지함에 매몰되어. 그녀가 주장하는 새로움은 그렇다면 어떤 것이었을까. 그녀는 그것이 파격에 있음을 강조했다. 남들이 미처 생각할 수 없는 끔찍함이나 잔인함에 있음을. 그녀가 그런 주장을 처음 시작한 것은 내가 정식으로 내 연극을 시작했던 4년 전이었다. 그즈음을 전후하여 실지로 우리 연극사에는 잔혹 취향이라는 새로운 화두가 등장했는데, 그녀가 그 현상에 어떻게 관계되어 있는지는 알 도리가 없다. 아무튼 그녀는 일 년 반 만에 내 앞에 나타나 다시 파격과 잔혹성에 대한 이야기로 열을 올리고 있었다.

"윌버 스미스가 쓴 『강의 신』이라는 소설에는 기원전 18세기 이집트 사람들이 파라오를 위해서 연극을 공연하는 대목이 있어. 그 연극에는 세트라는 악의 신이 평화의 신 오시리스를 도륙하는 장면이 있는데 총연출을 맡은 관리는 세트와 오시리스의 역으로 각각 진짜 망나니와 사형수를 투입하지. 그 다음에는 무슨 일이 벌어지는지 짐작할 수 있겠지. 세트는 오시리스의 몸뚱어리를 십여 조각으로 토막내어 무대 위 사방에다 뿌리는 거야. 사타구니 사이의 물건은 파라오에게 선물로 바치고. 그런 연극을 보면서 넋이 빠질 정도로 열중하지 않는 관객이 있을까."

내색하지 않으려 애를 썼지만 나는 은근히 부아가 치밀었다. 나는 내가 준비했던 연극이 어느 누구의 무엇에도 지지 않을 집중력과 내용을 갖추고 있다고 믿고 있었던 것이다. 심지어 내 머릿속으로는 그 연극을 다시 한번 시도해볼까 하는 생각마저 스쳐지나갔다.

"네 말이 맞아. 그건 넋이 빠질 정도의 잔혹한 파격임에 틀림없어. 하지만 그게 이 시대의 새로운 담론 구조와 무슨 상관이 있다는 거지? 그런 식의 잔혹한 파격은 네 말대로 이미 기원전 18세기에도 존재하고 있었는데."

"벌써 4천 년 전의 일이야. 그런데 민재씨는, 연극의 본질이 어디에 있다고 생각해?"

여자들은 왜 이렇게 본질에 대해서 이야기하기를 좋아하는 것일까. 남자들끼리는 아무리 자주 어울려 이야기를 나누어도 본질이니 근본이니 하는 낱말들은 튀어나오지 않았다. 고작해야 한다는 소리가 그 자식은 근본이 되어먹지 않았어 따위였다. 그런데 여자들과의 대화는 달랐다. 영인이 툭하면 내게 던지는 질문은 내가 왜 연극을 하는가였다. 나는 그 질문에 대하여 제대로 대답해본 적이 없었다. 게다가 이제 일 년 반 만에 나타난 유미는 또 연극의 본질은 무엇이냐고 묻고 있었던 것이다. 마땅히 대꾸할 말이 없어 머뭇거리다가 나는 그냥 그렇게 침묵하기로 했다. 그런데 그때 마침 영인이 나를 비난하던 말이 떠오른 것은 무슨 까닭이었을까. 살아서 날아온 공을 늘 죽여서 슬그머니 버리곤 한다던 말이. 나는 실없이 웃음이 나와서 클클거렸다. 그런데 유미는 그 웃음이 자신의 질문에 대한 비웃음인 줄로 생각한 모양이었다. 그녀는 발끈해서 다시 입술의 동작 속도를 올렸다.
"연극의 시작은 디오니소스신에 대한 제사로부터였어. 그 주정뱅이 날고기광 식인신에게 제물을 바치는 축제로부터 말이야. 그 자리엔 언제나 엄청난 파격과 잔혹성이 넘쳐흐르고 있었어. 미친 여자들인 마이나데스는 포도주를 마시고 티르소스 작대기를 휘두르며 춤을 추다가 본능과 충동이 시키는 대로 온갖 행위들을 저질렀지. 야생 동물을 찢어죽여 그 가죽을 몸에 두르고, 새끼 사슴에게 자신의 젖을 먹이기도 하고, 상대를 가리지 않고 섹스판을 벌이고. 물론 그들이 찢어죽인 동물들 속에는 사람도 포함되어 있었어. 그런 게 바로 연극의 시작이었어. 연극이란 건 그처럼 통음난무와 광란과 살육이 한데 어우러진 본능의 향연이었단 말이야."
"그래. 그렇다는 얘기가 있지. 그런데?"
"그런데 지나온 연극의 역사는 늘 연극 속에 깃들여 있는 그 본능을 억압하고 마비시키는 방향으로 흘러왔어. 오늘날에는 도무지 흔적조차 찾아보기가 어렵게 되었어."
"그래서 넌 마이나데스의 살육과 광란과 통음난무에 무한한 향수라도 느끼는 모양이지?"
"그렇게 빈정대려고만 하지 마. 본능을 해방시키는 공간을 갖는다는 게 한 공동체에게 얼마나 커다란 위안이 되는가는 민재씨가 더 잘 알고 있잖아. 인간이란 건 애당초 질서정연하고 합리적인 존재는 아니니까 말이야."
나는 그녀가 얘기하는 바가 무엇인지는 잘 알고 있었다. 나 역시 부분적으로는 동의하지 않는 바도 아니었다. 연극이 아니라 다른 주제를 두고 우리가 이런 식의 대립을 보였다면 나는 아마 선선히 물러날 수도 있었을 것이었다. 그러나 연극에 대해서만큼은 문제가 달랐다. 연극은 내가 내 삶의 뿌리를 저당잡혀둔 전당포였다. 적어도 그곳에서는 나는 스스로의 방어에 필사적일 필요가 있었다.

"연극이 본능의 향연으로부터 비롯되었다는 건 정확한 지적이야. 술, 춤, 섹스, 살육, 뭐 그런 것들이 모여서 원시 연극의 시발점이 되었을 테지." 나는 담배 연기를 이쪽 저쪽으로 내뿜어 보호막을 만들며 이야기를 계속했다. "하지만 그게 과연 인간들의 공동체에 위안이나 도움이 되어주었을까? 그런 해방 공간을 가졌다는 사실 때문에 인간 사회가 얼마나 더 합리적으로 질서 있게 움직일 수 있었을까? 예를 들어서 말이야, 축제에서 디오니소스에게 열 명의 사람들을 제물로 바친 사회가 두 명이나 세 명을 바친 사회보다 더 평화로운 일상을 보장받을 수 있었을까? 천만에. 나는 그렇게 생각하지 않아. 오히려 역사를 훑어보면 그와는 반대되는 현상이 이어져왔음을 알 수 있어. 축제에서건 전쟁에서건 인간들의 목숨이 존중되기 시작하면서 사회는 보다 합리적인 질서를 생각하게 되었단 말이야. 인간의 피 대신 사슴이나 산양을 제단에 올리게 되면서 사람들은 소위 문화라고 할 만한 것들을 발전시키기 시작했거든. 그렇게 놓고 보자면 연극이라는 건 일종의 대리 전쟁장이라고도 할 수 있지 않을까. 본능과 합리성이 끊임없이 전쟁을 치러온. 그것을 통하여 합리성이 본능의 자유분방한 잔혹성을 교육하고 세련시켜온."

그녀의 허벅지는 제법 오래 전부터 올라가기를 중지하고 있었다. 나는 그 논쟁에서 그녀를 압도하고 있음이 분명하다는 흐뭇한 자신감을 느끼며 일차적인 마무리를 지었다.

"물론 연극 속에 내재된 본능의 요소가 완전히 제거될 수는 없을 거야. 네 말처럼 그것은 연극을 탄생시킨 바탕이었으니까. 틈만 보이면 살육과 광란이 무대 바닥을 뚫고 올라오려 하겠지. 하지만 거기에 맞서 싸우는 것이 바로 우리 연극쟁이들의 사명이란 말이야."

유미는 떨떠름한 표정을 짓고 있었다. 그녀는 내 말이 국민학교 바른생활 시간에나 나올 법한 유치한 도덕률이라고 생각하고 있음이 분명했다. 그러나 그럴수록 반박할 수 있는 적당한 말은 찾아지기 힘든 법이었다. 나는 적어도 당분간은 우위를 지킬 수 있으리라 생각하며 소파 깊숙이 어깨를 묻었다. 그녀는 담배를 꺼내어 물었고 나는 그 담배에 친절하게 불을 붙여주었다. 그런데 그녀에게는 내가 미처 예상하지 못했던 무기가 하나 더 남아 있었다. 담배 연기를 두어 모금 내뿜다가 그녀는 문득 손가방을 열더니 공연 팜플렛 한 장을 꺼내어 내게로 밀었다.

"이 연극에 대해서는 알고 있겠지?"

팜플렛의 전면을 가득 메운 것은 두 벌거벗은 여자들의 사진이었다. 그녀들은 얼굴에 각각 망측한 가면을 쓰고 있었고, '가면 담다디'라는 제목 글씨가 아슬아슬하게 주요 부위를 가리고 있었다. 외설 시비로 언제나 시끌벅적한 극단 '연모'가 두어 주 후부터 올리는 무대였다.

"글쎄……"

생각 없이 팜플렛을 들치며 나는 고개를 저었다. 그러나 글쎄라는 말의 여운이 채 끊어지기도 전에 나는 어떤 불길한 예감에 휩싸였다. 어쩐지 그 연극은 낯설어 보이지가 않았던 것이다. 아니나다를까, 잠시 후 나는 그것이 몇 달 전 내가 무대에 올리려다 실패한 연극의 골격을 그대로 따르고 있음을 알 수 있었다. 줄거리, 무대 장치, 배경, 등장인물들…… 모든 것이 그대로였다. 단 한 가지 다른 점이라면 그 팜플렛은 천박하게도 선정적인 성적 자극을 사방에 깔아놓았다는 사실뿐이었다. '가면을 쓰고 몰려오는 겁탈자들의 군단, 지금 그들이 당신의 순결한 영혼을 노리고 있다! 애욕으로 달아오르는 밤의 열기!' 구역질이 꿈틀거리며 올라오는 느낌이었다. 마지막으로 그 팜플렛에서 박정욱이라는 이름을 확인했을 때, 나는 그것이 환상이나 착각이 아니라 엄연한 사실임을 인정해야 했다. 믿을 수 없게도 그는 그 연극의 주연 남자 배우 자리를 차지하고 있었다.
"걱정했었어. 행여 민재씨가 이 사실을 알고 충격이라도 받으면 어떡하나 하고 말이야. 하지만 연극의 사명에 대해 그처럼 철저한 윤리관을 갖고 있으니 이런 따위야 걱정하지 않아도 될 것 같군."
유미는 손가방을 집어들었다. 소파에서 일어나며 그녀는 늘씬하고 허연 허벅지를 다시 한번 한껏 과시했다. 그것은 유혹이라기보다는 조롱에 가까운 몸짓이었다. 그리고는 커피가 맛있었다는 말과 틈이 나면 아틀리에로 연락해서 저녁이나 함께하자는 말을 남겼다. 나는 말 잘 듣는 모범생처럼 고개를 끄덕여줄 수밖에 없었다. 내 머릿속에는 어느 틈에 짙은 안개가 끼어 있었다.

8

"유미언니가 왔었다구요? 전화도 없이 불쑥?"
"그랬다니까."
"그래서 집으로 들어와 이 소파에 앉았었단 말이죠?"
"어쩔 도리가 없었어. 그 친구가 언제나 제멋대로라는 건 너도 잘 알잖아."
"또 예전처럼 그러던가요? 허벅지를 꼬고 앉아 치마를 자꾸 밀어올리는 버릇 말예요."
"아니야…… 어, 어저께는 치마를 입고 오지 않았어. 웬 이상하게 생긴 바지를 입고 있었어. 검정색 줄이 찍찍 그어진 60년대식 판탈롱이었는데 몽파르나슨지 어딘지에서 샀다지 아마."
"오, 그거요, 그건 아마 파리에서 산 건 아닐 거예요. 몇 년 전에도 언니가 입고 있는 걸 본 적이 있거든요."
 나는 얼른 말꼬리를 돌렸다.
"지금 문제는 유미가 뭘 입고 있었던가가 아니야. 그 팜플렛이야. 놈들이 내 연극을 훔쳐갔단 말이야."
"그렇군요. 연극에 대해서 이야기하려던 참이었죠."
 영인은 냉장고로 가서 캔맥주 하나를 꺼내었다. 뚜껑을 따서 한 모금을 마시고는 내게 물었다. 한잔 하겠느냐고. 나도 마침 갈증을 느끼기 시작했으므로 나는 그녀에게서 캔 하나를 건네받았다. 그리고는 문제의 그 팜플렛을 그녀에게 보여주었다. 두 벌거벗은 여자들이 음탕한 자세로 전면을 장식한 팜플렛을. 그 두 여자들은 애당초 내 연극에서는 상은과 영인이 맡았던 배역이었다.
"도대체 이 사건을 어떻게 이해해야 할까. 상식으로서는 아무리 몸부림을 쳐도 납득할 수 없는 일이야. 얼마나 얼굴들이 두꺼웠으면 남의 연극을 고스란히 가져가 버젓이 자기 이름을 내붙였겠느 냔 말이야. 등장인물 다섯 명, 여자 둘, 남자 셋, 여자는 엄마와 딸, 남자는 아버지와 아들과 딸의 연인, 아버지는 자본주의와 가부장적 절대주의로 중독된 섹스병 환자…… 게다가 이 친구들은 그 연극을 섹스로 도배해버린 모양이더군. 등장하는 모든 인물들이 다른 모든 인물들과 성적인 관계를 맺고 있으니 말이야. 어때. 너라면 어떻게 하겠어. 이런 상황에 부딪혔을 때 그냥 가만히 내버려둘 수 있겠어? 그게 내 연극을 훔쳐간 거라는 사실은 한글만 이해하는 사람이라면 한눈에 알 수 있는 일일 텐데."
 내가 흥분해서 떠들어대는 사이 그녀는 천천히 팜플렛을 살펴보았다. 불과 네 페이지로 이루어진 것이었지만 차근차근 하나씩을 점검했다. 사진을 보고 무대 장치를 보고 간략하게 요약된 줄

거리도 읽었다. 그러더니 이윽고, 그녀는 미소를 짓기 시작했다. 미소는 곧 웃음이 되었고 웃음 소리는 아주 잠깐 사이에 숨이 넘어가는 깔깔거림으로 변했다. 그녀는 팜플렛이 구겨져 휴지 조각이 되도록 움켜쥐고는 깔깔거렸다. 나는 얼른 그녀의 손에서 팜플렛을 뺏어들었다.
"정말 그렇네요. 연극을 도둑맞았네요!"
한참이 지나서야 잠시 웃음을 멈춘 영인은 간신히 그렇게 말했다. 그리고는 다시 자지러지는 웃음을 계속했다. 나는 은근히 화가 치밀었다.
"도대체 왜 그렇게 웃어제끼는 거야? 이게 어디 웃을 일이야?"
"그렇잖구요. 웃을 일이잖구요. 호호호, 이건 정말이지 보기 드문 코미디로군요."
"세상을 그렇게 사는 게 아니야. 나이를 스물일곱이나 먹었으면 다른 사람의 불행을 같이 슬퍼해줄 줄도 알아야지."
"스물여섯이에요. 더 정확하게 말하자면 스물다섯 하고 십개월이구요."
"네 어머니도 나한테 이렇게까지 섭섭하게 대하진 못할 거야."
"미안해요. 하지만 이건 정말 코미디잖아요. 설마 제 얘기에 동의하지 않는 건 아닐 테죠, 호호호……"
그녀가 잠잠하게 가라앉는 데는 제법 많은 시간이 걸렸다. 그녀는 화장실로 들어가 코를 풀고 세수를 하고서야 조금 진정이 되어 나왔다. 내게 다시 한 깡통의 맥주를 권하며 사과의 말을 늘어놓기도 했다. 나는 마지못해 그 맥주를 받아들기는 했다. 그러나 그런 다음에도 그녀의 기본적인 태도는 조금도 달라지지 않고 있었다. 연극을 도둑질당한 그 일은 보기 드문 코미디라는 태도였다.

"형 입장을 이해할 수 없는 건 아니에요. 형은 그 연극에다 정말 진지한 의미를 부여하려고 노력했으니까요. 하지만 그런 사실을 생각할수록 이건 더 지독한 코미디가 되는 거예요. 그렇게 진지하게 구상한 연극이 어느 날 문득 도둑질당하고 둔갑당해 포르노 연극이 되리라고 누가 짐작이나 했겠어요. 더구나 형이 데리고 있던 한 사람에 의해서 말예요."
"그건 코미디가 아니라 비극이라고 하는 거야. 하지만 어찌 되었건, 너는 내가 어떻게 해야 한다고 생각하니, 이 상황에 대해서?"
"어떻게 하다뇨? 무슨 말이에요?"
"내가 연극을 도둑질당한 이 상황에서 어떻게 해야 한다고 생각하느냐니까?"
"글쎄요. 꼭 뭘 어떻게 해야 하는 건가요?⋯⋯ 내가 형 입장이라면 아마 하루쯤 시간을 내어 그 연극을 보러 가겠죠. 도둑질해 간 연극이 얼마나 잘 마무리되었는지, 포르노성 장면들을 큰 무리 없이 잘 배합했는지 뭐 그런 것들이 궁금할 테니까요. 이왕이면 너무 너저분하지 않았으면 좋겠구요. 그런데 박정욱 그 친구 웃기는 데가 있어요. 어떻게 그럴 생각을 했을까요?"
그녀는 다시 웃음을 참기가 어려운 듯한 표정으로 되돌아갔다. 나는 거기서 이야기를 끝내야 했다. 그녀는 도무지 나하고는 다른 주파수로 생각을 전개하고 있었다. 내가 그녀의 의견을 구했던 것은 박정욱이나 연모라는 극단에게 어떤 식의 제제를 가할 것인가에 대해서였는데 그녀는 시간을 내어 구경을 가야 한다느니 포르노가 제대로 만들어졌는지 궁금하다느니 하는 신선들의 호기심이나 늘어놓고 있었던 것이다.
이튿날 나는 아침부터 바쁜 하루를 시작했다. 여러 군데로 전화를 넣어 '연모'라는 극단의 연습실을 확인하는 것이 첫번째 과제였다. 번호판을 누르면서 나는 연모라는 이름이 참 잘 지어졌다는 생각을 했다. 자신들은 연극에 대한 사모라는 뜻으로 연모라는 이름을 정한 모양인데 내가 보기에는 연극 모방 혹은 연극 모사꾼이라는 정체를 그대로 드러내고 있었다. 도둑들의 아지트답게 연습실은 쉽사리 찾아지지 않았다. 그러나 오전이 끝나기 전에 나는 그 장소를 알아내는 데 성공했다. 우스운 얘기지만 그것은 포르노 연극을 전문으로 하는 또 다른 극단의 시기 어린 도움 덕분이었다.

"그 친구들, 정말 지독한 포르노를 올린다죠?"

정보 제공자가 끄트머리에다 붙인 한마디였다.

그들의 연습 장소라는 지하실에 도착한 것은 오후 두 시가 조금 넘은 시각이었다. 마침 그곳에서는 연습이 진행중이었는지 야릇하게 오감을 자극하는 음악이 문틈으로 스며나오고 있었다. 호기심과 분노가 적당히 뒤섞인 상태로 나는 문을 슬그머니 열어보았다. 아주 약한 붉은 조명 아래서 몇 명의 남녀가 움직이고 있었다. 그런데 놀랍게도 그들은 실오라기 하나 걸치지 않은 알몸들이었다. 붉은 조명 아래서 알몸들이 흐느적거리는 그 광경은 마치 고대 중동 지방의 하렘에서나 이루어졌을 법한 그룹 섹스를 연상시키고 있었다. 연습 장소에서까지 이렇듯 옷을 벗고 연기한다는 것은 나로서는 상상하기 어려운 일이었다.

연습이 잠깐 멈추어졌을 때 나는 박정욱을 부르려 했다. 그러나 그럴 필요가 없었다. 그가 이미 나를 알아보고 있었는지 곧바로 내게로 걸어온 것이었다. 그는 여전히 발가벗은 알몸인 채 고추를 덜렁거리고 있었다. 그와 함께 연습중이었던 두 명의 여배우들도 마찬가지였다. 두 여자가 모두 알몸들이었는데 그녀들은 내게는 신경도 기울이지 않고서 담배를 피기 시작했다. 늘씬한 두 여자의 알몸 주변으로 담배 연기가 뭉게뭉게 피어올랐다.
"어쩐 일이세요? 여기까지 다 찾아와주시고?"
그는 제법 반가운 표정으로 나를 맞았다. 그리고는 재빨리 나를 자신의 연출가에게 소개했다. 나는 엉겁결에 신 모라는 연출가와 악수를 나누었다. 그 지하의 밀실 속에서 그는 옷을 제대로 입고 있는 유일한 인물이었다. 그러나 거기서 머뭇거릴 수는 없는 노릇이었다.
"자네 잠깐 나하고 얘기 좀 하지."
나는 그가 다른 소리를 늘어놓지 못하도록 딱딱한 목소리로 말했다. 그것은 내가 연습중에 연기자들을 나무랄 때나 무대 장치 소품 담당을 야단칠 때 쓰는 말투였다. 소품 담당치고도 보조에 불과했던 박은 내가 그런 목소리를 낼 적이면 감히 눈을 똑바로 뜨지 못했다. 나보다 네 살이 어렸을 뿐이지만 연출가와 스태프 사이에는 나이 차로 설명될 수 없는 관계가 엄존하고 있었던 것이다. 게다가 그는 늘 연기자가 되는 게 꿈이었으니까 더욱 그러했다. 그런데 그날은 사정이 달랐다. 옷을 모두 벗었다는 자유로움 때문이었을까, 그는 나를 향해 딱딱하게 고추를 치켜세웠다.
"바쁘지 않으면 조금만 기다려주시겠습니까. 보시다시피 연습중이라서요. 아마 한 시간쯤 후면 끝날 겁니다."
그는 내가 무슨 얘기를 하려는지 이미 짐작했을 게 분명했다. 나는 단호한 목소리로 말했다.
"지금 당장 시간을 내게. 난 그렇게 한가하지 않아."
"그래요? 그렇다면 유감이로군요. 저 때문에 이 사람들을 모두 기다리게 할 수는 없는 일이니까요. 정 그러시다면 이 자리에서 용무를 말씀하시죠?"
 박정욱은 그렇게 말하고 두 팔로 팔짱을 꼈는데 그건 참으로 우스꽝스런 모습이었다. 군살이 없는 미끈한 몸매이기는 했지만 우스꽝스럽기는 마찬가지였다. 영인이 그 자리에 있었다면 아마 배꼽이 떨어지도록 웃어제낀 다음 그게 왜 우스꽝스러운지를 설명해줄 수도 있었을 것이었다. 하지만 나는 이유를 찾아내는 데는 별 재주가 없었다. 나는 그와 신 모라는 연출가를 두어 차례 번갈아 쳐다본 다음 고딕체 말투로 입을 열었다.
 "지금 자네가 준비하고 있는 이 연극은 너무도 명백하게 내 연극을 모방한 것이야. 줄거리, 등장인물들, 심지어는 무대 장치까지, 오히려 다른 점을 찾기가 쉽지 않을 정도야. 저작권자의 권리로 이야기하는데, 당장 진행을 중단시키도록 하게. 그러지 않는다면 모양이 좋지 않은 일이 벌어질지도 몰라."
 "이를테면요?"
 "법적인 조치를 취하게 될 수도 있겠지."
 "그건 참 성가신 일이 되겠군요. 하지만 성선배님께서는 한 가지 사실을 잊고 계시는 모양입니다." 그는 여전히 팔짱을 낀 채 좌우로 두어 걸음을 옮겼다. 조금도 당황하지 않은 모습이었다. 그러자 담배를 피던 두 명의 여자 배우들이 주변으로 모여들었다. 아마 연극의 진행을 중단시키라는 내 고딕체 말이 그들의 귀에까지 들려서 그들의 관심을 자극한 모양이었다. 나는 갑자기 벌거벗은 배우들에게 둘러싸여 무대의 일부분이 되어버린 느낌이었다. 여전히 야릇한 음악이 흐르고 있었고, 눈앞에서는 풍만한 젖가슴과 어두운 허벅지가 어른거리고 있었다. 박정욱은 말을 이었다. "이 연극이 우리 두 사람의 공동 창작에 의해 만들어졌다는 사실 말씀입니다."
 나는 그가 무슨 이야기를 지껄이는 것인지 이해할 수가 없었다.
 "공동 창작이라니. 도대체 무슨 얘기를 하자는 건가?"
 "설마하니 정말 기억을 못 하는 건 아니겠죠. 어쨌건 그건 지난번 연극 준비에 참가했던 사람이라면 누구다 다 알고 있는 사실이니까요. 누구도 저를 탓하지는 않을 겁니다. 전 이미 성선배님에게 한 번의 기회를 드렸고, 더구나 그때는 원작을 선배님 것으로까지 해드렸으니까요. 하지만 그 기회는 선배님 스스로 포기하셨습니다. 이 연극이 선배님과는 인연이 없는 것인지도 모르겠군요. 다른 말씀이 없으시면 그만 돌아가주시겠습니까. 연습을 계속해야 하거든요. 정 못마땅한 부분이 있다면 말씀하신 대로 법에 자문을 구해보시든지요. 그럼 다음 기회에 뵙겠습니다. 아 참, 두 주일 후에 시연이 있는 건 아시죠? 그때 시간을 내어 들러주십시오. 기자들이 벌써부터 야단이에요. 장안의 화젯거리가 되겠다고 말입니다."
 그의 말이 떨어지자 두 여자의 나신이 내게로 다가왔다. 나는 주춤주춤 뒤로 물러서야 했는데 어느 틈에 문밖으로 밀려나고 있었다. 마지막으로 그들의 젖가슴이 보인 다음 문이 닫히고 안쪽에서 빗장을 잠그는 소리가 들렸다.
 한칼에 끝장을 보겠노라고 벼르면서 찾아왔던 나는 그렇게 맥없이 밀려나고 말았다. 여태껏 적지 않은 수의 세미나와 토론회에 참석해보았지만 벌거벗은 알몸들과 더불어 옳고 그름을 따져본 적은 없었던 것이다.

9

 "어땠어요? 성과가 있었나요? 그 사람들을 만나보기나 했나요?"
 집으로 들어서자마자 나는 영인의 질문 공세에 시달려야 했다. 그녀는 내가 아침부터 무슨 일에 열중해 있었는지를 알고 있었다. 나는 차마 그녀에게 나신 군단에 밀려 무기력하게 격퇴당했다는 얘기는 할 수 없었다. 그런 이야기를 듣는다면 그녀는 또다시 자지러지게 웃어제낄 게 뻔했기 때문이었다.
 대신 나는 공동 창작이라는 어처구니없는 주장에 대해서 이야기를 해주었다. 엉뚱하게도 박정욱이 그런 소리를 늘어놓더라고. 더구나 그는 그것이 지난번 연극 준비에 참가했던 사람이면 누구나 알고 있는 사실이라 말하더라고. 나는 그녀가 다시 웃음을 터뜨리리라 생각했다. 아니면 최소한 기가 막히다는 표정이라도 지어주리라. 그러나 그녀는 내 기대와는 전혀 다른 표정으로 두어 차례 고개를 끄덕이더니 이렇게 물었다.

"그게 그런데 박정욱씨와는 어떻게 관계가 된 것인가요? 아이디어의 시작이 정말 그 사람으로부터였나요?"

그녀가 그런 질문을 했다는 것을 나는 믿을 수가 없었다.

"어떻게 그런 말을 할 수가 있지?"

"그 사람이 그 무렵 종종 그런 소리를 했었어요. 아이디어를 먼저 낸 건 자기였다, 민재형이 자기 아이디어를 듣고는 한귀에 반해서 극화를 준비했다, 준비 과정에서도 자신이 여러 가지로 도움을 주었다, 뭐 그런 소리 말예요."

"그 친구가 그런 소리를 했었단 말이야? 그런데 왜 내게는 아무 귀뜸도 하지 않았어?"

"형도 직접 들은 적이 있었잖아요. 회식 자리에선가 그 사람이 그런 얘기를 했었죠. 그때 형은 그냥 빙그레 웃고는 다른 소리를 하지 않았잖아요."

"난 우스갯소리 정도로 생각했었지."

"형이 그냥 넘어갔으니 그는 더 신이 났겠죠. 더 많은 사람들에게 떠들어대었을 테구요."

"기가 막힐 노릇이군. 만약 그걸 공동 창작이었다고 한다면 이 세상에 태어나는 모든 연극들은 세상 모든 사람들의 공동 창작이라고 말해야 할 거야."

"그러니까 그 사람이랑 아무런 관계도 없었던 건 아니군요."

나는 한숨을 내쉬었다. 담배 한 개비를 불 붙여 물고 깊숙이 연기를 들이마셨다. 그리고는 그녀에게 그 연극의 구상이 어떻게 시작되었는지에 대해서 설명하기 시작했다. 그녀의 짐작처럼 그것은 박정욱이라는 친구와 아무런 관계도 없었던 것은 아니었다. 하지만 그것은 또 관계라는 말을 붙일 정도로 대수로운 무엇도 아니었다. 모든 일들의 한귀퉁이에 걸쳐지는 낯선 사람의 그림자처럼 그저 우연스럽게 그가 끼여들었을 따름이었다.

박정욱과 내가 대학로의 한 카페에서 맥주잔을 기울이고 있었던 것은 그러니까 이 년 반쯤 전이었다. 영인이 나를 찾아오기 몇 달 전이었다. 그는 내 선배가 하는 한 연극의 무대 장치 보조로서 일을 배우고 있었는데 내게 자문을 구하고 싶다고 찾아왔었던 것이다. 그는 나름대로 열의가 있어 보였다. 연기자로서의 자질만 제외하고는 나는 그에게 제법 후한 점수를 줄 수 있었다. 그런데 그 자리에서 우연한 일이 발생했다. 박정욱의 고등학교 동창생이라는 한 친구를 만나게 되었고 그래서 자리를 함께하게 된 것이었다. 약속 시간보다 일찍 나와 혼자 자리를 지키고 있었다는 그 친구는 경찰대학을 졸업하고 구로동의 모 파출소에서 소장일을 보고 있노라고 했다.

우리 사이에서 자연스럽게 시작된 이야기는 그 무렵 장안을 가장 시끌벅적하게 떠돌던 사건에 관한 것이었다. 한 여대생과 그녀의 남자 친구가 그녀를 상습적으로 성폭행해온 의붓아버지를 살해한 사건이었다. "도대체 어떻게 그런 일이 있을 수 있는 거야. 세상이 망조가 들었지. 그리고 경찰은 또 그게 뭐야. 경찰이 아니고 검찰인가. 정상은 참작하겠지만 실형을 선고하지 않을 수 없다니. 자기 딸을 성폭행한 그런 자식이 법의 보호를 받을 만한 가치가 있다는 건가?" 박정욱은 잔뜩 흥분한 목소리로 구로동의 파출소장을 질타했다. 그런데 파출소장이라는 친구는 그저 빙그레 미소를 머금을 뿐이었다.

"네 말이 맞아. 그런 자식이 무슨 법의 보호를 받을 가치가 있겠어. 하지만 만약 이 사건을 깨끗하게 무죄로 처리한다면 아마 적잖은 수의 남자들이 딸자식들에게 추가로 살해당할 거야."
"그건 또 무슨 소리야?"
"그렇다는 소리지. 꼭 구구하게 설명을 늘어놓아야 알겠나?"
파출소장이라는 친구가 계속해서 늘어놓은 그 구구한 설명은 그런데 몹시도 충격적이었다. 그는 의붓아버지가 상습적으로 딸을 성폭행한 사건은 사실은 빙산의 일각에 불과할 뿐이라고 말했다. 살해라는 단계로 이어졌기에 사회적인 문제가 되었을 뿐이지 그런 일들은 곳곳에서 비일비재하게 일어나고 있다는 것이었다. 더욱 충격적인 것은 그런 일들이 가난한 산동네의 집들에서 더 빈번히 발생하고 있다는 사실이었다. 아버지와 어머니와 아들과 딸이 모두 한방에서 살아야 하는 단칸방 가족에서.
"한번은 이런 일도 있었어. 정씨라는 여자가 두 눈이 퉁퉁 붓도록 울며 와서는 가출한 딸자식을 찾아달라고 하소연했어. 그 여편네 남자는 고대병원 근처 길가에서 슬리퍼를 파는 사람인데 나하고도 조금 안면이 있었지. 진술서를 작성하면서 나는 정씨에게 딸의 가출 이유가 무엇이냐고 물었어. 여자는 한동안 머뭇거리더니 모르겠다고 했어. 하지만 경찰로서의 내 직감으로 보건대 여자는 분명히 무언가를 알고 있었어. 그래서 천천히 묻고 또 물었지. 이쪽으로 돌리고 저쪽으로 돌리고, 협조하지 않는다면 찾을 수가 없노라고 으름장도 놓고. 그랬더니 슬금슬금 대답이 풀려나오는데, 그건 글쎄 간단한 문제가 아니었어."
노점 행상을 하는 다른 대부분의 남자들처럼 정씨의 남편도 틈만 나면 술을 마셨다고 했다. 안주도 없는 독한 소주를. 그리고는 비틀거리며 산비탈의 집으로 돌아와 아내에게 시비를 걸었다. 머리채를 휘어잡고 몽둥이를 휘두르기가 다반사였다. 부부 사이에 정이나 사랑 따위가 머물 틈이 없었다. 그러니 남자는 동물적인 욕정이 일면 그것을 풀 대상을 아내 이외의 곳으로부터 찾아야 했다. 하지만 너무 가난해서 술집이나 여관으로 여자를 사러 갈 형편도 아니었다. 가난의 스트레스와 욕정의 스트레스가 쌓여 남자는 폭발 직전의 폭탄이 되어갔다. 그러던 어느 무더운 여름날, 그는 속옷 바람으로 방바닥에 드러누워 자고 있는 자신의 딸자식을 보고는 눈이 뒤집혀버리고 말았다고 했다.
"그런 일은 한 번 벌어지고 나면 상습화되는 게 정해진 길이란 말이야. 그렇지 않겠어. 한 번 먹은 여자가 늘 근처를 얼쩡거리는데 어느 남자가 가만 내버려두겠어. 그래서 견디다 못한 딸자식이 가출을 해버리고 만 거야."
박정욱은 고개를 저었다.
"믿을 수가 없군. 여편네는 그럼 그 동안 뭘 한 거야. 남편이랑 딸이 그 짓거리 하는 걸 모르지는 않았을 거 아냐?"
"몰랐을 리가 있겠어. 하지만 쉬쉬한 거지. 그런 일이 집 밖으로 소문이라도 나면 창피해서 얼굴을 들고 다닐 수도 없는 노릇이고. 어차피 엎질러진 물이려니 하고 체념해버리는 거야."
"그래도 그렇지……"
"여편네를 탓할 수만도 없는 게, 남자가 그 짓을 한 날이면 전에 없이 부드러워졌단 말이야. 몽둥이를 들고 두들겨패지도 않고, 반찬이 없다고 밥상을 뒤집어엎지도 않고……"
인간들의 대체 능력은 얼마나 끈질기고 창조적인 무엇이었을까. 죄수들의 이야기를 그린 영화를 보면 종종 도마뱀이나 쥐를 잡아먹는 장면이 나온다. 그것도 씨가 마르면 다음에는 날아다니는 파리나 바퀴벌레가 식단에 오른다. 조난당한 산사람들이나 무인도에 버려진 뱃사람들은 제비를 뽑아 누가 누구의 식탁에 오를 것인가를 결정하기도 한다. 그런데 그처럼 창조적인 대체 능력은 아마 식욕에만 국한되는 게 아닌 모양이었다. 성욕에 굶주린 아버지는 딸을 섹스의 식단에 올리기도 하고 있었던 것이다. 1990년대의 대한민국 땅 서울에서. 나는 그의 이야기를 진지하게 믿고 싶지는 않았지만 특별히 믿지 않아도 좋을 근거는 없었다.

그때 내 머리를 부딪쳐간 생각은, 모든 삶은 가족으로 통한다는 것이었다. 모든 길은 로마로 통한다던 유럽의 옛말처럼, 삶이라는 것의 모든 길은 가족으로 통한다는 것이었다. 자본주의가 맹위를 떨치는 서울에서 그 자본주의의 보호권역 밖으로 소외된 한 남자는 자신의 모든 분노와 불만을 가족이라는 소집단 속으로 쏟아붓고 있었다. 아내를 짓밟고 두들겨패고, 겨우 소녀 티를 벗기 시작한 딸을 겁탈하고, 그래서 가출을 강요하고. 말하자면 가족은 그의 폭발을 방지하기 위해 존재하는 안전 장치와 같은 것이었다. 그게 없었다면 그는 벌써 오래 전에 광인이 되어 수많은 사람들을 폭행 강간하고 살해했을지도 모를 일이었다. 하지만 그의 분노를 수용해준 대가로 그의 가족은 적지 않은 불행들을 재생산해내고 있었다. 딸은 부친에게 성폭행당한 충격적인 경험을 안고 가출해 버렸다. 그녀는 아마 앞으로 다른 어떤 남자도 신뢰하기가 어려울 것이었다. 그의 아내가 입은 피해는 또 어떤 것이었을까. 두들겨맞아 생겨난 육체의 상처들은 차치하고서라도, 남편이 딸을 겁탈하는 것을 수수방관한 데서 시작되었을 그 자괴감과 정신적인 고통들은 얼마나 가혹한 것이었을까. 만약 성폭행을 당한 딸 이외에 또 다른 딸이나 아들이 있어 그 현실을 지켜보아야 했다면 그는 또 어떤 인물로 자라나게 되었을까.

그런데 그것은 다만 자본주의의 보호권역 밖으로 밀려난 사람들의 가정에서만 발생하는 기이한 현상에 불과했을까.

진짜 이야기가 시작된 것은 바로 그 같은 의문으로부터였다. 파출소장이라는 친구가 들려준 이야기는 충격적이기는 했지만 오히려 그 충격이 지나쳐 연극감으로서의 가치는 떨어지는 듯 보였다. 그런데 그 이야기는 내 가슴속에 오랜 시간 묻혀 있었던 다른 이야기의 문을 두드려 그것을 자유롭게 만들고 있었다. 역시 남편과 아내와 딸에 관계된, 게다가 약간의 상상력을 발동시킨다면 성적인 분위기로까지 전개가 가능한 어느 가정의 비극적인 이야기를.

그건 내가 군복무를 마치고 복학을 기다리며 종로의 모 외국어학원에서 영어 회화를 배우던 무렵의 일이었다. 같이 배우던 학생들 중에는 자꾸 눈길이 가는 여학생이 한 명 있었다. 남자라면 누구나 한번쯤 되돌아볼 만한 여자였는데, 그녀의 주위에는 언제나 은밀한 침묵의 벽이 느껴졌다. 그녀가 입을 여는 것은 고작해야 노랑머리 강사가 무언가를 물을 때뿐이었다. 그런데 어느 날 놀라운 사건이 발생했다. 수업이 끝나고 학생들이 모두 강의실 밖으로 나가고 있었을 때 그녀가 내게 말을 건넨 것이었다.

"커피 한잔 사주시겠어요?"

그날 그녀와 커피숍에 마주앉은 나는 그녀가 E여자대학교에서 역사학을 공부하였으며 모 역사연구소에서 반년 간 연구원으로 일한 적도 있다는 사실을 알게 되었다. 고작해야 대학교 이삼학년쯤으로 보이던 그녀는 대학을 졸업한 지 벌써 이 년이 가까워오고 있었다. 나는 그녀의 가난을 이해할 수 없었다. E여자대학교를 졸업하였으며 지금은 종로에서 영어 회화까지 배우고 있는 그녀가 그처럼 철저히 가난할 수 있었을까. 그녀가 내게 말을 건넨 것은 거의 전적으로 커피 한잔에 대한 갈망 때문이었던 것이다.

이튿날부터 종종 우리는 수업 후 커피 한잔을 함께하게 되었다. 항상 커피숍을 이용하는 것은 아니었고, 자판기에서 두 잔의 커피를 뽑아들고 종각으로 향하는 경우가 많았다. 그 무렵엔 나도 주머니 사정이 넉넉하지 못했으니까. 하지만 그 정도만으로도 그녀를 행복하게 만들기에는 충분했다. 그녀는 참새처럼 날갯짓하며 조잘거리곤 했다.

그런데 이따금 그녀의 말수가 줄어들고 어두운 비밀의 그림자가 드리워질 때가 있었다. 특히 화제가 그녀의 가족에 관한 것으로 돌아갈 적이 그러했다. 그녀는 효자동 집에서 부모와 함께 살고 있다고 했는데 어머니가 건강이 좋지 못하다는 대목까지 얘기하고는 말문을 닫았다. 그 침묵의 끄트머리에서는 또 불쑥불쑥 이해하기 힘든 이야기가 삐져나오기도 했다. 이를테면 그녀가 언제나 버스표 두 장만을 가지고 집을 나서야 하는 이유가 그런 것이었다. 그녀의 아버지는 그녀가 버스표 두 장 이외에는 아무것도 지니도록 허락하지 않는다는 것이었다. 수업 후 다른 곳으로 새지 못하도록.

"아버진 절 믿지 않아요. 아니, 바깥 세상을 믿지 않는 거죠. 엄마 곁에 있어보았자 제가 할 수 있는 일은 아무것도 없는데…… 애당초 엄마를 그렇게 만든 건 아버지였거든요. 아버지가 불쌍하다는 건 저도 알아요. 하지만 꼭 그런 식으로 살아야 하는 걸까요."

종로통 밖으로 그녀와 첫 외출을 하던 날 나는 약간의 수상쩍음을 느꼈다. 자신의 옛 캠퍼스를 보고 싶다는 그녀의 희망에 따라 우리는 신촌행 버스에 올랐는데 버스가 출발하면서부터 그녀는 온몸으로 땀을 흘리기 시작한 것이었다. "승객들을 잘 지켜보세요. 우리를 뒤따르는 사람이 있을 거예요." 그녀는 내 귓가에 속삭였다. "아버지가 제게 붙여둔 사람이에요."

버스에서 내려 학교 앞의 번화가를 돌아다니는 동안도, 캔맥주 두 개를 사들고 학교로 들어가 운동장에 앉은 동안도 그녀는 줄곧 주변을 두리번거리며 보이지 않는 감시를 의식하고 있었다. 내가 덩달아 불안해진 것은 말할 나위가 없었다. 그러다가 그녀는 문득 다시 자유분방한 소녀가 되기도 했다. 운동장을 둘러싼 어두운 계단을 모서리만 골라 밟으며 노래를 불렀다. 커다란 저택에서의 삶을 팽개치고 뛰쳐나와 세상을 돌아다니다가 물 속으로 뛰어든 옥이라는 여자 아이에 대한 노래였다. 아아 아아 슬픈 옥이여, 아아 아아 옥이여⋯⋯

이튿날부터 나흘 동안 나는 그녀를 볼 수 없었다.

그녀가 다시 모습을 나타낸 것은 화요일 강의가 시작될 무렵이었다. 숨을 몰아쉬며 강의실로 들어선 그녀는 아무 말 없이 내 책들을 챙겨들고 나가버렸다. 나는 그녀를 따라나갔다. 그녀는 택시를 불러세웠다. 그녀가 기사에게 이야기한 우리의 행선지는 인천이었다. 나는 조심스럽게 그녀의 손을 잡았는데 미끌거리는 손바닥 너머로 심장 박동이 전해져왔다. 그녀는 그 손에 꼬옥 힘을 주었다. "아버진 겁이 너무 많아요. 그럴밖에요. 가진 것도 작지 않은데 자꾸 더 가지려고만 하니."

서울과 경기도의 경계선을 넘을 즈음부터 그녀는 갑자기 바빠졌다. 주위를 두리번거리며 불안한 소리들을 늘어놓기 시작한 것이었다. 검은색 그랜저 한 대가 우리를 뒤따르고 있다느니, 그게 어느새 빨간색 프라이드와 임무 교대를 했다느니, 우리가 타고 있는 이 택시의 기사도 어쩌면 부친이 보낸 사람일지 모른다느니. 나는 바짝 긴장했다. 그러나 다른 한편으로는 의문이 일었다. 그녀의 부친은 대관절 어떤 위인이길래 이처럼 거대한 추적망을 형성할 수 있단 말일까. 혹시 그녀는 정상인의 상태를 넘어서버린 것이 아닐까. 서인천을 지나칠 즈음 그녀는 차를 고속도로 밖으로 빼야겠다고 말했다. 미행을 따돌려야겠다는 것이었다. 나는 그녀의 아버지가 그처럼 집요하게 우리를 뒤쫓고 있다면 고속도로를 달리건 밖으로 나가건 마찬가지일 것이라고 그녀를 달래었다. 그녀는 신경질적으로 고개를 흔들고는 눈을 감아버렸다.

"엄만 언제나 하얀 드레스를 입고 피아노 앞에 앉아 있었어요. 눈이 부실 정도로 아름다운 모습이었죠. 근처를 날아다니는 벌이나 나비가 있었다면 아마 모두 엄마의 드레스폭에 주저앉아 꿀샘을 찾느라고 야단이었을 거예요."

마침내 바닷가를 거닐게 되었을 때 그녀는 많이 차분해져 있었다. 늦가을 저녁의 바다에는 우리보다 먼저 온 두어 쌍의 연인들이 있었을 뿐 숨가쁜 미행의 흔적은 느껴지지 않았다.

"하지만 엄만 피아노 뚜껑을 열지 못했어요. 몇 시간을 그렇게 앉아 있다가 문득 손가락들을 물어뜯으며 울먹이는 것이었어요. 무섭다, 연주회를 열 준비가 되어 있지 않다, 연습을 제대로 못 했기 때문이다…… 그러다가 그 울먹임은 히스테리로 바뀌었어요. 소리를 지르고, 자기 손가락을 피아노에다 때리기도 하고. 그러면 아버지는 엄마에게 진정제를 먹였어요. 당신은 최고의 연주자야, 연습도 누구보다 많이 했잖아, 이제 곧 훌륭한 연주를 할 수 있을 거야, 라고 다독거리면서요. 약기운이 퍼지면 엄마는 조용히 잠들곤 했어요. 꿈속에서 아마 연주회를 갖는 것 같았어요. 아버지의 암시를 들으면서 잠들었으니 그럴 만도 하겠죠. 연주회가 성공적이었다면 잠에서 깨어나는 엄마의 얼굴도 만족스러웠어요. 그 후로 얼마간 엄마는 잔잔하고 평화로웠어요. 하지만 만약 꿈속의 연주회가 성공적이지 못했다면 엄마는 더 날카로워진 히스테리를 안고 깨어났어요. 그때부터는 온 집안이 피바다가 되었어요. 달거리가 와도 엄마는 생리대를 착용하지 않았어요. 다리를 타고 흘러내려온 피는 카펫을 붉게 물들였어요. 아버지가 억지로 생리대를 채워주면 또 그것을 풀어서는 고여 있는 핏덩이를 피아노에 문질렀어요. 아버지는 그걸 일일이 닦아내어야 했죠. 가정부 아줌마도 그런 일에는 진력이 나 있었으니까요……"

그녀의 아버지는 혼자 힘으로 제법 규모 있는 회사를 일으킨 모양이었다. 그런데 그는 그 과정에서 인간이란 존재에 대해 모든 신뢰를 잃게 된 모양이었다. 그래서일까. 그는 자신의 가족들을 바깥 세상으로부터 철저히 차단하려 했다. 시비와 음모와 함정으로 가득 찬 바깥 세상으로부터. 그리고는 착하고 예쁘고 아름다운 것들만을 접하게 하려 했다. 집 안을 온통 꽃으로 장식하고 아내와 딸의 생활권을 그 속으로만 한정시키려 했다. 시간이 흐르면서 그것은 당연히 거센 반발에 부딪혔다. 어머니는 집을 벗어나려 했다. 질식할 것 같은 울타리를 벗어나 바깥 세상에서 사람들과 어울리며 피아니스트로서의 경력을 계속하고 싶어했다. 딸은 또 그녀 나름대로 객관적인 삶을 찾고 싶어했다. 여러 해 동안 집 안을 가득 메웠던 긴장은 어머니의 패배로 일단락되었다. 어머니의 신경 체계가 고장을 일으킨 것이었다.

그날 밤 우리는 연안부두 근처의 모 여관에 방을 얻어들었다. 나는 서울로 돌아가야 한다고 주장했지만 그녀는 막무가내로 우겼다. 자판기의 커피 한잔도 사 마실 돈이 없었던 그녀였지만 그날은 수표를 여러 장 들고 있었다. 그런 그녀를 버려두고 혼자서 서울로 돌아온다는 건 생각할 수 없는 일이었다.

불이 꺼진 여관방에서 그녀는 내게 입을 맞추었다. 그리고는 옷을 벗었다. 하얀 살결이 모두 드러나도록. 달빛이 부서지는 그녀의 나신은 내게는 아득하고 아름다운 꿈이었다. 그녀가 벌거벗은 몸으로 다가와 두 팔을 내 어깨에 올려놓았을 때 그러나 나는 소스라치듯 깨어났다. 그건 너무 갑작스런 일이었다. 그런 일은 있을 수 없었다. 그녀에게 문제가 있다는 것은 이제 의심할 바 없는 사실이었다. 나는 그녀의 옷가지를 찾아 입혔고 그녀를 설득하여 서울행 택시에 올랐다.

그녀가 초인종을 누른 집은 내가 생각했던 것보다 훨씬 크고 호화로웠다. 널따란 정원 한가운데 벽돌로 지어진 이층 저택이었다. 두시가 가까운 시각이었지만 집 안의 모든 불들은 훤히 밝혀져 있었다.

집 안으로 들어서자마자 그녀는 이층의 자기 방에 감금되었다. 나는 엉거주춤 거실 소파에 주저앉았다. 거실의 정돈된 아름다움은 호흡을 막을 지경이었다. 청동으로 조각된 커다란 말이 있었고, 내가 일찍이 본 적이 없는 아름다운 어항이 있었다. 어항 속에서는 색색의 비단잉어들이 우아하게 물을 가르고 있었다. 벽면은 온통 말린 꽃과 화려한 그림들로 치장되어 있었다. 그 모든 것들은 저울로 질량을 측정하여 배열한 것처럼 질서와 균형을 유지하고 있었다. 그리고 한쪽 구석에는 상아색 그랜드 피아노가 놓여 있었다. 눈길이 거기에 이르자 잠시 잊고 있었던 불안이 다시 나를 찾아왔다. 그 피아노에 마구 문질러졌을 하혈이 생각난 까닭이었다. 피 묻은 생리대를 휘두르며 건반 위를 걷는 여인의 모습과 함께.
"자넨 나한테 무슨 볼일이라도 있는 건가?"
그녀의 부친은 한참 동안 나를 지켜본 다음 그렇게 물었다. 나는 잘 생각해보았지만 그런 건 없었다. 아니, 있더라도 없도록 해야 했다.
"없습니다."
"그런데 왜 이렇게 앉아 있는 건가?"
"그만 돌아가보겠습니다. 안녕히 계십시오."
나는 그에게 고개 숙여 인사하고 화려한 거실을 빠져나왔다.
그날 밤 그 집을 나오면서 내가 가졌던 한 가지 걱정은 그녀가 다시 나를 찾아오면 어떡하나 하는 것이었다. 다시 학원으로 찾아와 내 책을 챙겨들고 나가버리면 어떻게 해야 하나. 내일부터 당장 학원을 나가지 않는 게 바람직한 해결책일까. 그런 생각을 하면서도 나는 매일 그 시간이 되면 종로행 지하철에 몸을 실었다. 강의실에 멍하게 앉아 있을 때면 문득문득 누군가를 기다리고 있음을 깨달으며 놀라곤 했다. 그러나 그 달의 강의가 끝날 때까지 그녀는 나를 찾아오지 않았다. 나는 번번이 내 손으로 책을 챙겨야 했다. 그리고 그 다음달 나는 수강증을 끊지 않았다.
그 후로 이따금 종로의 그 학원 근처를 지나칠 적이면 나는 괜스런 아픔을 느꼈다. 가슴 한구석에 구멍이 뚫어지는 듯한 통증이었다. 그날 밤 인천의 그 여관에서 그녀를 거부하는 게 아니었다는 후회가 들기도 했다. 그녀와 몸을 섞었다면 그녀를 좀더 잘 이해하게 될 수도 있었을 텐데. 그랬더라면 많은 일들이 달라졌을 수도 있었을 텐데…… 그리고 이건 다른 얘기지만, 유미의 유혹을 받았을 때 내가 만용을 부려 덮친 것은 그 후회스런 경험의 결과이기도 했다. 그날의 경험은 유혹하는 여자를 거부한다는 것이 결코 군자가 취할 태도가 못 된다는 교훈을 내게 남기고 있었던 것이다.

이야기는 내가 의도했던 것보다 훨씬 길어지고 말았다. 나는 아주 간단하게 요점만 설명할 생각이었는데. 그러나 그 모든 이야기를 방해하지 않고 끝까지 들어준 영인의 태도는 훌륭한 것이었다.

"그런 아쉬움들 때문에 그 기억은 형의 가슴 깊숙한 곳에 묻혀버리고 말았었군요." 그녀는 내가 그녀에게조차 이야기할 수 없었던 까닭을 이해한다는 듯 그렇게 말했다. "그런데 박정욱의 친구라는 파출소장의 이야기를 듣는 사이에 꿈틀꿈틀 되살아나게 되었구요? 그걸 연극으로 만들어보고 싶다는 욕심도 생겼구요?"

"그런 셈이지."

"형은 그 이야기를 박정욱에게 따로 했겠군요. 어떻게 생각하느냐고."

"그래. 인연이 그렇게 되었어."

"그 사람은 재미있을 것 같다고 말했고, 그래서 형은 두 가지 이야기를 적당히 버무려서 「하얀 피아노」라는 연극의 희곡을 쓰게 되었던 거구요?"

"그렇게 되었지. 파출소장이 얘기한 가족내의 성적인 관계는 충분히 재미있는 발상법이 되겠더라구. 긴장감을 팽팽히하는 데도 도움이 되고 말이야. 물론 그런 관계를 노골적으로 내 희곡에 삽입한 건 아니지만."

"이제야 이해하겠군요. 박정욱이 왜 그렇게 기가 살아서 날뛰었는지. 그럴 만도 하죠. 극단 대표님께서 직접 구상을 들려주며 의견을 물었으니. 게다가 그 구상은 자기 친구와의 대화로부터 시작된 것이었으니."

그녀는 오랜 시간 동안 입을 다물고 내 얘기를 듣기만 한 데 대한 보상을 본격적으로 찾으려는 모양이었다. 신이 나서 모든 상황의 도막들을 마구 재단하고 정의해나가는 것이었다. 박정욱에게 자신이 그처럼 중요한 존재라는 환상을 갖게 한 것은 내 잘못이었다, 애당초 그를 더불어 상의할 만한 인물로 간주하였을 때부터 어리석은 길로 들어서고 있었다 등등. 그녀는 다섯 명의 등장인물 모두에게 가면을 씌우기로 한 것은 누구의 발상이었느냐고도 물었다. 물론 그것은 나였다는 대답을 듣고는 고개를 저었다.

"참 많은 것을 잃게 되는군요."

그녀는 몇 가지 질문을 더 한 다음 결론을 내렸다. 그녀의 결론은 간단했다. 내가 이미 예상하고 있었던 대로, 더 이상 그 연극에는 미련을 갖지 말라는 것이었다. 그런데 그녀가 그런 결론을 내린 이유는 내가 미처 예상하지 못했던 것이었다. 엉뚱하게도 그녀는 그 이유로서 우리나라에는 이미 비극이 너무 많이 널려 있다는 사실을 들먹이는 것이었다.

"대부분의 사람들이 살아가는 모습을 봐요. 하나같이 똑같죠. 몸은 시장 경제의 거대한 구조 속에서 짜투리 이득들을 주워먹기 위해 분주하면서 머릿속은 비통한 기억들로 가득 차 있단 말예요. 누구를 속이고 누구를 배반하고 누구를 죽여 매장하고…… 그런 기억들도 비극이고 그렇게 몸과 마음이 쪼개어져 있다는 것도 비극이고 모든 게 비극투성이잖아요. 흔하다 못해 지긋지긋할 지경이죠. 그런데 또 무슨 비극을 더 만들어서 그 사람들에게 안기 겠다는 거예요. 그러는 형이 너무 잔인하다는 생각은 들지 않았 어요?"

이건 정말이지 지나친 경우였다. 나와 박정욱의 관계에 대해서, 또 내가 그 연극에 착안하게 된 과정에 대해서, 마치 여자 콜롬보나 되는 것처럼 조목조목 따지고 묻더니, 난데없이, 우리나라에는 비극이 너무 많기 때문에 내가 그 연극을 포기해야 한다고 결론내리다니. 나는 그야말로 비극의 진수를 맛보는 기분이었다.

"그럼 그 연극에 대해서는 어떻게 생각하지? '가면 담다디'라고 했던가? 그 작자들은 무대를 온통 섹스 전시장으로 꾸며버렸잖아. 그것도 부도덕하고 파렴치한 종류의 섹스들로만 말이야. 아버지가 딸을 겁탈하고, 그 장면을 지켜본 아들은 누나를 강간하고, 엄마는 그러는 아들을 유혹하고, 그렇게 당해서 섹스라면 신물이 나야 할 딸이 남자 친구와는 또 진이 빠지도록 음탕하게 즐기고. 그런 연극이 공연될 만한 가치가 있다는 건가?"

"그게 어디 연극인가요? 포르노 쇼지."

그녀의 대꾸는 간단했다. 그게 어디 연극인가요? 포르노 쇼지.

그녀의 말은 그딴 걸 내가 상관할 바가 뭐예요라는 뜻이었다. 나는 그런 그녀의 방식을 부러워했다. 그러나 나는 그녀의 방식을 따라가기에는 아직도 요원한 곳에 있었다. 내 관심은 공연한 의분이나 부질없는 걱정 따위로 늘 산만하게 흩어져 있었던 것이다.

다음날 나는 연극반의 선배였던 모 변호사를 찾아가 상담했다. 사정 설명을 들은 선배의 안색은 그다지 밝지 않았다. 그는 금연 빨뿌리를 두어 차례 찍찍 빨아들인 다음 증인이 될 만한 사람이 있느냐고 물었다. 그 연극의 희곡이 전적으로 내 창작이었음을 증언할 만한 사람이 있느냐고. 나는 증인은 모르겠지만 증거는 있다고 대답했다. 그 작업은 내가 내 집의 내 컴퓨터를 써서 했으므로 컴퓨터에 모든 흔적이 남아 있을 것이라고. 그러나 그는 그것으로는 불충분하다고 말했다. 컴퓨터 작업을 내가 했다고 해서 박정욱과의 사이에 아무런 상의도 없었다는 얘기가 되는 것은 아니니까. 나는 생각 끝에 증인이 될 만한 사람들을 찾아보겠노라고 했다. 사실 그것은 약간의 노력만 기울인다면 불가능할 일 같지도 않았다. 「하얀 피아노」의 공연 준비에 참여했던 사람들이라면 그 연극의 희곡이 누구에 의해서 씌어졌는지는 명백히 알고 있을 터이기 때문이었다.

  증인을 구하는 작업은 그러나 내가 생각했던 것보다 훨씬 어려운 일이었다. 사람들은 법정 증인이라는 낱말 앞에서 이미 안색들이 변했다. 나와는 어지간히 친분이 있는 관계들임에도 그러했다. 게다가 그들은 그 희곡이 전적으로 나만의 창작물이라는 사실에 대해서도 명백히 동의하기를 꺼려했다. 내가 그것을 썼다는 것은 알고 있었지만 그 이상의 증언은 곤란하다는 것이었다. "거 뭐야, 누구였지? 소품을 담당하던 친구가 있었지? 그래, 박 모라는 친구였지. 그 친구가 그때 떠들던 일이 생각나는걸. 「하얀 피아노」는 자기가 없었으면 태어나지 못했을 거라고 말이야. 그 얘기는 자네도 여러 번 들었잖나." 기억이 조금이라도 분명한 사람들은 그런 얘기를 했다. 그 사람들을 증인으로 동원한다는 것은 패소를 목적으로 재판을 청구하는 것과 다를 바가 없었다.

  시간이 지날수록, 그리고 노력을 하면 할수록 나는 법적으로는 아무런 승산이 없다는 사실만을 확인하게 될 뿐이었다. 결국 「가면 담다디」의 공연 금지는 내 쪽에서 포기할 도리밖에 없었다. 선배 변호사는 잘 생각했노라며 어깨를 두드려주었다. 영인은 재밌어 죽겠다는 듯 깔깔거리며 말했다.
"코미디를 한번 해보는 게 어때요? 여태까지 있었던 일을 고스란히 담기만 해도 정말 그럴듯한 작품이 나올 것 같지 않아요? 농담이 아니라구요."
물론 그것은 농담이 아닐 것이었다. 그녀는 언제나 코미디에 빠져 있었으니까.
공연 금지를 포기했다고 해서 그러나 내가 모든 미련을 포기한 것은 아니었다. 내 머릿속에 세워진 두번째 계획은 법적으로 승산이 없는 일이라면 실력으로 내 연극을 되찾겠다는 것이었다. 힘이나 폭력 따위의 실력이 아니라 순수히 연극적인 실력으로. 그건 내가 다시 한번「하얀 피아노」의 공연을 추진하는 것을 뜻했다.
일단 그렇게 계획이 서자 나는 사람들을 만나기 시작했다. 예전에 함께 그 연극을 준비했던 사람들이었다. 그들은 내가 다시 무언가를 시작하기로 했다는 얘기를 듣고 기뻐했다. 하지만 그게「하얀 피아노」의 재추진이라는 말을 듣고는 선뜻 이해하기 힘든 표정들을 지었다. 그들은 갑자기 유명 인사들이 되어 바쁜 스케줄을 들먹였다. 같이 하고는 싶은데 앞으로 일 년 정도는 꼼짝달싹할 수 없을 정도로 시간표가 짜여 있다든가. 더러는 노골적으로 그 연극에 집착하는 이유를 묻기도 했다. 그건 이미 매듭이 지어진 일 아닌가. 게다가 '연모'라는 극단에서 유사한 내용으로 공연을 시작하고 있지 않은가. 연극이란 건 감정으로 밀어붙일 문제가 아니잖은가……
나를 특히 힘들게 만든 것은 두 가지가 있었다. 하나는 영인이 자신을 그 연극에 포함시키지 말아달라고 선언한 것이었다. 그것은 이미 내가 예측하고 있었던 일이기는 했다. 그녀는 흥미를 잃어버린 일에는 결코 미련스레 붙박여 있지 못하는 성격이었고, 그녀가 그 연극에 흥미를 잃어버렸다는 점은 너무도 명백한 사실이었으니까. 그러나 정작 그녀의 역할을 대신할 여배우를 찾으려 하니 간단한 일이 아니었다. 피아노 건반 위를 걸으며 피 묻은 생리대를 휘두르는 여인의 연기를 그녀만큼 잘 해낼 사람은 흔하지가 않았다. 또 한 가지는 자금을 지원할 사람이 선뜻 나서지 않는다는 사실이었다. 자금의 속성은 언제나 가장 높은 이득 가능성으로 몰리게 마련이었으니 그것은 당연한 일이기도 했다. 하지만 이 정도의 문제들 때문에 기운이 빠질 수는 없는 노릇이었다. 나는 어떻게든 자금이 마련될 수 있으리라는 희망을 버리지 않은 채 부족한 부분들에 대한 고민을 계속했다.

유미가 전화를 걸어온 것은 그러던 어느 날이었다. 내가「하얀 피아노」를 다시 시작하려 한다는 얘기를 들었다면서. 그녀는 뜻밖에도 나를 격려했다. 그날 자신이 그 팜플렛을 내 앞에 던져놓고 간 것도 나를 자극하기 위해서였다는 것이었다. 나는 하마터면 감동을 받을 뻔했다. 그러나 그녀의 다음 말은 내 경각심을 새롭게 만들기에 충분한 것이었다.

"잔혹 취향으로 가야 해. 이미 그렇게 된 일, 어떡하겠어. 연모의「가면 담다디」보다 더한 충격을 관객들에게 보여주려면 소름이 끼치도록 잔인한 장면들을 연출하는 도리밖에 없단 말이야. 무대 위에서 고양이를 두어 마리 죽이는 건 어떻겠어? 내가 파리에서 사온 비디오테이프들을 빌려줄까? 잔인함의 첨단을 걷는 반문화적인 포르노야."

거기에다 한술 더 떠서 그녀는 자신이 영인의 빈자리를 채워주겠노라는 제의까지 했다. 그 자리 때문에 내가 고민중이라는 얘기를 들었다면서. 나는 서둘러서 그 친절한 제의를 거절했다.

그렇게 두 달 가량이 지나면서 나는 무척 지치게 되었다. 육체적으로나 정신적으로나 탈진할 것 같은 상황에 다다르고 있었다. 돈은 보이지 않았고 가능성은 점점 희박해져갔다. 그럴수록 고집은 또 더욱 질겨지는 것은 무슨 까닭이었을까. 나는 마구잡이로 사람들을 만나고 돌아다니다가는 술을 마셨다. 초저녁부터 곤드레가 될 적도 있었다. 장군이 내게 아들과 관계된 제의를 한 것은 그런 날들 중의 하루였다. 그처럼 힘겨운 상황 속으로 내가 빠져들고 있었을 때 그는 마치 기다리기라도 했다는 듯 달콤한 유혹을 보내었던 것이다. 물론 그렇다고 내가 선뜻 그의 유혹을 접수하려는 건 아니었지만, 어쨌건 그가 최고의 시점을 골라잡은 것만은 분명한 사실이었다.

10

 마음만 먹는다면 영인은 언제라도 나를 찾아낼 수 있었다. 그녀에게는 그런 재주가 있었다. 차가운 맥주 한잔이 생각날 적이면 무슨 도술을 부려서인지 내가 있는 술집을 찾아내었고, 당당하게 걸어들어와 자신의 잔을 요구하곤 했다. 그러나 그 명제의 역은 성립되지 않아서, 내가 원할 때 그녀를 찾아내는 경우는 드물었다. 오히려 그녀는 자신이 원하지 않으면 한사코 나를 피하는 재주도 있었다. 스물세 평짜리 손바닥만한 아파트에 함께 살면서도 나는 며칠씩 그녀를 보지 못하는 경우도 있었던 것이다. 그런 사정을 고려하건대 그 저녁 그녀가 텅 빈 연습실에 불쑥 모습을 나타낸 것은 결코 우연이 아닐 터였다.
 "이 암흑 속에서 무얼 하고 계셨을까요? 대한민국 최고의 연출가께서?"

 영인은 나를 발견하고도 별로 놀라지 않았다. 냉장고를 열어 물을 마신 다음 기분 좋게 비틀거리며 다가와 낡은 텔레비전 위에 걸터앉았다. 나는 야전 침대에 드러누워 담배를 피고 있었고 근처에는 연습용으로 쓰는 잡다한 소도구들이 아무렇게나 흩어져 있었다.
 "어디서 오는 길이야?"
 "글쎄요. 어디서 오는 길일까요? 기억이 나지 않는군요…… 하지만 어디로 가는 길인지는 알아요. 재미있는 일이 생겼거든요."
 "무슨 소릴 하는 거야?"
 "서두르지 말아요. 차차 알게 될 테니까."
 그녀는 눈짓을 찡긋하고는 야전 침대 머리에서 내 담배와 라이터를 집어들었다.
 그 며칠 동안 그녀와 나 사이의 공기는 그다지 부드럽지 못했다. 장군을 만난 다음부터였다. 궁금해하는 그녀에게 나는 장군이 어떤 어처구니없는 제의를 했으며 내가 어떻게 그것을 거절했는가를 설명해주었었다. 그런데 그녀는 나를 어이없어했다.
 "그래서 형은 어린아이처럼 매달리는 장군을 떼어 던져버린 게 못내 자랑스러운 모양이죠? 기가 막히는군요. 도대체 형에게는 삶의 아기자기한 재미를 이해할 만한 눈이 없어요."
 "넌 내가 장군의 충실한 견공이 되어 집안 심부름을 맡았어야 한다고 말하는 거니?"
 "그건 다만 형식일 뿐이에요. 형도 그랬잖아요. 장군이란 인물은 우리 역사의 희극성과 비극성을 한몸으로 열연해 보여주는 광대와 같다. 숨이 막힐 정도로 화려하고 아슬아슬한 곡예를 벌이고 있다. 이번 일은 그런 인물 속으로 깊숙이 여행을 떠나는 것이었단 말예요. 게다가 보수도 적지 않구요."
　나는 그녀가 강조점을 찍은 곳이 여행을 떠난다는 부분이었음을 잘 알고 있었다. 그런데 내 입에서 튀어나온 말은 나의 사고 작용과는 무관한 것이었다.
　"네가 그렇게 기막혀하는 건 바로 그 부분이겠지. 보수가 적지 않다는 것 말이야. 적지 않은 정도가 아니지. 아무에게도 손 벌리지 않고 그럴듯한 연극 한 편을 공연할 수 있는 액수니까."
　"그러니까 그 돈이 필요한 사람은 바로 나였군요? 칠천만 원을 구하기 위해서 형이 서울 바닥을 몇 바퀴나 헤집고 다녀야 하는지 생각해봤어요? 매일처럼 얼마나 많은 사람들을 귀찮게 굴고 애꿎은 욕지거리를 퍼부었는지 기억해요? 그런데 굳이 대한민국 연극의 앞날을 위해서 돈을 기부하겠다는 사람에게 빗장을 닫아걸 이유가 뭐예요? 이름을 들으면 알 만한 소설가들도 재벌 그룹 회장님의 자서전을 대필해준다잖아요?"
　그 후로도 우리의 다툼은 몇 마디 더 이어졌다. 그러나 한번 겉돌기 시작한 대화는 맞물리기는커녕 점점 틈이 벌어질 따름이었다. 나는 그녀에게 선언했다. 다시는 내 앞에서 장군의 이야기를 꺼내지 말라고. 그러자 그녀는 자신은 누구 앞에서건 자신이 하고 싶은 이야기를 할 권리가 있노라고 반대 선언을 했다. 그리고 그로부터 우리 사이는 빙하기에 접어들게 되었던 것이다.
　"굉장한 연극을 구상하고 계셨던가보죠?"
　그녀는 나를 괴롭히는 방법을 누구보다 잘 알고 있었다. 내가 무엇보다 싫어하는 게 가시가 감추어진 비비꼬인 말들이라는 것을. 오스카 와일드에 대한 내 평가가 탐탁잖은 까닭이 바로 거기에 있다는 것도. 그러나 그녀는 내 취향을 인정하지 않았다. 약간의 말장난도 견디지 못하고서야 어떻게 연극쟁이라 일컬어질 수 있겠느냐는 것이었다.

"어떤 이야기일지 궁금하군요. 불도 켜지 않고 생각해야 할 만큼 무시무시한 건가요? 유령이나 연쇄 살인 사건 같은 것? 아니면 불이 필요없는 이부자리에서의 해프닝? 그래요. 요즘은 너무 어려워졌어요. 딜레탕트들의 기호가 어느 쪽에 몰려 있는지를 점치기가 쉽지 않으니 말예요. 결국 돈을 대는 건 그 사람들인데."

그러니 그녀가 작정하고 나를 괴롭히려 든다면 내게는 달아날 길이 없었다. 그저 안색을 겸손하게 하고 몸가짐을 단정하게 하는 것이 고작이었다. 그녀는 신이 나서 떠들어대었다. 딜레탕트들이란 그래도 참 좋은 사람들이다. 그 사람들이라도 있으니 우리는 이런저런 눈치를 보면서 그들의 돈을 끌어쓸 방법을 연구할 수 있는 것이다. 그렇잖으면 허구한 날 화장품 회사나 의류 회사 홍보실만 쳐다보고 있어야 할 텐데. 그렇게 생각하지 않느냐. 왜 아무런 대답이 없느냐. 내 말이 말같이 들리지 않느냐…… 그러더니 그녀는 또 그 문제를 들먹였다.

"장군에겐 뭐라고 얘기할 거죠?"

"그 얘긴 더 이상 꺼내지 않기로 했잖아."

"서로 자기 일에만 신경을 쓰자는 건가요? 좋아요. 그렇다면 나도 내 갈 길을 가겠어요."

그녀는 다시 비틀거리며 일어났다. 밖으로 나가려는 모양이었다. 나는 그녀의 말을 무시하려 했지만 그럴 수가 없었다. 처음 그곳으로 들어오던 순간부터 그녀는 갈 길이 있다느니, 재미있는 일이 생겼다느니 따위 말을 하고 있었다. 그리고 이제 다시 자기가 갈 길을 가겠노라고 선언하며 비틀비틀 일어선 것이었다.
"아까부터 도대체 무슨 길을 가겠다는 거야?"
"상관할 바 있나요. 피차 자기 일에만 신경쓰면 그만인걸."
"내 얘기가 그런 게 아니란 건 너도 잘 알잖아. 이리 와서 좀 앉아봐."
 그녀는 문 앞까지 다가가 있었다. 그러나 내 거듭되는 걱정에 몸을 돌리더니 그 자리에 털석 주저앉았다. 냉장고에 머리와 어깨를 기대자 희멀건 그 금속 상자는 우우웅 기계음을 내기 시작했다.
"차차 알려주겠다고 했잖아? 무슨 일인지?"
"알려주겠다고는 하지 않았어요. 차차 알게 될 거라고 했죠…… 하지만 못 알려줄 것도 없죠. 정말 재미있는 일이니까. 호호호."
 나는 그녀가 얼마나 취한 것인지를 가늠해보려 했지만 쉽지 않았다. 고작 서너 잔을 마셔 멀쩡한 것도 같았고 제법 긴 시간 동안 깊숙이서부터 차곡차곡 취해온 것도 같았다. 그녀가 그 얘기를 한 것은 그때였다.
"누드 연극에 초대를 받았어요."
 문득 냉장고의 기계음이 귀를 가득 메우는 느낌이었다. 나는 멍한 시선으로 그녀를 쳐다보았다. 오랫동안. 그러자 그녀는 다시 웃음을 터뜨렸다. 조금 전보다 한결 크고 야단스러운 웃음이었다.
 잠시 후 정신을 수습한 다음부터 나는 무척 바빠졌다. 먼저 그게 진담인가를 몇 차례 확인한 다음 교섭이 들어온 극단 이름이 무엇이며 대관절 어떤 연극을 하려는 것이냐고 물어보았다. 그녀는 대답을 거절했다. 직업상의 비밀이기 때문에 함부로 발설할 수가 없다는 것이었다. 다만 그곳이 잘 알려진 대중적인 극단 중의 하나이며 번역극이 아니라 창작극이 될 것이라는 사실만을 밝혔다. 기가 막힐 노릇이었다. 더구나 창작극이라면 벗기기라는 오직 한 가지 목적으로 구성된 연극일 게 뻔하기 때문이었다.
"보수는 상당한 액수가 될 거예요. 연극이 끝나면 동남아를 반 년쯤은 돌아다닐 수 있을 거예요. 어쩌면 훨씬 더 될지도 모르죠. 연장 공연을 몇 차례 하게 되면."
"결국 보수의 문제가 되는군."
"물론이죠. 이득이 없으면 아무런 거래도 없어요. 거래가 없으면 아무런 생물체도 살아남지 못할 거구요."
"오, 그랬었군!"
"하기야, 칠천만 원을 선뜻 걷어차는 사람에겐 배우의 품삯 정도야 보이지도 않겠지만 말예요. 아파트 월세가 두 달 씩이나 밀린 것도 신경쓰이지 않을 거구요."
"그래서 얼마를 받기로 했지? 동남아를 반년 동안 돌아다닐 돈이라면 칠팔백 되는 건가? 그다지 많은 돈은 아니군. 그 돈이라면 영인이 어디까지 벗어야 하지? 참, 그런데 배역을 물어보지 않았군. 주역이야, 조역이야? 남자 파트너도 있어? 영인이도 벗기는 벗는 거야?······"
흥분하지 않기 위해서 담배를 피워 물었지만 소용이 없었다. 나를 비스듬히 흘겨보던 그녀는 내 질문들이 잠시 쉼표를 찍자 두 손바닥을 펴서 자신의 가슴과 허리를 쓰다듬어내렸다. 천천히, 야릇한 표정으로.
"물론 나도 옷을 벗어야죠. 파트너도 있구요. 등장하는 모든 배우들이 옷을 벗는 연극이니까요. 그런데 형은 구태여 내 배역이

어떤 것인지를 물어보아야 알겠어요? 내 몸매가 그래 조연 정도에밖에 어울리지 않게 보이나요?"

나는 다시 입을 열려 했다. 그런데 그때 다른 한 가지 느낌이 할퀴듯 스치고 지나갔다. 그녀는 지금 모종의 게임을 즐기는 것일지도 모른다는 느낌이었다. 적당히 취한 상태에서, 관능적인 표정으로, 자신의 가슴과 허리를 쓰다듬어내리며. 그런 느낌이 들자 나는 문득 여유로워졌다. 담배 연기를 머금은 채 미소를 짓다가 기침을 터뜨리기까지 했다.

"뭐가 그렇게 우습죠?"

"아니야. 아무것도 우습지 않아. 다만 말이야, 네가 몸매 운운하는 소리를 하니까…… 갑자기 웃음이 나왔어. 아니, 기침이 나온 거지."

"그러니까 내 몸매는 에로틱한 연기에는 어울리지 않는다는 말인가요?"

나는 얼른 두 손을 내저었다. 그러나 다시 약간의 기침과 웃음이 찾아왔고, 말을 하기까지는 다소 시간이 걸렸다.

"그런 뜻이 아니야. 그저 상상이 되지 않을 뿐이지. 도대체 어떤 연출가가 너를 그런 연극의 적임 배우라 생각하고 교섭을 해왔는지 말이야. 술이라도 잔뜩 마신 다음이라면 또 모르지만, 번번이 술에 절어 연기를 할 수도 없는 노릇이잖아? 쓸 만한 연기자가 많지 않다는 건 알고 있지만 누드 배우들도 그렇게 기근을 보이고 있을 줄은……"

불이 꺼지는 바람에 내 이야기는 끊어졌다. 갑작스레 닥친 검은 어둠 속에는 빨갛게 담배 불빛만이 반짝이고 있었다. 정전인가 하는 생각이 들었지만 나는 곧 그게 아니라는 것을 알 수 있었다. 어둠 속으로 잠시 침묵이 흐르더니 음악 소리가 시작된 것이었다. 활처럼 울리며 휘어지는 어느 여가수의 블루스였다.

음악이 시작되고 이삼 분이 지났을까, 가느다란 빛이 어둠 속으로 스며나왔다. 빛은 차츰 뿌옇게 확산되었는데 그것은 냉장고의 열린 문으로부터 새어나오고 있었다. 그러자 그 빛 속으로 영인이 걸어들어왔다. 나는 온몸의 세포들이 호흡을 정지하는 것 같았다. 어느 틈에 그녀는 바지와 신발을 모두 벗어던지고 헐렁한 남방 셔츠 하나만을 걸치고 있었는데 그나마 서너 개의 앞단추가 풀어져 가슴이 보일 듯 말 듯했던 것이다. 물론 그 셔츠 속에는 브래지어 따위도 없었다. 그녀는 음악에 맞춰 몸을 비틀며 두 손으로 머리카락을 밀어올렸다. 셔츠가 끌려 올라가며 허벅지의 가장 깊숙한 부분이 드러났다. 내 목구멍으로 침 넘어가는 소리가 그처럼 크게 들린 적은 일찍이 없었다.

"마음대로 하세요. 전 이미 돈을 받았으니까요. 당신이 포기하고 나간다고 제가 손해볼 일은 없어요…… 하지만…… 그건 너무 어리석은 짓 아닌가요?…… 으응…… 살짝 맛만 보세요. 느낌이 달라질 거예요…… 그게 얼마나 한심한 가짜병이었나를 알게 될 거예요."

그녀는 혀끝으로 입술을 핥으며 엉덩이를 움직였다. 무릎을 가지런히 맞댄 두 다리는 그 움직임을 따라 빛과 어둠을 교차시켰다. 신비로울 정도로 아름답고 성적인 모습이었다. 내가 그 늘씬한 다리들에 넋을 잃고 있는 사이 그녀는 셔츠의 나머지 단추들을 풀어버렸다. 하나씩 하나씩. 그리고는 두 손으로 셔츠의 양쪽 끝을 나누어 잡으며 비스듬히 돌아섰다. 그녀는 어두운 곳을 향하게 되었지만 나는 그 어둠 속에서도 그녀의 미끈한 아랫배와 팬티를 알아볼 수가 있었다. 그녀는 페르시아 무희처럼 매혹적으로 내게 손짓했다. 어서 자신에게로 오라는 듯.
"망설이기만 하실 건가요? 언제까지나?…… 그렇게 생각이 많아서야 아무것도 얻을 수가 없죠. 모든 가치 있는 일들은 찰나에 지나가버리거든요. 사랑도, 슬픔도, 쾌락도…… 손가락을 빨며 바라보기만 하다가는 영원히 무력감에서 벗어나지 못할 거예요. 자 이리로…… 그래야죠…… 두려워하지 말아요……"
대사가 이어지는 동안 그녀는 차츰 내게로 가까워지고 있었다. 냉장고 빛의 영역을 벗어났지만 이미 어둠이 눈에 익은 나는 세세한 움직임까지 놓치지 않고 볼 수 있었다. 온몸이 마비되어 이제는 침을 삼키는 것도 불가능했지만 눈동자만은 열심히 자신의 의무를 다하고 있었다. 그녀는 내가 엉거주춤 기대어앉은 야전 침대로부터 서너 걸음 떨어진 곳까지 다가와서는 두 다리를 벌리며 버티어 섰다. 한쪽 가슴은 이미 유두까지 살그머니 드러나 있었다. 아랫배를 쓰다듬어내리더니 그녀는 두 손을 자신의 팬티 속으로 찔러넣었다. 허리를 비틀고 어깨에다 볼을 부비며 가느다란 신음을 내었다. 아아!…… 나는 두 눈을 감았다. 그때까지 나는 한번도 그녀의 벗은 몸을 본 적이 없었다.
다시 눈을 떴을 때 영인은 두 손으로 팬티의 양쪽을 잡고 그것을 끌어내리려 하고 있었다. 나는 더 이상은 참을 수가 없었다. 그녀가 게임을 하고 있다는 생각에, 그리고 그녀에게 질 수는 없다는 생각에 두 눈을 부릅뜨며 버티고 있었지만 이제는 어쩔 도리가 없었다. 내가 인정하지 않는다면 그녀는 팬티마저 벗어버릴 게 분명했다. 그녀에게는 그처럼 집요한 집착이 있었다. 승부에 대한 집착이 아니라 그것은 게임 자체에 대한 집착이었다. 일단 게임이 시작되면 그녀는 그것과 일체가 되어버렸다. 다른 누군가가 게임이 끝났음을 큰 소리로 외쳐주기 전까지는 결코 스스로 중단하는 법을 몰랐던 것이다.

나는 벌떡 일어나 그녀를 지나쳐가서는 불을 켰다. 그녀가 냉장고 주변에 벗어둔 옷가지를 그녀에게로 던졌다. 바지, 양말, 브래지어 등등. 그녀는 깔깔거리고 웃기 시작했다. 숨이 넘어갈 정도로 히스테릭한 웃음이었다.

"어때요? 아직도 내가 누드 연기에 어울리지 않는다고 생각해요? 극중에서 내 역할은 술집 여자로 시작해요. 돈을 받고 술도 팔고 몸도 팔고. 그러다가 어느 돈 많은 여자로부터 자기 남편의 발기 불능을 고쳐달라는 부탁을 받죠. 재밌지 않아요? 깔깔깔…… 그래서 사건이 시작된다구요. 아주 특별한 사건이에요. 남자와 여자와 돈 사이에서 특별하게 발생하는 그런 사건 말예요……"

나는 연습실을 나왔다. 지상으로 올라오니 차가운 밤공기가 이마를 문질러주었다. 악몽을 꾸기라도 한 듯 가슴이 두근거리고 있었다. 나는 계단 끄트머리에 주저앉아 담배를 꺼내었다.

잠시 후 영인이 밖으로 나왔다. 그녀는 옷가지는 그럭저럭 비슷하게 챙겨입고 있었다. 그러나 여전히 흐트러진 자세로 킬킬거리며 계단 벽에 기대어 섰다.

"어때요? 이 정도면 쓸 만하지 않나요? 누드 연기도 연긴데, 명필이 붓 가리느냐는 말도 있잖아요?"

그녀는 굳이 내게서 항복 선언을 받아내고야 말겠다는 것이었을까. 하지만 그즈음에는 나도 제법 냉정을 되찾고 있었다. 나는 고개를 끄덕여주었다.

"그래. 그런 말이 있지. 그런데 오늘 연기를 보니 영인은 아직 명필은 되지 못한 모양이야."
"왜요?"
"감동이 없었거든."
 내 말은 그녀를 발끈하게 했다.
"나도 내가 명필이 아니란 건 잘 알고 있어요. 하지만 월세와 관리비를 못 내서 아파트에서 쫓겨나고 싶지는 않아요. 알겠어요? 누구처럼 돈을 거저 주겠다는 사람도 없고 말예요."
 그 말이 끝났을 때 그녀는 이미 등을 돌리고 골목 밖으로 걸음을 옮기고 있었다. 나는 멀어지는 그녀의 등뒤에다 소리를 질렀다.
"마음대로 해. 누드극이건 섹스극이건, 하고 싶은 대로 다 하라구. 언제 네가 내 말 들은 적 있어? 하지만 장군이 어쩌구저쩌구 하는 건 생각도 하지 마. 그런 쓰레기 같은 일을 하느니 차라리 아파트를 폭파해버리겠어!"

11

　그날 밤 영인은 늦게까지 돌아오지 않았다. 그녀를 기다린 것은 아니었지만 나는 잠을 이룰 수 없었다. 두시가 지나고 세시가 지나도록. 수만 가지 생각들이 가득 찬 머릿속은 마치 한여름의 대낮처럼 밝아서 어두운 휴식을 거부하고 있었다. 그녀는 네시가 다 되어서야 열쇠로 현관문을 열고 들어왔다. 나는 그녀가 욕실에서 오랫동안 샤워하는 소리를 들을 수 있었다. 아주 오랫동안. 그리고는 마침내 잠이 들었다.
　이튿날 나는 점심 약속이 있었다. 원래 예정에는 없던 것이었지만 갑작스럽게 약속이 만들어졌다. 그것은 무척 점잖고 유익하고 예의바른 자리였다.
　약속을 마치고 돌아왔을 때까지도 영인은 잠을 자고 있었다. 커피를 만들기 위해서 내가 주방에서 달그락거리는 소리를 듣고서야 잠이 깨었는지 그녀는 부스스한 얼굴로 방문을 밀고 나왔다. 잠옷 위에 카디건을 하나 걸친, 여느 때와 다를 바가 없는 모습이었다. 커피잔을 받아들고 그녀는 소파 위에 고양이처럼 웅크리고 앉았다.

"사람들은 말예요, 이따금 자기 자신으로부터 사라져버리는 경우가 있는 모양이에요. 시간으로부터, 장소로부터, 측정할 수 있는 모든 대상들로부터. 어젯밤엔 어디서 어떻게 시간을 보냈는지 전혀 기억이 나지 않아요."

지난밤엔 무얼 했느냐는 내 질문에 그녀는 그렇게 모호한 대답을 했다. 그러나 나를 놀린다거나 빈정대는 말투는 아니었다.

"어쩌면 미아리를 헤매고 다녔는지도 모르죠…… 내가 옛날에 알았던 어떤 사람은 몇 년 동안 악령에 씌었던 적이 있었대요. 보름달이 뜨는 밤이면 잠을 이룰 수 없었대요. 침대 위를 엎치락뒤치락하다가 결국은 일어나 신발을 신고 나가는데, 새벽 해가 뜰 무렵 정신을 차리고 보면 천호동이나 영등포 색주가를 헤매고 있었다는 거예요."

"어젯밤 영인이를 붙잡았던 건 누드 연극의 악령이었던 모양이지?"

그녀는 그제서야 지난 저녁의 일이 떠오른 모양이었다. 나는 그녀의 볼 위로 살짝 어색한 빛이 스쳐가는 것을 알 수 있었다. 하지만 그녀는 아주 잠깐 사이에 그것을 지워버렸다.

"그랬을지도 모르죠. 아마 그랬을 거예요. 새로운 세계가 시작되는 느낌이었으니까요."

나는 괜히 말문이 막혔다. 어느 사이 내 시선은 그녀의 무릎 사

이에 고정되어 있었고, 그러자 냉장고 불빛 속에서 춤을 추던 그
녀의 벌거벗은 몸이 어른거린 것이었다. 매끄러운 아랫배가 있었
고, 풀어진 셔츠 사이로 살그머니 드러나던 젖가슴이 있었다. 그
건 정말 현실이었던가. 그런데 그녀의 유두는 무슨 색이었던
가…… 더 이상 어색해지지 않기 위해서 나는 보다 현실적인 대
화를 시작하기로 했다.
 "그런데 그 누드 연극이라는 거 말이야, 그거 아직 확답을 준 건
아니겠지?"
 "왜요?"
 "대답부터 해."
 "무슨 상관이에요. 난 이미 결정을 내렸는데."
 "내가 한 가지 제의를 하면 어떨까?"
 커피잔 너머로 그녀는 잠시 나를 쳐다보았다.
 "글쎄요. 제의 나름이겠죠."
 "영인이 원하던 거야."
 "내가 원하던 거라구요?"
 "그래. 장군의 부탁."
 그녀는 커피잔 속을 들여다보고 있었다. 짧지 않은 침묵과 함
께. 그러더니 웃음을 터뜨렸다.
 "호호호, 그건 참 재미있는 제목이네요. 장군의 부탁! 대단히 심
각한 쿠미디 제목 같지 않아요? 이를테면 '초코파이'나 '외팔이
의 귀향' 따위처럼 말예요. 그러고 보니 어디선가 그런 글을 읽은
기억이 나는군요. 보통명사를 제목으로 사용할 적에는 심각한 고
뇌형의 글은 쓸 생각을 말아라…… 그런데 장군의 부탁과 내 연
극 사이에 무슨 상관이 있죠?"

"내가 잘못 들었나? 내 기억으론 내가 장군의 제의를 접수하기만 하면 영인이 무슨 일이건 내 주문대로 하겠노라고 다짐했던 것 같은데?"
"그건 그랬죠. 하지만 내가 의심하는 건 형이 장군의 제의를 핑계삼아 내 연극을 막으려는 게 아닌가 하는 거예요. 실제로는 그 제의를 접수할 의사가 전혀 없으면서 말예요."
"그게 무슨 소리야? 내가 왜 이유 없이 네 연극을 막지?"
 나는 애당초 그런 말을 할 계획이 아니었다. 그러나 자존심의 줄다리기 선상에서 내게는 다른 대사가 남겨져 있지 않았다. 그녀는 커피를 한 모금 마시고는 담담히 고개를 끄덕였다.
"그렇군요. 그러니까 장군과 진짜 거래를 할 생각이 있군요. 그런데 내가 해야 할 일은 뭐죠?"
"아직 구체적인 계획은 세워지지 않았어. 하지만 일단 시작한다면 여러 사람의 손이 필요할 거야. 이건 아이들 장난이 아니라 거금 칠천만 원이 걸린 한 편의 드라마란 말이야. 어때? 나를 도울 의사가 있어? 아니면 계속 그 싸구려 연극을 고집할 거야?"
 영인은 빙그레 미소를 머금었다.
"굳이 그래야 할 필요는 없겠죠. 형이 결정을 내린다면 말예요. 하지만 그 드라마가 신통찮게 돌아간다고 느껴질 때는 즉시 연극으로 돌아가겠어요."
"한 가지 조건이 더 있어. 다음번 내 연극에 영인이는 무조건 합류해야 해."
"그건 또 왜죠?"
"왜라니? 그래야 공평한 거 아냐? 내가 이번 일을 시작하려는 건 전적으로 네 고집 때문이야. 그러니 다음번 내 연극에는 네가 무조건 참여해야지."
 "무슨 연극이건요?"
 "무슨 연극이건."
 "알았어요. 일단 그렇게 약속해두죠. 다음 일은 이번 일이 끝나 봐야 알 수 있는 거니까. 게다가 이번 일은 너무 신나는 것이어서 어지간한 희생쯤은 치를 가치가 있고. 그런데 정말로 장군과의 거래가 시작되려는 모양이군요. 제목은 어떻게 하죠? 모든 그럴듯한 작전에는 그럴듯한 제목이 붙어야 하는 법이잖아요. 사막의 휴일이라든가, 화려한 외출이라든가 뭐 그런 것 말예요. 그렇군요. 조금 전에 '장군의 부탁'이라는 제목이 나왔었죠. 그것도 괜찮을 것 같은데, 어떻게 생각하세요? 어차피 이건 한 편의 코미디가 될 테니까 그런 제목도 어울릴 것 같지 않아요?"
 나는 제목 따위에는 관심이 없었다. 그러나 그녀가 활기를 띠는 것을 보니 슬그머니 심술이 났다. 그녀는 마치 대단한 먹이를 함정에 빠뜨린 거미처럼 입맛을 다시며 접근해오고 있었던 것이다.
 "제목은 이미 정해두었어."
 물론 그 제목은 그 순간 불쑥 내 머릿속으로 솟아오른 것이었다. 그녀를 가장 곤란하게 골탕먹일 수 있는 것으로.
 "태양과 다른 별들을 움직이는 사랑."
 "태양과 다른 별들을 움직이는 사랑?"
 그녀는 잠시 고개를 갸우거렸다. 그건 그녀가 가장 좋아하는 화가의 가장 좋아하는 그림 제목이었다. 나는 그녀가 이번 작전에 그 그림의 제목을 붙이는 것에는 결코 동의하지 않으리라 생각했다. 일종의 품격 손상에 해당될 터이니까. 그런데 뜻밖에도 그녀는 다시 미소를 지었다.

"재미있는 제목이네요. 장군을 그러니까 다른 별들 중의 하나로 포함시키자는 거죠? 계급장도 별이고, 게다가 사람들은 모두 하나씩의 별인 셈이니까. 그 모든 별들을 움직이는 힘이 사랑이라는 건 의심할 나위가 없죠."

언제쯤이면 나도 그녀를 괴롭히거나 곤란하게 만들 수 있을까.

"제목도 정해졌고, 이젠 모두 정리가 된 셈이군요. 그럼 장군에게 전화를 걸고 약속을 정해야죠."

"그럴 필요 없어."

"무슨 소리예요? 설마 여기까지 얘기하고도 더 생각해보겠노라고 발뺌하지는 않겠죠?"

나는 양복 주머니를 뒤져 그날 점심 약속에서 건네받은 봉투를 꺼내어 그녀에게 주었다. 그 봉투 속에는 장군의 이름이 이서된 천만원짜리 수표 한 장이 들어 있었다.

"벌써 만났었군요!"

수표를 꺼내어본 그녀는 놀랍다는 듯 말했다.

"나도 이젠 지쳤어. 이 사람 저 사람 찾아다니며 사정을 하고 구걸을 하는 짓거리엔 말이야. 한 시간쯤 설명을 늘어놓으면 사람들은 엉뚱한 소리를 하지. 그런데 이건 왜 이렇게 되죠? 이 사람은 꼭 여기서 죽어야 하는 겁니까? 우리 회사 화장품발이 제일 잘 받는 사람이 이 여배우 같은데요? 그러면 나는 처음부터 다시 설명을 시작해야 해. 그리고는 고작해야 며칠 후에 연락을 주겠다는 대답이나 받아 나온단 말이야. 속에서는 불덩어리가 이글거리고 있지. 이런 기분으로 연극을 하면 아마 「람보」나 「코만도」에 버금가는 명작이 만들어질 거야……"

영인은 내 이야기에는 귀를 기울이고 있지 않았다. 그녀는 수표를 이쪽저쪽으로 살펴보고 뒤집어도 보고 하더니 혼자서 킬킬거리며 웃고 있었다. 고개를 끄덕이기도 했고 수표로 입을 막기도 했다. 그러다가 자기 방으로 쪼르르 달려갔는데, 잠시 후에는 외출 준비를 완벽하게 갖춰서 나타났다. 시원한 하늘색 원피스에 챙 있는 모자까지 예쁘게 쓰고서. 그녀는 내게 함께 나갈 것을 제의했다. 나는 그녀에게 어딜 가려느냐고 물었다.

"할 일이 많아요. 우선 은행에 가서 밀린 월세랑 카드 대금 체납된 것도 지불해야 하고, 쇼핑도 해야 하고. 참 대학로에도 가봐야 해요. 문예회관 전시장에서 수채화전이 있거든요. 상은이가 그러는데 재밌는 그림이 몇 점 있대요. 돌아오는 길에는 먹을 것도 좀 사야 하구요."

나는 외출하고 싶은 상태가 아니었다. 밤새 잠을 이루지 못한 데다 장군과의 점심 약속으로 제법 피곤해 있었다. 잠이나 자야겠노라는 내 말에 그녀는 서운한 표정을 짓더니 곧 다시 이렇게 조잘거렸다.

"그럼 그렇게 하세요. 체력을 충분히 가다듬어야죠. 그런데 어저께는 정말이지 이상한 날이었어요. 애사랑이라는 극단 알죠? 그 극단 소속이라는 연출가가 중요한 일이 있다고 만나자길래 만났더니 글쎄 날더러 알몸 연기를 하지 않겠느냐는 거예요. 보수는 톡톡히 치르겠다구요. 난 뜨거운 커피를 그 사람 바짓가랑이에다 부어주고 나왔죠. 사실은 그전에도 그런 일이 있었어요. 장군에게서 첫 전화가 왔던 날 말예요. 그때는 또 무슨 극단이었더라. 형 말대로 사람이 없긴 없는 모양이에요. 아무튼 그리고 나와서는 혼자서 생맥주를 마시다가 연습실로 갔는데 형이 거기 있었죠...... 그런데 정말 다행이지 뭐예요. 형이 마침내 장군의 제의를 받아들이기로 결정했다니. 그럼 푹 쉬세요. 난 나갔다 올게요."

수표를 손가방에 챙겨넣고, 굽 높은 하얀 구두를 신고, 영인은 나갔다. 우아한 웃음과 함께 두 손을 흔들면서.

그녀가 사라진 공간에서 나는 잠시 어리둥절하게 서 있었다. 내게 남겨진 역할이 어떤 것인지를 알 수 없었다. 함께 있던 배우가 막 뒤로 퇴장하고 나면 남은 배우는 재빨리 무언가를 해야 한다. 한마디를 시시껄렁하게 내던지고 뒤따라 퇴장한다거나, 사라진 배우의 흠을 기다란 사설로 늘어놓는다거나, 아니면 차마 그의 면전에서 할 수 없었던 애틋한 사랑의 고백을 중얼거린다거나. 자신의 존재를 그럴듯하게 포장해야 하는 것이다.

그때 내게 남겨진 역할은 어떤 것이었을까. 그녀를 뒤따라 퇴장해서 이부자리로나 기어드는 것이었을까. 그렇잖으면 그녀가 나를 속인 일에 대해 화를 내거나, 바보스럽게 속아넘어간 사실을 후회하는 것이었을까. 돌이켜보면 내가 그처럼 간단히 그녀의 덫에 걸려들었다는 것은 이해할 수 없는 일이었다. 물론 그녀는 치밀하게 작전을 짰다. 얼굴이 달아오르도록 화끈하고 대담한 열연도 펼쳤다. 그렇지만 나는 그게 모두 나만을 위해 계획된 함정이었음을 간파했어야 했다. 화려하고 무수한 변덕들 속에서도 그녀가 사실은 얼마나 일관성 있는 인물이었던가를 나는 알고 있었으니 말이다. 단순한 변덕쟁이들과는 달리 영인은 언제나 자신이 진정으로 원하는 게 무엇인가를 알고 있었다. 열한시에 눈을 떠서 열한시 삼십분에 달아나듯 집을 빠져나갈 때까지 네 번이나 다섯 번쯤 외출복을 갈아입는다 하더라도 그녀는 그 이유를 알고 있던 것이다. 그런데 나는 그녀가 누드 연기를 할지도 모른다고 걱정했다니!

11

 판소리본 『변강쇠전』을 보면 이런 부분이 있다. 게으른 강쇠가 장작 대신 장승을 뽑아다 불을 땐 죄로 오만 가지 병을 얻어 죽은 후 다시 과부가 된 옹녀는 꾀를 내어 길바닥에 주저앉아 꺼이꺼이 운다. 지나가던 중이 그것을 보고는 다가가서 사연을 묻는다. 남편 송장을 치워주는 남자와 부부가 되어 백년해로하겠노라는 옹녀의 말에 중은 잔뜩 흥분하여 호들갑을 떤다.

 "우리 절 중 가운데 자원할 이 있으면 가르쳐 보내리까."
 "치상만 하며는 그 사람과 살 터이니 승속(僧俗)을 가릴 터요."
 저 중이 크게 기뻐하여,
 "그러면 쉬운 일 있나이다. 그 송장 내가 치고 나와 살면 어떠하오."
"아까 다 한 말이니 다시 물어 쓸데없소."
 저 중이 좋아라 하고 양갓감투 벗어 찢고, 공단 갓끈 금관자는 주머니에 떼어넣고, 장삼 벗어 띠로 묶어 어깨에 둘러메고, 여인은 앞을 서고 대사는 뒤에 서서 강쇠 집을 찾아올 때, 중놈이 좋아라고 장난이 비상하다. 여인의 등허리에 손도 썩 넣어보고, 젖도 불끈 쥐어보고, 허리 질끈 안아보고, 손목 꽉 잡아보며,
"암만 해도 못 참겠네. 우선 한번 하고 가세."

 그 중은 결국 옹녀의 옥문은 들여다보지도 못하고 변강쇠의 원혼에게 급살을 맞아 죽는다.
 내가 새삼스레 이런 이야기를 하는 까닭은 영인의 주변을 맴도는 홍두라는 인물이 그 중을 떠올리게 했기 때문이다. 어둡고 음흉하고 의뭉스럽고, 늘 조심스러운 척 이 사람 저 사람 눈치를 살피고. 게다가 그가 여자를 바라볼 적이면 그 시선은 언제나 칙칙한 빛깔의 뭉게구름이 되었다. 그건 마치 슬그머니 가슴섶을 헤치고 들어가 맨살 위를 미끄러질 듯 끈적한 여운을 담고 있었다. 특히 영인의 뒷모습에 넋을 잃고 있을 적이면 나는 그가 금세라도 벌떡 일어나 영인을 끌어안으며 이렇게 말할 것 같은 느낌이 들었다. '암만 해도 못 참겠네. 우선 한번 하고 가세.' 그건 참으로 견디기 힘든 느낌이었다. 나는 영인이 왜 그런 인물을 자신의 주변에 허락하는지 이해할 수가 없었다.
"그 사람이 그런 느낌을 준다는 건 나도 인정해요. 그게 별로 유쾌하지 못하다는 것도 인정하구요. 하지만 그건 그 사람의 시선이 자기 내부의 감정에 솔직하기 때문이지 그 사람이 유별나게 징그

러운 생각들을 지니고 있기 때문은 아니에요. 「불을 찾아서」라는 영화에도 그런 장면이 있잖아요. 냇가에서 세수를 하느라 쪼그리고 앉은 여자 뒤로 한 남자가 다가가서는 갑자기 섹스를 시작하는 장면 말예요."

영인은 홍두의 유쾌하지 못한 시선을 오히려 미덕으로 돌리려 했다.

"하지만 그건 수만 년 전의 이야기잖아."
"성적인 욕망의 강도가 시간의 흐름에 따라 달라졌다고 생각하세요?"
"적어도 점잖은 옷을 차려입을 정도는 되었겠지."
"옷을 입고 안 입고는 스스로 판단할 일이에요."
"넌 꼭 그 친구의 시선을 즐기는 사람처럼 이야기하는구나."
"그럴지도 모르죠. 그렇게 솔직한 시선을 가진 사람을 만나기가 쉬운 일은 아니니까요."

나는 그녀가 홍두의 시선을 썩 즐기는 편은 아니라는 것을 잘 알고 있었다. 다잡한 노력들에도 불구하고 그녀는 언제나 깔끔한 음식과 맵시 있는 옷차림으로 회귀하는 본능을 지니고 있었던 것이다. 하지만 그렇다고 마음을 놓아도 좋다는 얘기는 아니었다. 대단히 이질적인 존재로서, 홍두는 그녀의 주의를 끌고 있음이 분명했다. 만약 그것이 주의 끌기의 수위를 넘어서 게임에의 유혹으로까지 발전한다면 위험한 사태가 벌어질 수도 있었다. 이미 알고 있겠지만 영인은 게임을 위해서라면 많은 것을 포기할 준비가 항상 갖추어져 있었으니까.

내가 잠을 깬 것은 벽 하나 너머의 거실에서 바로 그 홍두의 날라리 소리가 울려온 까닭이었다. 맙소사. 나는 베개 속으로 고개를 처박았지만 사기 주발을 깨듯 자지러지는 그 소리는 막을 수 없었다. 아마 나는 전국 팔도에서 모여든 농악패들이 한꺼번에 풍장을 치는 속에서라도 홍두의 날라리 소리만큼은 식별해낼 수 있을 것이었다. 날라리뿐 아니라 그의 입김이 만들어내는 모든 종류의 소리에는 수상쩍은 특징이 있었다. 어둡고 우울하고, 그렇다고 대단한 분위기가 느껴지는 것도 아닌, 굳이 말하자면 사람을 기분 나쁘게 하는 모종의 저주파 같은 게 발산되고 있었다.
 "어, 형님, 집에 계셨군요."
 내가 부스스한 눈으로 거실로 나가자 홍두는 입김 내뿜기를 멈추었다. 여느 때처럼 소파에서 일어나며 고개를 숙여 인사했다. 인사는 정중했지만 나를 조금도 유쾌하게 만들지 못했다. 탁자 위에는 퉁소니 트럼펫이니 팬플루트니 하는 그의 장난감들이 가지런히 쌓여 있었기 때문이었다. 그건 그날 밤의 술자리가 대단히 떠들썩하게 길어질 것임을 뜻했다. 수화기를 목덜미에 끼고 상가 안내 책자를 뒤지던 영인은 내게 배가 고프지 않느냐고 물었다.
 중국집에 몇 가지 요리를 주문한 다음 영인은 엉뚱한 이야기를 시작했다. 아직도 우리나라에는 이데올로기적인 경직성이 만연해 있다는 것이었다. 다니엘 벨이 이데올로기의 죽음을 선언한 지도 이미 이십 년이 지났는데. 그들 사이에선 그날 이미 그런 이야기가 언급된 적이 있었는지 홍두는 연신 고개를 끄덕였다. 기본적으로 그는 영인에 대해서 부정적인 의사를 표시할 줄 모르는 인물이었다. 다른 사람들의 의견에는 긍정적인 반응을 보일 줄 모르는 것과 마찬가지로.
 "자본주의니 사회주의니 뭐 그런 이데올로기만을 얘기하는 게 아니야. 오히려 그런 건 한물갔다고 할 수 있겠지. 문제는 이데올로기적으로 굳어져버린 사고 방식들의 경직성이야. 자기네가 옳다고 믿는 것 외에는 다른 어떤 방식의 가치도 인정하지 않으려드는 배타성…… 게다가 어떻게 된 형편인지 사람들은 모든 진지한 고민은 엄숙하고 심각한 방식으로만 이루어져야 한다는 어처구니없는 믿음에 빠져 있거든. 글을 쓰는 사람이건 연극이나 무용을 하는 사람이건, 심지어는 그림을 그리는 사람들조차도. 오늘 전시회만 봐도 그래. 수백 점의 수채화가 걸린 그 전시회가 공모전이었다는 걸 알고서 경악하지 않을 사람이 얼마나 될까. 하나같이 무겁고 두껍고 엄숙하고 심각하고. 그건 오히려 한 사람의 작품전이거나 고작해야 한 스승과 제자들의 발표회 정도라고 해야 어울렸을 거야. 그렇지 않아요, 형? 공모전이라는 게 어떻게 그렇게까지 천편일률적일 수 있겠어요?"

영인의 마지막 말은 나를 향하고 있었지만 나는 별로 거들고 나설 틈이 없었다. 어떤 종류의 화두가 떨어지건 가장 할 얘기가 많은 사람은 홍두였던 것이다.

"이를테면 이런 거겠지. 고민의 진지함이란 어깨를 짓누르는 무게에 의해서 결정된다. 무거운 것일수록 진지하고 가치 있는 고민이 된다. 그런데 그처럼 무거운 고민을 두 어깨로 짊어지고 있는 한은 결코 누구도 가벼워질 수가 없다. 글쟁이들의 원고지는 무게에 짓눌려 움푹움푹 패일 것이고, 무용수의 발놀림은 비틀거릴 것이다. 그림쟁이의 붓도 연극쟁이의 말주변도 다를 바가 없다."

"희극이라는 장르에 대한 사람들의 인식이 근본적으로 달라져야 해. 내가 여태껏 보았던 도식들 중에서 가장 우스꽝스러웠던 건 '기억은 비극으로 통하고, 망각은 희극으로 통한다'라는 이분법이었어. 다시 말하자면 비극은 의미있는 작업이지만 희극은 곧 잊혀지고 사라져버리는 공허한 장난질일 뿐이라는 거야. 이런 얘기는 형도 어디선가 들은 적이 있겠죠. 어때요? 형 생각도 그런가요? 내가 보기에 이건 세상에서 가장 비극적인 이분법이에요. 이데올로기적인 경직성의 극치라구요."

"사람들은 분류법을 좋아해. 삶에 도움을 주기 위해서가 아니라 그럴듯해 보이기 위해서지. 가짓수를 늘어놓고 보면 뭐든 그럴싸해 보이거든. 다르다는 게 그다지 나빠 보이지도 않고. 그러다가 한바탕 싸움판이 벌어지는 거지."

두 사람의 대화는 찰떡방아를 찧는 달나라의 두 마리 토끼처럼 착착 맞아떨어지고 있었다. 영인이 공이를 힘차게 내려찧으면 홍두는 가장자리로 밀려난 떡을 재빨리 가운데로 쓸어넣어 영인의 다음 방아를 준비했다. 그러면 영인은 정확하게 그 자리로 재차 공이를 투하했다. 나는 모든 일이 너무 잘 어울려 돌아갈 적이면 언제나 그렇듯 가벼운 현기증을 느꼈다. 그런데 그 현기증의 와중에서도 한 가지 간과하고 넘어갈 수 없는 부분이 있었다. 영인이 세상에서 가장 비극적인 이분법이라고 비난한 '기억은 비극으로 통하고 망각은 희극으로 통한다' 라는 말이었다. 꽤 여러 해 전 어느 연극 이론서에서 나는 처음 그 말을 접했었다. 그 짧은 글 속에 담겨 있는 정확한 직관과 통찰력은 한 순간에 나를 사로잡았더랬다. 그건 대체로 이런 말이었다. 희극의 출발점은 망각의 시학에 있다. 망각의 시학은 또 현실의 고통과 제도의 억압이 무의미하다는 인식에서 비롯된다. 말하자면 기억할 가치가 없는 절망으로부터 스스로를 보호하자는 것이다. 반면에 비극이 토대하고 있는 기억의 시학은 그 같은 망각의 시학에 의해서 잊혀지고 빼앗긴 삶을 되찾기 위한 노력이다. 현실의 고통들은 거듭해서 기억될 만한 이유와 의미를 가졌다고 믿기 때문이다…… 그날 이후로 나는 그 간결한 잠언을 내 모든 연극 행위의 좌우명으로 삼아오고 있었다. 그런데 영인은 뜻밖에도 그것이 가장 비극적인 이분법이라고 비난하고 있었던 것이다.

"어째서 그게 이데올로기적인 이분법이라는 거지? 비극과 희극을 기억과 망각으로 분류한 것 말이야. 내 생각엔 아주 정확하게 본질을 얘기하는 것 같은데."

"그러니까 형도 희극이라는 게 망각하고자 하는 자들의 허망한 유희일 뿐이라고 생각한단 말예요?"

"뭐 그렇게 극단적으로 얘기할 건 없겠지만 크게 다르지도 않겠지."

영인은 맥주 한 모금을 마시고 담배에 불을 당겼다. 홍두는 자기 잔을 들고 미소를 머금으며 뒤로 물러앉았다. 내가 그를 싫어할 수밖에 없는 또 한 가지 이유는 바로 거기에 있었다. 심상찮은 일이 벌어질 기미를 보이면 그는 언제나 뒷전으로 물러앉아 구경꾼이 된다는 사실에.

"그러니까 웃음이라는 건 애당초 허망하고 무의미하다는 말씀이시죠?"

영인의 두번째 질문은 문득 나를 당황하게 만들었다. 희극이 허망하다고 얘기하는 건 곧 웃음 자체가 허망하다고 얘기하는 결과가 될까. 희극의 본질은 웃음일 테니까, 두 가지는 같은 평가를 받아야 하는 것일까.

"질문이 너무 어려웠나요? 그럴 수도 있겠죠. 희극을 싫어하는 사람들은 대체로 희극이 무엇인지도 모르면서 무작정 싫어하는 경향들이 있으니까. 그럼 이번에는 형에게 익숙한 골목으로부터 문을 열고 들어가보죠. 형이 비극에 그처럼 의미를 두는 이유는 무어죠? 왜 비극이 희극보다 중요하다고 생각하나요? 비극이 희극보다 더 정확하고 강렬한 메시지를 관객들에게 전달할 수 있다고 믿기 때문인가요?"
"그렇다고 할 수 있지." 나는 조심스럽게 고개를 끄덕였다.
"더 많은 기억의 환기 작용도 할 수 있구요?"
"그렇겠지."
"그럼 그처럼 강렬한 메시지의 전달과 기억의 환기 작용을 통해서 형이 궁극적으로 얻고자 하는 건 뭐죠?"
"글쎄. 그건 아마도…… 관객들의 삶에 어떤 변화를 유도해보자는 것이겠지. 생활 방식이라든가, 적어도 사고 방식에 있어서라도."
"그렇군요. 관객들의 변화였군요. 그럼 우리 이야기를 좀더 간략하게 간추려볼까요. 형이 비극을 희극보다 중요시하는 까닭은 그것이 관객들의 변화를 유도해내는 데 보다 효과적이기 때문이다. 어때요? 맞아요?"
"그게 전부는 아니겠지. 하지만 한 중요한 이유라고는 할 수 있어."
나는 어쩐지 함정으로 가득 찬 미로로 끌려들어가는 느낌이었다.
"그런데 난 형의 판단에 대해서 전혀 동의할 수가 없으니 어떡하죠. 도대체 어떤 근거로 비극이 희극보다 많은 변화를 관객에게 준다고 얘기할 수 있을까요. 변화라는 건 유연성으로부터 비롯되는 거고 유연성은 비장한 눈물이 아니라 부드러운 웃음으로부터 길러진다는 게 명백한 논리인데. 그렇잖나요? 그건 비극과 희극에 각각 등장하는 인물들을 살펴봐도 알 수 있는 일이에요. 비극의 주인공은 자신의 행동이 다른 사람들에 의해서 어떻게 판단되는가에 따라 궤도를 수정하지는 않아요. 확신과 고집으로 가득 차 있기 때문이에요. 일직선의 운동만을 계속하다가 끝내는 비극적인 최후를 맞도록 되어 있죠. 하지만 희극의 주인공은 달라요. 희극의 주인공은 대체로 우스꽝스런 결점을 갖고 있어요. 우리들 모두의 진짜 모습처럼 말예요. 그는 자신이 다른 사람들의 웃음거리가 되었다는 사실을 깨닫자마자 그 결점을 교정하기 위해서 애를 써요. 교정이 성공한다는 보장은 없지만 아무튼 온갖 노력을 다 해요. 그런 과정에서 자연스럽게 변화가 이루어지죠. 어느 모로 보나 변화를 유도해내는 효과는 희극이 더 많이 제공하고 있단 말예요."

그녀의 논리를 반박하기 위해서 나는 수십억 개의 뇌세포에 총동원령을 내려야 했다.

"네 얘기도 아주 틀린 건 아니야. 하지만 다시 한번 잘 생각해보면 희극이 제공하는 변화와 비극이 제공하는 변화 사이에 질적인 차별성이 있다는 걸 알 수 있을 거야. 희극의 교정력은 자잘한 일들에 대해서 효과가 있을 뿐이야. 우스꽝스런 버릇이라든가 실수라든가 뭐 그런 것들. 하지만 비극은 본질적인 문제에 대한 가치관을 교정 대상으로 삼고 있단 말이야."

"비극은 희극보다 크다는 얘긴가요? 그래서 작은 일들에는 관심이 없다는 얘긴가요? 형이 그런 얘기를 한다는 걸 믿을 수가 없군요. 작은 일들에서의 변화 없이 어떻게 커다란 변화를 이룰 수 있다는 거죠? 혁명이라는 건 수사학적 용어일 뿐 실제하는 현상이 아니라고 얘기한 게 형이 아니었나요?…… 구태여 형이 좋아하는 도식의 논리를 빌리자면, 난 비극과 희극의 차이가 그것들이 호소하는 대상의 차이에 있다고 한 베르그송의 견해에 동의해요. 그는 비극이 호소하는 대상은 인간들의 감정이라고 했어요. 슬픔과 증오 따위. 하지만 희극은 순수한 지성에 호소한다고 했죠. 흥분된 감정이 아니라 질서 있고 평화롭게 조화된 영혼의 표면에 떨어질 적에만 희극은 그 진동을 일으킬 수 있다는 거예요. 정확한 얘기 아닌가요? 그렇다면 어느 쪽이 인간들로부터 진짜 변화를 이끌어낼 수 있는지는 명백해지겠죠."

영인이와 이런 문제에 관해 진지하게 얘기를 나눈 지도 무척 오래된 모양이었다. 지난번까지만 해도 그녀는 그다지 강하지 않았었다. 적어도 연극에 관해서는 내 앞에서 함부로 목소리를 높일 수 없었던 것이다. 그런데 언제 이처럼 훌륭한 전사로 무장되어 있었을까. 두어 달 전 그녀가 앙리 베르그송의 『웃음』이라는 책을 들고 엎치락뒤치락하고 있었을 때 나는 좀더 주의를 기울여야 했을까.

홍두의 기분 나쁜 미소를 의식하느라 나는 더욱 흐트러졌다. 그녀의 논리를 공격할 만한 이론들을 여기저기서 끌어올 수도 있을 것 같았는데 도무지 컴퓨터가 작동하지 않았다. 잠시 동안 나는 깊은 생각에 잠긴 척 침묵을 유지할 수밖에 없었다. 그런데 그때 초인종이 울렸다. 침묵의 늪에서 나를 끌어올린 구세주는 중국집 철가방이었다. 그는 배달이 밀려서 늦어졌노라며 사정을 늘어놓았다. 식탁을 치우고 요리 접시들을 나르고 값을 치르고 하는 부산함 속에서 나는 은근슬쩍 활기를 되찾을 수 있었다. 그러자 문득 홍두가 내 빈잔에 맥주를 따르며 인사를 했다.

"참, 선배님 축하드립니다. 새 작품을 준비하시게 되었다면서요."

내색하지 않았지만 나는 몹시 놀랐다.
"고맙네. 그런데 그 얘긴 누구한테 들었나?"
"누구겠습니까, 영인이죠. 제가 필요한 일이 있으시면 언제라도 불러만주십시오."
　탁자 위의 접시들을 정리한 다음 영인은 김치를 꺼내려고 주방으로 갔다. 나는 맥주병 몇 개를 들고 그녀를 뒤따라가 속삭이듯 물었다.
"홍두한테 이야기했어?"
"무슨 얘기요?"
"장군의 부탁 말이야."
"손이 많이 필요할 거라 했잖아요."
"얘기했단 말이야?"
"아직요."
"아무한테도 얘기하지 마. 내 허락 없이는."
　나는 한숨을 놓으며 거실로 돌아왔다.
　식사의 시작과 더불어 홍두는 말문을 열기 시작했다. 논쟁은 이미 승부가 났으니 자신이 끼여들더라도 부담이 없지 않겠느냐는 모습이었다.
"희극이라고 하면 흔히 사람들은 우리 전통과는 무관한 외래 문화를 생각하죠. 우리 체질에 맞지 않는 서양인들의 말장난일 뿐이라는 거부감마저 갖고 있어요. 하지만 그건 사실이 아니에요. 굳이 따지자면 오히려 비극이 훨씬 더 외래적인 장르일 거예요. 몰리에르가 프랑스의 희극을 꽃피웠던 17세기경에 우리나라에는 이미 수많은 풍자와 해학의 판소리들이 있었어요.「춘향전」이니「심청전」「수궁가」「배비장전」등등. 게다가『홍길동전』이니『오유란

전』이니 하는 소설들도 있었고, 18세기에 들어서면 연암 박지원 선생이『양반전』『허생전』『호질』같은 비판적 해학 문학의 백미들을 생산해내죠. 우리나라의 희극적인 전통은 그저 전승되어오는 정도가 아니라 오히려 풍부한 지경이었단 말예요. 그러던 게 19세기말과 20세기의 어려운 시기를 겪으면서 뭉텅뭉텅 잘려나가 버렸어요. 안타까운 일이죠. 사람들은 여유를 잃고 현실에 짓눌려버리게 되었어요……"

홍두는 판소리에 대해 상당한 애착을 지니고 있었다. 기회만 되면 이야기를 그 방향으로 끌어가려고 했다. 내가 그를『변강쇠전』에 등장하는 의뭉스런 땡중과 연결시키게 된 까닭도 거기에 있었다. 그는 아마 그 자리에서 영인의 희극 예찬론과 자신의 판소리 사랑 사이에 오작교를 놓게 된 것을 무척이나 기뻐하고 있었을 것이었다. 영인은 곧 그의 의견에 전폭적인 지지를 보내었고, 그들은 서로를 부추기며 성큼성큼 앞으로 나아갔다.

그들이 한번 발맞추어 행진을 시작하면 나로서는 따라잡을 도리가 없었다. 그들은 보폭이 아주 큰 롱다리들이어서 순식간에 내 이해의 벽을 넘어가버렸다. 내 주파수는 고작해야 태양계를 더듬고 있는데 그들은 어느새 안드로메다 성운을 지나 새로 태어난 초신성과 블랙 홀들에 대하여 진지한 토론을 벌이곤 하는 것이었다. 그럴 때면 나는 그들을 내버려두고 중국 음식 접시들에 젓가락질이나 하는 편이 현명했다.

홍두라는 인물을 이해하는 건 영인을 이해하는 것만큼이나 어려웠다. 때로는 더욱 요원해 보이기도 했다. 그래서 나는 이따금 그가 영인이 비현실의 세계에서 아주 특별한 방법으로 데리고 나온 괴물이 아닐까 의심스러워질 때도 있었다. 혹은 영인의 어머니가 영인에게 선사한 개의 수호신이 바로 홍두가 아니었을까.
  내가 그런 괴상한 생각을 갖게 된 것은 언젠가 그와 영인이 거실에서 얘기를 나누고 있었을 때였다. 그들은 오대양 사건이라든가 그와 유사한 사이비 종교 집단의 자살 사건에 대해서 심각한 얘기들을 주고받고 있었는데 홍두는 자신이 그 일들에 대해 많은 것을 알고 있으며 깊숙이 관련되어 있기까지 하다는 인상을 주려고 노력하고 있었다. 나는 그의 이야기를 듣는 둥 마는 둥 텔레비전에서 흘러나오는 한 만화 프로그램을 보고 있었다. 네 명의 닌자 거북이들이 매주 새로운 악당들을 만나 쳐부수는 만화였는데, 그 주의 악당은 악몽의 세계에서 인간들의 악몽을 먹고 사는 귀신이었다. 인간들이 악몽을 꾸고 두려움에 빠질수록 그 귀신은 강해졌다. 그런데 그는 악몽계로 떨어진 두 명의 영혼을 볼모로 잡기만 한다면 현실 세계로 빠져나올 수가 있었다. 실지로 그는 두 닌자 거북이의 영혼을 붙잡아서 악몽계에 가두어두고 인간계로 나와서 온갖 나쁜 짓을 저지르며 돌아다니기 시작했다. 안개나 연기처럼 흐물흐물한 모습으로 돌아다니며 언제나 음모를 꾸미고 소동을 벌였다. 기분 나쁜 웃음을 퍼뜨리고 인간들에게 사악한 마음을 심었다. 그때 문득 나는 만약 그게 실제의 일이고 그렇게 악몽계를 빠져나온 귀신이 지구상 어딘가를 떠돌고 있다면 그것은 홍두가 틀림없으리라는 생각을 했다. 흘끔흘끔 영인을 곁눈질하며 기분 나쁜 미소를 짓는 그의 모습은 영락없는 악몽계의 귀신이었던 것이다.
  내가 그런 생각에 빠져 있었을 때 다시 초인종이 울렸다. 이번에 모습을 나타낸 사람은 엉뚱하게도 유미였다. 그런데 영인과 홍두에게는 그녀의 등장이 조금도 엉뚱하지 않은 모양이었다. 그제서야 영인은 내게 간단한 설명을 했다. 혼자 가기가 심심해서 홍두를 불러내어 함께 수채화 전시회장으로 갔었다. 그런데 그곳에서 유미와 마주치게 되었다. 오랜만의 해후가 너무 반가웠기에 그들은 저녁에 다시 만나기로 했다.

유미는 여느 때처럼 짧은 치마를 입고 있었고 여느 때처럼 소파 한가운데에 다리를 꼬고 앉았다. 영인은 그녀의 맥주잔과 찬 맥주를 가져오기 위해서 주방으로 갔다. 그리고 나는 그때부터 홍두의 두 눈동자가 바쁘게 움직이는 것을 지켜보아야 했다.

홍두는 그날 이전에 유미와 인사를 나눈 적이 없었다. 그녀의 허벅지 위에서 짧은 치마가 자꾸자꾸 거슬러 올라가는 장면을 본 적도 당연히 없었다. 그는 바야흐로 충격적인 적응기를 맞이하고 있었던 것이다. 그런 그들의 모습을 보면서 나는 영인의 의도가 무엇일까를 생각해야 했다. 내 주변에서 가장 괴상한 두 인물들을, 그것도 내가 장군과 손을 잡은 날 저녁에 내 집으로 불러들인 이유가 무엇일까를. 설마하니 그녀는 내가 정말 그들의 도움을 필요로 한다고 생각했을까. 그렇지는 않으리라. 비록 괴상한 인물들을 좋아하기는 했지만 영인은 최소한의 이성은 간직하고 있는 편이었으니까.

어쨌건 그날 밤 나는 적잖은 고문을 겪어야 했다. 유미의 존재가 안겨준 충격 때문에 홍두는 마구 흥분했고 자신의 잡동사니 관악기들을 닥치는 대로 집어들어 수상쩍은 메들리를 멈추지 않은 까닭이었다.

12

 장군과 내가 마주앉아 나눈 대화는 간단하고 실무적이었다. 일단 거래가 시작된 이상 우리는 서로에게 불필요한 번거로움은 주지 않을 만큼 세상 물정을 알고 있었다. 장군은 먼저 자신이 그의 아들에 대해 알고 있는 사항들을 브리핑했다. 그의 성격적 특징이라든가 기호·취향 등을. 그리고 그가 내게 원하는 점들을 명백히 했다. 그의 일차 목표는 재원이를 한국으로 데리고 들어와 정착시키는 것이었다. 그 다음엔 그를 다시 대학원으로 돌려보내거나 그럴듯한 직장을 갖게 하는 것이었다. 그리고 그는 그 모든 일들이 한 편의 완전한 연극이 되어야 하노라는 조심스런 주문을 되풀이했다.
 "지난번에도 얘기한 것 같은데, 내가 굳이 자네에게 부탁하는 건 자네의 연출력을 높이 사기 때문이야. 이건 한 여배우의 연기가 아니라 잘 짜여진 한 편의 연극이 되어야 한단 말이야."

나는 완벽을 기하겠노라고 약속했다. 그러자 그는 자기 아들의 현주소를 가르쳐주었다. 재원은 자바섬의 동쪽 지방을 여행하고 있노라고 했다. 족자카르타를 떠난 지 두어 주 남짓 되었으니 지금은 아마 마두라섬에서 까라빤 사삐(우차 경주)를 즐기고 있을 것이다. 며칠 후면 바뉴왕이에서 배를 타고 발리섬으로 들어갈 것이다. 그놈은 어쩌면 그 섬의 아름다운 풍광 속에다 뼈를 묻을 작정인지도 모른다. 그러니 서둘러야 한다. 재원이 발리로 들어가면 며칠 이내에 작전이 시작되어야 한다. 장군은 그가 발리행 배에 오르는 순간 내게 기별을 주기로 했고 나는 그 순간부터 차질 없이 작전을 전개하기로 했다.

헤어지기 전에 나는 장군에게 물어보았다. 그와 재원이의 관계가 그처럼 악화된 데에는 혹시 다른 이유가 있었던 건 아니냐고. 이런 일을 성공적으로 수행하기 위해서는 내가 모든 사정을 알 필요가 있노라고. 그랬더니 그는 허허로운 웃음을 지었다. 사정은 무슨 사정이 있었겠나. 내 나이 스물에 군대에 입신해서 한평생 나라를 위해 일한 게 죄라면 죄겠지. 재원이 또래 아이들에게는 모든 권력과 기성 세대는 부패한 파쇼 집단이니……

그 며칠 동안 내게 주어진 가장 중요한 과제는 장군의 아들이라는 N극 자석을 발리에서부터 한국으로 끌고 들어올 S극 자석을 구하는 일이었다. (그 작전의 시작과 함께 나는 장군의 군대식 단순화를 배우기로 하고 있었다. 세상에는 N극 자석이라는 게 있고 S극 자석이라는 게 있노라고.) 과연 어떤 여자에게 그 역할을 맡긴다면 가장 강력한 S극 자석이 되어 재원이를 물고 들어올 수가 있을까.

　첫번째 고려 대상은 영인이었다. 그건 내가 그녀를 고려 대상으로 꼽았기 때문이 아니라 그녀가 가장 먼저 자원했기 때문이었다. 하지만 나는 불과 몇 분의 생각 후에 그녀를 탈락시켰다. 그런 장면을 나는 감히 상상할 수 없었다. 영인이 다른 남자를 유혹하기 위해서 온갖 술수와 교태를 동원하는 장면을. 연습실에서의 기가 막혔던 저녁을 떠올리면 더욱 그러했다. 그녀는 아주 훌륭하게 재원이를 사로잡아버릴 수도 있겠지만 그러기 위해서 그녀가 어떤 무기들을 사용하게 될지는 아무도 알 수 없는 일이었다.
　"왜 안 된다는 거죠? 일이 훨씬 간단해지잖아요. 설마하니 내 연기력을 못 믿겠다는 건 아니겠죠?"
　그녀는 당장 불만을 표시했다. 물론 나는 사실대로 이야기할 수는 없는 노릇이었다.
　"연기력은 인정해. 그렇지 않았다면 널 내 연극에 쓰지도 않았을 테니까. 하지만 이번 일은 얼마나 길어질지 아무도 몰라. 한 달이 될지 일 년이 될지. 너처럼 끈기 없는 애가 그걸 감당할 수 있을 것 같니?"
　나는 우선 영인의 약점을 걸고 넘어졌다. 당연히 거센 반발이 휘몰아쳐 돌아오리라 예상하면서. 그런데 이상한 일이었다. 영인은 잔뜩 불만스런 목소리로 몇 마디를 꿍얼거렸지만 그뿐이었고 더 이상 이의를 제기하지 않는 것이었다. 나는 너무 이상해서 하마터면 이런 질문을 할 뻔했다. 너 무슨 일 있었니? 왜 떼를 쓰지 않니?…… 잠시 후 영인은 체면은 살려야겠다는 듯 이렇게 말했다.
　"그럼 최소한 발리에는 함께 데려가주어야 해요. 이성 문제에 있어서는 나만큼 유능한 참모가 없을 테니까요."

나는 얼른 그러겠노라고 약속해주었다. 그녀의 생각이 달라져서 다시 떼쓰기를 시작하기 전에. 그런데 그때 잠시 나를 놀라게 한 것은, 내가 가는 곳이라면 어디든지 그녀가 함께 가는 게 당연하다는 생각이 이미 내 속에 자리잡고 있었다는 사실이었다. N극이니 S극이니 하는 뭐 그런 자석들의 동행처럼.

두번째로 고려선상에 오른 인물은 유미였다. 그건 또 영인의 천거 때문이었다.

"형은 잘 모르겠지만 유미 언니 굉장히 매력적이라구요. 특히 남자들한테는. 미니스커트를 입고 하이힐을 신고 지나가면 아마 휘파람을 불지 않을 남자가 없을걸요. 게다가 연기력도 빼어나고."

영인의 말이 과히 틀린 것은 아니었다. 객관적인 눈으로 볼 때 유미는 제법 매력적인 구석이 있었다. 연기자가 아님에도 불구하고 프로에 가까운 연기력을 갖고 있기도 했다. 그러나 나는 두 가지 이유에서 그녀를 탈락시켰다. 첫째는 그녀의 자부심이 너무 강하다는 것이었다. 그녀는 언제나 지나칠 정도로 스스로를 의식하고 있었다. 스스로의 매력과 총명함과 뛰어난 연기력을, 그리고 그것들이 형성하는 완전함을. 그러니 그녀는 결코 다른 인물이 될 수는 없었다. 어떤 인물의 가면을 쓰고 어떤 완벽한 연기를 구사한다 할지라도 그녀는 여전히 최유미였던 것이다. 그런 식으로는 연기를 잘한다는 말은 들을 수 있을지 몰라도 결코 사람의 심금을 울릴 수는 없었다. 두번째 이유는 훨씬 더 간단했다. 몇 달이 걸릴지도 모를 그 작전에 그녀를 끌어들여 매일처럼 얼굴을 마주할 수는 없다는 것이었다.

두 사람의 뒤를 이어 몇 명의 인물들이 더 물망에 올랐다. 내가 함께 연극을 했던 여배우들 중에서 인상에 남는 사람들이었다. 그러나 미모와 분위기와 연기력을 고루 갖춘 사람을 찾아내기는 쉬운 일이 아니었다. 게다가 지금 현재 아무 연극에도 관계되어 있지 않아서 시간을 낼 수 있는 사람은. 그러다가 문득 나는 상은을 떠올렸다. 그녀가 꽤 여러 달 동안 여행을 나갔다가 두어 주 전에 돌아왔다는 얘기를 영인으로부터 들은 기억이 난 것이었다. 나는 즉시 그녀에게 전화를 걸었고 그녀의 자동응답기에 일방적인 메시지를 남겼다. 저녁 여덟시에 대학로의 모 카페에서 기다리겠노라고.

나는 바람맞을 준비가 되어 있었다. 그런데 상은은 몇 분이 지나지 않아 약속 장소에 모습을 나타내었다. 화장기 없는 얼굴에 싱그러운 미소를 머금고서. 그건 언제나 나를 편안하게 만드는 미소였다. 나는 우선 그녀에게 마음대로 약속을 정해서 미안하다는 사과를 했다. 그녀는 고개를 저었다.

"괜찮아요. 엉뚱한 메시지여서 설레기도 하고 재밌었어요. 갑자기 나를 만나고 싶어하는 이유가 뭘까. 내가 보고 싶어진 걸까, 그렇잖으면 급히 만나야 할 일이 생긴 걸까…… 그런데 아무래도 두번째 이유 같더군요. 어때요? 제 짐작이 맞죠?"

"글쎄. 굳이 따지자면 일이 생겼다고 해야겠지. 하지만 상은이 보고 싶었던 것도 사실이야."

'여자들의 자존심 만족시키기'라는 경연대회가 있다면 나는 아마 참가 자격도 얻기가 불가능할 것이었다. 내 아버지는 어째서 내게 바람기의 유전자를 물려주지 않기로 결정하셨던 걸까.

상은의 왼쪽 볼 아래에는 지난 겨울에 생겼을 수두 자국 두 개가 찍혀 있었다. 눈여겨보지 않으면 찾기 어려울 정도로 흐릿하게. 그러고 보니 그녀를 마지막으로 만났던 건 1993년의 마지막

날 커피숍 사과나무에서였다는 사실이 생각났다. 꽤 오랜만인 셈이었다. 수두 자국들을 잠시 들여다보다가 나는 곧바로 본론으로 들어갔다. 「하얀 피아노」와 「가면 담다디」에 얽힌 어처구니없는 사연으로, 그리고 장군의 제의로, 나는 약간 흥분하여 그 모든 일들을 지나치게 간단하게 설명해 내려갔다. 사실 그 일들은 어느 한 가지만도 몇 시간을 설명해야 할 만큼 복잡한 것이었는데, 맥주집에서 파출소장을 만났기 때문에 영어 회화 학원에서 스쳐간 여대생의 추적 망상증이 등장하고 「가면 담다디」라는 포르노 연극이 생산되어야 하는 이유를 어떻게 조리 있게 납득시킨단 말인가. 거기에 또 장군과 발리를 떠도는 찢어진 핫바지의 코리언 히피는 왜 끼여든단 말인가. 다행히 상은은 타고난 직관력으로 내 사연의 골격을 이해할 수 있었다. 이야기가 끝났을 때 그녀는 상념에 잠긴 듯 물끄러미 창가를 바라보고 있었다.
"그러니까 제게 그 S극 자석의 역할을 맡아달라는 건가요?"
"상은이 생각이 어떤가 물어보는 거야. 「하얀 피아노」를 회생시키기 위한 일이니까 상은이도 관심이 있을지 모른다고 생각했거든. 영인이는 무척 하고 싶어했지만 내가 안 된다고 했어. 변덕이 너무 많은 애라서."
"이런 얘기를 하시려면 먼저 제게 선약된 스케줄이 없는지부터 확인하셨어야죠."
"그렇군. 미안해…… 선약된 스케줄이 있어?"
나는 기운 빠진 목소리로 물었다. 그녀는 빙그레 미소짓더니 고개를 저었다.
"아뇨. 없어요. 민재형이 저를 불러주지 않았더라면 무척 섭섭했을 거예요."

상은이가 캐스팅되었다는 소식에는 영인이도 무척 기뻐했다.
이튿날 당장 상은은 간단한 짐을 꾸려 영인의 방으로 옮겨왔다. 시간이 많지 않았으므로 고농도 비상 합숙 훈련을 갖기 위해서였다. 아울러 장군으로부터 연락이 오면 즉시 출격할 수 있도록 태세를 갖추기 위해서였다. 매일처럼 아침식사가 끝난 다음이면 우리는 작전회의를 시작했다. 장군의 아들 재원이를 단칼에 낚아채기 위해서 상은이는 어떤 여자가 되어야 하는가에 대한 회의였다. 장군의 설명에 따르면 재원이는 상당히 내성적인 성격을 가지고 있었다. 이따금 예상 밖의 큼직한 사고들을 저지르기도 했지만 그것 역시 평상시의 내성적인 억압이 만들어낸 폭발로 해석되어야 할 것 같았다. 게다가 그는 부친에 대해 모종의 콤플렉스를 지니고 있음이 분명했다. 영인은 그런 성격의 인물이라면 염려할 필요가 전혀 없다고 단언했다.
"내성적인 남자처럼 유혹하기 쉬운 사람은 없어요. 그런 사람은 단단하게 잠겨 있는 것 같지만 사실은 늘 누군가의 손길을 기다리고 있거든요. 게다가 상은이라면 그런 역에는 그야말로 적격이지 뭐예요."
영인의 진단에는 나도 동감이었다. 내성적인 남자들은 여자에 대해 신비주의적인 몽상에 빠지는 경향이 있었다. 설사 대다수의 세상 여자들이 속되고 현실적이라는 사실을 안다 하더라도 자기가 그리는 여자는 어쩐지 신비롭고 성스러운 영혼을 가졌으리라 꿈꾸는 것이었다. 그것은 구원에 대한 희망과도 같았다. 그런데 상은은 실제로 적잖게 그 같은 분위기를 풍겼다. 그녀가 가만히 미소지을 적이면 나는 때때로 텅 빈 법당에 홀로 앉아 관세음보살상을 바라보는 느낌이 들기도 했으니까.

매일 아침 우린 회의를 열었다. 그 회의에서 상은은 모 대학교의 사회사업학과 대학원생으로 둔갑되었다. 재원의 취향에나 상은의 이미지에나 가장 잘 어울릴 것 같은 배역이었다. 그녀는 몇 달간의 인도 여행을 마친 후 태국을 거쳐 발리로 내려간 것으로 했다. 인도는 그녀 자신이 최근 몇 달 동안 다녀온 곳이었으니 문제가 없었고, 태국 여행은 영인이 담당 교관이 되었다. 영인은 상은이 메고 갈 베낭 속에다 태국에서 산 몇 가지 물건들을 찔러넣어주기도 했다. 오후에는 약간의 연기 연습을 했고 저녁 시간에는 지도책을 펼쳐놓고 발리섬 지리 공부를 했다. 발리는 생각보다 큰 섬이어서 수많은 이름난 해수욕장과 분화구들이 여기저기에 흩어져 있었다.

그 며칠 동안 내가 가장 신경을 많이 쏟은 대상은 전화기였다. 일의 성격상 누구에게도 방해받을 수 없노라는 말로 그들을 설득하고 나는 전화벨 소리를 죽여두고 있었다. 대신 자동응답기를 작동시켜 메시지만을 녹음시켰다. 장군에게도 이미 얘기를 해서 그가 메모를 남기면 내가 다시 전화를 걸기로 되어 있었다. 내가 전화기에 그처럼 신경을 곤두세운 것은 이 일에 다른 엉뚱한 인물이 끼여들지나 않을까 하는 걱정 때문이었다. 이를테면 유미나 홍두처럼, 시간도 많고 호기심도 많고, 우리집에서 일어나는 모든 일을 자신의 일과 동일시하는 인물들이. 과연 그 며칠 동안 응답기에 남겨진 메모의 빈도 순위 첫번째는 단연 홍두였다. 만약 그가 그때 우리집에서 벌어지고 있었던 일련의 상황들을 알았다면 엄청난 소외감과 배신감으로 핵분열 반응을 일으켰을지도 몰랐다. 내가 보기에는 그가 배신감을 느껴야 할 이유라고는 아무것도 없었지만.

홍두에게는 그런 경향이 있었다. 우리집을 너무 자주 자유로이 들락거린 탓에 얻게 된 병인지는 모르겠지만, 우리집을 자기 집처럼 생각하고 우리 식구를 자기 식구처럼 여기는 경향이 있었다. 영인이나 내 주변으로 이런저런 일이 생기면 그는 반드시 자신이 나타나야 하는 것으로 믿고 있었다. 나는 영인에게 그 점에 대해서 불평을 늘어놓은 적이 있었다.
"그 친구는 꼭 자아 확산증 환자 같아."
영인은 내 표현을 재미있어했지만 내 심각함을 이해하지는 못했다.
"그런 병이 있나요? 그러고 보니 그런 것 같은데요. 하지만 자아 축소증이나 소멸증보다는 낫겠죠."
"누가 자아 축소증이나 소멸증을 갖고 있다는 거야?"
"꼭 누구라기보다는요, 우리 주변에는 그런 사람들이 많잖아요."
그녀는 홍두의 존재로부터 아무런 불편함도 느끼지 못하는 것이 분명했다. 그러나 내가 그를 자아 확산증 환자라고 믿게 된 것은 단지 그가 우리집을 자기 집처럼 생각한다는 사실 때문만은 아니었다. 그에게는 또 한 가지 이해할 수 없는 습관이 있었다. 신문의 사회면에 큼직한 사건이 한 가지씩 터질 때마다 그는 갑자기 자신을 그 사건과 깊숙이 관련된 인물로 둔갑시키는 것이었다. 이를테면 오대양 교도들의 집단 자살 사건 때가 그랬다. 그는 갑자기 예전에는 한번도 얘기한 적이 없는 수상한 경험들을 들먹이며 자신이 그 밀교에 어떻게 관계되어 있었던가를 이야기했다. 누구를 통해서 어떻게 교주를 만났으며, 어떤 방식으로 신도가 될 것을 강요당했으며, 어떻게 그곳을 빠져나올 수 있었던가를. 그는 그 모든 일들을 너무도 상세하고 구체적으로 설명했으므로 그를 잘 모르는 사람이라면 아무런 의심 없이 믿었을 것이었다. 심지어 그는 그 사건 이후에 살아남은 유일한 생존자였던 운전기사 모모씨가 사실은 자신의 충고로 몸을 피한 것이었다고까지 얘기했으니까.

그의 둔갑은 사이비 종교 연구소장 탁명환씨가 피살당했을 때도 있었고, 지하철 노조가 파업을 벌였을 때나 한약재상인 부호가 아들에게 살해당했을 때도 있었다. 어느 때 그는 또 『악마의 시』를 써서 회교도들에게서 사형 선고를 받은 샐먼 루시디는 결국 필리핀 갱에 의해서 처형될 것이라는 예언을 하기도 했다. 루시디에게의 접근이 철저히 차단된 회교도는 일본의 야쿠자 조직에 사형 집행을 의뢰했는데 일본의 야쿠자는 일본과 영국 정부와의 마찰을 우려하여 필리핀 마피아에 하청을 주었다는 것이었다. 나는 그가 그런 내막을 알게 된 경위를 물어보았는데 그는 극비 사항이라고 몇 번을 다짐한 다음 이렇게 설명했다. 일본의 야쿠자는 처음에 한국 야쿠자에게 하청을 주려 했다. 그래서 한국 야쿠자의 두목과 행동대장을 일본으로 불러들였다. 그러나 사정을 들은 한국의 두목이 그런 일은 이제 겨우 뿌리를 내리기 시작한 한국 야쿠자에게 한국 정부가 철퇴를 가하는 계기를 만들 것이니 시기 상조라고 강력히 사양했다. 일본 야쿠자의 두목은 내심 괘씸했지만 일리가 있는 말이라고 접수하여 필리핀으로 하청업체를 돌렸다. 그런데 그때 한국 야쿠자의 두목을 수행했던 행동대장이 홍두의 가까운 선배였다는 것이었다.

잊혀질 만하면 한 가지씩 이런 이야기를 꺼내어놓는 게 홍두였으니 내가 어떻게 그를 자아 확산증 환자가 아니라고 생각할 수 있겠는가. 그리고 어떻게 '태양과 다른 별들을 움직이는 사랑' 작전에 대한 그의 접근을 막는 데 노심초사하지 않을 수 있겠는가.

  장군으로부터 기별이 온 것은 상은과의 합숙이 시작된 지 나흘째 되던 날 아침이었다. 장군은 마침내 그날이 왔노라고 알려주었다. 그의 아들 재원이 지난밤 자정 무렵 바뉴왕이에서 배를 탔다는 것이었다. 그날 오후 상은과 영인, 나 세 사람은 발리행 비행기에 몸을 실었다. 안전벨트를 매라는 안내 방송이 흐르고 비행기가 활주로를 달려 허공으로 솟아오른 다음 비로소 나는 가벼운 안도감을 느꼈다. 적어도 일의 시작 단계에서는 아무런 방해꾼도 끼여들지 않았다는 데 대한 안도감이었다.

13

 덴파사르 공항에서 택시를 잡아타고 달려 사누르 호텔에 도착한 것은 저녁 아홉시가 넘은 시각이었다. 땅값이 그다지 비싸지 않은 나라라는 건 호텔이 세워져 있는 모양만으로도 알 수 있었다. 하늘로 올라간 층수에 의해서 호텔의 규모가 결정되는 우리나라와는 달리 모든 건물들이 납작하고 아기자기하게 퍼져 있었다. 사이사이로는 야자나무들이 불빛을 받아 신비스런 모습으로 서 있었다. 외국 여행이라고는 처음이었던 나는 표시나지 않게 사방을 두리번거리느라 바빴다.
 우리 이름으로 예약된 곳은 바닷가를 따라서 쪼로미 늘어선 방갈로들 중의 하나였다. 고급스런 오두막을 연상시키는 방갈로 속에는 작은 거실과 욕실, 그리고 두 개의 방이 아담하게 모여 있었다. 가방을 들고 우리를 안내한 벨보이는 방이 마음에 드느냐고 물었다. 원한다면 호텔 본건물에 있는 두 개의 방으로 바꿔줄 수도 있다고. 그러나 나는 그곳이 무척 마음에 들었다. 상은이도 마찬가지였다. 영인은 뭔가가 불만스러운 표정을 짓고 있었는데 그건 우리가 사누르를 행선지로 정했을 때 이미 시작된 것이었다.

간단하게 짐을 풀고 우리는 밖으로 나갔다. 바닷가를 잠시 걷다가 불을 환하게 밝혀두고 손님들을 유혹하는 노천 카페를 찾아들어갔다. 근처에서 불을 밝히고 술을 파는 가게들은 하나같이 고급스럽고 서구적인 분위기를 풍기고 있었다. 발리의 토속적인 모습과는 거리가 멀었다. 영인이 불만스러워하는 까닭은 바로 거기에 있었다. 그녀는 나름대로 여행 안내 책자를 연구한 다음 우리가 가야 할 곳은 당연히 쿠타비치라고 주장했었던 것이다. 그곳에는 온갖 토속적인 잡동사니를 파는 가게들이 즐비해 있으며 값싼 선술집들과 군것질거리들이 늘어서 있노라고. 그러나 그녀의 주장이 받아들여지지 않은 까닭은 그곳에는 전화로 예약할 만한 고급 호텔이 몇 개 되지 않았기 때문이었다. 게다가 쿠타비치는 가난한 방랑객이 숙소를 정할 가능성이 가장 높은 곳이기도 했다. 그렇다면 그곳은 격전지가 될 수도 있는데, 사령부를 전선 한가운데 배치할 수는 없는 일이었다.

맥주가 한 모금 넘어가고 신선한 해물 요리를 몇 젓가락 집어먹으면서 영인의 기분은 조금씩 풀어졌다. "내일은 해가 뜨자마자 쿠타비치로 갈 거예요. 하루종일 그 바닷가를 쏘다니다 올 거예요." 그녀는 그렇게 말하고 카페를 흐르는 팝 음악에 맞춰 고개를 주억거렸다. 그녀의 태도는 나를 조금 상처입게 만들었다. 내가 굳이 사누르비치의 최고급 호텔을 숙소로 예약한 데는 또 한 가지 이유가 있었다. 이틀 후 상은이 재원이를 낚시질하기 위해 떠나고 나면 남는 사람은 영인과 나 둘뿐이었다. 우리가 상은을 기다려야 하는 시간은 얼마만큼 될지 알 수 없는 일이었다. 물론 우리의 작전 계획에는 일주일에서 열흘 가량의 시간이 할당되어 있었지만 그건 더 길어질 가능성이 컸다. 그리고 나는 그 시간들 동안 영인과 더불어 행복한 기억을 만들고 싶었던 것이다.

배들이 어느 만큼 부르자 우리는 우리가 그곳으로 날아온 목적에 대해서 이야기를 나누기 시작했다. 다음날부터 전개될 작전에 대해서. 주변에 우리말을 알아듣는 사람이 없다는 것은 참으로 편안한 일이었다. 우리는 아무런 거리낌없이 큰 소리로 의견들을 주고받았다.

"그런데 그 말썽쟁이가 첫번째 행선지를 어디로 정했을까?"
"글쎄. 너 같으면 어디를 가장 먼저 가고 싶었겠니?"
"아무래도 바닷가겠지. 몇 달 동안 내륙 지방을 여행했을 테니. 그런데 섬 전체가 해수욕장으로 둘러싸여 있어서……"

영인이 시작한 화두에 대해서 세 사람은 각자의 생각들을 이야기했다. 쿠타나 레갼으로 갔을 거라는 사람도 있었고 누사두아로 갔을 거라는 사람도 있었다. 상은은 또 그가 엉뚱한 데가 있으니까 싱아라자로 올라가지 않았을까 짐작해보았다. 사실은 그랬으면 좋겠다, 싱아라자라는 도시의 이름은 어쩐지 자신을 매혹하기 때문이다, 라는 말도 덧붙이면서. 그러다가 우리는 발리의 역사에 대한 짧은 지식들을 이야기했다. 아마 그건 싱아라자가 네덜란드 식민지 시대에 발리의 수도 역할을 담당했었다는 사실 때문에 비롯되었던 것 같다. 상은은 네덜란드가 싱아라자를 점령하여 거점으로 삼은 것은 덴파사르보다 육십 년이 빨랐던 1848년이었으며, 발리의 여인들이 앞가슴을 가리기 시작한 것도 그곳 싱아라자 거리로부터였노라고 말했다. 영인은 인도네시아의 역사를 오백 년 동안이나 유린한 네덜란드 제국주의에 대해 분노를 터뜨리면서 이렇게 말했다.

"이건 참 재미있는 일이죠. 파쇼와 서구 제국주의에 맞서서 투쟁을 벌이던 민주 학우가 기껏 달아나서는 헤매고 다니는 곳이 가장 굴욕적인 식민지 경험을 가진 나라니 말예요."

"그래서 더 이 땅을 떠나지 못하는 건지도 모르지. 그래서 우리가 여기까지 왔고."

"그렇다면 우리가 하는 일에는 제법 상징적인 의미도 있는 셈이군요."

"그 친구는 그렇게 오랫동안 이 나라를 떠돌면서 무슨 생각을 했을까. 이제 한국으로 돌아가면 써먹을 만한 거리들이 좀 모였을까요?"

"한 가지는 깨달았겠지. 달아나봐야 아무데도 갈 곳이 없다는 것. 어쩌면 지금쯤은 내심 한국으로 돌아갈 구실을 찾고 있을지도 몰라."

"그럼 우리는 방랑하는 한 젊은 영혼을 집으로 인도하기 위해서 파견된 수호신들인가요?"

이따금 나는 사람들이 그처럼 바쁘게 세상을 살아가는 이유는 의미를 찾으려는 데 있는 게 아닐까 생각하곤 한다. 동생들을 위하여 술집 작부가 된 여자가 눈물을 머금고 따르는 첫 술잔의 의미, 아내가 남편을 기다리며 굽는 생선의 의미, 휴가철이면 아내와 아이들과 아이스박스를 싣고 영동고속주차장으로 용감하게 진입하는 남자들의 의미…… 그런데 그날 그 자리에서처럼 그 사실이 명백해 보인 적은 일찍이 없었다. 우리는 하나같이 의미를 찾기 위해 분주해지고 있었다. 술이 한잔씩 더해 갈수록 더욱 그러했다. 의미 결핍증에라도 걸린 사람들처럼 이런저런 의미들을 끌어내어 늘어놓았다. 마치 우리가 그 일을 시작한 것은 돈 때문이 아니라 순전히 그 망할 놈의 의미 때문이었다는 듯……

장군에게서 전화가 걸려온 것은 이튿날 아침 여덟시가 조금 못 되어서였다. 그건 다행스런 시각이었다. 그때 영인과 나는 약간의 실랑이를 벌이고 있었다. 나는 우선 함께 호텔 레스토랑으로 가서 아침식사를 하자고 했는데 영인은 지난밤 카페에서 중얼거렸던 대로 곧장 쿠타비치로 가겠노라고 우기고 있었다. 내가 그녀에게 선뜻 그러기를 허락할 수 없었던 것은 아직 재원의 소재가 파악되지 않고 있기 때문이었다. 함께 쿠타비치로 몰려갔다가 그를 마주칠 수는 없는 노릇 아니겠는가.

"사누르의 아침은 어떠냐? 서울하고는 많이 다르겠지?"

거래가 시작된 이후로 장군은 내게 변함없는 친밀감을 보이고 있었다. 돈만으로는 나의 모든 정성을 기대하기 어렵다는 생각을 했을까.

"거처는 확인되었습니까?"

"물론이지. 어젯밤에 전화를 줄 수도 있었지만 첫날은 긴장들 풀고 푹 쉬라고 일부러 연락하지 않았어."

"고맙습니다. 덕분에 잘 쉬었습니다."

"자네들 있는 곳에서 과히 멀지 않은 곳이야. 섬의 중부로 올라가면 그림과 음악과 춤으로 유명한 예술의 마을이 있는데……"

장군의 말투는 영인이를 닮아 있었다. 그도 아마 여행 안내 책자를 펼쳐두고 열심히 따라오고 있는 모양이었다.

재원이의 첫 행선지는 바닷가가 아니라 가장 깊숙한 내륙 산간 지방에 위치한 우붓이라는 마을이었다. 장군의 첩보에 따르면 그는 그곳에서 느긋하게 풀어져 여기저기를 어슬렁거리고 있는데, 수일 이내에는 다른 곳으로 움직일 기색이 아니라고 했다. 나는 장군에게 다음날부터 작전이 시작될 것이라고 얘기해주었다.
　전화 내용을 전해들은 영인은 다시 쿠타비치행을 우겼다. 나는 별로 내키지 않았지만 그녀를 따라나설 도리밖에 없었다. 재원이 우붓에 있다는 게 확인된 이상 그녀를 만류할 구실도 이유도 없어진 까닭이었다.
　쿠타비치는 역시 사누르와는 달랐다. 토속적이라고까지는 할 수 없었지만 적어도 편안하고 서민적인 방식으로 붐비고 있었다. 여행객들은 샌들을 끌며 마음에 드는 식당을 찾아 두리번거렸고, 이제 막 문을 연 가게들은 아침 첫 손님을 잡기 위해 분주했다. 발리의 각종 문양과 그림들을 새긴 기념품용 티셔츠 가게도 있었고, 헐렁하고 시원한 비치 웨어를 파는 가게, 은제 장신구와 장식품 등 수공예품을 파는 가게, 족자카르타에서 건너온 바틱 그림들을 파는 가게도 있었다. 거리에는 또 색실로 수를 놓은 기념 팔찌라든가 샌들, 모자 따위를 파는 노점들이 좌판을 벌이고 있었다. 그 모든 가게들 앞에서 감히 발길을 돌리지 못하는 두 여자들을 레스토랑으로까지 밀고 들어갔을 때는 해가 이미 중천으로 솟아오르고 있었다.
　"이건 정말 너무하잖아. 난 호텔에서부터 아침식사를 주장했는데 열시가 넘어서야 겨우 식당으로 들어왔으니."
　나는 자리에 앉자마자 불평을 늘어놓았다.
　"그렇게 배가 고프면 메뉴부터 고르지 그래요."

영인은 혀를 내밀고 일어나서 음식들이 진열된 곳으로 갔다.
 우리가 들어간 식당은 인도네시아의 전통 요리인 파당 음식을 파는 곳이었다. 파당 음식이란 우리식으로 얘기하자면 비빔밥이나 덮밥쯤 되는 종류였다. 커다란 접시에 밥을 얹고, 그 위에다 자신이 직접 고른 반찬 몇 가지를 얹고, 그리고 원하는 소스를 한 국자 끼얹으면 끝났다. 그런데 그 음식의 성패는 자기 기호에 맞는 반찬들을 얼마나 잘 고르는가에 있었다. 고추장 양념에 볶은 오징어와 몇 가지 야채들을 고르느라 나는 꽤 긴 시간을 소비해야 했는데 다행히 선택은 성공적이었다. 한 숟가락씩 음식을 넣을 때마다 매콤하고 달콤한 감칠맛이 혀끝으로 감겨왔다. 상은은 숟가락과 포크를 쓰지 않고 현지 사람들의 흉내를 내었다. 오른쪽 손가락으로 밥을 집어서는 꾹꾹 뭉친 다음 입 안으로 살짝 밀어넣었다. 인도를 여행하는 동안 배운 솜씨라면서 그녀는 그 요령을 설명해주었다. "가장 중요한 건 엄지손가락의 놀림이에요. 입을 벌리면서 동시에 엄지손가락으로 음식을 밀어넣는 거예요." 영인은 상은의 설명에 따라 시도해보았지만 쉽지가 않았다. 나는 손가락을 음식물로 물들이는 번거로움은 원하지 않았다.
 식사가 끝나고 우리는 다시 쇼핑 거리인 잘란 레갼으로 나섰다. 나는 아무리 보아도 그게 그건데 그렇게들 볼 게 많으냐고 불만을 토로했다. 영인은 이 일이 어차피 상은을 위해서 필요한 과정이라고 대꾸했다. 상은은 며칠 전 발리로 들어와 쿠타에서 휴식한 다음 우붓으로 들어가는 것으로 되어 있었던 것이다. 그들은 죽이 맞아 지칠 줄 모르고 이 가게 저 가게를 기웃거렸다. 수정이 박힌 은팔찌를 십 분쯤 만지작거리기도 했고 헐렁한 선드레스를 입고 빨간 수제품 가죽 구두를 신어보기도 했다. 그들은 또 거리에서 각자의 이름을 새긴 색실 팔찌를 맞추기도 했다.
 그렇게 두어 시간이 지나간 다음 우리는 길모퉁이에 있는 예쁘장한 커피숍으로 들어갔다. 아침식사의 흔적은 이미 위장에서 말끔히 사라지고 없었으므로 차와 함께 한 조각씩의 케이크를 주문했다. 차를 마시며 우리는 다음 일정에 대해서 이야기했다. 이제는 바다로 나가보자는 데 의견들이 모아지고 있었다. 그런데 그때 자그만 사건이 시작되었다. 상은의 아랫배에 문득 통증이 찾아온 것이었다. 그녀는 잠시 휴식하면 괜찮아질 거랬지만 통증은 쉽게 사라지지 않았다. 영인의 권유에 따라 화장실을 다녀왔어도 마찬가지였다. 나는 일단 그녀를 호텔로 옮기기로 했다.
 호텔에 도착했을 때 상은의 양미간은 잔뜩 찡그려져 있었다. 가뜩이나 더운 나라에서 이빨을 앙다물고 참느라 땀을 줄줄 흘리고 있었다. 영인이 로비의 약국에서 진통제를 몇 알 사왔지만 상은은 자신을 혼자 침실에 내버려둬달라고 부탁했다.
 "큰일이 앞에 닥치면 신경이 날카로워지곤 해요. 그러면 몸의 여기저기로 신경성 통증들이 찾아오곤 하죠. 명상을 하면 좋아질 거예요. 신경 조직이 차분해지니까요."
 나는 무척 걱정스러웠지만 그녀가 그렇게 부탁을 하니 어찌할 수가 없었다. 만약 상태가 더 악화되는 느낌이라면 즉시 소리쳐 부르라고 신신당부를 하고 영인과 나는 그녀의 방을 물러나왔다.
 그로부터 이십여 분 간 영인과 나는 대단히 조용한 기다림의 시간을 가졌다. 음악도 듣지 않았고 텔레비전도 켜지 않았다. 행여 상은의 명상을 방해할까 조심스러웠기 때문이었다. 각자가 한국에서 가져온 책을 꺼내어 들고 거기에다 정신을 집중시키려 했다. 그러나 우리는 약속이나 한 듯 교대로 영인이 앉아 있는 침실 문

앞으로 다가가서 귀를 기울였다. 방으로부터는 아무런 소리도 들려오지 않았다.
 이십 분쯤 시간이 흘렀을 때 다시 문 앞에서 귀를 기울이던 영인이 손짓으로 나를 불렀다. "무슨 소리가 들리는 것 같지 않아요?" 그녀가 소곤거렸다. 제법 한참 동안 청각을 집중시키자니 내게도 모종의 소리가 들려오는 듯했다. 고양이가 자그맣게 갸르릉거리는 소리 같기도 했고 약한 불 위에서 된장찌개가 끓는 소리 같기도 했다.
 "명상을 하면 저런 소리가 나오는 건가?"
 나는 영인에게 소곤소곤 되물었다. 그러자 그녀가 불쑥 목소리를 높이며 문을 밀쳤다.
 "바보 같은 소리 말아요. 이건 상은이의 신음 소리란 말예요."
 나는 깜짝 놀라 그녀를 따라 들어갔다.
 상은은 우리가 그녀를 남겨두고 나왔을 때와는 전혀 다른 자세를 취하고 있었다. 그녀는 단정히 가부좌를 틀고 앉아 있었는데 이제는 침대 발치에 얼굴을 처박고 엎드려 있었다. 고양이의 갸르릉거림 같던 소리는 이불에 파묻힌 그녀의 입에서 흘러나오는 신음 소리였다. 그리고 그녀의 온몸은 사우나에서 실신한 사람처럼 젖어 있었다. 명백히 그것은 명상으로 무아지경에 몰입한 사람의 모습은 아니었다. 영인이 수건으로 상은의 땀을 닦는 사이 나는 프런트에 앰뷸런스를 부탁했다. "앰블런스? 앰블란스? 호스피탈?……" 프런트의 남자는 나보다 더 놀란 목소리로 호들갑을 떨었다. 그러나 다행히 앰뷸런스는 재빨리 준비되었다. 우리는 상은을 싣고 덴파사르의 종합병원으로 향했다.
 상은을 진찰한 의사는 대수로운 일이 아니라고 우리를 진정시켰다. 간단한 일이다. 그렇게 놀라서 야단을 떨지 않아도 된다. 그런데 그 다음에 이어진 그의 말은 나를 더욱 놀라게 만들었다. 그는 수술은 삼십 분이면 깨끗이 끝날 것이라고 덧붙인 것이었다. 나는 그게 무슨 수술인가를 물었고 그는 상은의 어펜딕스가 문제를 일으키고 있노라고 대답했다. 나는 그 말을 이해할 수 없었다. 어펜딕스라는 말은 내게는 부록을 의미할 뿐이었다. 그렇다면 상은의 부록이 잘못되었다는 얘긴데, 상은이 아랫배에 무슨 부록을 달고 다닌단 말인가. 잠시 후에야 영인과 나는 그것이 맹장을 뜻하는 낱말임을 짐작할 수 있었다. 나는 그가 내미는 수술 동의서에 서명했고, 상은은 적어도 이 주일 이상 병원에 누워 있어야 한다는 얘기를 들었다. 제기랄. 한국에서 복강경 수술을 받으면 사흘이면 퇴원이 가능할 텐데.

 다행히 수술은 무사히 끝났다. 상은이 평화로운 수면에 빠져든 것을 확인한 다음 영인과 나는 호텔로 돌아왔다. 우리는 서로에게 아무 말도 하지 않은 채 저녁식사 시간을 맞았다. 나는 그야말로 처참한 상황을 맞고 있었다. 애당초 나는 상은이와는 어떤 일도 함께해서는 안 되는 것이었을까. 처음엔 수두, 이번엔 맹장 수술…… 이 주일이라면 그리 긴 시간은 아니었다. 그러나 지금의 우리에게는 영원보다도 긴 시간이었다. 발리에서 휴식을 취한 코리안 히피는 그때쯤이면 어디로 날아가버렸을지도 알 수 없을 일이었다. 롬복이나 숨바와섬쯤으로 갔을까, 그렇잖으면 술라웨시섬으로 올라갔을까. 그런 오지를 홀몸으로, 더구나 맹장 수술 직후에, 상은이 쳐들어가려면 과연 어떤 구실을 만들어야 할까. 우리의 작전 계획은 하나부터 열까지 모조리 다시 세워져야 할 것이었다. 그런데 영인은 나와는 코드가 다른 생각을 하고 있었다. 그녀는 최고급 티본 스테이크를 먹고 싶다고 변덕을 떨더니 나를 끌고 호텔 레스토랑으로 갔다.
"이제 어떻게 할 거죠?"
 영인은 스테이크를 열심히 썰어 맛있게 먹어치우며 물었다. 그런 그녀의 모습 앞에서 나는 더 식욕이 사라지는 느낌이었다. 언젠가 「서울의 달」이라는 주말 연속극에서 들었던 대사 한 구절이 떠올랐다. 늘 심각한 표정으로 바른소리만 하는 인물의 변이었다. 상가에서는 왜 상추가 안 나오는지 압니까. 죽은 사람 옆에서 산 사람들이 조금이라도 더 먹겠다고 꾸역꾸역 상추쌈을 쑤셔넣는 게 보기 민망하기 때문이랍니다.
"스테이크가 맛있는 모양이구나."
"그럼요. 한 덩이에 이십 불씩이나 하는 고긴데. 형도 어서 많이 먹어요. 상은인 곧 괜찮아질 거예요."
 내가 한숨을 쉬는 사이 그녀는 스테이크 한 점을 더 썰어 먹었다. 그리고는 다시 물었다.
"이제 어떻게 할 거예요?"
"어떡하겠니. 상은이 퇴원할 때까지 기다려야지."
"이 주일씩이나요?"
"달리 방법이 없잖니."
"구하는 자에겐 항상 방법이 있게 마련이에요. 어쩌면 이런 일이 일어난 건 원래 더 좋은 방법이 있었는데 우리가 그걸 선택하지 않은 까닭인지도 모르구요."
 영인은 고기를 씹다 말고 빙그레 미소를 지었다. 내 눈을 들여다보며. 나는 그녀의 생각을 짐작할 것 같았다.
"다른 방법은 없어. 처음부터 우리는 한 가지 방법밖에 준비하지 않았어."

"퇴원 후에도 상은이 제대로 움직이려면 한 주일은 더 쉬어야 할 거예요. 그러면 이십 일이 지나가버리죠. 설마하니 형은 박재원이 이십 일 후에도 여전히 발리에서 우리를 기다리고 있으리라고 생각하는 건 아니겠죠? 맹장염은 돌발 사고니까 루스 타임을 주겠노라면서요? 그맘때면 그 친구는 어디로 날아가버렸을지도 모를걸요. 근처엔 섬이 수십 개도 넘으니까. 어쩌면 이 섬에다 영원히 둥지를 틀어버렸을지도 모르구요. 그럼 장군에게는 뭐라고 해명해야 할까요. 당신의 아들이 맹장염도 기다려주지 않으리라고는 예상하지 못했습니다라고 말할까요?"

"그런 일은 없을 거야. 일 년을 버텨온 친구가 며칠을 못 기다려서 사라지지는 않을 거야."

"그런 일이 생긴다면요?"

"어쨌건 난 네가 생각하는 일에는 동의할 수 없어."

"이제야 얘기가 좀 통하는 것 같군요. 내가 예언을 하나 할까요. 오늘이 지나가기 전에 형은 그것 외에는 방법이 없다는 걸 인정하게 될 거예요. 내기를 해도 좋아요."

나는 더 이상 그녀와 대화를 계속하지 않았어야 했다.

"넌 아무런 준비도 되어 있지 않아. 게다가 이 일은 너한테는 어울리지 않는단 말이야."

"그럴 수도 있었겠죠. 이 일이 대단한 비극의 구조라도 갖고 있었다면요. 난 비장한 각오나 희생 정신 따위와는 거리가 먼 사람이니까. 하지만 다행히도 그렇지는 않아요. 지금 우리가 들어와 있는 일은 못 견디게 우스꽝스런 희극이에요. 희극의 등장인물들에게는 그런 비장함은 필요하지 않아요. 그저 약간의 자의식과 수

치심만 있으면 족하다구요."
 나는 고기 한 조각을 커다랗게 썰어 입 안으로 쑤셔넣었다. 한 덩이에 이십 불씩이나 하는 스테이크가 그렇게 맛이 없을 수 있다니!
 이튿날 아침 나는 영인이와 사누르 바닷가로 나갔다. 햇살은 눈이 부시도록 맑고 깨끗했다. 그 햇살 아래서 텀벙거리며 바닷속으로 뛰어들어가는 영인의 모습은 더 눈이 부셨다. 그녀는 몸이 충분히 젖으면 백사장으로 나와서 일광욕을 하곤 했는데, 그녀가 한 번씩 바다를 향해 달려갈 때마다 나는 그녀를 영영 잃어버리는 듯한 아픔을 느꼈다. 어처구니없게도 그것은 그녀와 내가 발리에서 함께 보내는 마지막 아침이 되어 있었다.
 그녀가 물방울을 뿌리며 달려나와 내 옆에 길게 드러누우면 나는 쓸데없는 트집들을 늘어놓았다. 나의 불평은 우리를 둘러싼 풍경에 대한 것이었다. 모든 것이 너무 서구적이다. 일광욕을 하고 있는 사람들은 하나같이 노랑머리의 백인들이다. 도대체 여기가 발리가 맞느냐. 이탈리아나 프랑스의 지중해 연안 도시가 아니냐. 왜 이렇게 세상의 좋은 일들은 모조리 서구인들에게 점령당해 버리고 말았느냐. 그러다가 나는 화살을 우리 연극계로 돌리기도 했다. 대한민국 연극의 현주소도 마찬가지다. 도무지 누가 주인인지를 알 수가 없다. 덜 떨어진 비평가들은 너나없이 서구 편향적인 자세를 보인다. 서구에서 어떤어떤 연극이 있었던가를 아는 것이 대단한 인물이 되는 지름길처럼 되어버렸다. 허구한 날 한다는 소리가 이런 따위다. 누구의 무슨 연극은 프랑스의 무슨 연극을 닮았다. 누구의 어떤 시도가 신선한 듯 보이지만 사실은 영국의 모 연출가가 이미 실험했던 방식이다. 비평이 고작 그 수준이니 극단들은 앞다투어 서구의 유명한 연극만 수입하려 할밖에.
 영인은 내 이야기에 귀를 기울일 겨를이 없었다. 그녀는 새로 맡은 역할을 준비하느라 정신이 없었다. 몇 달간 남국을 여행한 사람처럼 살을 태우기 위해 바다와 백사장을 왔다갔다하면서, 머릿속으로는 수년 간 잊혀졌던 기억들을 뒤적이고 있었다. 심리학을 공부하던 시절의 기억이었다. 사회사업학도 상은을 대신해서 그녀는 심리학과 대학원생이 되기로 한 것이었다. 그런데 그렇게 바쁜 중에도 계속되는 나의 불평들에는 신경이 쓰인 모양이었다. 몇 번인가 바다에 뛰어들었다 나온 다음 그녀는 이렇게 말했다.
 "문제점을 찾아내고 불평을 늘어놓는 데 있어서는 아마 형을 당할 사람이 없을 거예요."
 "사실이 그렇잖아? 이 바닷가에서 동양적인 게 뭐가 있지?"
 "의식이 언제나 과거를 지향하는 사람을 비극적인 인물이라고 했던가요. 그렇다면 이제 비극적인 인물의 특성으로 한 가지를 더 지적해야겠군요. 원망과 불평거리만을 찾아 사방을 두리번거린다구요. 그런 식으로는 아무리 긴 세월이 흘러도 자기 자신의 주인이 될 수 없는 법이죠."
 나는 그 말에 대해 몇 가지 반박을 늘어놓았다. 과거를 잊지 않는다는 것과 의식이 언제나 과거를 지향한다는 것은 다른 얘기다, 불만족스러운 사항들을 찾아낸다는 것은 더 나은 미래로 나아가기 위한 첫걸음이다…… 그러나 영인은 더 이상 내 말에 귀를 열고 있지 않았다. 그녀는 이미 자신이 하고 싶은 얘기를 다한 다음이었으므로 아쉬울 게 없었다. 하기야 나도 굳이 그녀와 토론을 벌이고 싶었던 건 아니었다. 다만 아무것에고 트집을 잡고 시비를 걸고 싶었을 따름이었다. 그때 나는 꼭 누군가에게 내 인생을 사기당하고 있는 듯 처량한 기분이었던 것이다.
"어때요? 몇 달 동안 적도의 태양에 그을린 얼굴 같아요?"
 정오쯤에야 드디어 영인은 자신의 피부굽기에 만족한 모양이었다. 그녀는 발리 관광 안내 포스터에나 나올 법한 검둥이로 변신해 있었다. 나는 그녀가 서른 시간 동안 약한 불 위에서 빙글빙글 돌려가며 구운 사슴 바베큐 같다고 대답해주었다.
 점심식사 후 영인은 자신의 배낭을 챙겼다. 우붓으로 떠나기 위해서였다. 노랑색 반팔 티셔츠와 태국에서 샀다는 분홍색 짧은 반바지를 입은 그녀의 모습은 대학원생이 아니라 고등학생이라고 해야 어울릴 듯 발랄하고 상큼해 보였다. 배낭을 둘러메고 벙거지 모자를 깊숙이 눌러쓰자 그녀는 영락없이 몇 달 동안 동남아시아를 떠돌아온 무전 여행객이 되었다. 애당초 영인은 그런 모습이 되기 위하여 살아가고 있는 것이었을까. 주술이 풀린 개구리가 왕자가 되듯 그녀는 오랜 세월의 주술을 풀고 문득 가장 아름답게 어울리는 떠돌이 여행객으로 변신해 있었다.
 버스를 기다리는 동안 영인은 내게 위로와 당부의 말들을 잊지 않았다. 모든 일이 다 잘될 테니 너무 걱정하지 말아라. 상은은 곧 나을 테고, 박재원은 내가 책임지고 해치우겠다. 형이 혼자가 되는 게 맘에 걸리기는 하지만 어쩌면 이게 더 잘된 일일지도 모른다. 혼자인 동안 연극에 대해서나 좀더 많이 연구해보아라. 딱딱하고 엄숙한 것들만 생각하지 말고. 가면이라는 도구에 그렇게 집착해야 할 이유가 있느냐. 또 설사 가면을 쓴다 하더라도 그렇게 피가 뚝뚝 떨어지는 무시무시한 가면만 고집할 필요는 없지 않느냐. 해학적으로 희극화된 가면도 찾아보아라. 발리의 자연도 즐기고, 원시적인 건강함을 간직한 여자들과도 즐기면서…… 배낭을 짊어지고 햇살 아래 선 그녀의 모습은 그런데 내가 전에 어디에선가 본 듯한 느낌을 주고 있었다. 슬픔을 일깨우는 모든 장면들은 결코 낯선 것일 수가 없는 까닭이었을까.

그녀를 실은 버스가 출발하자 나는 곧 뒤돌아서 걷기 시작했다. 시야에서 사라질 때까지 기다렸다가는 영영 그 자리를 떠날 수 없을 것 같은 두려움 때문이었다. 그러다가 문득 그녀의 모습이 익숙하게 느껴진 건 그 그림 때문이었을지도 모른다는 생각이 들었다. 「태양과 다른 별들을 움직이는 사랑」이라는 레오노라 캐링턴의 그림. 그 그림에는 빛을 향해 떠나는 몇 명의 여자들이 있었다. 멀고 아득한 곳에서 유혹하는 빛을 향해 두 팔을 벌리고 나아가는 여자들이 있었다. 어쩌면 나는 태양 아래 배낭을 짊어지고 떠나는 영인을 그 여자들 중의 한 명으로 느낀 것일지도 모를 일이었다.

14

 이틀 전 저녁 방갈로의 작은 방에 짐을 풀면서 나는 이제부터 축제가 시작되는 것이라 생각했었다. 발리하고도 사누르비치의 아름다운 대자연 속에서 화려한 무도회가 시작되는 것이라고. 그러나 축제는 시작을 알리는 축포 소리가 사라지기도 전에 막을 내리고 말았다. 상은과 영인이 각각 계획에 없던 사정으로 떠나버린 방갈로는 고적하고 쓸쓸하기만 했다. 사방 구석을 둘러보아도 마음붙일 곳이 없었고, 주변을 가득 메운 고급스런 정적은 내 우울을 한층 불안하게 몰아붙이고 있었다.
 시계바늘이 직각으로 세시를 가리켰을 때 나는 갑자기 다급해져서 체크아웃을 했다. 그리고 잠시 후엔 쿠타비치의 한 작은 호텔에 방을 정하고 있었다.

사누르와는 달리 쿠타의 백사장은 수많은 사람들로 북적거렸다. 너무 많은 사람들이 몰리는 바람에 새끼줄로 경계선을 만들고 입장료를 받고 있을 지경이었다. 그 사람들 속으로 섞여들자 비로소 나는 약간의 편안함을 느꼈다. 나를 짓누르던 엄청난 무게의 여백이 그들에 의해서 함께 떠받쳐지는 느낌이랄까. 나는 두 팔을 휘두르며 심호흡을 하고 바닷물 속으로 뛰어들었다. 어깨로부터 힘이 탈진해나갈 때까지 물살을 가르고 또 갈랐다. 그런데 그러자니 내 속에서는 불길한 외로움이 다시 슬그머니 고개를 들었다.

혹시 이 모든 일들은 영인의 계략이 아니었을까.

나는 백사장을 걸어가는 한 백인 여자를 보며 그녀의 몸매가 꼭 아라비아의 마술 램프처럼 생겼다는 생각을 하고 있었다. 그때 문득 그런 엉뚱한 의문이 스쳐갔다. 박재원의 상대역을 순순히 상은에게 양보하고 백의종군한 일부터 상은이 급성 맹장염을 앓게 된 일, 그리고 어쩔 수 없이 영인이 우붓으로 떠나가게 되었던 일까지, 이 모든 일들은 처음부터 영인에 의해서 준비된 절차가 아니었을까. 그녀는 어떤 특별한 주문을, 이를테면 주술 같은 것을 상은의 몸에 걸어둔 게 아니었을까. 시간에 맞춰 정확하게 맹장염을 일으키라고.

그건 대단히 비현실적이고 엉뚱한 생각임에 틀림없었다. 만약 그 의문의 주인공이 다른 누구였다면 나는 결코 그런 의문을 시작하지도 않았을 것이었다. 그러나 주인공의 자리를 차지하고 앉은 사람이 영인인 경우에는 사정이 달랐다. 그녀에게는 이상하게도 내가 이해하지 못할 부분들이 있었다. 내가 그녀에게 모종의 콤플렉스를 느끼고 있대서 하는 소리가 아니었다. 술이 마시고 싶어지면 그녀는 귀신 같은 재주로 나를 찾아내었다. 어떤 때는 몇 시간이고 레오노라 캐링턴의 그림책만을 들여다보았다. 기침 한번 하지 않고서, 심지어는 담배 한 개비도 피지 않고서. 그러다가는 불쑥 외투를 걸치고 밤거리로 사라지기도 했다. 레오노라 캐링턴이 그녀의 이름 곁에 나란히 서면 나의 의문은 한결 그럴듯해졌다. 캐링턴의 모든 그림들은 페미니즘과 신비주의라는 두 가지 축으로 좌표 설정이 되었다. 다시 말하자면 여자들의 세계에는 여자들만이 알고 있는 어떤 신비스런 힘이 있다는 얘기 아니겠는가. 영인이 넋을 잃고 그 그림 속으로 빠져드는 건 그녀가 거기서 그 힘을 느끼고 있다는 얘기 아니겠는가.

여자들에게는 그네들만의 신비스러운 힘이 전승되어온다는 생각은 따지고 보면 장구한 역사를 가지고 있었다. 중세 수세기 동안 유럽을 휩쓸며 수백만 명의 여자들을 화형장의 한줌 재로 사라지게 한 마녀 망상이라는 것이 그 역사의 한 대표적인 단면이었다.

마녀 처형이 처음 시작된 것은 서기 1320년경 프랑스의 카르카손 지방으로부터였다. 1484년에 이르면 당시 교황이던 이노켄티우스 8세는 그 유명한 '마녀교서'라는 것을 내린다. 교황은 이단자나 요술사와 같은 마녀들의 해악을 근절하기 위해 이단 심문관의 활동을 적극 장려한다. 삼 년 뒤인 1487년이 되면 두 명의 도미니크회 수도사들이 교황의 이 교서를 바탕으로 한 권의 지침서를 집대성한다. 이른바 『마녀에 대한 철추』라는 책이다. 이 책은 모두 3부로 구성되어 있는데, 마녀를 식별하는 방법과 마녀의 속성, 마녀의 주요 악행들, 마녀 재판의 절차 및 고문 방법 등을 상세히 기술하고 있다. 고문 방법편에는 고문이 행해지는 동안 마녀가 걸어오는 요술에 걸려 어설픈 동정심을 갖지 않도록 하는 비결까지 소개되어 있다. 그러기 위해서는 용의자를 발가벗기고 몸의 털이란 털은 모조리 깎아버려야 한다고도 말한다. '그런 여자는 뭔가 미심쩍은 부적을 머리카락 속이나 혹은 공개적으로는 말할 수 없는 가장 비밀스러운 곳에 숨기고 있는 경우가 있다……' 재판의 결론은 거의 하나같이 화형으로 매듭지어져 있다. 재판에 걸려든 여자들은 실지로 예외없이 고문과 화형의 절차를 밟았다.

마녀 망상이라는 것이 당시의 부패한 교권이 빚어낸 어처구니 없는 죄악이었으리라 짐작하는 사람들이 있을지도 모르겠는데 사정은 그렇지 않았다. 종교 개혁의 선구자 중 한 명이었던 마틴 루터 목사도 자못 엄숙한 태도로 이렇게 마녀를 정의하고 있었다.

'마녀라 함은 악마와 같이 자는 못된 계집으로 남의 우유를 훔치고 뇌우가 생기게 하며 망토를 입고 숫산양과 빗자루를 타고서 하늘을 난다. 어른이 그 대상인 경우에는 화살로 쏘아 신체를 마비시키거나 늙게 해서 살해한다. 갓난아기도 괴롭히며 부부에게는 음란을 꼬드기거나 그 밖에 무엇이든지 한다.'

마녀에 대한 피해망상증은 수세기 동안 유럽 대륙을 광란으로 몰아넣은 절대 공포였던 것이다.

한국이나 중국과 같은 아시아의 나라들에서는 마녀 망상처럼 끔찍하고 야만적인 사건은 발생하지 않았다. 그러나 여자들에 대한 은밀한 두려움은 별반 다르지 않았다. 여자들의 기를 꺾기 위해 두 발에 전족이라는 족쇄를 채웠는가 하면 칠거지악이다 뭐다 하여 금기 조항을 잔뜩 만들어놓기도 했다. 그래서 언제나 여자들을 작은 새장 속에 가두어 사육하려 했다. 동서양을 통해 두루 나타나는 그 같은 여자 공포증은 아마 남성 사회가 여성들에 대해 안고 있는 부채 의식으로도 설명될 수 있을 것이었다. 출생을 위하여 열 달씩이나 여자들의 자궁 신세를 져야 했음에도 불구하고 모든 중요한 권력 관계에서 여자들을 소외시켜버린 남자들이 자발적으로 생산해낸 부채, 불안감, 죄의식 등등. 하지만 거기에는 여자들만이 알고 있는 어떤 신비스런 힘의 여지가 전혀 없는 것도 아니었다. 우리나라의 건국 신화인 단군 신화를 봐도 그랬다. 사람이 되고 싶었던 호랑이와 곰이 마늘과 쑥을 들고 동굴로 들어가지만 호랑이는 실패하고 곰만이 웅녀라는 여자로 새로이 태어날 수 있었다. 여자의 신비스런 힘은 거기에서 일차 승리를 거둔다. 이어서 웅녀는 환인의 아들 환웅과 혼인하여 단군을 낳는다. 이 신화의 구조를 보면 재미있는 점은 신의 뜻을 인간 세상에 전달하는 매파는 언제나 여자라는 사실이다. 고대 유럽에서 통음난무에 빠진 광녀들인 마이나데스가 디오니소스를 접신하듯, 중세에는 마녀들이 악마와의 동침을 의심받듯, 우리나라의 단군 신화에서도 하나님의 아들 환웅을 접신하는 것은 웅녀라는 여자인 것이다.

  신이 대체로 남성의 개념이기 때문에 신과 잠자리를 함께할 사람은 여자들일 수밖에 없다고도 말할 수 있을 것이다. 그러나 그 설명은 여자들의 신비스런 힘을 조금도 부정하지 못한다. 오히려 강화시켜줄 뿐이다……

  그런데 나는 대관절 무슨 생각을 하는 것이었을까. 그래서 영인이 마녀나 웅녀나 마이나데스의 후예라도 된다는 생각을 하고 있었을까. 신내림을 받은 무당처럼 장군신과 잠자리를 같이하며 요상한 주술이라도 부리는 것이라고? 그렇지는 않았다. 나는 비록 그녀에 대해 이해할 수 없는 점이 많기는 했지만 그녀가 정상적인 궤도의 삶을 벗어나 있다고는 생각하지 않았다. 그렇다면 나는 영인을 통하여 여자라는 존재 일반에 대한 두려움으로 빠져들고 있었던 건지도 몰랐다. 여자라는 존재의 무의식 속에 잠재된 신화적인 힘에 대한 두려움으로. 혹은 남자들이 스스로의 죄의식 속에서 여자들에게 부여한 힘에 대한 두려움으로. 영인은 말하자면 내게 그런 힘의 세계로 통하는 문을 열어준 열쇠 같은 존재가 아니었을까.

여자들을 이해한다는 것은 내가 아주 오래 전에 체념해버린 일들 중의 하나였다. 아버지를 생각할 때마다 늪 속으로 가라앉는 듯한 무력감을 느끼는 것도 바로 그런 까닭이었다.

주변인들의 시선으로 판단할 때, 아버지는 결코 좋은 가장은 아니었다. 좋은 남편도 아니었고 좋은 부친도 아니었다. 가족을 위해서는 그는 지극히 기본적인 역할만을 담당하였다. 생활비가 떨어지지 않게 한다거나 이삼 년에 한 번씩 선산에 성묘를 데려가는 정도가 고작이었다. 그러나 자기 존재에 대해서는 아버지처럼 알뜰하고 성실한 사람도 드물었다. 자기 삶에 할당된 시간의 대부분을 그는 자신을 가꾸고 향상시키는 데 투자하였다. 자신에게 어울리는 옷을 고르기 위해서 많은 시간을 할애했고, 각종 장르에서 베스트 셀러에 오르는 책들을 찾아 읽었고, 젊고 아름다운 여자를 찾기 위해 레스토랑의 창가 자리에 앉아 몇 시간씩 거리를 내려다 보기도 했다. 그가 운영하고 있었던 두 개의 레스토랑들이 모두 번화한 거리의 전망 좋은 자리에 위치해 있었다는 사실도 결코 우연이 아니었다.

이따금 나는 아버지의 그런 관심들은 어떤 위계 질서로 자리매김되어 있을까 궁금해지기도 했다. 자신을 어울리게 꾸미겠다는 관심, 새로운 지식에의 관심, 젊고 아름다운 여자를 만나겠다는 관심 등등은 모두 독립적인 의미를 지닌 관심들이었을까 그렇잖으면 젊고 아름다운 여자를 만나 그녀 앞에서 매력적인 인물이 되어보이겠다는 욕망에서 뻗어나간 작은 가지들에 불과했을까. 나는 그 의문에 자신있게 대답할 수 없었다. 그것을 알고 있는 사람은 아마 아버지 자신뿐일 것이었다. 그러나 내가 분명히 알고 있는 한 가지는 아버지는 결코 여자들의 포로가 되지는 않았다는 사실이었다.

그는 한 여자와의 관계에 오래 머무는 법이 없었다. 싫증이건 진지함이건, 어떤 종류의 위험한 변화도 시작되기 전에 다른 여자와의 관계로 옮겨가곤 했다. 그에게는 위험을 감지하는 초고성능 안테나가 부착되어 있었다. 그것은 그에게 여자라는 존재가 얼마나 주술적인가를 가르쳐주었다. 여자들의 주술적인 힘이 얼마나 강력하고 무시무시한가를. 그래서 그는 언제나 한 여자에게서 다른 여자에게로 옮겨다니며 그네들이 그에게 주술을 걸 기회를 주지 않으려 했다. 그 방식은 아버지를 자유롭게 만들었을 뿐 아니라 불필요한 절망이나 좌절로부터도 보호해주었다. 게다가 여자들은 자신들이 던진 주술의 부메랑에 걸려들어 더욱 무한한 사랑으로 아버지를 포용하게 되곤 했다. 그야말로 일석삼조의 용신술이었다. 그가 만약 아직까지 살아 있어서 여자를 상대하는 데 있어서의 내 무능력을 알았더라면 그는 고개를 설레설레 흔들며 비웃었을 것이었다.

아버지에 대한 이야기를 나는 어떤 친구에게도 한 적이 없었다. 고등학교와 대학교를 다니는 동안 가장 가까웠던 친구들에게도. 그러다가 내가 첫 고백을 한 대상은 유미였다. 그녀는 내 이야기를 몹시 재미있어하며 이렇게 말했다.

"자기 아버지에 대한 연구를 민재씨처럼 많이 한 사람은 아마 찾아보기 힘들 거야. 하지만 난 민재씨 얘기가 객관적인 거라곤 생각하지 않아."

나는 그 이유를 물어보았다.

"그건 민재씨 가슴속이 아버지에 대한 원망과 질투로 가득차 있기 때문이야. 몇 차례 여자들을 만난 적이 없지는 않았겠지만, 콤플렉스에 휩싸인 아들은 그걸 잔뜩 과대 포장해왔을 거란 말이야. 산비탈에서 눈덩이를 굴리듯. 게다가 민재씨가 얘기한 아버지의 모습은 우리가 알고 있는 보편적인 아버지상과 너무 달라. 육십년대와 칠십년대에 끼니를 굶어가며 경제 개발에 이바지했던 우리 아버지 세대는 그렇게 개인주의적일 여유가 없었어."

"그럼 내가 혼자서 지어낸 거짓말을 하고 있다는 거야? 내 아버지가 네가 알고 있는 아버지 세대의 전형과는 다르기 때문에? 이건 정말 놀랄 일이로군. 화가의 입에서 이런 말이 다 나오다니. 극동 아시아인들의 가장 바보 같은 단점이 뭔지 알아? 집단성이야. 상상을 초월하는 어마어마한 강도의 집단성. 옷이건 구두건 사고 방식이건 무언가 하나가 유행을 타기 시작하면 모든 사람들이 그걸 따라잡지 못할까봐 안달하기 시작하지. 학생 운동이 유행하면 사람들은 운동에 참여하지 않는 학생들을 손가락질하고, 개인주의가 퍼지면 또 운동에 참여하는 학생들을 손가락질하고. 게다가 넌 지금 많은 사람들이 허리띠를 졸라매고 경제 개발에 땀 흘리던 시절에 여자들과 몸치장으로 세월을 보내었다는 이유로 내 아버지가 허구적인 인물이라 단정짓고 있잖아! 맙소사. 난 내 아버지에 대해서 얘기하고 있는데 말이야. 내가 이십여 년을 함께 살며 지켜본 내 아버지에 대해서. 그럼 난 내 아버지를 실재했던 인물로 만들기 위해서 거짓말을 해야 하는 걸까? 그는 대단히 성실하고 부지런했으며 언제나 민족의 장래에 대한 깊은 근심으로 살아가고 있었노라고? 이봐, 난 내 아버지가 경제 개발의 역군이 아니었다는 것을 자랑스러워하지는 않지만 그렇다고 해서 부끄러워하지도 않아. 적어도 그는 독창적인 면이 있었어. 모든 사람들이 광을 내고 다니는 거리로 슬그머니 끼여든 또 하나의 멋쟁이도 아니었고 모든 사람들이 사회에 무관심해졌기 때문에 자신도 신문 따윈 볼 필요가 없다고 중얼거리는 몰개성한 무관심주의자도 아니었다구."

그럴 생각이 아니었지만 나는 순식간에 무척 많은 말을 하고 말았다. 더구나 내가 전혀 의도하지도 않았던 말들을. 내가 내 아버지를 부끄러워하지 않는다니. 오히려 독창적인 멋쟁이였노라고 칭찬하다니.

새로운 지식에 대한 아버지의 관심은 그런데 전적으로 젊은 여자 앞에서의 매력 발산용 소도구만은 아닌 모양이었다. 쉰이 넘어설 즈음부터 아버지의 외모는 많은 매력을 잃어가고 있었다. 예전처럼 젊고 아름다운 여자들이 그의 주변을 서성거리지도 않게 되었고, 은밀한 풍문들도 많이 들려오지 않게 되었다. 그러나 그는 여전히 새로운 세대의 지식을 담은 책들에 대한 관심을 버리지 않고 있었다. 레스토랑 한쪽 벽면을 장식한 서가에는 그의 젊고 다잡한 관심을 반영하는 책들이 언제나 빼곡히 들어차 있었다. 물론 나이가 들었다고 해서 그의 여성 편력이 말끔히 정리가 된 것은 아닐 터였다. 그는 어쩌면 정말 은밀하게 카바레라도 출입하고 있었을지 몰랐다. 하지만 카바레를 도는 아줌마들과 스텝을 맞추기 위해서 초현대적인 과학 지식들이 필요하지는 않았을 것이었다.

그 무렵 아버지가 깊은 관심을 가졌던 부분은 우주의 생성과 진행 과정을 연구하는 천체물리학이었다. 그건 그러니까 그가 세상을 뜨기 얼마 전인 팔십년대말의 날들이었는데, 추석 연휴를 맞아 부산으로 내려갔던 나는 놀랍게도 그가 스티븐 호킹의 책을 탐독하고 있는 것을 보았다. 나는 그가 책의 내용을 이해하고 있는지를 슬그머니 확인해보았다. 나도 서점에서 그 책을 집어든 적은 있었지만 책장을 넘기기가 힘들어 내려놓은 아픈 경험이 있었던 것이다.
"시간이 휜다는 게 무슨 얘기죠?"
"중력이 시간을 끌어당긴다는 얘기지."
"중력이 시간을 끌어당긴다구요?"
"중력은 모든 것을 끌어당겨서 휘게 만들어. 시간, 공간, 운동, 모든 것들을. 혜성이 커다란 행성이나 별과 충돌하는 것도 그들이 중력으로 혜성을 끌어당기기 때문이란 말이야."
"그럼 블랙 홀은 왜 우주를 집어삼키죠?"
"넌 여전히 질서가 없구나. 어렸을 때랑 조금도 달라지지 않았어. 난 네가 나이가 들면 좀더 합리적인 사고를 하게 되리라 기대했었는데."
"블랙 홀이 비합리적이라는 얘긴가요?"
아버지는 고개를 저었다.
"중력이란 건 질량의 크기에 비례해서 커지도록 되어 있어. 그런데 질량이 너무 큰 별은 스스로의 중력을 감당하지 못해서 중앙으로 함몰해 들어가. 소위 중력 붕괴라는 걸 일으키는 거지. 그러면서 밀도가 높아지는데, 밀도가 무한대인 점의 상태가 되면 우린 그걸 블랙 홀이라고 불러. 그 정도의 질량과 밀도를 가진 블랙 홀은 중력도 무한대로 커지기 때문에 무엇이든 닥치는 대로 집어삼

키게 되는 거야. 여기서 짚고 넘어갈 점은, 블랙 홀의 표면에서는 시간의 흐름도 정지된다는 사실이야. 사건의 지평선이 형성된다는 거지."
"어려운 얘기군요. 그건 또 왜 그럴까요?"
"그것까진 나도 아직 몰라. 호킹군은 조금 아는 것도 같은데, 나한테는 전달이 안 돼."

아버지가 이해한 부분까지를 함께 이해하기 위해서 나는 나중에 따로 두어 차례 그 책을 읽어야 했다. 그런데 그것은 참으로 재미있는 이론이었다. 질량은 중력을 만들어내고 중력은 주변의 모든 것을 자신에게로 끌어당긴다. 그래서 다시 스스로의 질량을 증가시킨다. 아버지는 아마 그 이론에 흠뻑 빠져들었던 게 분명했다. 어떤 의미에서 아버지는 몹시 외로운 행성이었노라고 할 수 있었다. 그가 끊임없이 여자들을 주변으로 불러모은 것은 자신의 삶을 가능한 한 많은 사람들과 함께 나누고 싶었기 때문일 것이었다. 가능한 한 많은 사람들에게 도달하고, 또 그들을 자신에게 도달시키고. 그러던 그가 질량과 중력의 관계에 대한 이론을 알게 되었으니 어찌 반갑지 않았겠는가. 그는 그 이론에 깊숙이 매료되지 않을 수 없었던 것이다.

그의 몸무게가 급속히 증가하기 시작한 것은 그 무렵을 전후하여서였다. 그의 허리 치수는 하루가 다르게 늘어났다. 어머니는 나와의 전화 통화에서 그 즈음 누군가가 아버지를 고무풍선 불 듯 불고 있는 게 아닌가 걱정된다고 말씀하시곤 했다. 몸무게를 불리는 것은 아버지에게는 아주 간단한 문제였을 터였다. 그에게는 두 개의 레스토랑이 있었고, 그곳에는 그가 자신의 입맛에 맞춰 까다롭게 고용한 두 명의 요리 전문가가 항상 대기하고 있었으니까.

나이가 들면서 자신의 중력이(혹은 매력이) 약화되고 있다는 위기감에 빠져든 그는 화려했던 날들의 강력한 중력을 되찾는 방법으로 질량 증가라는 과학적인 방법을 택한 것이었다.

그 과학적인 방법이 어느 만큼의 효과를 보았는지에 대해서는 나는 아는 바가 없다. 내가 아는 것은 그처럼 전격적인 질량 증가 현상을 보이던 아버지의 몸이 어느 날 스스로의 중력을 감당하지 못하고 함몰해버렸다는 사실뿐이다. 말하자면 그는 중력 붕괴 현상을 일으킨 것이었다. 그는 갑자기 밀도 무한대의 점이 되었고 모든 시간이 정지된 사건의 지평선 너머로 떠나가버렸다. 만약 그것이 질량 증가 전략의 성공을 의미하는 것이라면 아버지는 아마 지평선 너머 어딘가에서 다른 수많은 질량들을 끌어당기는 강력한 블랙 홀로 변신해 있을 것이었다.

해변에는 이제 저녁 노을이 시작되려 하고 있었다. 아버지의 중력 붕괴와 함께 해변으로 돌아온 나는 문득 사누르의 미련을 정리하고 이곳으로 옮겨온 게 잘한 일이었다는 생각을 했다. 쿠타의 바닷가는 뭐랄까, 분노라는 감정에 적합한 곳으로 보였다. 부산하게 붐비는 까닭이기도 했지만 그 밖에도 곳곳에서 내 분노와 어울리는 장면들이 연출되고 있었다. 잘 빠진 서양 여자들은 자기네 침실에서처럼 젖가슴을 드러내고 벌렁벌렁 널브러져 있었다. 개중에는 아예 남녀가 한쌍이 되어 드러누운 채 애무를 즐기는 족속도 있었다. 발리의 아낙네들은 선텐 로션이 종류별로 들어찬 가방을 둘러메고 새끼줄 경계선 밖에서 그들을 불렀다. 맛사지하세요! 잘 해드릴게요! 고작해야 열두어 살을 전후해 보이는 발리의 남자 아이들은 대여섯 명씩 떼를 지어 몰려다니며 몰래 카메라를 찍었다. 렌즈가 향하는 곳은 물론 팬티 바람으로 드러누워 있는 백인 여자들이었다. 차츰 은근하게 붉어지는 노을 아래서 그녀들의 나신은 그럴듯한 분위기를 연출할 것이었다. 그러면 그 꼬마아이들은 암거래되는 사진의 가격을 두 배쯤 올릴 수도 있을 것이었다.

연극을 여러 해 한 까닭인지 내게는 그런 버릇이 들어 있었다. 무슨 일을 하건 먼저 무대에 신경이 갔다. 특정한 종류의 행동이나 감정을 일으키기 위해서는 먼저 그에 어울리는 무대를 찾게 되곤 했다. 그렇게 보자면 내가 문득 그 바닷가를 분노라는 감정에 적합한 곳으로 파악한 것은 대단히 적절한 타이밍이었다. 그 순간 그 자리에서 내가 해야 할 일은 분노를 터뜨리는 것이었다. 영인에 대한. 갑작스레 떠오른 아버지의 기억들로 잠시 중단되었지만 그것은 쿠타비치로 짐을 옮겨올 적부터 작정했던 가장 중요한 용무였다. 나는 붉은 노을을 향해 욕지거리를 내뱉기에 가장 편안한 자세를 하고 드러누웠다.

영인은 도무지 모든 게 제멋대로였다. 처음 그녀를 만나는 사람들은 그녀로부터 대단히 부드럽고 포근한 인상을 받을 것이었다. 캐시미어에서 만들어진 양탄자나 빌로드 융단 따위를 떠올릴 지도 몰랐다. 그녀는 조용하고 긍정적이었으며 날씬했으니까. 그러나 그것은 대부분의 첫인상과 마찬가지로 정확한 것이 못 되었다. 시간이 지나면서 내가 그녀에 대해서 갖게 된 인상은 그녀는 세상의 고집이란 고집은 모조리 채집해다가 고온 압력기로 압축시켜 만들어낸 사람이라는 것이었다. 그녀를 형성하는 하나하나의 세포는 모두 하나씩의 고집을 움켜쥐고 있었다. 그 많은 고집들이 폭발하지 않고 서로를 용인하며 살아간다는 게 신기할 지경이었다. 그러니 나는 감히 어떤 식으로도 그녀의 고집과 맞서 싸울 생각은 할 수 없었다. 어느 날 아침 그녀가 조간 신문을 읽다말고 "우린 이 영화를 보아야 해요"라고 말한다면 나는 그날 중으로 그녀와 함께 그 영화가 상영중인 극장으로 가야 했다. 만약 그녀가 피자보다 맛있는 빈대떡을 만들겠노라는 결정을 내린다면 나는 일주일 동안 매일 다른 종류의 빈대떡으로 식사를 대신해야 했다. 그녀는 신선한 재료를 구하기 위해 동대문시장과 가락동시장을 이 잡듯 뒤지기도 했다. 그런 그녀가 스스로 박재원의 S극이 되겠노라고 결심했다면 내게는 방법이 없었다.

언젠가는 이런 일도 있었다. 그녀와 나의 공동 생활이 제법 개월 수를 더해가던 무렵이었다. 체념하는 법을 배우면서 차츰 내가 그녀에게 적응하고 있다고 느낄 즈음이었다. 새벽 세시가 지난 시각이었는데 문득 그녀가 내 방 문을 두드렸다. 나는 깜짝 놀라 불을 켜고 옷을 챙겨 입고 난리를 피운 다음 문을 열었다. 나는 어지간히 옷을 입었다고 생각했는데 문 앞에 선 그녀의 모습을 보고는 두 손을 들고 말았다. 그녀는 오리털 파카에 모자에 털장갑까지 완벽한 무장을 하고 서 있었던 것이다.

"우린 지금 한강변으로 나가야 해요."

그녀는 그 한마디를 던지고는 걸어나갔다. 현관문을 열고 나가서는 엘리베이터 단추를 눌렀다. 나는 허겁지겁 외투 하나를 꿰어 입고 따라나갔다. 영하의 기온 속에서 허공으로는 눈발이 흩날리고 있었다.

택시를 잡아타고 우리가 찾아간 곳은 뚝섬유원지였다. 기사는 그런 시각 그런 장소에서 차를 내리는 우리에게 이상한 표정을 지었지만 요금을 받아들고는 나는 듯이 달아나버렸다. 영인은 주위를 한바퀴 돌아보더니 곧장 강변으로 나갔다. 어쩔 수 없이 그녀를 따라 움직이며, 나는 갑자기 그곳으로 나온 까닭이 무엇인지를 물었다. 그녀는 한참 만에야 나를 돌아보더니 아주 행복한 미소를 지었다.
"아름답지 않아요?"
나는 여전히 잠을 떨구어내지 못한 상태였다. 잠과 추위와 아무렇게나 골라잡은 허술한 외투 속에서 몸을 떨고 있었다. 그때의 기온은 영하 십 도는 족히 되었을 터였다. 강의 수면으로 떨어지는 눈발은 얼어붙은 강 위에 고스란히 쌓이고 있었으니까. 하지만 나는 그녀에게 화를 낼 수가 없었다. 바로 그 강 위로 쌓이는 눈 때문이었다. 환한 보름달 아래서, 그건 마치 설원처럼 하얗게 반짝이고 있었다. 어딘가에서 금세라도 북극곰 한 마리가 뒤뚱뒤뚱 나타날 것만 같았다.
"꿈을 꿨어요. 어느 전람회에서 그림을 보았는데 그림 속에 내가 있었어요. 난 여기 바로 이 자리에 있었고, 이렇게 눈이 내리고 있었어요. 혼자라는 게 좀 허전했지만 그래도 좋았어요. 아스라했구요. 그런데 깨어나보니 정말 눈이 오고 있잖아요. 그래서 난 이곳으로 와야 한다는 걸 알았어요."
그런 말을 할 때 영인은 왠지 그녀의 모친을 연상시켰다.
그녀는 두 손으로 눈을 뭉쳐 한 입 가득 베어물고는 내게도 건네주었다. 나는 고개를 저었다. 나는 이미 충분히 차가운 아이스박스가 되어 있었다. 그녀는 어린 시절의 기억들을 떠들어대었다. 부산에는 좀처럼 눈이 내리지 않았다. 손으로 움켜쥐고 눈싸움을 할 수 있을 정도의 눈을 구경하기란 정말 하늘의 별따기였다. 그런데 그해 겨울에는 신기하게도 많은 눈이 내렸다. 형은 나를 데리고 나가 눈사람을 만들어주었다. 겨우 나만했거나 나보다 조금 더 작은 크기였을 것이다. 하지만 그것만으로도 나는 기절할 것 같은 행복을 느꼈었다. 그때 난 형과 나의 인연이 오래오래 이어질 거란 예감을 가졌었다. 우스운 일이다. 그 무렵 그런 생각을 다 했으니. 고작 일곱 살 꼬마였는데. 형은 그날을 기억하느냐. 물론 나는 그날을 기억하고 있었다. 그러나 나는 그녀처럼 평화롭게 옛얘기를 나눌 상태가 아니었다. 그러기에는 한강변의 눈바람이 너무 차가웠다.

얼마 후 그녀는 강변을 벗어나 걷기 시작했다. 나는 그녀가 다시 택시를 잡아타기 위해 큰길로 나가려나보다 생각했지만 그게 아니었다. 큰길은 내버려둔 채 그녀는 샛길로만 샛길로만 걷는 것이었다. 어둡고 좁고 냄새 나는 길들이었다. 얼마큼을 걸었을까. 그 길들이 끝나는 곳에는 조금 널찍한 길이 가로지르고 있었고 택시회사가 하나 있었다. 모퉁이에는 간이식당으로 개조된 커다란 버스 한 대가 서 있었다. 나는 구세주를 만난 심정이었다. 우리는 가락국수 두 그릇과 소주 한 병을 시켰다. 주인 남자는 순대도 있다고 친절한 설명을 덧붙였지만 우리는 사양했다. 그 간이식당 속에는 우리말고도 네 사람이 더 있었다. 고등학생 나이쯤 되어 보이는 남자아이들이었다. 그들 역시 가락국수와 소주를 앞에 두고 담배를 피고 있었는데, 아주 진지한 표정들로 모종의 신비스런 이야기에 몰두해 있었다. 꿈과 관계된 이야기였다. 꿈에 어떤 사건을 보았는데 며칠 후에 실지로 똑같은 일이 일어났다든가 뭐 그런 것이었다. 누군가의 죽음과 관계된 것도 같았고 어떤 여자애와 잠을 잤는데 교수대에 매달려서 발버둥치는 느낌이 들 정도로 죽여주더라는 얘기 같기도 했다. 나는 추위와 더불어 한결 으스스한 썰렁함을 느꼈다. 영인은 빙그레 미소를 지었다.

"새벽이 되면 사람들은 많은 일들을 생각하고 기억해요. 하지만 해가 중천에 떠오르면 모든 걸 잊어버려요. 형도 언젠가는 이 간이식당을 잊어버리겠죠."
 그러더니 문득 그녀는 소리를 높였다.
"아저씨, 똥집은 없어요?"

15

 숙소로 돌아온 것은 해변이 깜깜해진 다음이었다. 나는 여전히 허전함과 분노가 뒤섞인 기분이었다. 무엇을 해야 할지 알 수가 없었고, 영인에 대한 생각만이 꼬리를 물고 이어지고 있었다. 우붓에는 잘 도착했을까, 지금쯤은 무얼 하고 있을까, 박재원이라는 친구는 찾아냈을까. 그런데 호텔의 작은 정원에는 나를 기다리는 사람이 있었다. 역시 한국에서 온 여행객이라고 했는데 그는 같은 호텔에 혼자 온 한국 남자가 있다는 얘기를 듣고 기다리던 참이라고 했다. 괜찮으면 함께 맥주나 한잔 마실까 하고. 나는 별로 내키지 않았지만 그를 따라나서기로 했다. 혼자서 방에 처박혀 쓸데없는 공상이나 하는 것보다는 나을 성싶었다. 게다가 그곳에는 아홉시 뉴스도 없었던 것이다. 우리는 기다란 골목을 지나 레간 거리의 한 노천 카페로 들어갔다.
　남자는 나와 비슷한 연배로 보였다. 그러나 나와는 조금도 비슷하지 않은 분위기를 풍기고 있었다. 짧은 머리와 딱 벌어진 어깨를 갖고 있었고, 무척 오랫동안 여기저기를 떠돌아다녔는지 까맣게 반들거리는 피부에 한국에서는 구경하기 힘든 옷가지들을 걸치고 있었다. 과연 그는 반년이 넘도록 아시아의 몇몇 나라들을 여행했노라고 했다. 그는 한국의 근황을 이것저것 물었고 나는 아는 대로 대충 대답해주었다. 그런 다음 나는 내 쪽에서 그에 대해 궁금하게 여기는 점을 물어보았다. 한국에서 어떤 일을 하기에 그처럼 오랫동안 여행을 다닐 수 있는가. 그는 개인 사업을 했는데 너무 힘이 들어서 업종 전환을 생각하고 있노라고 말했다. 그래서 머리도 식힐 겸 바깥 나들이를 나왔는데 어영부영 시간이 길어졌다고. 나는 내친김에 어떤 종류의 개인 사업인가를 물었고 그는 친절하게 설명해주었다.
　"돼지장사 소장사 뭐 그런 거였답니다. 트럭을 몰고 가축값이 싼 곳을 찾아다니는 거죠. 주로 농촌이나 산촌 외진 곳들인데, 그런 곳에서 소나 돼지를 사서는 도매 시장에 가져다 넘기는 겁니다. 이문은 그럭저럭 괜찮은 편이지만 힘이 너무 들어요. 새벽 두시에는 용달차를 몰고 출발해야 가축이 있는 곳으로 가서 흥정하고 매입한 다음 해뜰 무렵 도매 시장에 도착할 수가 있으니까요."
　그건 내게는 무척 생소한 직업이었다. 오늘날처럼 대량 생산 대량 소비가 주도하는 사회에 아직도 그처럼 개별적인 수작업이 존재한다는 것은 놀라운 일이었다.
　"그런 일을 매일처럼 되풀이하시는군요."
　"그렇습니다. 매일처럼 사고 파는 게 되풀이되니까 이문이 그날 그날 떨어지는 재미는 있어요. 하지만 젊어서 한때나 할 만한 일이지 나이 들어서까지 계속할 일은 못 된답니다. 해와 달을 거꾸로 지내니 말예요."

그는 그 일 육 년 만에 제법 약간의 돈을 모았다고 했다. 처음엔 자기 용달차 한 대로 시작했는데 나중에는 세 대를 더 사서 직원까지 세 명 두게 되었다고 했다. 나는 그렇다면 당신은 뒤로 빠지고 부하 직원들에게만 시키면 되지 않겠느냐고 물었다. 그렇게 힘이 든다면. 하지만 그는 고개를 저었다. 이 일은 다른 일들과 달라서 본인이 직접 뛰지 않으면 돈을 모을 수가 없다. 매일매일 바뀌는 현지 시세들을 파악할 길이 없어지니까 직원들을 장악하기는커녕 오히려 끌려가게 될 뿐이다.

맥주가 한잔씩 들어가면서 우리는 보다 재미있는 얘기들을 나누기 시작했다. 이야기를 하는 쪽은 주로 그였고 나는 킬클거리며 듣는 쪽이었다. 그가 네팔과 인도, 스리랑카 등을 여행하며 겪었던 일들에 대해서였다. 이를테면 인도에서 기차 여행을 할 때면 새벽마다 볼 수 있는 남자들의 성기 경연 대회라든가, 아침이면 물이 든 깡통을 하나씩 꿰어차고 광야를 방황하는 사람들에 대한 이야기 따위였다. 대개가 생리 현상과 관계된 이야기들이었다.

"재밌는 건 말예요, 남자들은 모두 기찻길을 향해 앉아 있지만 계집애들은 반대쪽으로 쪼그리고 앉아 있다는 거예요. 그것도 인체의 음양오행 구조와 무슨 관계가 있는 것일까요? 거꾸로 되었더라면 더 재미있었을 텐데……"

그는 자신이 한국 사람을 만나서 한국말로 떠들어본 지가 오래되어 말이 많은 것이니 이해해달라고 했다. 더구나 그날은 자신의 생일이라고도 했다. 그래서 특별히 하룻밤에 삼십 불씩이나 하는 비싼 호텔로 방을 정했다는 것이었다.
"여느 때 같으면 어림도 없죠. 만 루피, 그러니까 사천 원만 주면 숲이 우거진 정원의 전망 좋은 방과 훌륭한 아침 식사가 제공되는 집이 사방에 널려 있거든요. 식탁에는 꿀 바른 토스트에 홍차, 핫케이크, 열대 과일이 푸짐하게 올라오구요."
"그런 집들이 발리에도 있나요?"
"그렇지 않은 집들이 드문 편이죠."
 그는 내가 몰라도 너무 모른다면서 한꺼번에 많은 여행 상식들을 풀어놓았다. 나중에라도 진짜 알짜배기 배낭 여행을 할 기회가 있으면 반드시 자기 얘기들을 기억하라면서. 나라별 물가 지수 비교로부터 인심 지수, 볼 만한 구경 거리 비교 등등에 이르기까지. 그는 내가 도저히 기억할 수 없을 만큼 많은 분량의 정보와 조언들을 쏟아부었다. 그런데 그들 중에서 가장 인상적이었던 조언은 버스나 기차를 탔을 때 옆자리에 괜찮은 여자가 앉아 있다면 반드시 콧노래를 부르라는 것이었다. 콧노래를 부르면 두 사람 사이에서 모종의 사건이 발생하게 될 것이라고. 나는 그 이유를 물었다. 그건 왜죠? 그는 복잡한 표정을 지었다.
"그건 말입니다, 사실은 나도 잘 모르겠어요. 하지만 이상하게도 여자들은 남자가 콧노래를 부르면 약해지는 모양이에요. 번번이 그랬거든요. 한번은 이스라엘 여자애가 나를 졸졸 따라오더군요. 그건 그러니까 방콕에서였어요. 치앙 라이 쪽으로 올라갔다가 내려오는 길이었죠. 맙소사. 인형처럼 예쁘고 늘씬한 팔등신 미녀였다구요. 결국은 타나우 거리에 있는 게스트 하우스에 함께 방을 얻어들었죠. 정말이지 끝내주더군요."
 그는 거기서 잠시 말을 멈추었다. 그러나 그런 사람의 입을 다시 열게 하는 방법쯤은 나도 잘 알고 있었다. 나는 사뭇 부러운 눈빛으로 그를 물끄러미 바라보아주었다. 많은 시간이 걸리지도 않았다.

"섹스를 꼭 미친년처럼 했어요. 한 판 끝날 때마다 밥 한끼를 새로 먹어야 할 정도루요. 그런데 그것으로 끝이 아니에요. 한 사나흘쯤 같이 있었는데, 여편네나 된 것처럼 챙겨주는 거예요. 먹는 거, 입는 거, 물건값 깎는 거. 헤어지는 날에는 또 어쨌는지 아세요? 내가 네팔을 거쳐서 인도로 들어갈 거라니까 병원으로 끌고 갔어요. 덕분에 무언지도 모르고 예방 주사를 네 대나 맞았죠. 그리고는 말라리아약이라나 뭐라나 하는 걸 두 병 사주었어요. 허구한 날 소랑 돼지랑 같이 사는 사람이 사치스럽게 그런 병엘 걸리겠어요? 아무 쓸모없는 일이죠. 그래도 알뜰하게 챙겨주는 사람이 있으니 기분은 좋더군요. 그래서 이렇게 주소까지 적어두었어요······."

다시 시작된 그의 이야기는 좀처럼 끊어질 것 같지 않았다. 그녀에 이어서 두번째 세번째 그에게 접근해서 사랑을 주고 간 여자들에 대해서. 그가 남인도의 마드라스 부근에서 세번째로 만났던 여자는 그리스 출신이었는데 몹시 은근했지만 또 몹시 오래도록 불길을 꺼뜨리지 않는 타입이었다고 설명했다. 그녀 덕분에 그는 '언틸 식스 어클락'이라는 별명까지 얻게 되었다. 하루는 밤이 늦도록 섹스를 하고 잠이 들었는데 새벽녘에 그녀의 불꽃이 다시 타닥타닥 피어오른 모양이었다. 그래서 그들은 또 약간의 소란을 피우게 되었다. 그런데 그날 늦은 아침 그를 만난 게스트하우스의 종업원들이 언틸 식스 어클락 운운하며 그에게 경외의 눈길을 보내었다. 사정을 알고 보니 그것은 그날 밤 그들의 옆방에 체크인

했던 한 영국인 노신사 때문에 퍼진 소문이었다. 노신사는 날이 밝자마자 체크아웃을 했는데, 밤새 잠을 한숨도 못 잤노라고 투덜거렸다 했다. 옆방에서 저녁 늦게 시작된 섹스가 이튿날 새벽 여섯시까지 계속되었다는 것이었다.

나는 그가 한국에서는 몹시도 사랑에 굶주렸던 인물이었으리라 짐작했다. 밤과 낮을 거꾸로 살았고 친구라고는 경매 도살장으로 팔려가는 소와 돼지뿐이었으니 누구를 만날 틈이 있었겠는가. 애당초 두세 달로 예정되었던 여행 기간이 반년이 넘도록 길어진 것도 그런 까닭이 아니었을까. 그는 엉겁결에 스쳐가게 된 인간적인 만남들과, 자기 역시 사랑받을 수 있는 존재였다는 사실의 발견에 감격하여 언제까지고 여행을 계속하고 싶어진 게 아니었을까. 그런 생각을 하자니 외국 땅에 나와서 국제적인 위안을 받고 있는 그의 여정이 기특해 보이기도 했다.

"그러니까 휘파람을 불어야 한다는 거로군요. 아니, 그게 아니라 콧노래를 불러야 한다는 거로군요. 인연을 만들기 위해서는 말입니다."

그 즈음에는 나도 어지간히 취기가 오르고 있었다. 우리 앞에는 각각 네댓 개씩의 맥주 깡통들이 찌그러져 쌓이고 있었다.

"그래요. 그런 얘깁니다. 가장 중요한 거죠. 하지만 아무 때나 콧노래를 불러서는 쓸모가 없어요. 사실 전 지난 육 년 동안 하루도 빠짐없이 콧노래를 불렀더랬죠. 운전대를 잡고 어두운 산길을 달리면서. 그렇지만 소나 돼지하고 그렇고 그런 사건을 기대할 수는 없는 노릇 아니겠습니까."

"사람들은 왜 여행을 떠나야만 내숭을 떨지 않게 되는 걸까요. 너그러워지고, 솔직해지고, 다른 사람을 위로할 줄도 알게 되고,

때가 되면 낯선 사람이랑 사랑도 나눌 줄 알게 되고……"
 "이상한 건 말입니다, 한 여자를 만나서 붙어지내다가 헤어져도 아쉬운 느낌이 별로 남지 않는 거예요. 진짜로 헤어지는 것 같지도 않고, 어딘가 멀지 않은 곳에 있다가 금방 다시 만나게 될 것 같기도 하구요. 한국 땅에서 여자 하나 때문에 몇 달씩 몇 년씩 속을 끓이던 생각을 하면 글쎄 이해가 안 되지 뭐예요. 하지만 슬그머니 이런 생각도 들더군요. 불교에서 말하는 윤회설처럼 우리가 수많은 인생을 살아왔고 또 앞으로도 살아갈 거라면 길거나 짧거나 다 그게 그거 아니겠느냐는 생각 말예요. 누군가를 만나서 한 순간이라도 사랑을 느꼈다는 게 중요한 거 아니겠어요."
 역시 그래서 사람은 여행을 해야 하는 모양이었다. 토종 한국산 소와 돼지만을 취급하던 남자가 몇 개월 객지 생활 동안 몇 필의 백마를 갈아타는 사이 자신도 모르게 도를 얻어 불교의 윤회설을 읊조리고 있었던 것이다. 길고 짧음의 차이는 아무런 의미도 없는 것이요 찰라지간이라도 진정한 번득임이 있었다면 그게 정녕 의미있는 만남이었으리라 운운.
 내가 유미에 대한 이야기를 시작한 것은 아마도 부러움 때문이었을 터였다. 술기운을 빌어서 내게도 뻐길 만한 사연이 있었음을 자랑하고 싶어진 것이었다. 그녀와의 관계를 신비스럽게 장식하기 위해 나는 그녀를 처음 만난 장소로부터 묘사를 시작했다. 미술대학의 응용미술학과 작업실이었던 그곳에는 이해할 수 없는 형상들이 가득 들어차 있었다. 피라미드처럼 생긴 나무장이 있었고 크고 작은 육각형의 상자들이 우주선 속처럼 쌓여 있었다. 한쪽 모서리에는 또 목이 잘린 비너스가 거꾸로 매달려 있었다. 우리는 연극 포스터에 관해 이야기를 나누고 있었다. 밤이 늦은 시각이어서 그곳에는 우리 두 사람밖에 남아 있지 않았다. 그런데 문득 나는 어떤 충동을 느꼈다. 그녀는 단정하고 정숙하고 지극히 사무적이었음에도 불구하고 내 충동은 이해할 수 없을 정도로 강력했다. 나는 그녀가 내게 낯선 사람이 아니었으며 이미 오래 전부터 신비스런 방식으로 익숙해 있었던 인물임을 알 수 있었다. 그리고 그녀가 나를 자극하고 유혹하고 있음을 알 수 있었다. 나는 그녀를 겁탈했다. 그녀는 완강하게 저항했다. 그것은 처절한 전투였다. 작업실은 순식간에 난장판이 되었고 온갖 상자와 조각품들은 으깨어져서 쓰레기 조각들이 되었다. 그러나 그 전투의 끄트머리에서 그녀는 완전한 항복을 했다. 그녀는 옷을 모조리 벗어 버리고 자신의 성으로 통하는 모든 문에 눈처럼 새하얀 백기를 걸었다. 마침내 그녀도 내가 자신의 인연이었음을 깨달은 것이다.

그 이야기를 가능한 한 신비롭고 매력적으로 꾸미기 위해 나는 모든 상상력을 동원했다. 모든 그럴듯한 거짓말을 찾아 붙였다. 그런데 나는 그 이야기에 스스로 몰두할 수가 없었다. 아무리 집요하게 달라붙어도 그것은 나와 먼 거리를 두고 서성거리고 있었다. 게다가 나는 그 이유를 잘 알고 있었다. 맨 처음부터 나는 그녀를 사랑한 것이 아닌 까닭이었다.

"그 여자분과는 그 후 어떻게 되었습니까?"

나와는 달리 그 남자는 내 이야기에 잔뜩 몰입해 있었다.

"제법 긴 관계가 이어졌습니다. 그러다가 제가 지금의 여자를 만나면서 멀어지게 되었죠. 전 그녀를 무척 소홀히 대하게 되었거든요."

그건 사실이 아니기도 했고 사실이기도 했다. 우선 내게는 지금의 여자라고 할 만한 여자가 없었으니 사실이라고 할 수가 없었다. 그러나 그 자리에 영인을 대신 세운다면 이야기는 사실과 비슷해졌다. 영인이 무대로 등장하기 전까지 나는 한결같은 유미의 숭배자였다. 그녀가 어떤 변덕과 우스꽝스런 요구들로 나를 괴롭혀도 묵묵히 감내하며 그녀의 주변을 떠나지 않았다. 뿐만 아니라 그녀가 원하는 온갖 감탄들을 보내주었다. 그것이 전적으로 다른 대상의 결핍 때문이었다는 사실은 영인이 나타나자 확연하게 드러났다. 영인과 나의 관계에 대한 유미의 비난은 정확한 것은 아니었지만 아주 잘못된 것이라고도 할 수 없었다. 우리는 그녀의 비난처럼 그렇고 그런 관계인 것은 아니었다. 하지만 나는 유미에게 쏟았던 대부분의 인내와 감탄을 영인에게로 돌리게 되었다. 술을 마시거나 여행을 떠날 때도 나는 영인을 찾게 되었고, 캐스팅 문제로 상의할 적에도 영인의 의견에 더 귀를 기울이게 되었다. 당연스럽게도 유미는 자신의 자리를 영인에게 빼앗겼노라고 생각할 수밖에 없었다. 그래서 그녀는 스스로 마침표를 찍게 되었던 것이다.

"그런데 지금의 여자분과도 문제가 생긴 모양이군요. 이곳까지 혼자 여행을 오신 것을 보니."

"아닙니다. 사실은 혼자 온 게 아니랍니다."

"혼자가 아니라구요? 그럼 여자분은 어디 계신 겁니까?"

나는 갑자기 말문이 막혔다. 무어라고 대답해야 할까. 나는 누구와 함께 왔으며 그녀는 지금 어디에 있는 것일까. 왜 불쑥 혼자 온 게 아니라는 얘기는 했을까. 그러다가 나는 함께 온 여자가 갑작스레 맹장염 증세를 일으켜서 덴파사르의 종합병원에 입원해 있노라는 해명을 했다. 어저께 수술을 했는데 앞으로도 이삼 주일은 입원해 있어야 한다. 덕분에 혼자가 되었다. 그런데 그런 이야기를 하자니 문득 한심한 생각이 들었다. 도대체 나라는 인간은 어떤 뭉게구름을 찾아 헤매는 소리개였을까. 나는 무척 많은 일들과 사람들 속에서 분주한 삶을 살아가고 있는 듯 보였다. 가까운 거리에 있는 여자들만도 꽤 여럿이 되었다. 유미, 영인, 상은, 그리고 극단에서 늘 얼굴을 마주치는 여배우들. 그러나 내가 진정 인간 대 인간의 만남을 갖고 있다고 자신할 만한 사람은 아무도 없었다. 그나마 영인이 나를 가장 따뜻하게 이해해주는 사람이라고 생각했지만 그녀의 변신술은 너무 화려하고 현란해서 종잡을 수가 없었다.

"맹장수술을 받았다구요! 이곳 발리에서 말이죠. 다른 일이 없어야 할 텐데, 걱정이군요……"

남자는 또 엉뚱한 이야기들을 늘어놓고 있었다. 여행지에서 수술을 받는다는 게 얼마나 위험한 일인가에 대해서였다. 그리스에서 왔다는 그 여자에게서 이런 얘기를 들었답니다. 그 여자가 잘 아는 스웨덴 출신의 여행자 친구 한 명이 있었대요. 그 친구는 삼 년 전 인도를 여행하다가 급성 맹장염을 일으켜 수술을 받았더랍니다. 엘로라 부근의 어디였죠. 수술은 그럭저럭 끝나고 병세도 좋아져서 그 친구는 여행을 계속하다가 스웨덴으로 돌아갔대요. 그리고 일 년쯤 지난 어느 날 엑스레이 사진을 찍을 일이 있었는데 결과를 본 의사가 말하더래요. 그렇게 훌륭한 분인 줄 몰랐다구요. 그 친구는 그게 무슨 소리냐고 물었죠. 그랬더니 의사 말이 콩팥 한쪽을 기증하지 않았냐는 거예요. 엑스레이상에 한쪽이 비어 있다구요. 친구는 기가 막혀 그럴 리 없다고 우겼지만 사진은 틀림없이 그 친구의 것이었어요. 곰곰이 생각해보니 그는 꼭 한 번 자기 몸에 칼을 댄 적이 있었어요. 바로 인도에서였죠. 맹장 수술을 하는 동안 그 친구는 애매한 콩팥 하나를 도둑질당하고 만 거예요. 인도가 신체 장기 매매업으로 유명하다는 얘기를 듣게 된 것은 나중의 일이었대요. 돌아다니는 동안 저도 이따금 그런 얘기를 들었어요. 돈만 있으면 인도에서는 못 구할 게 없다구요. 인도만이 아니라 아마 몇몇 가난한 나라들에서는 그런 일로 돈을 벌고 사는 사람들이 있겠죠. 하지만 친구 여자분에 대해서는 걱정하지 않아도 좋을 겁니다. 발리에서 그런 일이 있다는 얘기는 별로 못 들어봤으니까요. 국제적인 관광 도시니까 이름에 어울리는 기본 질서는 유지되고 있을 테죠……

 그의 이야기를 듣는 둥 마는 둥 나는 혼자 생각 속으로 잠겨들고 있었다. 도대체 나는 여기서 무슨 일을 하고 있는 것일까 따위 생각들이었다. 무슨 희한한 사정에 얽혀들어 희한한 작전을 싸매고 이 먼 곳까지 날아와 있을까. 내 삶이란 건 대관절 이처럼 많은 정성을 들일 의미가 있는 것이었을까. 함께 서로를 도우며 산다고 믿었던 여자들은 왜 썰물처럼 빠져 달아나고 혼자만 둥그렇게 남은 것이었을까. 콧노래와 윤회설과 사라진 콩팥에 대한 궤변을 쏟아놓고 있는 이 낯선 사내는 또 어떤 경로로 내 앞자리를 차지하고 앉게 된 것이었을까. 산다는 건 결국 사랑을 찾아가는 기나긴 여행이라는 걸 깨우쳐주기 위해 내 앞에 모습을 드러낸 사랑의 정령이기라도 했을까. 너무 많은 어처구니없는 일들이 벌어지고 있다는 생각과 함께 나는 점점 무거워지고 흐릿해지고 있었다.

16

 술을 좋아하긴 했지만 내 체질은 술과 궁합이 맞지 않았다. 이튿날 눈을 떴을 때 나는 심각한 두통에 짓눌리고 있었다. 그건 결코 요행을 바랄 수 없는 대자연의 인과 법칙이었다.
 두통약과 함께 홍차를 한 주전자쯤 마신 다음에야 조금씩 세상이 맑아졌다. 지난밤 나를 메고 들어와 침대에 눕히는 수고를 했을 그 남자는 벌써 어딘가로 사라지고 없었다. 아마 다시 사천 원만 주면 숲이 우거진 정원의 전망 좋은 방과 훌륭한 아침 식사가 제공되는 집으로 옮겨갔을 것이었다. 나는 그의 이어지는 여정에도 사랑과 여인이 충만하기를 빌어준 다음 사누르 호텔의 프런트로 전화를 넣었다. 영인으로부터 메시지가 와 있기를 기대했지만 아무런 소식도 없었다. 나는 쿠타 호텔의 전화번호를 알려주고 전화를 끊었다. 그녀를 떠나보낸 건 겨우 하루 전이었지만 몇 년의 세월이 흘러간 느낌이었다.
　어거지로 아침 식사를 마쳤을 때 나는 다음으로 해야 할 일이 무엇인지를 알고 있었다. 덴파사르의 병원으로 상은을 찾아가는 일이었다. 비록 그녀가 갑작스런 맹장염으로 일을 망가뜨리기는 했지만 언제까지고 미워할 수는 없는 노릇이었다. 혹시 그녀가 필요로 하는 물건들이 있을까 그녀의 배낭을 울러메고 나는 덴파사르행 버스에 몸을 실었다.
　버스가 움직이기 시작하면서 그런데 내 속에서는 한 가지 생각이 함께 구르기 시작했다. 지난밤 필름이 흐릿해져가던 무렵 남자가 내게 늘어놓은 걱정들이 되살아난 것이었다. 글쎄 콩팥 하나가 없어졌더라는 거예요. 맹장 수술을 받는 동안 애매한 콩팥을 도둑질당하고 만 거죠. 몇몇 나라들에는 그런 일로 돈을 벌고 사는 사람들도 있다고 하더군요…… 이건 참으로 웃지도 울지도 못할 이야기였다. 삼십삼 년 남짓 세상을 살아오는 동안 나는 온갖 종류의 도둑질에 대한 이야기를 들어보았다. 그 중에는 사람의 몸과 관계된 것도 없지 않았다. 무더운 여름밤 마당의 평상에서 잠자다가 순결을 도둑맞은 처녀의 이야기도 있었고, 네덜란드에서는 여섯 명의 여자와 두 명의 남자로 이루어진 도둑 단체가 슈퍼마켓에서 누드 쇼를 연출하며 도둑질을 했다는 얘기도 있었다. 그러나 인체의 한 부분을, 그것도 복부 깊숙이 숨겨져 있는 장기를 도둑질하는 사람들이 있다는 얘기는 그야말로 금시초문이었다. 섬뜩하기 짝이 없는 일이었다. 세상이 이런 식으로 굴러간다면 언젠가는 길을 가다가 팔이나 다리를 강탈당했다는 사람들도 생겨나지 않을까. 청계천에서는 혈액형과 신체 치수가 비슷한 사람들의 명단이 암거래되는 날도 오지 않을까.

　병원에 다다를 즈음 나는 그 문제에 대하여 너무 많은 생각을 하고 있었다. 상은에 대한 걱정도 이만저만이 아니었다. 남자는 발리처럼 국제적인 관광 도시라면 그런 일은 없을 것이라고 나를 위로했었지만 그건 누구도 알 수 없는 일이었다. 세계 각국 사람들의 왕래가 빈번한 곳이라면 특별한 상품의 암거래 시장이 형성되기에도 훌륭한 입지 조건 아니겠는가.

　병원 문을 들어서기에 앞서 나는 한 가지 작전을 세웠다. 그 병원의 성격을 점검하기 위한 작전이었다. 과연 그곳에서도 콩팥과 같은 신체 장기를 밀거래하고 있는지 어떤지. 나는 색이 짙은 레이밴 선글라스를 꺼내어 쓰고 병원으로 들어가 원무실 근처 나무 의자에 걸터앉았다. 안경 너머로 원무실 안의 인물들을 살펴보았다. 거래 대상을 찾기 위해서였다. 이윽고 나는 한 남자를 결정할 수 있었다. 만에 하나라도 그곳에서 그런 일이 벌어지고 있다면 그 일을 담당할 수밖에 없을 법한 남자였다. 그는 상당히 무거움직한 살집과 끝이 올라간 눈매를 갖고 있었다. 양쪽 입가와 턱끝에는 염소 수염처럼 가느다란 수염이 몇 가닥씩 돋아나 있었다. 그가 가장 적격이리라는 것은 의심할 여지가 없었다. 나는 문득 그를 향해 솟구쳐오르는 적개심을 느끼며 두 주먹을 불끈 쥐었다.

　"도와드릴까요?"

　마침 그때 한 간호사가 내 곁을 지나가고 있은 모양이었다. 아니면 그녀는 내게 그 질문을 하기 위해 일부러 나온 것이었을까. 나는 얼른 주먹을 풀며 미소지었다.

　드디어 내가 기다리던 순간이 왔다. 염소 수염의 그 뚱보가 원무실을 나와 화장실로 향한 것이었다. 나는 슬그머니 자리에서 일어나 그의 뒤를 따랐다. 다행히 화장실에는 다른 사람들이 없었다. 나는 소변을 보고 손을 씻는 그의 곁으로 다가가 말을 건넸다.
"안녕하세요."
 그는 찢어진 눈으로 힘겹게 나를 돌아보았다.
"당신을 만나보라더군요."
"누가요?"
"그들이요."
"무슨 일이죠?"
 나는 손가락으로 아랫배를 가리켰다.
"키드니가 필요합니다."
"키드니? 키드니가 왜 필요하죠?"
"얼마면 됩니까?"
 그는 잠시 당황한 듯한 표정을 지었다. 작은 눈으로 어리둥절해하는 모습은 생각보다 가관이었다. 그의 이마에서는 땀방울까지 흘러내리기 시작했다. 나는 그가 계산속을 굴리는 것이라 짐작하고 미끼를 부풀렸다.
"우선 필요한 건 다섯 갭니다. 하지만 앞으로 더 많이 필요해질 수도 있습니다."
"키드니가 다섯 개나 필요하다구요!…… 누가 나를 만나라고 그러던가요?"
"잘 아시잖습니까."
 더듬거리는 영어로 수작을 부린다는 건 쉬운 일이 아니었다. 나는 가까스로 거기까지 이야기를 끌고 나갈 수가 있었다. 염소 수염은 찢어진 눈으로 다시 한번 나를 살펴보더니 화장실의 출구 쪽으로 걸어갔다.

"이쪽으로 오시죠."

그는 문을 열었고 나는 순순히 그를 따라 나갔다. 그런데 그 다음부터 내가 미처 예상하지 못했던 상황이 벌어지고 말았다. 그는 큰 소리로 경비원을 불렀고 사람들이 몰려들었고 나는 꼼짝없이 그들에게 붙잡힌 꼴이 되고 만 것이었다. 어깨에 둘러멘 배낭만 없었더라도 재빨리 달아날 수 있었을 텐데. 염소 수염은 생각보다 과격한 정의파였는지 흥분하여 열심히 떠들어대였다. 내가 알아들을 수 없는 그들만의 언어였다. 사람들은 놀란 표정이 되었다가 고개를 끄덕이다가 나를 향해 적개심 가득찬 시선들을 쏘아보내기도 했다. 그 상황을 모면하기 위해서 나는 약간의 연극을 펼쳐야 했다. 나는 그들에게 오해라고 소리쳤다. 뭔가가 잘못된 모양이다. 나는 내 친구에 대해서 이야기하고 있었을 뿐이다. 이틀 전에 콩팥 수술을 받은 친구다. 친구가 입원비 걱정을 하길래 얼마나 나왔는지 확인해보고 싶었을 뿐이다. 그 친구는 자존심이 아주 강하기 때문에 몰래 알아보고 싶었던 거다. 물론 그 말들을 해대는 내 영어는 우스꽝스럽기 짝이 없는 것이었다. 그들에게 절반의 뜻이라도 전달되었을지 의심스러울 지경이었다. 하지만 그것은 오히려 내게 이로운 효과를 창출하고 있었다. 형편없는 영어 덕분에 오해가 생겼을지도 모른다는 동정심을 그들로부터 끌어낸 것이었다.

곁에서 듣고 있던 한 여직원이 내게 물었다. 콩팥 수술을 한 게 이틀 전이었다는 게 정확한 얘기냐. 나는 그렇다고 대답했다. 그러자 그녀는 고개를 저었다. 이틀 전에는 콩팥 수술이 없었다. 나는 화를 벌컥 내었다. 그렇다면 내가 거짓말을 하고 있다는 말이냐. 내 친구가 직접 여기서 수술을 받았는데. 기록을 확인해보면 알 것 아니냐. 한국에서 온 여자다. 그런 말다툼의 와중에서 한 간호사가 나를 알아보게 되었다. 이틀 전 상은을 데려왔을 때 나와 인사를 나눈 사람이었다. 그녀는 웃음을 터뜨리더니 내 이야기를 정정해주었다. 당신 친구는 이틀 전 콩팥 수술을 받은 게 아니라 맹장 수술을 받은 것이었어요. 키드니가 아니라 어펜딕스였어요. 그걸 제대로 몰랐으니 이런 오해가 생길 수밖에…… 나는 무척 당황한 표정을 지어주었다. 그게 어펜딕스였나? 키드니가 아니었나? 난 왜 그걸 키드니로 알고 있었을까? 그리고 상황은 일단락이 되었다. 사람들은 나를 향해 웃음이나 비웃음을 보내며 각자의 길로 돌아섰다. 소란을 시작했던 원무과의 염소 수염 뚱보만이 아직도 할말이 많은 듯 씩씩거렸다. 그럴 수밖에. 그는 내게 대한 훨씬 구체적이고 직접적인 혐의를 잡고 있었으니까. 그러나 한번 기울어진 대세는 다시 그의 편으로 돌아서지 않았다. 간호사는 나를 상은이 누워 있는 방으로 안내해주었고 나는 그녀에게 온갖 감사와 찬사의 말을 아끼지 않았다.

"무슨 일 있었어요?"

상은은 밖에서 벌어진 소란을 들은 모양이었다.

"아니. 무슨 일이 있었겠어. 기분은 좀 어때?"

수술 뒤였지만 그녀는 여전히 아름다웠다. 오히려 여느 때보다 더 강렬한 매력을 발산하고 있었다. 병색이 약간 드리워졌을 때 여자들이 더 아름다워 보이는 것은 무슨 까닭이었을까.

"많이 좋아졌어요. 영인인 함께 오지 않았어요?"

"응. 다른 볼일이 좀 있어서……"

나는 말꼬리를 얼버무렸다. 첫마디부터 서로의 기운을 꺾을 애기를 꺼낼 수는 없었다. 대신 나는 얼른 콩팥에 얽힌 비화를 들려주었다. 콧노래를 신봉하는 한 남자에 대한 이야기로부터 인도에서 콩팥을 도둑질당했다는 스웨덴 여행객의 이야기, 그리고 조금 전 내가 염소 수염을 상대로 벌여야 했던 한 판의 탐정극에 이르기까지. 나는 단지 그녀의 주의를 돌리기 위한 목적으로 시작한 이야기였지만 그것은 그녀에게 엄청난 고통을 안겨주었다. 처음부터 끝까지 내내 그녀는 웃음을 참을 수 없어 했다. 그러나 그녀는 결코 웃어서는 안 될 신분이었던 것이다. 끊임없이 이어지는 웃음과 그로 인한 복부의 통증 사이에서 상은은 줄줄 눈물을 흘렸다. 그런 모습을 차마 볼 수 없어서 내가 이야기를 그칠라치면 그녀는 또 나를 닥달했다. "제발 이야기를 멈추지 말아요. 다시는 웃지 않을 게요. 그랬더니 그 염소 수염의 눈동자가 어디까지 돌아가던가요?" 그리고는 또 오른쪽 아랫배를 움켜잡으며 비명을 질렀다. 나는 그 소리를 듣고 달려온 간호사로부터 한차례 심한 야단까지 맞아야 했다.

이야기가 끝날 무렵 나는 그녀에게 물어보았다.

"그런데 말이야, 혹시 뱃속 한구석이 허전하게 느껴지지는 않니?"

그녀는 그 대목에서 마지막으로 눈물 어린 웃음을 터뜨렸다.

"아뇨. 오히려 너무 많은 것들이 들어찬 느낌이에요."

콩팥의 비화가 일으킨 웃음의 여운이 정리되기까지는 제법 많은 시간이 걸렸다. 그런데 그때까지도 상은은 자신의 맨 처음 질문을 잊지 않고 있었다.

"영인인 오늘 못 오나보죠?"

이제는 어쩔 도리 없이 우울해져야 할 시간이었다. 나는 그녀에게 영인이 그녀를 대신하여 우붓으로 올라갔노라고 얘기해주었다. 무척 말렸지만 고집을 꺾을 수 없었다. 실제로 어려운 상황이기도 했다. 이삼 주일이 지난 다음이면 박재원이 어디서 무엇을 하고 있을지 짐작하기도 어려운 일이었고. 이해해주기 바란다. 상은은 고개를 저었다.

"아녜요. 제 잘못인걸요."

"그렇지 않아. 누구의 잘못도 아니었어."

"왜 자꾸 이런 일이 생기는지 모르겠어요. 민재형이랑 하는 일은 늘 더 잘 하려고 욕심을 내는 편이었는데…… 하지만 너무 걱정하지 마세요. 영인인 자기가 맡은 일을 망치는 법은 없으니까요."

나는 두어 차례 고개를 끄덕였다. 그러나 언뜻 무슨 말을 해야 할지 알 수 없었다.

"경솔한 행동은 하지 않을 거예요. 보기하고는 달리 생각이 깊은 애거든요. 게다가 형이 자기를 얼마나 아끼는지도 잘 알고 있을 테고."

상은은 내 가슴속의 고민을 족집게처럼 집어내어 이야기하고 있었다. 나는 더욱더 대꾸할 말을 찾을 수 없었다. 그런데 그녀는 무슨 뜻으로 영인이 내가 자기를 얼마나 아끼는지를 잘 알고 있을 거라는 말을 한 것이었을까. 그러니 경솔한 행동은 하지 않을 거라고. 그건 내가 생각하고 있었던 바와 다르지 않은 것이었을까. 내가 생각하고 있었던 건 또 무엇이었을까. 만약 그날 밤 연습실에서 영인이 냉장고 문을 열어둔 채 연출했던 충격적인 장면들을 보았더라면, 그래도 그녀는 내게 같은 말을 할 수 있었을까. 보기하고는 달리 생각이 깊은 아이라고. 나는 단박에 우울한 기분에 휩싸이고 말았다.

우리 사이에는 잠시 동안 침묵이 이어졌다. 나는 어서 말을 시작해야 한다고 생각했다. 침묵이 이어지는 동안 나는 마치 발가숭이가 되어가는 느낌이었던 것이다. 내 속에 감추어져 있는 모든 생각과 느낌들이 그녀에게 폭로되고 있는 듯한. 그러나 말을 하려고 서두를수록 눈앞은 더 하얀 백지가 되어갔다. 결국 침묵을 깨뜨린 쪽은 그녀였다.
"그 사람은 무척 재미있는 여행을 하고 있네요. 콧노래에 대해 깊은 신앙을 가졌다는 사람 말예요. 하지만 인도라는 나라를 차분하게 돌아본 것 같지는 않군요."
상은에게는 그런 재주가 있었다. 그녀의 이야기를 듣고 있는 사람을 그녀와 같은 수준의 편안함으로 안정시키는 재주가 있었다. 그것도 아주 짧은 시간에. 영인이 언제나 대화 상대자를 긴장시키는 것과는 두드러지는 대비였다.
"인도는 그렇게 부정적인 모습들로만 가득찬 나라가 아니에요."
"그럼 어떤 긍정적인 모습들이 있지?"
나는 아주 어리석은 질문을 했다.
"글쎄요. 긍정적이란 말을 붙이기도 애매하네요. 부정적이지도 않고 긍정적이지도 않고, 그저 인도적인 모습들이 가득찬 곳이 바로 인도라고 해야 하지 않을까요. 외부인으로서 감히 그 현상들에 대해 가치 판단을 내릴 수는 없는 일이니 말예요."
상은은 벌써 두세 차례 인도를 다녀온 경험이 있었다. 그것도 잠깐씩의 방문이 아니라 몇 달에 걸친 긴 여행들이었다.
"인도적이라는 건 그럼 어떤 거야? 어떤어떤 특성들을 가진 게 인도적이다라고 구체적으로 얘기할 수 있는 건가?"
"어려운 질문이네요. 인도적이라는 게 어떤 거라고 정의할 수 있을까요."
그녀는 잠시 생각에 잠기는 듯했다. 그러나 다시 입을 열기까지는 많은 시간이 걸리지 않았다.
 "처음 인도에 들어갔을 때 가장 인상적이었던 건 거리를 온통 메운 듯한 떠돌이 승려들의 모습이었어요. 승려라기보다는 거지 계급에 가까운 사람들처럼 보였어요. 제가 아주 어렸을 때 이따금 마을 언저리에서 마주치곤 하던 미치광이 걸인들과 똑같은 모습이었거든요. 색색의 헝겊으로 몸을 두르고, 머리는 산발을 하고, 얼굴이며 어깨며 팔다리에서는 땟국물이 줄줄 흘러내리고. 그리고는 하나같이 기다란 지팡이들을 짚고 다니더군요. 그들은 거리에서의 동냥으로 배를 채우고, 햇살이 따사로운 날이면 개울에 발을 담그고 앉아 머리카락을 풀어헤쳐 일광욕을 즐기곤 했어요. 그런데 그들은 우리나라의 미치광이 걸인들과는 전적으로 다른 대우를 받고 있었어요. 사람들은 그들이 지나칠 때면 경의를 표하고 형편이 되는 대로 보시를 하곤 했어요. 전 그걸 긍정적으로 볼 수 없었어요. 처음엔 말예요. 저뿐 아니라 아마 대부분의 여행객들이 그랬을 거예요. 그건 도무지 생산적이라고는 말할 수 없는 일이었으니까요. 하지만 얼마 지나지 않아 그들에 대한 제 느낌은 달라지게 되었어요. 그들이 얼마나 가혹한 방식으로 스스로의 삶을 견디고 있는가를 알게 되었거든요."
 "삶을 견디고 있다고?"
 "그래요. 자기 몸의 생명들을 견디는 거죠. 그들의 수행중 가장 기본이 되는 것은 머리카락을 견디는 거예요. 승려가 된 후로는 결코 머리를 감거나 깎을 수 없어요. 정확한 이유는 모르겠지만 아마 머리카락 속에서 살고 있는 빈대나 이와 같은 작은 생명들을 존중하기 위해서일 거예요. 상상이나 할 수 있겠어요? 며칠만 감지 않아도 견디기 힘든 머리카락을 몇 년씩 몇십 년씩 내버려둔다는 걸 말예요. 머리카락은 비에 젖고 햇살에 비틀려 비비꼬이며 늘어져서는 완벽한 벌레들의 보금자리가 되죠. 저 같으면 기절해 버리고 말 거예요. 가려움 때문에요. 백구를 치고 말지도 모르구요. 그런데 그 정도는 기초 중에서도 완전 기초편에 해당하는 수행이래요. 그 위에다 또 개별적으로 선택한 고난도의 수행들을 더 얹어가는 거예요. 그러면서 아마도 삶이 무엇이고 생명이 무엇인지를 깨달아가는 거겠죠."

나는 벌써 머리카락 속에서 무언가가 슬금거리는 듯한 가려움을 느끼고 있었다. 하지만 그녀에게는 아직도 할 이야기가 많이 남아 있었다.

"전 이따금 그런 생각을 했어요. 인간들의 삶은 세월이 흐르는 사이 너무 많은 잔가지들을 만들어내어 근원적인 뿌리와 줄기를 가리게 된 게 아닐까 하는 생각요. 숲이 너무 무성해지면 개울을 찾기가 어려워지듯 말예요. 하지만 인도에서는 아직 잔가지들이 덜 발달된 것 같아서 기뻤어요."

"그렇더라도 그건 작은 일부분이 아닐까. 고행을 하면서 생명을 견디는 사람들의 숫자는 말이야."

"물론 대다수는 아니죠. 하지만 그런 사람들이 사방에 널려 있으니 인도 사람들은 끊임없이 생명에 대한 환기 작용을 받을 수밖에 없지 않을까요. 말하자면 생명의 파수꾼 같은 거죠. 게다가 대다수 인도인들의 삶 역시 우리로서는 상상조차 할 수 없을 정도로 솔직하고 직접적이에요. 아침마다 깡통을 들고 광야를 방황하는 사람들에 대한 이야기를 들었으면 잘 아시겠군요. 그 사람들은 그렇게 돌아다니며 마음에 드는 땅을 찾아 주저앉아 똥을 누죠. 그런데 그 똥이란 게, 동네 사람 모두가 매일처럼 그렇게 싸대니,

삭아서 없어질 틈이 있겠어요? 조금 과장해서 얘기하자면 그들은 매일 서로의 똥을 밟아대며 살아가고 있단 말예요."
"섹스라는 것도 그래서 필요한 건가?"
"무슨 얘기예요?"
"그런 얘기를 들은 적이 있어. 인도의 철학을 가르치는 아쉬람들에서는 가장 먼저 성적인 해방을 요구한다더군. 라즈니쉬 아쉬람이 있는 퓨나 주변으로는 행여 공짜로 서양 여자랑 잠을 잘 수 있을까 기대하며 사람들이 모여들기도 하고……"
생각 없이 그런 얘기를 하다가 나는 입을 다물었다. 그녀도 라즈니쉬 아쉬람 출신이라는 사실이 문득 떠올랐고, 그녀를 기분상하게 만들었을지도 모른다는 걱정이 든 것이었다. 그러나 상은은 빙그레 미소를 머금고 있었다.
"그런 얘기는 저도 들었어요. 아주 근거 없는 얘기는 아닐 거예요. 실제로 라즈니쉬 아쉬람에 들어가기 위해서는 에이즈 검사증이 필요하기도 하고, 또 더러는 마을 밖으로 나가서 걸인과 잠자리를 같이하는 사람도 있었다니까요. 하지만 그건 오히려 아주 작은 부분이에요. 육체의 해방이 더 커다란 해방을 얻기 위한 유일하거나 절대적인 길인 것은 아니에요. 어렸을 때 미술 시간에 그림을 그릴 적에 말예요, 두 눈을 가늘게 뜨고 주전자를 바라본 적이 있겠죠?"
"있었지."
"그럴 때면 주전자가 어떻게 변하던가요?"
"글쎄. 밝은 부분과 어두운 부분이 선명하게 나누어졌지."
그녀는 고개를 끄덕였다.
"서로의 똥을 밟으며 사는 일이나 서로의 육체 앞에서 자유로워지는 일들은 모두 두 눈을 가늘게 뜨고 무언가를 응시하는 일과 같아요. 삶을 단순하게 만들고 솔직하고 직접적인 관계들로 만들수록 우리는 의미있는 부분과 그렇지 않은 부분을 더 분명하게 알 수 있게 되니까요. 망막으로 들어오는 빛의 양을 줄일수록 밝은 부분과 어두운 부분을 더 선명하게 구분할 수 있게 되듯이 말예요."

우리의 대화는 도무지 맥락이 없었다. 꽃밭을 방황하는 잠자리처럼 아무렇게나 이 꽃과 저 꽃들을 누비고 다녔다. 내가 질서가 없는 것은 어쩔 수 없는 일이었다. 그건 내 아버지도 일찍이 포기한 바였으니까. 상은은 또 수술의 여파가 사라지지 않아 아직 또렷한 사고의 상을 맺기가 힘들었을 것이었다. 그러나 나는 그런 중에도 그녀가 내게 무엇인가를 얘기하려 한다는 것을 느낄 수 있었다.

"그 다음에는 어떻게 되지? 밝은 부분과 어두운 부분이 구분된 다음에는?"

"자신이 원하는 부분을 향해 나아가야겠죠."

"이를테면?"

"그건 자기 내부에서 찾는 거예요. 몇 가지 보기를 보고 사람들의 눈치를 보고 고르는 게 아니에요." 그녀는 다시 빙그레 미소를 짓더니 이렇게 덧붙였다. "제가 아는 어떤 사람은 머릿속이 너무 복잡하게 헝클어져 있어요. 밝은 부분과 어두운 부분들이 구별 없이 뒤섞인 채 너무 오랫동안 내버려져와서 모두 흐릿해져버리고 말았어요. 회색빛으루요. 학창 시절의 좌절, 패배, 첫사랑의 실패, 기대들의 무게에 짓눌려 짜부러졌던 기억, 부조리한 사회에 대한 환멸…… 그래서 그 사람은 삶의 집중력을 잃어버리고 말았어요. 겉보기엔 그럴듯한 삶을 사는 것 같지만 그 사람은 심지어는 사랑조차 하지 못해요. 얼마나 딱한 일이에요. 자기가 사랑하고 있다는 사실을 인정하기를 거부하니 말예요. 아주 가까운 곳에 사랑스러운 여인을 두고 있으면서도."
"그건 왜 그럴까?"
내 질문에는 힘이 없었다.
"무기력증에 빠졌기 때문이겠죠. 사람을 사랑할 자신이 없어졌던가. 하지만 제가 그 사람이라면 그런 망설임은 두 사람을 모두 탈진시킨다는 점을 먼저 생각할 거예요."
우리의 대화는 그쯤에서 마무리를 지어야 했다. 그녀는 너무 오랫동안 어려운 이야기를 하느라 몹시 피로해져 있었다. 그리고 나는 더 이상의 대화를 감당할 자신이 없었다. 그녀가 말하는 삶의 집중력을 잃어버렸다는 사람은 어쩐지 내가 잘 아는 인물 같았기 때문이었다.

17

그날들 동안 나는 거의 유체 이탈에 가까운 경험을 하고 있었다. 천국으로 오르는 아름다운 이탈이 아니라 지옥으로 추락하는 경험이었다. 내 모든 신경과 관심은 영인을 따라 우붓으로 가 있었는데 그곳 쿠타에는 내가 먹이고 재우고 가끔은 산책도 시켜야 하는 육신이 남아 있었다. 그는 때가 되면 배가 고프다고 보채어서 나를 끌고 식당으로 갔다. 나는 콘스프와 접시밥을 시켜주었다. 옥수수와 닭고기를 넣어서 만든 그 스프는 그가 무척 좋아하던 식단이었다. 그러나 세 번 네 번 같은 식사가 되풀이되면 그는 짜증을 내었다. 스프에 기름이 너무 많으며 비린내가 나기도 한다는 것이었다. 그는 새로운 음식을 원했다. 나는 메뉴판의 음식을 아무렇게나 골라 주문해보았다. 하지만 번번이 퇴짜를 맞았다.

그는 도무지 입맛을 잃어버린 모양이었다. 그의 성가신 투정을 재우기 위해서 내가 할 수 있는 일이라고는 알코올을 쏟아붓는 것뿐이었다. 불평이 들려올 만하면 나는 캔맥주를 하나씩 땄다. 모르핀을 맞은 말기 암환자처럼 그는 몽롱하게 잠들었다. 그가 꿈틀거리기 시작하면 또 하나씩 새로운 캔을 열었고, 그는 차츰 깊숙이 지옥으로 떨어져내렸다.

이따금 정신이 맑을 적이면 나는 사누르 호텔로 전화를 넣었다. 프런트의 안내원에게 내 앞으로 온 메시지가 없는가를 확인하기 위해서였다. 대답은 언제나 한결같았다. 아무것도 없습니다. 그러면 나는 다시 내가 묵었던 방 번호를 댔다. C 103호에 있었습니다만…… 그러나 돌아오는 대답은 마찬가지였다. 없습니다. 선생님 연락처가 여기 적혀 있군요. 전화번호 51477, 방 번호 302호. 소식이 있는 대로 알려드리겠습니다. 딸깍. 뚜 뚜 뚜.

정신이 맑을 때가 아니면 나는 전화하지 않았다. 조심하지 않았다간 캔맥주 하나를 열 때마다 사누르 호텔 프런트에게 보고하는 꼴이 될지도 모르기 때문이었다. 그런데도 내 전화질은 어지간히 자주 되풀이되었는지 수화기 너머에서는 짜증 섞인 한숨이 들려오곤 했다.

내가 매일처럼 죽치는 카페는 쇼핑 거리와 바닷가를 잇는 골목길에 위치해 있었다. 작은 호텔 몇 개가 줄지어 있을 뿐 가게 따위는 없는 비교적 한산한 골목이었다. 비키니를 입은 백인 여자들이 새로 산 모자나 티셔츠에 대해 떠들며 지나가기도 했지만 나머지는 대체로 조용했다. 그런데 그 카페는 골목길만큼 한적한 곳은 아니었다. 쥐라기의 동굴 속처럼 어둡고 음산한 그곳에는 보통 서너 명의 손님들이 죽치고 앉아 술을 마시고 있었다. 그리고 그들

하나하나에게서는 어쩐지 은밀한 사연의 냄새가 풍겼다. 언제나 술에 절어 프랑스말로 떠들어대는 중년 여인 하나, 피부가 유난히 희고 덩치가 큰 두 명의 네덜란드 젊은이들, 그리고 가게 주인과 그의 아들.

프랑스 여인은 노을빛으로 거리가 붉어질 즈음이면 더욱 말수가 많아졌다. 가슴에 맺힌 이야기가 노을빛을 따라 발갛게 터져오르는 모양이었다. 그러면 두 네덜란드 젊은이들 중의 한 명이 시비를 걸었다. 조용히 해라. 혼자서 세상 고민을 모두 껴안고 사는 줄 아느냐. 그리고 그들은 서로 핏대를 세워가며 침을 튀겼다. 다른 한 친구는 말리려 했지만 소용없었다. 두 사람 모두 자기 나라 말을 버리고 서투른 영어로 싸웠기 때문에 더욱 가관이었다. 중간 중간에 끼여드는 자기 나라 말은 험한 욕지거리가 분명했다. 그 소란이 벌어지는 동안 한쪽 구석에서는 가게 주인과 그의 아들 산드라가 무언가를 들여다보며 킬킬거렸다. 산드라가 낮시간 동안 백사장을 돌며 찍어온 사진이었다. 가슴을 드러내고 누워 일광욕 하는 백인 여자들의 사진이었다. 산드라는 그중 잘 나온 것 두어 장을 들고 나를 찾아와 삼천 루피만 내지 않겠느냐고 흥정을 붙이기도 했다. 그러노라면 거리에는 검은 어둠이 깔렸고 프랑스와 네덜란드의 전쟁은 막을 내렸다. 네덜란드 병사들은 가까운 곳의 숙소로 돌아가 이십 분이나 삼십 분쯤 시간을 보내고 돌아왔다. 프랑스 여인은 그들의 빈자리에 침을 뱉으며 더러운 마약쟁이 호모 덧치놈들이라고 욕했다. 과연 다시 돌아와 술을 마시는 그들의 눈빛은 한결 가물가물하게 풀려 있었다.

우붓에서는 그 즈음 어떤 일들이 벌어지고 있었을까. 그들이 모두 조용해지면 내 영혼은 영인을 찾아 우붓으로 날아가곤 했다.

발리섬의 중부로, 그림과 음악과 춤으로 유명한 예술의 마을로, 장군의 아들 박재원을 유혹하기 위해 영인이 온갖 짓을 다하고 있을 의혹의 무대로.

나는 아주 많은 상상화를 그렸다. 그를 유혹하기 위해서 영인이 벌일지도 모를, 혹은 이미 벌였을지도 모를 온갖 과감한 시도들을. 맥주 한 캔을 마시는 동안 적어도 열다섯 가지의 그림은 만들어지고 지워지곤 했다. 그러면 나는 또 다른 열다섯 가지의 그림들을 위해 새로운 캔을 뜯었다. 그리고 잠시 동안 사누르 호텔의 프런트로 전화하고 싶은 충동과 싸워야 했다. 나를 가장 빈번하게 괴롭힌 그림은 물론 그들 간의 육체적인 사건 가능성이었다. 그런 일은 없기를 바랐지만 영인의 행동에 대해서는 아무도 장담할 수가 없었다. 더구나 그녀가 흥미로운 게임 속에 스스로를 몰두시키고 있는 동안은. 게임이 끝나기 전까지는 그녀는 결코 어떤 식으로도 후퇴하는 법이 없었던 것이다.

그 그림은 또한 다양하고 위태로운 변종들을 가지고 있었다. 예측할 수 없는 인물이라는 점에서는 영인도 타의 추종을 불허했지만 박재원이라는 친구도 만만찮을 성싶었다. 그는 이미 일 년째 배낭을 짊어진 채 아시아 전역을 여행하고 있었다. 찢어진 핫바지와 함께 코리안 히피라는 새로운 장르를 개척하면서. 그가 그 동안 어떤어떤 짓거리들을 했을지는 백과사전도 알 수 없을 일이었다. 혹시 그는 태국 북부의 마야 산간지에서 아편 중독자가 되지는 않았을까. 혹은 수마트라섬에서 약버섯 중독자가 되지는 않았을까. 배낭 속에는 늘 '봉'이라고 일컬어지는 대나무 마약 흡연 기구가 들어 있지 않을까. 소녀경이나 카마수트라에 심취해 섹스 연구가가 되지는 않았을까. 카페 구석 자리에서 세상을 훔쳐먹듯

술을 마시는 두 네덜란드 사내들처럼 호모가 되지는 않았을까. 그래서 성기보다는 항문에 더 관심이 많아지지는 않았을까. 버마의 불교 광신도들처럼 고통을 주고받는 의식에서 쾌감을 느끼게 되지는 않았을까. 철사 조각으로 멀쩡한 살을 꿰매고, 고통에 몸부림치면서 희열을 느끼고, 그러다가는 불쑥 담뱃불로 여자의 발바닥을 지지고…… 내 상상화들은 갈수록 으스스한 서스펜스 미스테리물이 되어갔다. 나는 그 그림들의 공포에 질려 술을 들이켰고 다시 더 끔찍한 환상들을 재생산하곤 했다. 그건 정말이지 내 평범한 자아가 감당하기에는 과도한 고문이었다.

그 즈음 나는 한 가지 사실을 깨닫기 시작했다. 어리석게도 나는 함정에 빠지고 말았다는 사실이었다. 누군가가 나를 위해 준비해둔 치밀한 함정에. 약간의 돈에 눈이 어두워져. 그 결과 나는 외딴 섬의 어두운 카페에 감금되어 있었고, 알코올 기운으로 하루하루의 목숨을 부지하고 있었다. 오지 않는 소식을 기다리며, 이미 다른 남자의 여자가 되어버렸을 사람으로부터. 폐경기의 창부 같은 프랑스 여자와 희멀건 두 호모 건달들이 내가 가진 모두였다. 그들은 내 현재의 무기력이었고 미래의 절망이었다. 타락과 절망이라는 두 개의 철창 사이에 나는 꼼짝없이 갇혀버린 것이었다.

그 모든 잘못들의 배후에는 물론 장군이 있었다.

나는 일찍이 어머니 말씀을 새겨듣지 않았던 것을 후회했다. 장군을 믿어선 안 돼. 그는 이미 우리 친척이 아니야. 친척은커녕 원수라도 그렇게까진 못할 거야. 배은망덕한 인간 같으니라구. 어머니는 마치 내게 이런 일이 벌어질 줄 알고 사전 예방 교육이라도 시키려는 듯 말했었다. 장군은 우리 친척이 아니야. 배은망덕한 인간이라구……
 그건 맞는 얘기였다. 내가 기억하는 한 장군이 우리 가족에게 친절했던 적은 한번도 없었다. 단 한차례도. 심지어는 그해, 우리 집안의 가산이 풍비박산나고 어머니가 법정에까지 끌려가는 변을 당했을 때도 그랬다. 그는 그저 담담하게 자신의 처지를 납득시키는 데만 열심이었노라고 했다.
 그러니까 그건 대망의 팔십년대가 끝나고 환락의 구십년대가 시작되던 무렵이었다. 갑작스럽게 불어난 체중을 감당하지 못하고 아버지는 자리에 눕게 되었다. 고혈압과 더불어 약간의 심근경색증이 찾아왔노라고 했다. 그때까지도 아직 아버지는 부산 시내의 꽤 괜찮은 자리에 레스토랑 하나를 갖고 있었다. 그러나 어머니는 가게를 처분하기로 결정하셨다. 경기도 썩 좋지 않았을 뿐 아니라 어머니는 매일처럼 시내로 나가 지나가는 젊은 총각들의 몸매를 감상하는 일에는 관심이 없었던 것이다. 대신 그녀는 가게를 처분한 돈으로 좀더 타산이 맞는 일을 벌이기로 하셨다. 그 무렵 마침 내 연극을 시작하고 있었던 나는 어머니께 약간의 투자를 요청했지만 냉정하게 거절당했다. 네 인생은 덤이 아니야. 네가 알아서 꾸리도록 하렴. 어머니가 아이스 커피를 쭉 들이켜며 하신 말씀이었다. 어머니는 아마 집 근처 광안리 어디쯤에 커피숍이라도 열 작정이신 듯했다. 그러나 쉽게 일을 시작하지는 못했다. 아버지의 병세가 점차 악화되어간 까닭이었다.
 그렇게 이삼개월이 지나가던 어느 날 어머니로부터 갑작스런 호출이 왔다. 무조건 내려오라는 전갈이었다. 부산으로 향하는 비행기 속에서 나는 사정을 짐작해보았다. 아버지의 건강이 극도로 위태로워졌으리라는 것이 지배적인 예상이었다. 부산에서 내가 맞닥뜨린 상황은 그러나 예상과 달랐다. 위태로운 상황까지 가 있는 사람은 아버지가 아니라 어머니였다. 어머니는 이마를 싸매고 누워 방바닥을 두드리셨다.
 "글쎄 그년이 내 돈까지 떼어먹고 달아날 줄 누가 알았겠니. 가뜩이나 없는 경황에, 이십 년을 친자매처럼 지내온 사인데……"
 가게를 시작할 때까지 몇 달만이라는 조건으로 어머니는 돈을 맡겼다고 했다. 돈놀이를 하는 친구에게. 그런데 하필 그 무렵 그 친구는 막바지에 몰리고 있은 모양이었다. 어머니의 돈을 맡고 한 달이 채 못 되어서 어딘가로 사라져버린 것이었다. 설상가상이라고, 어머니가 그 친구에게 맡긴 돈 중에는 다른 친구로부터 끌어온 돈도 들어 있었다. 더 높은 이자를 쳐주겠다는 달콤한 유혹에 빠져. 여느 때의 어머니는 그런 어리석은 일을 당할 분이 아니었다. 불신과 의심이 모자라는 분은 결코 아니었으니까. 그렇다면 어머니는 아직도 아버지를 사랑하고 계셨던 것일까. 그렇지 않았다면 이미 오래 전에 커피숍을 시작하지 않으셨을까. 아버지야 심장 발작을 일으키건 혼수 상태가 되건. 혹은 적어도 돈을 맡기는 돈놀이꾼이 어떤 형편에 있는가도 점검하지 못했을 만큼 경황이 없을 수는 없지 않았을까.
 어머니를 통해서 돈을 날린 친구는 어머니를 붙잡고 늘어졌다. 어머니의 손실에 비하면 그리 큰 것도 아니었지만 그 친구는 어머니가 달아난 여자와 한통속이었노라고 난리를 부리고는 기어이 고소까지 하고 말았다. 내게 긴급 호출을 날린 것은 어머니가 법정 출두 명령서를 전달받고서였다. 공무원이라고는 평생 동사무소 직원밖에 모르고 지냈던 어머니께 그런 명령서는 가히 존재 근거를 뒤흔드는 협박이었다.

"장군을 만나봐야겠다."

오죽했으면 그녀는 그런 마음까지 먹게 되었을까.

내가 어머니의 친구를 잠시 진정시킬 얼마 안 되는 돈을 구하는 사이 어머니는 장군을 만나러 떠나셨다. 구체적인 계획이 있어서가 아니라 어떻게든 도움을 구할 수 있지 않을까 하는 기대에서였다. 별이 세 개나 되는 장성이라면 대한민국의 법조계에 대해서 약간의 조언은 해줄 수 있지 않을까. 혹시 어린 시절 수박밭으로 함께 포복 돌진하던 동지에의 정이 되살아나 그 이상의 도움까지도 베풀 수 있지 않을까. 그러나 그처럼 막연한 기대는 막막한 환멸로 매듭지어졌을 따름이었다. 여행에서 돌아온 어머니는 분노로 펄펄 끓고 있었다.

"그 인간은 그까짓 가짜별 몇 개 때문에 어린 시절의 추억을 모두 팔아먹어버린 모양이야. 배은망덕한 인간 같으니라구."

어머니가 어렵게 그를 만나서 사정 이야기를 시작하자마자 장군은 자신의 사정을 늘어놓더라고 했다. 도와주고 싶은 마음은 굴뚝 같은데 지금 현재 형편이 너무 좋지 않다. 군 장성들이 가뜩이나 어려운 시기에 몰려 있다. 자칫 엉뚱한 일로 꼬투리를 잡혔다가는 어느 아침에 군복을 벗어야 할지 모른다. 형편이 좋아지는 대로 도움될 방법을 찾아보겠다…… 그런데 그건 전혀 납득할 수 없는 이야기였다. 그 무렵은 5공에서 6공으로 이어지던, 소위 한얼회 장교들의 전성기에 해당하는 시기였다. 한얼회라는 이름 하나면 날아가는 까마귀도 구워버린다던 시기였다. 그리고 장군은 한얼회에서도 몇 손가락 안에 꼽히는 실력자였던 것이다.

아무튼 장군은 그런 식이었다. 그가 생각하는 바는 오로지 자기 자신이었다. 그가 지향하는 바는 오직 자기 자신의 출세였고. 그런 장군과 더불어 사건을 벌였으니 내 신세가 참담해진 것은 당연한 일일지도 몰랐다.

18

혼자가 된 지도 어느덧 엿새째가 되던 날 아침이었다. 카페로 출근한 나는 여느 날처럼 진한 커피를 커다란 머그잔으로 주문했다. 아침 시간만큼은 커피향과 함께 보내려는 노력은 내가 스스로에게 베푼 최대한의 배려였다. 어쩐지 아침이라는 말에서는 신성한 냄새가 느껴졌다. 산에서 잠을 깬 아침이면 산안개 속에서 옛 사찰을 둘러보던 기억 때문이었을까. 낮 동안 인간들이 잔뜩 헝클어 논 세상을 밤사이 신이 몸소 정리하여 다시 제 모습을 보여주는 게 아침이어서일까. 신을 유난히도 받들어 섬기는 홍콩 사람들은 아예 아침 인사를 조신(早神)이라고 한다 했다.

커피향을 마주할 적이면 나는 늘 누군가가 그리워졌다. 구체적이고 물질적인 형태로서의 누군가일 수도 있었고, 추억의 반추를 보다 진하게 만들어줄 누군가일 수도 있었다. 그 아침 내 그리움을 일깨운 사람은 영인의 어머니였다. 영인이 내 삶에 첫발을 들여놓던 무렵 내게 언제나 신비로운 설레임을 느끼도록 했던 이층집의 여주인. 모든 일이 평화롭고 아늑하던 집, 바람 소리조차 나직나직하던 집, 회벽 위에 칠해진 페인트 색깔이며 커튼 색깔도 아이들 속삭임처럼 감칠맛을 풍기던 집. 그 모든 신비로움의 중심에는 영인의 어머니가 자리하고 있었다. 그녀를 떠올릴 적이면 나는 늘 내 삶이 현재를 이탈하여 꼭지점으로 회귀하는 느낌이었다. 커다란 날개를 펄럭이며. 그런데 그녀는 커피향과 함께 피어오르는 내 그리움의 대상으로서는 특별한 의미를 지니고 있었다. 내게 커피라는 정서 강화제를 최초로 소개해준 사람이 바로 그녀인 까닭이었다.

"마셔. 그리고 아주 먼 곳을 바라봐. 지금 너를 괴롭히는 게 그 곳에 있는지……"

그건 아마 내가 중학교 일학년 때였을 것이다. 나는 당시로서는 아주 심각한 문제에 봉착하여 실의에 빠져들고 있었다. 돈을 요구하는 학교 불량배들과의 문제였던가 뭐 그랬다. 내가 힘들어한다는 것을 알아챈 영인이 어머니는 커피 한잔을 내놓으며 그렇게 말했다. 나는 머뭇거리며 내 앞에 놓인 검은 액체를 맛보았고 먼 곳을 바라보았다. 아주 멀리, 광속으로 십 년이나 이십 년을 달려야 도달할 수 있을 법한 곳을. 그러자 놀라운 사건이 일어났다. 내 속의 힘겹던 고민은 흔적도 없이 사라져버리는 것이었다. 그 달고도 쓴 한 모금의 커피는 나를 순식간에 어른으로 만들어준 것만 같았다. 에덴 동산에서 이브와 아담을 지혜롭게 만들었던 금단의 열매처럼. 나는 문득 내가 옷을 입은 이유를 알게 되었고, 그녀는 더 이상 나를 어린애로 취급하지 않게 되었다.
 나는 다시 한 모금의 커피를 마시고 먼 곳을 바라보았다. 그러나 그 자리에는 영인이 어머니가 없었다. 언제 들어섰는지 희멀건 네덜란드 호모 한 명이 나의 앞에 마주앉아 있을 따름이었다. 그는 내가 자신을 본다고 생각했는지 손을 흔들며 야릇한 미소를 지었다. 나는 시선을 테이블로 처박았다.
 그녀에게는 그런 힘이 있었다. 그녀의 두 눈동자는 마술사의 손놀림처럼 깊고 부드럽고 강력했다. 그 눈동자를 무심히 바라보고 있노라면 나는 마술사의 손가락 끝에서 날아오르는 비둘기처럼 자유로워지는 것이었다. 나는 갑자기 어른이 되었고 그녀의 지시를 따라 먼 곳을 볼 수 있게 되었다. 그곳에서 나의 미래를 발견할 수도 있었다. 그녀와 함께라면 나는 결코 실패하는 법이 없었다. 그때 그 자리에서 내가 그녀를 그리워한 것은 지극히 당연한 일이었다. 나는 또다시 어린아이가 되어서 방향을 잃고 있었으니까. 장군의 덫에 빠져버린 스스로를 한탄하며 울먹이고 있었으니까. 멀지 않은 곳에서 그녀의 딸 영인이 나를 돕고 있기는 했지만 영인은 아직 신뢰할 만큼 마법에 정통하지 못했다. 그녀는 아직 어렸고 자기 존재의 파장을 벗어나지 못하고 있었다…… 그 호모가 슬그머니 내 옆자리를 차지하고 앉았음을 깨달았을 때 나는 그런 생각을 하고 있었다.
 "안녕! 커피 한잔이 전부인가요?"
 그는 토스트에다 오렌지잼을 바르며 물었다. 그 동안 내가 관찰한 바로는 그는 남자 역할을 맡는 호모였다. 다른 한 명이 프랑스 여인과 싸움을 시작하면 그는 언제나 점잖은 척 말리는 쪽이었다.
 "난 아침 식사를 천천히 시작해요."

"그렇군요. 그것도 좋겠죠. 바쁠 일이 없으니까."

그는 고개를 끄덕였다.

"그런데 지금 몇 시나 되었죠?"

나는 시계를 보며 대답해주려 했다. 그런데 그는 내 팔목을 잡더니 부드럽게 자기 쪽으로 끌어당겼다. 그리고는 딴소리를 늘어놓았다.

"한국에서 왔다고 들었는데 맞나요? 거긴 어때요? 여기만큼 아름다운 곳인가요? 그럴 테죠? 살결이 이렇게 탄탄하고 매끄러운 걸 보니. 이번 여행이 끝나기 전에 꼭 한번 들러보려고 생각중이에요."

나는 팔을 빼고 커피를 마셨다. 역겨운 느낌을 갖지 않으려고 노력하면서. 개인적으로는 조금도 관심이 없었지만 내 평상시 지론은 게이건 레즈비언이건 모두 자기 나름의 이유와 삶이 있으리라는 주의였다.

"친구분은 아직 자는 모양이군요."

"그 친구는 늘 열두시가 넘어야 일어나요. 여행을 다니는 게 아니라 침대를 옮겨다니는 거죠. 그리고는 침대에서 커피를 마시고 한 시간 동안 아침 화장을 한답니다. 참, 바쁘지 않으면 이것 좀 발라주시겠어요?"

그가 내게 내민 것은 선텐 로션이었다. 나는 생각없이 받아들였다. 발리에서 해수욕을 하려면 선텐이나 선블로킹 로션 정도는 기본이었으니까. 그는 웃옷을 벗고 등을 내 쪽으로 돌렸다. 나는 로션을 손바닥에 부었다. 그런데 그 다음부터 수상쩍은 일이 시작되었다. 로션을 바르기 위해서 내가 손을 한번씩 움직일 때마다 그의 몸이 비틀리는 것이었다. 처음에 나는 그저 그가 간지러움을 많이 타는 편인가보다고 생각했다. 그러나 그건 그렇게 단순한 일이 아니었다. 그는 내 손길을 즐기고 있었다. 눈을 감고 고개를 뒤로 젖히더니 이윽고는 가느다랗게 신음 소리까지 내뱉는 게 아닌가! 나는 그가 금세라도 바지춤을 내리고 생식기를 내 항문에 들이댈까봐 소름이 끼쳤다. 미친 새끼, 뒷간에 가서 송아지나 붙잡고 뒹굴 일이지…… 나는 로션병의 뚜껑을 열어 그의 노랑 머리 위로 줄줄 부어주었다. 그가 고함을 지르기 시작했을 때 나는 이미 그곳을 빠져나오고 있었다.

그건 참으로 역겨운 사건이었다. 하루를 시작하는 내 기분은 말끔히 망쳐져 있었다. 그러나 덕분에 내게는 약간의 변화가 일어났다. 모처럼 나는 분노라는 강한 감정을 느꼈고 그것을 어떤 식으로든 표출해야겠다는 충동을 느끼게 된 것이었다. 그 분노는 그에 대한 것이기도 했지만 더 근본적으로는 나 자신의 무기력증에 대한 것이기도 했다.

호텔로 돌아온 나는 짐을 꾸렸다. 엿새라면 이젠 충분히 기다린 셈이었다. 우붓에서 어떤 일이 진행되고 있는지 직접 가서 두 눈으로 확인해야 할 시간이었다. 박재원이라는 친구는 과연 정상적인 인격의 소유자인지, 영인에게 불길한 일이 일어나지는 않았는지…… 나는 갑작스런 조급함에 빠져 정신없이 서둘렀다. 잠시 후에는 체크아웃을 하고 있었고 또 잠시 후에는 택시를 잡아타고 있었다. 그리고 불과 한 시간 남짓 후 나는 우붓이라는 산간 마을에 도착하고 있었다. 지난 일주일 간의 고민과 고통과 답답함을 생각한다면 그건 정말이지 가까운 거리였다.

우붓에 도착하고서도 나는 행동의 고삐를 늦추지 않았다. 아무 호텔에나 가방을 던져넣은 다음 여행 가이드북을 들고 거리를 뒤지기 시작했다. 레스토랑, 사원, 게스트하우스 등등 영인이 있을 만한 모든 장소들을 수색하고 탐문했다. 그녀를 찾아야 한다는 것 말고는 다른 아무런 생각도 할 수 없었다. 그렇게 뒤지기를 한 시간 남짓, 나는 마침내 그녀가 묵고 있다는 게스트하우스를 찾을 수 있었다. 가슴속으로 나도 모르게 두 손바닥이 모아졌다. 부처님 고맙습니다. 영인이가 여기 있긴 있었군요. 남태평양의 저기 압대 속으로 증발해버린 건 아니었군요!

게스트하우스 지배인은 영인이 가 있을 만한 장소 몇 군데를 알려주었고 나는 그 중의 한 레스토랑에서 늦은 점심 식사를 즐기고 있는 그녀를 발견할 수 있었다. 그녀는 박재원과 함께 있었다.

다짜고짜 나는 영인의 팔목을 붙잡아 일으켰다. 그녀는 두 눈을 동그랗게 떴지만 순순히 따라 일어났다. 박재원이 나를 막아서며 물었다.

"무슨 사정인지 먼저 말씀해주시겠습니까?"

"식사하는 데 실례가 되었다면 사과하겠소. 하지만 당신이 끼여들 일은 아니오."

나는 그를 밀치며 영인을 데리고 나갔다. 그리고 그녀가 묵고 있다는 게스트하우스로 갔다.

"어쩐 일이에요? 뭐가 잘못되었어요?"

그녀는 자못 근심스런 표정으로 물었다. 나는 기가 막혀서 한숨도 나오지 않았다.

"그건 내가 할말이야. 도대체 어떻게 된 거야?"

그녀는 그제서야 사정이 파악되었는지 빙그레 미소를 머금었다.

"연락이 없었다고 그러는 거예요?"

"오늘이 꼭 일주일째야."

"미안해요. 여유가 없었어요. 형도 여길 한번 둘러보면 이해가 될 거예요. 신경쓸 일이 얼마나 많다구요. 바틱이다 가죽이다 은제 장신구다 쇼핑 거리는 산더미 같죠, 원숭이들은 깩깩 울어대죠, 저녁마다 여기저기서 아름다운 민속춤 공연들은 펼쳐지죠, 그것도 매일처럼 다른 레파토리루요. 어저껜 케착 트랜스 파이어 댄스라는 걸 보러 갔는데 어땠는지 아세요? 소름이 끼칠 지경이었어요. 그걸 보고 나니까 글쎄 밤새 아무것도 생각하고 싶지 않더라구요."
"그래서, 구경하느라 바빠서 연락을 못 했단 말이야?"
"아이참, 그런 건 아니구요…… 박재원이 너무 민감한 상태에 있었어요. 모든 일들에 대해서요. 제가 그런저런 것들에 반해서 황홀하게 들뜬 모습을 보여주지 않고서는 안심시킬 도리가 없었어요."
"도무지 이해가 안 되는 소리들이군."
나는 고개를 저었다. 이렇게 태평스런 아가씨를 두고 혼자서 온갖 상상들의 아궁이에 불을 지피며 안달하고 있었다니. 쿠타비치에서 벌거벗은 백인 여자들의 몸매나 감상하고 있어야 했는데.
"일은 잘 되어가는 거야?"
"그렇다고 할 수 있죠. 형의 등장이 판을 깨지만 않았다면요."
"진행 상황을 좀 얘기해봐, 구체적으로. 처음에 어떻게 시작하게 된 거야?"
"열대 기후가 형 성격에 많은 영향을 준 모양이군요. 이렇게까지 조급하진 않았는데. 망고 주스라도 한잔 마신 다음에 얘기하는 게 어때요."
그녀는 종업원을 불러서 주스와 과일들을 부탁했다. 그리고 보니 나는 배가 무척 고팠다. 아침에 눈을 뜨고부터 지금까지 먹은 것이라곤 커피 한잔이 전부였다. 그나마 네덜란드 호모 친구 덕분에 절반밖에 마시지 못한. 나는 망고와 파파야를 허겁지겁 집어먹었고 파인애플 핫케이크까지 두 접시 주문해서 먹어치웠다. 그러나 먹는 일을 끝마친 순간 다시 중단됐던 대화로 돌아가는 것은 잊지 않았다. 나는 그 동안의 진행 상황 보고를 요구했고 영인은 박재원과 말문을 트게 된 게 닷새 전, 그러니까 그녀가 우붓에 도착한 다음날이었다고 했다.

"그건 별로 어려운 일은 아니었어요."

"어떤 작전을 썼길래?"

"아무 생각없이 근처를 배회하는 거였죠. 우리가 애초에 계획했던 대루요. 그러니까 역시 기회가 생기더라구요. 글쎄 무슨 일이 있었는지 아세요? 아침 열시나 되었을 거예요. 멀찌감치서 그 친구 뒤를 밟는데 멍키스트리트를 지나서 멍키포리스트로 들어가대요. 원숭이숲 말예요. 전 그 입구에서 바나나 한 뭉치를 샀어요. 원숭이들을 불러모아 그의 주의를 끌어볼까 하구요. 동숭동 마로니에 공원에서 과자를 뿌리면 장터 만난 장돌뱅이들처럼 비둘기 떼가 모여들잖아요. 그런데, 참고로 얘기하자면 형은 절대 그런 사소한 일에 목숨 걸지 마세요. 원숭이떼와 비둘기떼가 그렇게 다를 줄이야 누가 알았겠어요. 바나나 뭉치를 본 원숭이들은 허옇게 두 눈이 뒤집어지는 거예요. 이빨이랑 손톱 발톱 있는 대로 뽑아서 세우고 달려드는데……"

"그래서?"

"다행히 그때 그 친구가 나타났어요. 우리의 친구 정의의 사도 코리언 핫바지가요."

"그래서?"
"나뭇가지를 꺾어서는 마구 휘둘렀어요. 일본 사람들을 왜 원숭이 같다고들 하는지 알 것 같았어요."
"그건 또 무슨 소리야?"
"약자 앞에선 강하고 강자 앞에서는 약해지는 거 있잖아요. 글쎄 그렇게 포악하던 원숭이들이 순식간에 꼬리를 감추고 사라져버리는 거예요."
"다친 곳은 없었어?"
"말짱해요. 옷이 약간 찢어지긴 했지만 그 정도로 넘긴 걸 부처님께 감사드려야죠. 덕분에 박재원도 낚을 수 있었구요."
 내 눈가엔 그 장면 속 그녀의 모습이 어른거렸다. 헐렁한 노랑색 남방과 분홍색 반바지를 입고서 밭에서 갓 뽑은 홍당무처럼 뛰어다니는 모습이. 그러다가 무시무시한 원숭이떼에 포위당해 할퀴어지고 옷자락이 찢어지는 모습이. 이런 일을 맡기는 게 아니었는데……
"그런데 그 친구 제법 인간 같은 데가 있던대요. 하고 다니는 꼬락서니랑은 다르게요. 원숭이떼 앞에서 바나나 뭉치를 들고 돌아다니는 철부지가 어딨느냐고 야단을 치면서도 걱정이 되어 어쩔 줄 몰라하는 거 있죠."
 나는 이미 충분히 심기가 뒤틀려 있었다. 영인이 그런 사고를 당할 뻔했다는 사실에 대해서도, 또 그 사고에서 그녀를 구해준 것이 나 아닌 다른 남자였다는 사실에 대해서도.
"그래서 이제 어떡할 거야? 둘이 여기서 살림이라도 차릴 거야?"
"빨리 마무리를 지어야죠. 어쩌면 생각보다 쉽게 일이 풀릴지도 모르겠어요. 박재원은 많이 지쳐 있어요."

내 힐책에 담긴 불편한 마음을 눈치채었는지 영인은 사무적인 어조로 돌아갔다.
"고집만 아니었다면 벌써 백기를 들었을 정도예요. 이제 조금만 다독거려서 그게 백기를 드는 게 아니라 현명한 선택을 하는 거라는 점만 납득시키면 한국으로 돌아가는 데는 문제가 없을 거예요."
"벌써 개인적인 이야기들을 시작했단 말이야?"
"조금씩, 아주 막연하게요. 자기가 긴 여행을 계속하는 건 한국으로 돌아가기가 두렵기 때문이라는 얘기, 어떤 의미를 붙잡고 늘어져야 다시 삶을 시작시킬 수 있을지 모르겠다는 얘기, 선택받기를 기다리는 의미들이 존재하는지도 사실은 알 수 없다는 얘기, 뭐 그런 것들이죠. 장군의 걱정이 기우는 아니었던 것 같아요."
"귀국할 계획이 아직 전혀 없었나보지?"
"아직은요. 하지만 곧 만들어줘야죠."
나는 이제 별로 할말이 없었다. 더 정확하게 얘기하자면 정작 하고 싶은 질문들은 이제부터 시작이었지만 너무 복잡해서 앞뒤를 가릴 수가 없었다. 영인은 내 심문이 한 고비를 넘겼다고 생각했는지 말머리를 돌렸다.
"그런데 어떻게 설명하죠? 난 그 사람에게 형이랑 같이 왔다는 얘긴 하지 않았다구요."
"같이 여행중이었는데 싸워서 헤어졌다고 말해. 밤중에 혼자서 배낭을 짊어지고 도망나왔었다고. 그래서 난 일주일 동안 줄곧 네 행방만 찾고 있었고."
"난 아주 고약한 아이가 되겠군요. 그런데 형이랑 나랑은 무슨 관계예요?"
"오빠랑 누이동생이지 뭐…… 지금은 이쯤 해두겠는데, 다 끝난 거라곤 생각하지 마. 지난 일주일 간의 네 행동에 대해서는 두고 두고 할말이 많을 테니까. 참, 그리고, 그 친구 앞에서 너무 건강한 척하지 마."

"그건 또 왜죠?"

"자세한 얘긴 나중에 할 테니까 우선은 연출가 지시에 따라. 가끔씩 어지럽다거나 힘이 없다거나 그런 시늉을 해."

"알았어요."

영인은 여전히 레스토랑에서 기다리고 있을 재원을 만나러 가기 위해 일어났다. 그녀는 내게도 함께 가서 정식 인사를 나누고 사정을 설명하지 않겠느냐고 권했지만 나는 나중으로 미뤘다. 내게 당장 필요한 것은 휴식이었다. 나는 지난 일주일 동안 밤낮으로 그녀의 행방을 찾아 헤맨 탓에 지칠 대로 지친 오빠였던 것이다.

19

그리하여 세 사람의 기묘한 동행이 시작되었다. 장군의 아들과 영인, 그리고 나. 우리는 이튿날 아침해가 뜨자마자 쿠타행 버스에 짐을 실었다. 나는 정말이지 쿠타로는 다시 돌아가고 싶지 않았다. 온갖 암울한 기억들이 그 해변과 골목골목들에 얽혀 있었으니까. 중년의 욕쟁이 프랑스 여인, 희멀건 네덜란드 호모, 몰래 카메라를 든 꼬마들, 캔맥주 하나를 딸 때마다 머릿속에서 소용돌이치던 사누르 호텔의 전화번호 등등. 하지만 영인은 우리가 함께 갈 수 있는 곳은 쿠타비치밖에 없노라고 주장했다. 박재원을 밝은 세상으로 끌어내기 위해서는. 그는 언제나 조용하고 쓸쓸한 곳만을 골라 여행해왔기에 이제는 밝은 태양 아래 사람들의 체온이 북적거리는 곳으로 밀어넣어져야 한다는 것이었다.

"밀폐된 곳에서 빛의 세계로 나갈 적에는 적응 기간이란 게 필요한 법이야."

나는 약간의 반론을 펼쳐보았다. 그러나 그녀는 단호했다.

"형은 우리한테 남은 시간이 얼마나 되는지 알고 있나요? 고작 일주일이에요. 일주일 후에는 우리가 서울행 비행기를 타야 한다는 걸 박재원도 알고 있단 말예요."

"그게 무슨 소리야? 나도 모르는 사실을 어떻게 그 친구가 알고 있지?"

나는 깜짝 놀라서 물었다.

"제가 얘기했거든요."

그녀는 어깨를 으쓱했다.

영인은 쿠타에서도 가장 번화한 거리인 잘란 레간 한가운데 숙소를 정했다. 아궁비치인이라는 게스트하우스였다. 바로 곁에는 사진관과 은행이 있었고, 골목 하나 뒤로는 디스코테크가 줄줄이 늘어서 있었다. 이층에는 널찍한 발코니 카페가 있었는데 디스코테크에서 흘러나오는 음악 소리 덕분에 언제나 헐렁한 율동이 느껴졌다. 여자들은 그 카페에 앉아 맥주를 마시고 어깨를 흔들며 길 아래의 가게들을 아이 쇼핑할 수도 있었고, 맘에 드는 물건이 있으면 쪼르르 달려내려가서 흥정을 붙일 수도 있었다. 어느 모로 보나 영인의 취향에 꼭 맞아떨어지는 곳이었다. 내심 나는 박재원이 이의를 제기해주었으면 싶었지만 그는 그럴 마음이 전혀 없어 보였다.

그곳에서 내가 할 수 있는 일의 종류는 무척 적었다. 기지개를 켜고 밥을 먹고 이따금 해변으로 사라지는 정도가 고작이었다. 나머지 시간에는 장군의 아들에게 따뜻한 인상을 심어주어야 했다.

그가 영인과의 관계를 진지하게 고려하는 데 유익한 영향을 줄 수 있도록. 나는 그녀가 어린 시절부터 상상을 불허할 정도의 이타주의자였다는 얘기를 했고, 그러면서도 자기 가슴속에는 늘 쓸쓸한 구멍을 안고 사는 아이였다는 얘기도 했다. 그건 아마 부모님의 사랑을 받아본 적이 없었기 때문일 터이다, 부모님이 함께 돌아가신 건 그애의 세번째 생일이 한 달 앞으로 다가와 있었을 때니까, 그 구멍을 메워주려고 내 나름으로는 무던히도 애를 썼지만 별 효과가 없었다, 저 아이는 언제나 나보다 더 성숙해 있었기 때문이다…… 그런 얘기를 들을 적에 재원의 태도는 대단히 공손하고 진지했다.

"그랬었군요. 작은 가슴이 얼마나 아팠을까요. 하지만 형님의 노력에 효과가 없었다는 얘기에는 찬성할 수 없습니다. 영인씨는 제가 이제껏 만나본 어떤 여인보다도 아름다운 영혼을 간직하고 있습니다."

그는 조심스럽게 장단을 맞추며 고개를 끄덕이곤 했다. 그 태도 하나만으로도 나는 그가 얼마나 깊숙이 영인에게 빠져들어 있는가를 짐작할 수 있었다. 그리고 새삼 영인의 솜씨에 감탄하지 않을 수 없었다. 핫바지 한 벌로 유유자적 아시아 대륙을 희롱하던 히피를 이처럼 조급하게 만들 수 있는 사람이 온 우주를 통틀어 몇 명이나 될까. 황진이와 마릴린 먼로, 그리고 영인이 정도가 아닐까. 참고로 얘기하자면 그 무렵 나는 재원에 대한 주관적인 판단은 배제하려 노력하고 있었다. 심성이나 자질과 같은 그의 근본적인 부분에 대해서는. 그는 단지 내 연극의 대상일 뿐이었다. 그와 나는 장군의 부탁과 수수료에 의해서 기계적으로 연결되어 있을 뿐이었다. 그런 관계에서 내가 그에게 어떤 형태로든 개인적인 감정을 발전시킬 필요는 없었다.
 이따금 둘만의 시간이 만들어지면 나는 영인에게 보고를 다그쳤다. 그 사이 어떤 사건들이 벌어졌으며 어떤 대화들이 오갔는가에 대해. 그건 무척 야박한 일이었다. 영인은 나름대로 어려운 시간을 보내고 있었다. 재원과의 계속되는 데이트에서 그녀는 끊임없는 계산으로 새로운 과거들을 만들어내야 했다. 재미있고 서글픈, 그러면서도 결코 서로 모순되지 않는 기억들을. 노을이 질 즈음이면 그녀는 녹초가 되게 마련이었다. 그런데 나는 또 진드기처럼 그녀에게 달라붙어서는 세세한 보고를 요구하고 있었던 것이다.
 "어때? 박재원이 함께 서울로 가겠대?"
 내가 가장 빈번히 묻는 건 바로 그 질문이었다. 영인의 용감하고 독자적인 선언에 의해 우리는 시한부 인생을 살고 있었으니까.
 "몇 시간이나 지났다고 또 묻는 거예요. 그게 그렇게 간단한 일이에요?"
 "하지만 시간이 없잖아. 이제 엿새 남았나. 아니, 닷새하고 반나절 남았군."
 "보채지만 말고 좋은 방법을 좀 생각해봐요. 어차피 시간만 끈다고 해결될 문제는 아니잖아요."
 물론 나도 그러고 싶은 마음은 굴뚝 같았다. 좋은 방법만 있다면 나는 설사 마술사의 주술에 걸린 얼음 동굴 속으로 들어가서라도 그 방법을 가져올 것이었다. 그러나 그런 방법은 좀처럼 보이지 않았다. 그녀와 박재원의 관계는 지난 일주일 간 이미 내가 관여할 수 있는 영역을 벗어나 전개되고 있었던 것이다. 뿐만 아니라 내게는 한 가지 끔찍한 걱정이 있었다. 행여 영인이 시간에 쫓겨 극약 처방을 내리지나 않을까 하는 것이었다. 이를테면 자신의 육체를 미끼로 내던진다든가……
 "사실은 한 가지 방법을 생각해봤어요."
 그녀가 그런 말을 했을 때 그래서 나는 등줄기로 식은땀을 흘리기 시작했다.
 "어떤 방법이지?"
 "이미 그 친구도 많이 약해진 상태예요. 굳이 그렇게 오랜 세월을 나돌아야만 하는 것인가에 대해 회의도 커진 듯하고. 서울로 돌아가는 문제도 아마 오래 전부터 고려해온 모양이에요. 약간의 촉매 작용만 있으면 마음을 정하게 할 수 있을 거예요."
 "그 촉매제가 뭐냐니까?"
 그녀는 빙그레 웃더니 고개를 저었다.
 "아직 확실한 건 아니에요. 내일 다시 얘기해요."
 "얘기하다 말고 어딜 가는 거야?"
 "너무 피곤해요. 일찍 쉬어야겠어요."
 그녀는 방으로 들어가 문을 닫아버렸다. 그야말로 나는 닭 쫓던 개 지붕만 쳐다보는 꼴이 되어버렸다. 그때부터 시작된 식은땀은 새벽 동이 틀 때까지도 그치지 않았다.
 느지막이 열시가 다 되어서 눈을 떴을 때 영인은 이미 어디론가 가고 없었다. 숙소 종업원에게 물었더니 그녀는 아침 일찍 아주 예쁘게 차려입고 나가더라고 했다. 박재원과 함께. 어디를 가느냐는 질문에는 그저 비밀스레 미소만 짓더라고.
 혼자서 맛없는 아침식사를 마치고 나는 바닷가로 나가보았다. 행여 그들을 찾게 되지 않을까 기대하며. 잘란 레갼의 번듯해 보이는 카페들도 모조리 훑었다. 그러나 어디에도 그들의 그림자는 없었다. 정오가 지나 숙소로 돌아왔을 때도 마찬가지였다. 내 머릿속으로는 온갖 종류의 악마들이 스치고 지나갔다. 그들은 낄낄거리며 사악하고 음란한 비디오를 틀었다. 거기에는 아주 구체적인 장면들도 있었다. 몇 주 전 삼선동의 연습실에서 보았던 그녀의 누드 연기 덕분이었다. 비스듬히 스며나오던 냉장고 불빛 속에서 바지를 벗고 머리카락을 쓸어올리며 허리를 비틀던 그녀의 모습……

덴파사르로 상은을 방문해야겠노라고 마음먹은 것은 그 사악한 악마들로부터 벗어나기 위한 자구책이었다. 혼자서는 도저히 끔찍한 상상들을 견뎌낼 도리가 없었던 것이다.

병실문을 두드리고 들어갔을 때 상은의 두 눈에는 눈물이 가득 고여 있었다. 그렇잖아도 오랫동안 그녀에게 소홀했다는 자책감을 느끼던 나는 깜짝 놀랐다.

"왜 그러는 거야?"

그녀는 눈물을 닦아내며 내게 주간 타임지를 내밀었다. 그녀가 가리키는 곳에는 몇 장의 괴이한 사진들이 있었다. 물건을 이고 지고 피난길에 오른 사람들, 풀밭에 드러누워 기진맥진해 있는 아기와 엄마, 벌거벗은 시신들이 개구리떼처럼 수면을 뒤덮은 카레 가강…… 마지막 사진을 이해하는 데는 약간의 시간이 걸렸다. 그건 마치 동네 꼬마들이 하수구에 버린 인형들처럼 보인 까닭이었다. 그 모든 사진들을 위해 타임지는 이런 헤드라인을 뽑고 있었다. '이제 지옥에는 단 한 명의 악마도 남아 있지 않다. 그들은 모두 르완다에 있다.'

"자 자 그만해. 몸이 아프다보니 더 감상적으로 되는 모양이지."

나는 몰래 안도하며 침대머리의 크리넥스 티슈를 몇 장 뽑아서 그녀에게 건넸다. 그처럼 어마어마한 비극 앞에서 오히려 안도해야 하는 나 자신을 비웃으며. 상은은 눈물을 닦았다.
"미안해요. 방문 시간을 잘못 골랐어요."
"반대인 것 같은데."
"그렇게 생각하면 다행이구요."
 그녀는 억지로 미소를 머금었다. 나는 침대 곁의 의자에 걸터앉아 그녀가 밝은 기분을 회복하기를 기다렸다.
"그 동안 많이 바빴겠네요. 우붓 일은 어떻게 되었어요? 영인이한테서 좋은 소식이 있었어요?"
 나는 고개를 저었다.
"아무 소식도 없었어."
"여태 아무런 소식도 없었단 말예요?"
"응. 그래서 내가 우붓으로 올라가야 했어. 다행히 일은 그럭저럭 진행되고 있더군. 이젠 세 사람이 함께 쿠타비치로 내려와 있어."
"형도 합류했단 얘기예요?"
"그렇게 됐어. 영인이 오빠 역할로."
"잘됐네요."
"글쎄…… 건강은 어때?"
"아무렇지도 않아요. 맹장 수술이 어디 수술인가요. 내일이라도 당장 람바다를 출 수 있을 것 같아요."
"안 돼. 조금 전에 의사 선생님을 만났는데 앞으로도 일주일은 더 누워 있어야 할 거래. 답답하겠지만 참아."
"난 참 복이 많은 편인가봐요. 맹장 수술하고서 창밖으로 야자수가 보이는 병실에 입원해본 한국 사람은 아마 많지 않을걸요."
 나는 미소짓지 않을 수 없었다. 그녀가 말을 이었다.

"그것 봐요. 영인인 잘 해낼 거랬잖아요. 그런데 어떻게 시작했대요?"

그녀에게 나는 간단한 브리핑을 해주었다. 멍키포리스트에서 벌어진 인간과 원숭이의 활극에 대해서. 영인의 무모한 작전과 코리언 핫바지의 용감한 무사도에 대해서. 그리고 이제는 그들이 너무 가까워져서 내게는 보고도 없이 어딘가로 사라지곤 할 지경이라고. 이야기를 듣는 동안 상은은 또 시종 배꼽을 쥐고 깔깔거렸다. 아무튼 걔는 엉뚱해요. 어떻게 그런 순간에 원숭이와 일본인의 공통점을 생각했을까.

"현재로서는 전망이 밝은 편이네요?"

"그런 셈이야."

"모두 잘 될 거예요. 그런데 두 사람이 그처럼 죽이 맞어 돌아다니면 형이 좀 쓸쓸하겠군요."

역시 상은은 따뜻한 영혼의 소유자였다. 나는 아주 많은 말들의 보따리가 풀어지지 않도록 안간힘을 써야 했다.

"어쩌면 이제 매일처럼 날 보게 될지도 몰라."

그녀는 고개를 저었다.

"바보 같은 소리 말아요. 발리까지 와서 아까운 시간을 덴파사르만 왕복하며 보내겠다는 거예요? 시간 나는 대로 혼자서 돌아다녀봐요. 동해안을 돌든지 북쪽 싱아라자로 올라가보든지. 아니면 화산 호수라도 한바퀴 돌아보는 거예요. 킨타마니였던가, 유명한 곳이 몇 군데 있잖아요."

나는 상은과 조금 더 잡담을 나누다가 그녀의 병실을 나왔다. 이삼일내에 다시 들르겠노라며, 어쩌면 내일이 될지도 모를 일이라며. 그녀는 아픈 배를 쥐고 깔깔거리며 내일은 면회 사절 푯말을 붙이겠노라고 대꾸했다.
 병실문을 들어설 때까지도 나는 왜 그녀에게로 가고 있는지를 알 수 없었다. 그저 충동적으로 그녀를 만나고 싶다고 생각했을 뿐이었다. 하지만 병실문을 나설 때 나는 이미 그 이유를 알고 있었다. 그건 상은의 따뜻한 영혼이었다. 모든 것을 이해하고 포용하고 부드럽게 어루만지는 그녀의 따뜻한 마음이었다. 발리 땅에 발을 밟은 이후로 나는 어느 누구로부터도 위로받아본 기억이 없었다. 욕쟁이 프랑스 여인, 호모, 전화를 걸 때마다 한숨부터 내쉬던 사누르 호텔의 교환원, 영인, 그리고 박재원. 그들 모두는 내게 골치 아픈 문제들만 안겨줄 뿐이었다. 단 한 사람 상은만이 언제나처럼 따뜻한 미소로 나를 지켜보고 있었던 것이다.
 숙소로 돌아온 것은 오후 네시가 조금 지나서였다. 아직 태양이 한여름 정오처럼 이글거리고 있었고, 목덜미에서는 욕기 섞인 땀이 줄줄 흘러내리고 있었다. 영인과 박재원은 이층의 발코니 카페에서 쿵짝거리는 음악 소리에 맞춰 냉커피를 마시고 있었다. 그들의 귀가를 확인한 나는 방으로 돌아가 샤워나 하려 했다. 그러나 영인은 굳이 손짓으로 나를 불렀다. 박재원은 나의 출현을 기회로 그 자리를 일어섰고, 나는 시끄러운 음악 속에 영인과 남겨지게 되었다. 그녀가 말했다.
 "일이 잘 될지도 모르겠어요."
 나는 그저 한번 고개를 끄덕여주고 웨이터를 불렀다. 아이스티를 주문했지만 마침 떨어졌다길래 찬 맥주를 부탁했다. 맥주가 도착하고 선불로 이천 루피를 지불할 때까지 나는 아무 말도 하지 않았다. 그러자 그녀가 다시 말했다.
 "왜 그렇게 말하는지 궁금하지 않아요?"

"궁금해. 기다리고 있어."
"무슨 일 있었어요? 어딜 갔다 온 거예요?"
그녀는 내 눈동자를 들여다보았다.
"덴파사르에. 상은일 만나고 오는 길이야."
"상은이한테 무슨 일이라도 생겼어요?"
"아니야. 잘 지내고 있어. 건강하게 회복중이고."
"그런데 왜 갑자기 상은인 찾아갔어요? 어저껜 아무 얘기도 하지 않았잖아요?"
"아침에 일어나니까 상은이 생각이 났어. 그것뿐이야."
하마터면 나는 더 많은 얘기를 할 뻔했다. 아무 말도 않고 맘대로 돌아다니는 사람은 따로 있지 않느냐고. 하지만 그때 나는 영인과 나의 미묘한 동맹 관계에 생각이 미쳤고, 구태여 자발적으로 그 관계를 악화시킬 필요는 없다고 스스로를 달래었다.
"박재원이랑은 어딜 다녀온 거야? 아침 일찍 다정하게 팔짱들을 끼고 나갔다더군."
"어젯밤에 잠깐 얘기했었죠. 촉매제가 될 만한 방법을 찾아야겠다구요."
"그래서 둘이 함께 촉매 작용을 일으키러 나갔다 온 거야?"
"비슷해요. 사누르를 다녀왔어요. 대한항공 사무실에요."
"대한항공 사무실에?"
"그렇다니까요."
영인의 얘기는 이러했다. 촉매제로 작용할 만한 게 뭐가 있을까 고민하던 중 그녀는 박재원에게 직접적인 자극을 주기로 결심했다. 그의 눈앞에서 서울행 항공권을 끊고 그것을 흔들어 보여주는 것이었다. 그녀는 이미 갖고 있는 대한항공 티켓에 모종의 문제가 생긴 것처럼 꾸며 그를 끌고 사누르 사무실로 향했다. 사무실은 향수를 일깨우기에 적당할 만큼 한산하고 푸근했다. 중국계 인도네시아인인 여직원은 서투른 한국말로 한국 여행 경험담을 늘어놓았고 영인은 그녀와 한참 동안 수다를 떨 수 있었다. 그들은 김치찌개와 삼겹살에 대해서 이야기했고, 대학로를 가득 메운 젊음의 향기에 대해서 이야기했다. 그곳에서 자연스럽게 영인은 재원에게 함께 서울로 돌아가지 않겠느냐고 물었다. 일 년이 넘었으니 이제 다시 한국 땅을 밟고 싶지 않느냐고. 돌아가면 서로에게 좋은 친구가 될 수도 있지 않겠느냐고. 재원은 동요되는 기색이 역력했다. 그는 여직원에게 영인의 비행기편에 빈자리가 있는가를 물었다. 자리는 아직 몇 개 남아 있었다.
"두고 봐요. 분명히 효과가 있을 거예요."
영인은 기대에 찬 목소리로 그렇게 결론지었다. 나는 그녀의 뛰어난 순발력에 박수를 보내지 않을 수 없었다. 그러나 한편으로는 이런 생각도 없지 않았다. 대한항공 사무실과 서울행 티켓도 주효했겠지만, 만약 재원이 결정을 내린다면 그건 결국 그녀 때문이리라는 것이었다. 그녀와의 갑작스런 관계, 그리고 이제 그녀가 떠나면 홀로 쓸쓸히 남겨지리라는 두려움 때문이 아니겠는가. 그런 생각을 곱씹는 내 기분은 결코 유쾌할 수는 없었다.
그 모든 조바심들에도 불구하고 그러나 장군의 아들은 쉽사리 마음을 정하지 못했다. 영인과 나는 이제나 저제나 그의 선언이 떨어질까 기다렸지만 그는 아무런 낌새도 내비치지 않았다. 오히려 그는 작별을 준비하는 사람처럼 보이기까지 했다. 영인에게 서울로 돌아가면 이제 무슨 일을 할 것인가를 물었고, 매사에 열심이기 바란다는 말도 했다. 이따금 자신이 그림엽서를 띄워도 좋겠느냐며 영인의 주소를 묻기도 했다.
 그렇게 이틀이 더 지나면서 나는 실패의 그림자를 느꼈다. 이제 남은 시간은 불과 사흘이었고, 그건 체념을 배우기에도 충분하지 못한 시간이었다. 차라리 잘된 일인지 모른다는 생각도 들었다. 연극인의 본업은 무대 위에서 판을 벌이는 게 아니겠는가. 거액을 두고 흥정해서 누군가를 골탕먹이는 일은 아니지 않겠는가. 게다가 영인이 다른 남자와 놀아나는 것도 결코 보기 좋은 꼴은 아니었고…… 그래서 나는 영인에게 그런 이야기를 했다. 차라리 잘된 일이다. 이쯤에서 깨끗하게 손을 털자. 여행 경비를 제외하고 남은 돈은 모두 장군에게 돌려주고 우리의 갈 길을 가자. 그러나 영인은 내 얘기에 귀도 기울이지 않았다.
 "돈 문제가 아니에요. 이 게임에는 우리의 명예가 걸려 있어요."
 한마디로 그녀는 중도 포기 따위는 있을 수 없다고 선언했다. 그건 전적으로 그녀다운 선언이었다. 아시다시피 그녀는 어떤 험난한 게임에서도 스스로 물러서본 적이 없었던 것이다.
 "내일까지 그가 마음을 돌리지 않는다면 우린 다음 수단을 동원해야 해요."
 "다음 수단이라니?"
 "그건 나도 모르죠. 하지만 있을 거예요. 우리의 출발 시간을 지체시켜서라도 그와 좀더 가까워질 수 있는 어떤 방법이."
 "그 친구가 열병에라도 걸려야겠군."
 "열병이라구요?…… 그렇군요! 좋은 수가 있어요!"
 그녀는 백열전구를 발명한 에디슨처럼 소리질렀다.
 "상은의 방법을 쓰는 거예요. 맹장염 말예요."
 "상은이 무슨 의도가 있어서 맹장 수술을 받은 건 아니야. 게다가 그 친구 맹장은 멀쩡하잖아. 이미 잘라버렸을지도 모르고."
 "상관없어요. 전 지금 제 맹장을 얘기하는 거니까. 어차피 맹장이란 건 별 쓸모 없는 물건이라잖아요? 몸에 붙어 있으면 언제 어디서 어떤 사고를 일으킬지도 알 수 없는 일이고…… 수술을 받으면 출발일을 두세 주쯤 늦출 수 있을 거예요. 박재원은 매일처럼 제 병실에서 살게 될 거고, 그러다가 사랑을 고백하게 될 테고. 그러고 보니 맹장은 무척 쓸모 있는 물건이었네요."
 그녀의 발상법은 정말이지 어처구니가 없었다.
 이제 나는 다시 생각을 바꿔야 했다. 박재원을 체념해서는 안 될 상황이 오고만 것이었다. 영인은 분명히 그렇게 하고 말 테니까. 그녀는 심각한 게임 증후군에 빠져 있었고, 맹장 따위는 지극히 사소한 것으로 치부하고 있었으니까. 만약 정말 그런 일이 일어난다면 나는 과연 어떤 기분이 될까. 짧은 두어 주 간의 여행을 함께 나온 두 여자가 모두 맹장을 들어내고 병실에 드러누워 해죽해죽 웃고 있다면. 물론 그런 상황은 벌어지지 않으리라. 벌어지지 않아야 하리라. 그날 나는 밤새 잠을 이루지 못하며 기도를 올렸다. 신이랄까 하나님이랄까 부처님이랄까 뭐 그런 분들께. 제발 박재원의 마음을 돌려달라고. 영인의 맹장을 지켜달라고.
 이튿날 아침부터 영인은 맹장염을 준비했다. 그녀는 발리 도착 다음날 상은이 맹장염을 일으켰을 때의 상황을 세세히 기억해서는 실습했다. 그리고도 모자라 덴파사르 종합병원으로 전화를 넣었다. 그래서? 그 통증이 어느 정도더냐구? 몸이 떨리거나 열이 오르지는 않았어? 수술은 많이 아프지 않았어? 입원 생활은 어때? 한국에서 입원했을 때랑 어떻게 다른 것 같아?……
 "잘됐지 뭐예요. 상은이 애기가 맹장 수술을 받기에는 발리처럼 좋은 곳도 드물 거래요. 남국의 햇살과 남태평양의 바람이 잘 빚은 향료처럼 어우러지고, 거기다 야자수며 싱그러운 과일 향기들이 창 틈으로 쏟아져 들어오고. 수두 때문에 서울에서 입원했을 때랑 비교하면 천국과 지옥 차이래요."

전화를 끊고 신바람이 나서 콧노래를 흥얼거리는 영인을 보며 나는 기가 막힐 것만 같았다.

"정말 수술대에 누울 거야?"

"물론이죠. 누가 지금 장난하는 줄 알아요?"

"몸에다 칼자국 만드는 게 그렇게 아무렇지도 않아?"

"자꾸 성가시게 굴지 말아요. 누가 오빠더러 수술하래요? 오빠는 언제가 좋을지나 생각해봐요. 최초 통증을 일으키는 시점 말예요. 통증이 시작된 다음엔 아무래도 급성으로 가야겠죠?"

그 무렵 그녀는 나를 오빠라 부르고 있었다. 박재원이 없는 곳에서도 마찬가지였다. 괜히 오빠와 형을 나눠 부르다 실수라도 저지르면 곤란할 일이기 때문이었다. 하지만 그 오빠라는 소리는 정말이지 살갗에 소름을 돋게 했다. 나는 기어코 목청을 폭발시키고 말았다.

"이건 말도 안 돼. 이런 짓을 꼭 벌여야 하겠니? 네 엄마가 알면 날 어떻게 생각하겠니? 돈에 환장해서 널 팔아먹었다고 해도 할 말이 없을 거야."

그녀는 태연하게 손톱을 만지작거렸다.

"걱정 말아요. 엄만 내가 누구에게 팔려다닐 정도로 모자라는 애는 아니라는 걸 알고 있으니까. 게다가 맹장 수술이 그렇게 나쁜 일이라고도 생각하지 않으실 거예요. 엄마가 사시는 동네의 어느 외과의사는 만병의 원인은 맹장이라는 학설을 전파하며 지난 십여 년 간 이웃 주민 수백 명의 맹장을 잘라버렸다거든요. 심지어는 목감기 환자까지도요. 어쩌면 그의 학설이 정확할지도 모르죠. 아픈 연기처럼 쉬운 걸 하게 되어 다행이지 뭐예요. 여자가 아프면 남자들은 어쩔 줄 모른다면서요? 병실엔 과일들이 가득차겠죠? 하지만 열대 과일은 이제 신물이 나는데. 아삭아삭한 사과나 자두 같은 게 있으면 얼마나 좋을까……"

나는 더 이상 할말이 없었다.

영인은 오후 세시를 작전 개시 시간으로 정했다. 세시까지 마음의 변화가 없다면 그날도 박재원에게서는 기대할 게 없으리라고. 나는 조금이라도 시한을 늦추려고 저녁까지 기다릴 것을 제의했다. 저녁 늦은 시각에 시작된다면 더 인상적인 사건이 되지 않겠는가. 하지만 영인은 고개를 저었다. 밤에 수술대에 오르고 싶지는 않다. 수면 부족증에 걸린 의사가 몽롱하게 비틀거리며 칼을 들이대면 어떡하는가. 의사와 간호사가 많이 포진하고 있는 낮시간에 중요한 일은 마치고 싶다. 내심 나는 놀라움을 금할 수 없었다. 그녀도 그런 문제를 걱정하고 있었다니.

오후 세시가 되었을 때 그러나 영인은 각본대로 연극을 진행시킬 수 없었다. 유일한 유료 관객인 박재원이 어디론가 사라지고 없었던 것이다. 발코니 카페에 앉아 오른쪽 아랫배를 어루만지며 영인은 초조하게 시계를 흘긋거렸다.

박재원은 한 시간도 더 지난 네시 십오분이 되어서야 카페로 들어섰다. 그는 땀을 많이 흘리고 있었지만 육지로 돌아오는 어부처럼 편안한 미소를 머금고 있었다. 그런 그가 나는 증오스럽기 그지없었다. 그로 인해 불과 몇 주 사이에 내 삶은 깊은 수렁으로 빠져들고 있었다.

"이제 며칠 후면 이곳이 그리워지겠군요."
 그는 아이스티를 주문했다. 그리고 그렇게 말했다.
"열대의 정열적인 옷차림도, 사람들의 친절한 시선도, 거리에 줄줄이 늘어선 수공예품 상점들도, 뜨거운 바람도……"
 영인은 이미 한 손을 오른쪽 아랫배에 붙이고 있었다. 이맛살을 어정쩡히 찌푸린 채. 그녀는 곧 복통을 시작할 것이었다. 이미 많은 시간이 지체되어 그녀에겐 잡담을 나눌 여유가 없었던 것이다. 내 통제와는 무관히 그렇게 치닫는 상황을 지켜보며 나는 불쾌한 자괴감을 어찌할 수 없었다.
"그래 자네는 언제까지 이런 여행을 계속할 셈인가?"
 내 말에서는 아마 힐난과 냉소의 느낌이 명백히 풍겨나오고 있었을 터였다. 박재원은 잠시 빙그레 웃더니 입을 열었다. 무슨 말인가를 하려 했다. 그러나 그럴 수가 없었다. 그 순간 드디어 영인이 사건을 시작한 것이었다. 그녀는 오른쪽 아랫배를 움켜쥐며 고꾸라지더니 아예 머리를 탁자 위에 얹고 말았다. 듣는 이의 애간장을 녹이는 신음이 흘러나온 것은 말할 나위도 없었다. 아아ー. 박재원은 놀란 토끼처럼 일어섰지만 어쩔 줄 몰라했다. 웨이터가 달려왔고 주변의 손님들이 수군거렸다. 그들은 오히려 무감각하게 지켜보고 있는 그녀의 오빠를 비난했다. 별 수 없이 나는 무대 위로 올라서야 했다.
 앰뷸런스가 도착한 것은 이십여 분이 지나서였다. 박재원은 나와 영인과 함께 앰뷸런스 뒤칸에 올라탔다. 그는 여전히 정신을 못 차리고 있었다. 하기야 내가 그의 입장이었어도 그랬을 일이었다. 영인의 연기는 완전하다고 할 수 있었다. 속옷을 몇 개나 껴입었는지 땀을 팥죽처럼 흘리고 있었고, 양미간에는 출산하는 여자처럼 깊은 주름들이 패여 있었다. 누가 보아도 그건 급성 맹장염이 틀림없었다. 재원은 손수건으로 영인의 이마에서 흐르는 땀을 닦아내었다.

앰뷸런스가 어느 사거리에선가 급정거를 했을 때, 그런데 그의 가슴팍에서 무언가가 떨어졌다. 대한항공 문장이 박힌 항공권 봉투였다.

"이건 비행기 티켓 아닌가?"

"네…… 오늘 대한항공 사무실에 가서 샀습니다. 좌석도 예약하고. 형님이랑 영인씨랑 함께 서울로 돌아갈까 하구요. 하지만 당장은 쓸모가 없게 될 것 같군요."

희열을 억제하기 위해 나는 고개를 숙였다.

"쓸모가 없다니?"

"영인씨 복통이 심상찮은 느낌이어서요."

"아니야. 그렇지 않아. 아니, 내 말은, 그거야 병원에서 검사를 받아보아야 알겠지만, 맹장염 따위는 아닐 거야. 암, 아니고 말고. 얘 원래 소화 기관이 약해서 이따금 이러는 편이거든."

영인이 들으라고 나는 일부러 목소리를 높였다.

앰뷸런스가 병원에 도착할 즈음 영인은 이미 미간의 주름을 모두 펴고 있었다. 그녀는 복통이 거짓말처럼 사라졌노라고 말했고 의사는 청진기를 몇 차례 움직인 다음 소화제 몇 알을 처방해주었다. 실신하듯 쓰러지며 앰뷸런스를 불렀던 소동에 비한다면 우스꽝스런 결말이었다. 영인은 재원에게 거듭 사과했다. 그의 팔에 매달려서, 걱정을 끼쳐서 미안하다고. 그는 다행히 아무런 눈치도 채지 못했다. 그만하길 다행이라고 기뻐했을 뿐 우리를 의심하는 기색 따위는 없었다.

20

 그날 저녁 나는 자리를 피하기로 했다. 어쩐지 그들 두 사람만의 시간을 주어야 할 것 같았기 때문이었다.
 "어떻게 되었어요?"
 나는 또 상은을 찾아가는 도리밖에 없었다. 우리가 시한부 작전을 진행중임을 알았던 터라 상은은 조급하게 물었다.
 "수술은 안 해도 되겠어."
 "수술이라뇨?"
 그녀는 눈을 동그랗게 떴다. 나는 그녀에게 영인의 마지막 카드에 대해 설명했다. 오늘까지 재원이 마음을 바꾸지 않는다면 영인은 맹장을 잘라낼 작정이었다. 멀쩡하고 건강한 맹장을. 아침에 상은에게 전화해서 통증이 왔을 때의 사정을 꼬치꼬치 캐물은 것은 그런 까닭이었다. 하지만 다행히 마지막 순간에 박재원의 서울행 비행기표가 발견되었다. 그건 참으로 아슬아슬한 순간이었다. 자칫했으면 우린 그가 이미 표를 산 것도 모르고 영인의 맹장을 잘라낼 뻔했으니까. 그랬다면 모든 일은 다시 엉망이 되어버렸을 테니까. 빨리 시집을 보내버리든지 해야지, 영인이랑 함께 살면 내가 내 명에 못 죽을 것이다. 상은은 정신없이 웃고 있었다.
"그럼 이제 다 잘 되었네요."
"글쎄, 일단은 그런 셈이겠지……"
그런 셈이긴 했지만 내 가슴속은 괜스레 쓸쓸했다. 일은 잘되고 있었지만 더 중요한 무언가가 한구석에서 비틀리고 있는 듯한 느낌이었을까.
"그런데 왜 또 우울증이 번져서 심란해하는 거예요?"
"심란해하다니? 누가? 내가?"
"설마하니 영인이가 박재원에게 정말 목을 매고 있다고 생각하는 건 아닐 테죠?"
"그런 건 아니겠지. 또 뭐 그래봤자 나하고 상관 있는 일도 아니고."
"지난 겨울에 말예요, 영인이가 형한테 면 추리닝 바지 사다준 거 기억하세요?"
내가 좋아하는 여자들의 공통점은 엉뚱한 상황에서 엉뚱한 소리들을 잘한다는 것이었다. 발리하고도 덴파사르의 종합병원에서 웬 난데없는 면 추리닝 바지였을까. 그런데 내 기억 속에는 놀랍게도 그런 바지가 있었다.
"으응. 그런 일이 있었지. 건널목 앞 노점에서 우연히 내 낡은 추리닝 바지와 비슷한 걸 보았길래 사왔다고 했어. 그런데 상은이 어떻게 알았어? 그 바지를 살 때 같이 있었나?"
"그럴 뻔했죠. 이틀 동안 함께 동대문과 남대문시장 골목들을 헤집었으니까요."
"골목들을 헤집었다고? 우연히 찾은 게 아니었어?"
"그런 겨울날에 그렇게 얇은 면 추리닝을 파는 노점이 있을 거라고 생각하세요? 영인인 저한테 형의 그 낡은 추리닝 바지 얘기를 수십 번도 넘게 했을 거예요. 벌써 몇 년째 일편단심 민들레로 그것만 입고 있노라구요. 아마 형은 회갑 잔치도 그 바지를 입고서 할 생각인가보다구요. 그 몇 달쯤 전부터는 그게 너무 낡아서 무릎이 훤하게 내비친다고도 하더군요. 그런데도 형은 도무지 바꿔 입을 생각을 않는다구요. 다른 바지가 없는 것도 아닌데."
"그런 일이 있었나?"
그건 내가 전혀 기억하지 못하는 상황이었다. 그녀는 내 앞에서 한번도 옷에 대한 불평을 늘어놓은 적은 없었던 것이다. 그 낡은 면 추리닝 바지가 편해서 늘 입고 있은 것은 사실이었지만.
"그래서 영인인 형이 그 바지에 대단한 애착을 지닌 것이라 판단했고 그것과 똑같은 바지를 사주기로 작정했던 거예요. 이틀을 같이 돌아다닌 후에 전 포기했었죠. 그런 바지는 한여름에나 구할 수 있을 거라구요. 하지만 걘 며칠을 더 돌아다니더니 결국 구하고 말았어요. 용산 어디쯤이었다죠 아마."
그건 아주 작은 이야기였다. 고작해야 삼사천 원 남짓할 추리닝 바지 한 벌에 관한 이야기였다. 그러나 그것은 순식간에 내 가슴을 따뜻하게 덥혀준 감동적인 이야기이기도 했다. 나는 잠시 동안 죄책감에 빠져들었다. 추리닝 하나를 사주려고 그녀는 차가운 겨울의 네댓새를 헤매고 다녔다는데 내게는 그런 기억이 전혀 없었기 때문이었다. 그녀를 위해 단 몇 시간이라도 무언가를 찾아 헤매다닌 기억은. 뿐만 아니라 나는 괜히 그녀에게 화를 내고 있지 않았던가. 따지고 보면 지금 이 순간도 그녀는 나를 위해 봉사하고 있는 셈이었는데……
"민재형은 아주 고질적인 기피증 환자 같아요."
나는 잠시 멍하게 그녀를 바라보아야 했다. 면 추리닝 바지의 감동으로부터 헤어나오는 데는 시간과 노력이 필요했다.
"무엇에 대한 기피증인지 알겠어요?"
"꼭 그런 게 있다는 투로군."
"사랑이에요. 형은 언제부턴지 사랑에 대한 기피증을 갖게 되었어요. 그래서 자기가 사랑하는 사람이나 자기를 사랑하는 사람을 억지로 부정하는 버릇을 갖게 된 거예요. 어때요? 가슴이 뜨끔하지 않아요?"
그런 때 잠시라도 망설였다가는 덜미를 잡히게 마련이었다.
"천만에. 오히려 그 반대일걸. 유미와 내가 무려 사 년 동안 나누었던 불 같은 사랑에 대해서는 상은이도 잘 알고 있잖아?"
"불 같은 섹스 말씀이겠죠."
그녀는 별로 힘도 들이지 않고 내 가슴에 찬물을 끼얹었다. 불길은 순식간에 사그라지고 타지 못한 장작이 앙상하게 드러났다. 여느 때 같으면 그녀는 그렇게 심하게 나를 몰아세우는 법은 없었다. 그러나 그 순간은 아주 단단히 작정을 한 모양이었다. 그녀에게 그 모든 정보를 제공한 사람은 물론 영인일 것이었다.
"섹스가 사랑과 같은 거라고 우길 생각은 없겠죠? 하기야 형이 그 정도로 섹스를 감당했던 것만도 대단한 일이었다고 할 수 있겠지만…… 형은 아직도 옛날의 기억들로부터 자유로워지지 못하고 있는 거예요. 대학 시절 형을 짓눌렀던 기억들로부터."
"그건 정말이지 바보 같은 소리야. 내겐 기억 따위는 남아 있지 않아. 애당초 기억할 만한 일도 없었고."
"그럴까요?"
"설사 그런 게 있다고 해도 지금 내겐 크게 억누를 만한 사랑도 없어."
"그럼 그건 무슨 까닭일까요? 요 며칠 형이 꼭 아침을 만난 인도 사람들처럼 안절부절못하는 건 말예요. 그 가슴속에 가득한 조바심이 누구로 인한 것인가를 제게 숨길 수 있다고 생각하세요?"
 나는 내 지능 지수를 의심하지 않을 수 없었다. 이렇게 냉정하고 야박한 사람에게서 위로를 기대하고 찾아왔다니.
"네 말이 맞아. 내 가슴속에는 걱정과 조바심이 가득해. 그리고 그건 대부분 영인이 때문이야. 하지만 그건 네가 생각하는 것과는 달라. 내가 그앨 염려하는 마음은 아주 다른 종류라구. 이를테면 그건 아버지의 걱정 같은 거지. 남자 친구와 데이트를 나가 밤늦도록 돌아오지 않는 딸을 기다리며 거실에 앉아 마냥 시계만 바라보아야 하는……"
"그랬었군요. 전 또 엄마의 연인에 대한 어린 아들의 질투인 줄 알았죠. 바쁘지 않으면 부탁 하나만 들어주실래요? 이번 주 타임지를 아직 못 읽었어요."
 그녀가 더 이상의 대화를 거절한 것은 내가 자꾸 이런저런 핑계를 대며 껍질을 뒤집어쓴다고 생각했기 때문일 것이었다. 그리고 나는 그녀의 의심을 자신있게 부정할 수 없었다. 영인을 생각할 때마다 풍선처럼 부풀어오르는 내 조바심의 정체는 과연 무엇이었을까. 성숙한 딸을 지켜보는 아버지의 마음이었을까. 혹은 상은의 비아냥거림처럼 새로운 데이트를 만난 엄마에 대한 어린 아들의 질투 수준이었을까. 그렇잖으면 나는 그녀를...... 그녀는 또 나에 대해 어떤 생각을 갖고 있는 것이었을까.

상은이 자꾸 지적하는 내 대학 시절의 기억이라는 건 대수로운 부분은 아니었다. 역시 영인으로부터 전해들었을 게 분명한데, 그녀는 그 문제를 지나치게 과장하고 있었다.

군대를 가기 전까지 내가 속해 있었던 연극반의 성격은 상당히 열성적인 참여주의였다. 그 무렵 대학에서 민족 문화와 연계되었던 모든 서클들이 그러했듯 우리도 곧잘 반파쇼 민주 학우 전선의 선봉에 서곤 했다. 하지만 모든 반원들이 다 열성적인 것은 아니었고 몇몇 적극적인 친구들이 서클의 중심에서 방향을 결정하고 있었다. 나로 말하자면, 대체로 내 역할은 그 한쪽 모서리에서 여백을 채우며 따라다니는 정도였다. 나는 그들의 열성이 의미있는 것임을 믿었지만 다른 한편으로는 이런 회의도 갖고 있었다. 무엇이 저들에게 저처럼 강렬한 공격성을 부여하는 것일까. 왜 나는 저들처럼 적극적일 수 없는 것일까. 왜 나는 늘 공격하면서도 공격받는 사람의 입장에 서고 싶어하는 것일까...... 나는 항상 나와 다른 방식의 사람들에게 빚을 지고 있는 느낌이었다.

나보다 더 적극적이고 공격적이던 친구들은 시간의 흐름에 따라 차례차례 우리 곁을 떠났다. 학교를 자퇴하고 공장으로 간 친구도 있었고 녹화 사업으로 강제 징집되어 끌려갔다가 궤적을 잃은 친구도 있었다. 의식의 완전한 변화로 스스로를 격리시킨 친구들도 없지 않았다. 나는 한 학년을 남겨두고 자발적으로 군에 입대했다. 군복무를 마치고 돌아왔을 때는 아주 많은 변화가 나를 기다리고 있었다. 연극반의 분위기는 판이하게 달라져 있었다.

여전히 건강한 젊음들이 모여 있었지만 그 건강함은 후기 산업 사회의 요구 기준에 적합한 건강함이었다. 투사들의 시대에는 뒷자리에서 여백이나 메웠던 나는 후배들의 존경받는 선배가 되어 무대 연출을 요청받았다. 그때 나를 찾아왔던 건 아주 미묘한 실소였다. 식스볼 판에서 점수는 몇 점 올리지도 못하고 미적거리다가 다른 선수들이 모조리 죽어버려 돈을 따게 되었을 때의 기분 같았다고나 할까. 나는 아주 많은 사람들에게 빚을 진 느낌이었고, 점점 더 많은 사람들에게 빚을 지고 말 길로 들어서는 예감이었다.

상은인 아마 내가 아직도 그때의 부채 의식에 짓눌려 있다고 짐작하는 모양이었다. 하지만 그건 내 견해와는 달랐다. 그건 이미 달력을 여섯 개나 삼켜버린 구시대의 설화였다. 이 시대에는 아주 많은 일들이 아주 빠른 속도로 변화하고 있었다. 그리고 나는 어느 누구보다도 열심히 빚을 잊으며 살려고 노력하는 현대인의 한 사람이었던 것이다.

이틀 후 아침 나는 다시 상은을 찾아갔다. 그녀가 부탁한 타임지를 들고서. 그녀는 내게 비행기 시간을 물었고 나는 한시라고 대답해주었다. 그녀는 놀라는 시늉을 했다.

"그럼 서둘러야겠군요. 이러고 있을 시간이 없잖아요."

나는 그때 한 가지 걱정에 잠겨 있었다. 그녀를 두고 떠나야 하느냐는 것이었다. 이제 웬만큼은 회복되었다지만 아직도 사흘은 더 병실에 누워 있어야 하는 그녀를 두고. 영인과 박재원의 쿵짝거림에 정신이 없다가 나는 전날 밤에야 비로소 그런 생각을 했었다.

"의사 얘기가, 상은인 이삼 일 더 조리해야 된대. 비행기를 타려면 일주일은 있어야 하고."

"그럴 테죠."

그녀는 대수롭지 않게 대꾸했다.
"그래서 뭐예요? 날 두고 떠나려니 발길이 떨어지지 않는다는 얘기라도 하려는 거예요?"
"그게, 그러니까……"
"바보 같은 소리 말아요. 전 혼자서 인도 땅을 헤집고 다닌 여행전문가예요. 발리에서 일주일 정도는 눈을 감고도 해치울 수 있다구요. 게다가 정작 중요한 일은 이제부터 시작이잖아요. 형은 영인이 곁에 있어야 해요. 연출가가 없으면 배우는 마음을 정하지 못하니까요."
"그렇지 않아. 걔는 내가 없어야 대사가 풀려."
"그런 척하는 거죠. 배우들 자존심이란 게 다 그렇고 그런 거니까. 엉뚱한 소리 말고 어서 돌아가세요."
결국 나는 등을 떠밀리며 그녀에게 작별을 고해야 했다. 그녀의 말이 틀린 것은 아니었다. 그녀는 혼자서도 스스로를 추스릴 만큼은 회복되어 있었고, 우리에게는 앞으로의 일이 더 힘든 과제로 남아 있었으니까. 하지만 어쨌건 그녀를 팽개쳐두고 썰물처럼 빠져 달아난다는 건 기분 좋은 일은 아니었다.

21

　재원을 서울로 데려온 다음의 상황 전개에 대해서 나는 개괄적인 작전을 세워두고 있었다. 재원과 영인의 관계를 보다 적극적으로 발전시키는 것이 첫번째 과제였다. 영인을 통해서 재원의 부친을 그림 속으로 끌어들일 수 있을 정도로. 재원은 만만찮은 저항을 보일 테지만 사랑이라는 마력에 이끌려 무기력해질 것이었고, 결국은 부친을 용서하게 될 것이었다. 감정 효과를 약간만 증폭시킨다면 눈물과 감동의 무대를 연출할 수도 있을 것이었다. 그러면 재원과 영인의 결혼 문제가 진지하게 얘기될 텐데, 그 즈음에서 절묘하게 영인을 증발시키는 것이 그 작전의 클라이막스였다. 증발 방법에 대해서는 보다 많은 고민이 뒤따라야 할 것이었다.
　서울로 돌아오는 비행기 속에서 나는 그 방법을 연구해보고자

했다. 영인에게 이미 정해둔 약혼자가 있었다거나, 불치의 병이 있었다거나, 아니면 먼 곳으로 유학을 떠나보낸다거나. 하지만 생각은 번번이 돌부리에 걸려 넘어지곤 했다. 나를 가로막는 돌부리는 영인이 정말 박재원과 사랑에 빠져들면 어떡게 하나 하는 우려였다. 박재원은 이미 영인에게 정신없이 빠져들고 있었는데.

김포국제공항에 발을 디딘 박재원은 잠시 심호흡을 했다. 그리고 조심스럽게 이리저리 땅을 밟아보았다. 일 년쯤 낙하산만 타고 다니다가 가까스로 지상에 내려선 사람처럼. 그러는 그를 영인은 걱정스레 바라보았다.

"참, 오늘밤 잠잘 곳은 있어요?"

나는 가슴이 뜨끔했다. 비행기가 바퀴를 내릴 때부터 이미 나는 그 생각을 하고 있었던 것이다. 다행히도 그의 대답은 시원시원했다.

"네."

"어딘지 물어봐도 돼요?"

"자취하는 친구가 있어요. 발리에서 이미 전화까지 해두었죠. 자리잡을 때까지는 얹혀 지낼 수 있을 겁니다."

그래서 우리는 공항에서 헤어졌다.

나는 이제 얼마간은 한숨을 돌리려니 생각했다. 적어도 삼사 일쯤은. 박재원은 오랜만에 돌아온 서울에 적응하기 위해 여러 가지 일을 돌봐야 할 것이었고, 그 동안 영인과 나는 재충전의 시간을 가질 수 있지 않겠는가. 그러면서 작전 계획도 다시 세울 수 있지 않겠는가. 하지만 그건 혼자만의 바람이었다. 이튿날 아침 당장 박재원은 영인에게 전화를 걸어왔다. 영인은 바쁜 척 약속 시간 정하기를 망설였지만 결국 오후 시간을 몽땅 그에게 할애하는 데

동의하고 말았다. 그리고는 두 시간 동안 욕실을 점거한 다음 가장 예쁜 하늘색 반바지를 꺼내입고 나가버렸다.

다음날도 그랬고 그 다음날도 그랬다. 그녀는 거의 온종일을 그와 함께 보내는 모양이었다. 하루종일 둘이서 무얼 했느냐고 물으면 그녀는 어깨를 으쓱했다. 서울 적응 훈련요. 아직 코드가 안 맞아서 도움이 필요하대요. 그 사람 학교도 같이 가보고, 친구들도 만나고 그랬어요. 그렇게 두세 마디를 나눈 다음이면 그녀는 자기 방 침대 위에 뻗어버렸다.

나흘째 되던 날, 나는 그녀와 이야기를 해야겠노라고 마음먹었다. 상황을 좀더 적극적으로 통제할 필요가 있었다. 그리고 그녀에게 재원과의 관계가 한 편의 연극에 불과함을 상기시켜줄 필요가 있었던 것이다. 느지막이 일어나 다시 외출 준비로 분주한 그녀에게 나는 사뭇 엄격한 목소리로 말했다.

"오늘은 일찍 들어와. 할 얘기가 있으니까."

"잘됐네요. 저도 할 얘기가 있어요."

헤어드라이를 정신없이 흔들어대며 그녀는 그렇게 말했다. 그것으로 그만이었다. 내가 할 얘기가 무엇인지엔 아무런 관심도 없는 모습이었다. 오히려 내 쪽에서 조바심이 났다. 그녀가 할 얘기라는 건 도대체 무얼까. 재원과의 사이에 이미 통제선을 넘어선 어떤 사건들이 진행되고 있다는 건 아니었을까.

그날 저녁 식탁에 마주 앉아서 그녀가 시작한 이야기는 그러나 그런 종류는 아니었다. 그녀는 사흘 후 몇 명의 여배우들이 필요하다고 말했다. 박재원과 만나기로 한 약속 장소가 E여대 앞이라면서.

"그 사람은 아직 한번도 그 학교를 들어가본 적이 없대요. 그래서 학교 구경을 시켜주기로 했어요. 심리학과 건물 쪽으로 가면 그래도 알은체하는 여학생 두어 명은 있어야 할 것 아녜요. 세련되기는 해도 별로 예쁘지는 않은 애들이었으면 좋겠어요."
 그건 어려운 일이 아니었다. 나는 알아서 준비하겠노라고 약속했다. 하지만 그녀가 그 일에 그처럼 정성을 쏟는 걸 보니 슬그머니 뱃이 틀렸다. 세련되기는 해도 별로 예쁘지는 않은 애들이었으면 좋겠어요……?
 나는 라면을 몇 젓가락 집어먹은 다음 문득 생각난 것처럼 물어보았다.
 "그런데 그 친구 느낌은 어때?"
 "괜찮아요. 나쁘지 않아요."
 "좀더 구체적으로 얘기해봐."
 "오빠도 여러 날 같이 지냈으면서 왜 나한테 묻는 거예요?"
 "남자가 보는 남자와 여자가 보는 남자는 전혀 다르잖아."
 그녀는 고개를 갸웃거렸다.
 "매력적이에요. 섹시하지는 않지만 눈매가 날카로운 편이고. 어떻게 보면 말썽쟁이 같은데 또 어떻게 보면 아주 순진하고 얌전한 사람 같구요."
 도무지 맥락이 없는 진술이었다.
 "순진하다는 건 무슨 이유에서야?"
 "여자를 어떻게 다루어야 하는지를 전혀 모르거든요."
 나는 다시 라면을 한 젓가락 쑤셔넣었다. 그리고 국물을 들이켰다. 단전에서는 아주 따가운 불길이 타닥거리고 있었다.
 "무슨 일이 있었길래 그래?"
 "그냥 그런 일이죠 뭐. 여자랑 남자 사이에서 흔히 발생하는 일들."
 "두 사람 관계가 어디까지 진행된 거야?"
 "대수롭지 않아요. 시작일 뿐이에요."
 "좀더 구체적으로 얘기하래도."
 "정말이에요. 뭘 더 알고 싶은 거예요?"
 그녀의 목소리가 조금 높아졌다. 그리고 그것은 내 목소리를 훨씬 큰 비율로 증폭시키고 말았다. 나는 그들의 관계가 은밀히 진행되고 있다는 사실에 화가 났고, 그것을 구질구질하게 물어야만 하는 나 자신의 처지 때문에 더욱 비참한 기분이 되었다. 도대체 나는 무얼 원하고 있었을까.
 "한 가지 사실을 자꾸 잊는 모양인데, 난 이 연극의 연출가야. 총책임자이기도 하고. 내가 자꾸 사정을 캐묻는 건 개인적인 관심에서가 아니야. 이왕 얘기가 나왔으니까 한마디만 더 하겠는데, 우붓으로 올라가서 일주일씩이나 소식조차 없었던 건 무슨 경우야? 그 일주일 동안 내가 얼마나 속을 태웠는지 알아? 우리가 지금 어린애들 장난처럼 사랑 놀음이라도 하는 거야? 그래 가지고 어떻게 한 편의 완전한 연극을 만들 수 있겠느냔 말이야."
 "그 애긴 또 왜 꺼내는 거예요. 그건 이미 해명을 했잖아요. 박재원이 너무 민감한 상태여서 조심하느라 그랬다고."
 "그래서 일주일 동안 전화 한 통화할 시간도 없었다는 거야?"
 "시간이 없었던 건 아니에요. 그리고 싶지 않았던 거죠."
 "그러고 싶지 않았다고?"
 영인은 담배를 물고 불을 붙였다.
 "오빠 말이 맞아요. 오빤 연출가예요. 그래서 얘긴데, 오빠는 배우가 무대 위로 올라간 후에도 쫓아 올라가서 연기 지도를 하나요?"
 그녀가 오빠라는 호칭을 한 번씩 사용할 때마다 내 살갗 위로는 송충이가 한 마리씩 떨어지고 있었다.
 "그러진 않겠죠. 연출가의 역할은 무대 아래까지니까…… 우붓에 갔을 때 전 이미 무대 위로 올라간 배우였어요. 배경 음악이 시작되어 있었고 제게는 조명이 떨어지고 있었어요. 거기서 제가 할 일이 무엇이었을까요? 준비된 역할을 성실히 연기하는 것이었을까요, 그렇잖으면 대사 한마디 한마디를 할 때마다 무대 뒤의 연출가 눈치를 살피며 결재를 받아야 했을까요?…… 전 제 연기를 망치고 싶지 않았어요. 그 순간의 역할에 최대한으로 성실하고 싶었어요. 전 진짜 배낭 여행족이 되어 우붓의 정취를 빨아들여야 했고, 박재원을 느껴야 했어요. 그리고 제가 그에게 끌리고 있다고 생각해야 했어요. 무슨 얘긴지 아시겠어요?"
 "아무리 그렇더라도……"
 "이 연기를 망칠 수는 없어요. 이걸 망치면 아주 많은 게 망쳐지니까요. 우리의 새 연극뿐 아니라 한 젊은이의 인생이 망쳐지게 된다구요."
 나는 일단 한걸음 후퇴하는 도리밖에 없었다. 함께 핏대를 올렸다가는 그녀 말처럼 모든 게 망쳐질지도 모를 일이었기에. 라면 국물은 이미 차갑게 식어 있었고, 내가 할 수 있는 일이라곤 양치질을 하고 잠자리에 드는 것뿐이었다.
 침대에 누워 불을 끄고 십여 분이 지났을 때 그녀가 문을 두드렸다.
 "그런데 제게 하려던 얘기는 뭐였죠?"
 "비슷한 얘기였어."

그녀의 등뒤에서 쏟아지는 거실 불빛에 눈이 부셨다.
"속도를 조금 늦추는 게 좋지 않겠느냐고. 영인이 너무 서두르는 것 같아서 말이야."
영인은 잠시 물끄러미 나를 내려다보았다.
"알았어요. 조심할게요. 잘 자요."
그녀는 문을 닫았다.
영인이와 나는 충돌이 잦은 편은 아니었다. 오히려 어느 누구들보다 조용하게 조화를 이루며 사는 편이었다. 연극과 관계된 일에서는, 그러니까 무대 뒤의 연습 따위에서는 그녀는 절대적으로 연출가와 배우의 관계를 지켰다. 내 지시에 반론을 제기하지 않았다. 그렇지 않은 일에서는 반대의 관계가 성립되었다. 그녀는 내 일상 생활의 주재자가 되었고, 원한다면 내 의식주의 사소한 부분까지 관여할 수가 있었다. 나는 손해보는 느낌이 없지 않았지만 그냥 그렇게 살기로 하고 있었다. 역할 분담이라는 건 경계가 선명해야 뒤끝이 없는 법이었으니까. 그런데 지금 우리가 처해 있는 상황은 무어라고 정의해야 했을까. 무대 뒤의 연습이라고 해야 했을까. 아니면 엉뚱하게 전개된 일상이라고 해야 했을까. 나는 이 상황이 경계선의 어느 쪽에 위치하는가를 판단할 수 없었다. 따라서 누가 진정한 연출가가 되어야 하는지도 알 수 없었다. 한마디로 혼란스런 상황이었다.
어찌 되었건 시간은 흘러갔고, 그에 따라 일은 차근차근 진행되었다. 사흘 후 나는 영인의 요구대로 몇 명의 여배우 지망생들을 동원했다. 그들은 E여자대학교의 심리학과 건물 근처에서 영인을 마주쳐서는 한동안 수다를 떨었다. 누구네 강아지가 죽었다느니, 누가 내숭을 깨고 약혼식을 했다느니, 어느 교수 생리가 언제 시작되었다느니. 그래서 그들은 장군의 아들에게 자연스런 믿음을 심어주었다. 그리고 그날 저녁 나는 장군을 만났다. 일단 일이 정돈되고 있다는 느낌에 따라 나는 장군에게 상황을 보고했고 그는 무척 기뻐하며 나를 저녁식사에 초대한 것이었다.

"잘했어. 자네라면 틀림없이 해낼 수 있을 거라고 믿었지만 말일세. 내 내일 당장 중도금을 자네 구좌로 넣도록 하겠네."

식탁에 마주앉은 그는 시종 웃는 얼굴이었다. 구체적으로 어떤 일들이 일어났으며 앞으로의 진행은 어떻게 되는가 따위는 묻지 않았다. 이미 모든 계획의 성공을 예감하는 듯한 태도였다.

"그런데 재원이는 어떻던가? 내 이따금 그 아이의 사진을 받아보긴 하네만 사진이란 건 믿을 만한 소식이 못 되어서 말이야. 건강이 많이 상한 것 같진 않던가?"

그가 관심을 보이는 것은 오직 아들의 현재 상태뿐이었다. 나는 재원이 예전보다 많이 마른 것은 분명하지만 약해진 것 같지는 않더라고 대답해주었다. 눈빛도 훨씬 날카로워졌고 생각도 깊어진 것 같더라. 하지만 부정적인 언급을 덧붙이는 것도 잊지 않았다. 너무 긍정적인 말만 늘어놓는 것은 우리 일의 중요성을 인식시키는 데 도움이 되지 않았으니까.

"다만 한 가지 문제라면 주변의 모든 상황에 지나치게 민감한 반응을 보인다는 점입니다. 그 동안의 마음 고생을 생각하면 당연한 일이겠지만…… 그래서 당분간은 아주 조심스럽게 적응 기간을 갖는 게 필요할 것 같습니다."

장군은 고개를 끄덕이며 무조건적인 동의를 표했다.

"그래, 그래. 그럴 테지. 그 문제는 자네만 믿겠네. 몇 년을 기다렸는데 대여섯 달 더 못 기다려서 일을 망칠 수야 없지."

나는 내심 고개를 젓고 있었다. 대여섯 달이라니. 이 일에 반 년 씩이나 묶여 있을 수는 없는 노릇이었다. 그가 조급하게 보채어서도 안 될 일이었지만.

며칠 후 영인은 재원이 명륜동에 작은 방을 얻었노라고 알려주었다. 그건 반가운 소식이었다. 그가 거기서 무슨 일을 시작할지는 아직 알 수 없었지만 어쨌건 다시 배낭을 짊어지고 비행기를 타지는 않겠다는 얘기였을 테니까.

그날 밤 영인은 내게 맥주를 한잔 사달라고 했다. '태양과 다른 별들을 움직이는 사랑' 작전의 순조로운 진행을 자축하기 위해서. 우리는 동네의 양념통닭집으로 나갔는데 영인은 제법 많은 양의 맥주를 마셨다.

"우린 운이 아주 좋은 편이에요. 그렇잖아요? 이렇게 재밌는 세상을 살고 있으니."

"그래. 재미있는 세상이야."

"내 얘기 들은 거 아직 후회해요? 장군의 부탁을 접수한 거 말예요. 그럴 리야 없겠죠?"

"그래. 후회하지 않아."

그 무렵 내 삶의 목표는 그녀의 변덕에 장단을 맞추는 것이었다.

"너무 쉬운 일이에요. 제가 그랬잖아요. 장군은 대한민국의 연극 발전에 이바지하기 위해서 안달이 난 사람이라구요…… 이런 건 어떨까요? 고민 해결 상담소를 여는 거요…… 사람들 사이에는 이런저런 방식으로 얽힌 문제들이 참 많을 거예요. 부모 자식간이나 형제간이나 친구, 연인 사이에서도 말예요. 그 모든 사람들의 오해와 미움과 감정의 매듭들을 풀어주는 거예요. 물론 돈을 잔뜩 받구요…… 어때요? 재밌는 생각 아녜요? 배우 지망생들에게는 아주 유익한 아르바이트도 될 거고……"
"그래. 그것도 재미있는 세상이야."
"세상이 아니고 생각이에요."
"그런가. 하하하."
 그녀는 기분좋게 취해서 깔깔거렸다. 나도 덩달아 많은 술을 마셨고 기분이 풀어져서 하하거렸다.
 그런데 그 무렵 영인의 심사는 술 취한 깔깔거림처럼 유쾌하고 평화롭기만 했을까. 그런 것 같지는 않았다. 그녀는 이따금 두 눈을 들어 밤하늘을 쳐다보았다. 하늘에 촘촘히 박혀 있는 수많은 별들을 바라보았다. 그럴 때 그녀의 눈빛에는 돌아갈 수 없는 고향에의 향수 같은 게 어른거리곤 했다. 패러글라이딩장에서 이제 겨우 낙하산 펴는 법을 배운 신참이 바람을 가르며 유유히 비상하는 고참을 바라보는 눈빛 같기도 했고. 간단히 말하자면 그녀의 눈빛은 지상의 모든 구차한 일들을 걷어차고 하늘로 오르고 싶다는 것이었다. 태초의 꼭지점을 향해, 혹은 그 반대편의 무한한 확산을 향해. 그녀는 자기 방 한쪽 구석에 세워져 있는 배낭을 생각했을 수도 있을 테고, 레오노라 캐링턴의 그림 「거대한 아기」를 생각했을 수도 있을 것이었다.
"뭘 그렇게 열심히 그리워하는 거야?"
 그런 퉁명스런 질문은 내가 베풀 수 있는 최대한의 친절이었다. 그녀가 갑자기 어색해지는 건 원하지 않았으니까. 하지만 그녀는 내 배려 따위는 아랑곳하지 않았다.
"장군의 아들 말예요…… 너무 불쌍해요."
"속속들이 알고 보면 불쌍하지 않은 사람은 아무도 없어. 그 친구 사연이 유별나게 기구한 건 아니야."

"그러게 말예요. 그러니 우리는 아무도 속속들이 알아서는 안 돼요."

나는 고개를 저었다.

"그런 감상은 어울리지 않아. 내게 늘 세상만사를 가볍게 여기라고 충고하는 게 누구지? 희극이야말로 모든 연극의 중심이 되어야 한다고 역설하는 게 누구지? 누군가를 동정하기 시작하면 말이야, 그때는 희극으로 가는 길은 요원해지고 말아."

"누가 동정한대요? 그냥 그렇다는 거지."

영인은 금세 새침한 표정을 지었다. 그리고는 다시 고민 해결 상담소니 뭐니를 들먹이며 깔깔거렸다.

그녀가 평화롭지 못했음은 그런데 또 한 가지 사실에 의해서도 증명되었다. 그날들에 그녀는 문득문득 홍두와의 통화를 시도했고, 그의 행방이 쉽사리 수소문되지 않음에 불만을 터뜨리곤 했던 것이다.

"얘가 매일처럼 어디를 싸돌아다니는 거람. 또 무슨 나쁜 꿍꿍이 속에 빠져 있는 건 아닌지 모르겠네."

솔직히 말하자면 나 역시 적잖게 의아스러움을 느끼고 있었다. 이 년 전 내가 두번째로 영인을 알게 되었을 즈음 홍두는 이미 그녀의 그림자와 같은 존재가 되어 있었다. 그는 그녀가 가는 곳이면 어디든 따라다녔고 그녀가 원한다면 언제든지 바람을 몰고 나타났다. 그에게는 어떤 괴상한 세상이 있었는데 그걸 이해해주는 사람이라곤 영인이 거의 유일하다고 할 수 있었다. 그리고 그는 그 이해자에 대해 병적인 집착을 보이고 있었던 것이다. 그런데 그 즈음 그는 어느 어두운 마법의 동굴에 감금당해 있었던 것일까. 우리가 그를 따돌리고 발리로 떠난 이래 벌써 한 달 가까이 그는 영인을 보지 못하고 있었는데.

　짜증스럽거나 기운 빠질 일이 생길 때마다 영인이 홍두를 찾는 이유는 간단했다. 적어도 내가 보기에는. 그는 괴상한 이야기들을 아주 많이 알고 있었고 그 이야기들을 영인에게 흥미진진하게 읊어대었다. 그러면 영인은 순식간에 배낭을 꾸려 메고 그의 이야기 속으로 여행을 떠나곤 하는 것이었다. 그 중에서도 그녀가 특히 좋아하는 것은 수도원 시리즈였다. 그는 여러 해 전 한동안 카톨릭 수도사가 되려는 생각에서 수도원 생활을 한 적이 있노라고 했다. 심지어는 프랑스 남부의 모 수도원에서 석 달 간 수사 노릇을 한 적도 있노라고. 아비뇽 근방 어디였다던가. 그게 사실인지 아닌지는 알 도리가 없지만 어쨌건 그는 수도원의 생활에 대해서 흥미로운 이야기들을 많이 알고 있었다. 수도사 견습생들은 잠자리에 들 적에 반드시 두 손을 머리 위로 올리고 누워야 한다든가 하는 따위였다. "그건 왜지?" 영인은 어김없이 이유를 물었고 그러면 그는 가뜩이나 작은 눈을 더욱 좁게 모으며 속삭였다. "떠꺼머리 총각들이 두 손을 이불 속으로 집어넣으면 자동적으로 만지는 게 뭐겠어? 뻔할 뻔자지. 그런 규칙이 정해지기 전에는 밤마다 용두질을 치다가 수도원을 뛰쳐나간 견습생들이 한둘이 아니었단 말이야." 영인은 소파 쿠션을 집어던지며 깔깔거렸다.

　그가 즐겨 떠들어대는 또 한 가지 주제는 세계의 구석구석에 존재하는 괴상한 생활상들이었다. 어디선가 읽었거나 누구에게선가 주워들었을 게 분명한데도 그는 그 모든 이야기들을 자신이 직접 겪은 일처럼 풀어내었다. 네팔을 방문했을 때 그를 가장 충격적으로 강타했던 사건은 어느 숙녀의 소변 보기였다. 그건 그가 카트만두에서 맞은 첫날 저녁이었다. 열아홉이나 스무 살쯤 되었으리

라. 그녀는 게스트하우스의 주인집 딸이었는데 주머니에 넣고 다니고 싶을 만큼 귀엽고 예쁘장했다. 그는 정원의 벤치에서 시간 가는 줄 모르고 그녀와 얘기를 나누고 있었다. 그런데 그녀가 문득 자리에서 일어나더니 벤치 곁에 살그머니 쪼그리고 앉았다. 그리고는 잠시 동안 말이 없었다. 그는 그녀를 빤히 지켜보고 있었는데 갑자기 무언가가 잘못되고 있음을 깨달았다. 쪼그리고 앉은 그녀의 치맛자락 아래로 작은 물줄기 하나가 흘러나오고 있는 것이었다. 그녀는 두 손을 모으고 선 자세에서 그저 가만히 다리를 구부렸을 뿐인데…… 이윽고 그녀는 미소를 머금으며 일어났다. 아무 일도 없었다는 듯. 그건 그대로 충격이었다. 문명의 세계에서는 어느 누구도 흉내낼 수 없는 아름다운 마술이었다.

또 그는 알래스카에서 겪었던 망측한 게임에 대해서도 이야기했다. 그가 묵었던 한 집에서 어느 날 밤 파티가 열렸다. 파티 참석자는 그를 포함하여 모두 열두 명이었다. 주인 부부와 부인의 여자 친구, 그리고 이웃에서 모여든 네 쌍의 젊은 부부들이었다. 술이 어느 정도 돌아간 다음 그들은 '불 끄고'라는 재미있는 이름의 민속 경기를 시작했다. 불을 끄고 음악을 틀고 둥그렇게 둘러서서 춤을 추기 시작했다. 그 춤이란 건 서로 엇갈리는 방향으로 빙글빙글 도는 것이었다. 음악이 끝나자 그들은 불을 켜고 서로의 새로운 파트너를 확인하고는 함께 원하는 곳으로 사라졌다. 침실로, 욕실로, 발코니로, 혹은 헛간으로…… 그날 밤 그는 세 명의 여자와 네 차례에 걸쳐서 섹스를 나누었노라고 했다.

"저 친구 아무래도 정신 감정을 받아보는 게 좋을 거야."

그가 그런 이야기를 떠들고 간 다음이면 나는 영인에게 말했다. 그의 자아확산증이 점점 악화되는 듯했기 때문이었다. 그건 그러니까 진화의 막바지에 부닥친 한 인간이 발악적으로 선택한 대안이 아니었을까. 그러나 그녀는 대꾸하지 않았다. 그녀는 어쩌면 그런 이야기를 떠들어대는 사람이 늘 답답한 침묵을 지키는 나 같은 사람보다는 유익하다고 생각하는지도 몰랐다.
"두고 봐. 조만간 성전환 수술이라도 받고 말 테니."
괜히 화가 난 나는 비난의 강도를 높인 적이 있었다. 그런데 그건 아주 어리석은 전략이었다.
"그건 또 무슨 소리예요?"
"입만 열었다 하면 서너 시간이니 곧 여자가 되어버리지 않겠느냐는 거야."
그녀는 나를 아래위로 훑어보았다.
"이건 새로운 발견이군요. 형한테도 남성 콤플렉스가 있었나요?"
그녀는 나를 전깃줄로 묶어놓고 기관총을 쏘아대기 시작했다. 남자들이 여자들보다 말수가 적은 게 이해심이 더 많기 때문이라고 생각하느냐. 더 많은 걸 포용하기 때문이라고 생각하느냐. 천만의 말씀이다. 그건 남자들이 더 소심하기 때문일 뿐이다. 여자들은 말을 쏟아냄으로써 가슴속을 말끔히 청소하지만 남자들은 늘 담아두기만 하기 때문에 가슴이 썩을 대로 썩어 있다. 살짝만 열어봐도 악취가 코를 찌른다. 그런데도 말을 못 하는 건 여자들에 대해 근원적인 콤플렉스를 지녔기 때문이다. 허세를 부리느라 남자들은 여자들의 현명함을 배우기를 거부하는 것이다. 하기야 이해할 수 없는 바는 아니다. 열 달 동안이나 여자들의 자궁에 들어앉아 여자들의 피와 양분을 빨아먹고서야 생명이 되었으니 여자들에게 얼마나 많은 것을 빚진 느낌이겠는가. 하지만 삶이라는 건 자존심만으로 해결되는 수수께끼가 아니다. 그런 면에서 보자면 홍두는 대단히 현명한 남자라고 할 수 있다.

  그날 이후 나는 가급적 홍두에 대한 비난을 삼가고 있었다. 더구나 그의 수다에 대해서는. 다시 근원적인 콤플렉스에 빠진 구제 불능의 남자가 되고 싶지는 않았으니까. 그런데 그 현명한 친구는 그때 어느 마법사의 꾀임에 빠져 어두컴컴한 지하 동굴로 유배되어 있었을까.

22

"박재원이 집으로 놀러오고 싶대요."
"우리집으로?"
"그럼 누구 집이겠어요. 오빠를 만나고 싶은가봐요."
 영인이 그런 얘기를 꺼낸 건 서울로 돌아오고 이십 일 남짓이 지났을 어느 날 저녁이었다.
"무슨 일로 그러지?"
"특별한 일이야 있겠어요. 오빠랑 좀더 가까워지고 싶은 거겠지."
"꼭 나까지 나서야 하는 건가?"
"싫음 그만두세요. 연애하고 결혼하는 데 보호자의 동의가 필수적인 세상은 아니니까."
 그녀는 내 태도가 못마땅한 모양이었다.

"그런 건 아니야. 어차피 언젠가는 만나야겠지."

조만간 그를 만나야 한다는 건 내가 이미 생각하고 있던 일이었다. 그를 장군과 다시 맺어주는 게 지상 과제인 마당에 영인의 보호자인 내가 그림에서 빠질 수는 없는 노릇이었던 것이다.

"그 친구 내 인상은 어땠대?"

그런 질문을 했다고 해서 내가 뭐 이미지 따위에 더 많은 신경을 쓴다는 건 아니었다. 영인은 피식 웃었다.

"나쁘진 않았나봐요. 하지만 조금 어려워하는 것 같았어요. 지난번에 일주일이나 함께 지내면서도 별 대화가 없었잖아요."

"대화가 없었다고? 그 친구가 그래? 맙소사. 그 며칠 동안 내가 얼마나 열심히 떠들어대었는지는 너도 잘 알잖아."

"그래요. 난 잘 알아요. 하지만 다른 사람들은 아무도 그게 오빠 말수의 최대치였다는 점을 이해할 수 없을 거예요. 대화라기보다는 심문이었다고들 생각할 테니까."

기가 막힐 노릇이었다.

"그래서 넌 뭐라고 했니?"

"있는 그대로 얘기해줬죠. 생각이 복잡하고 깊은 사람처럼 보이지만 사실은 그런 것도 아니다. 아무 생각 않는 게 가장 현명한 일이라 생각하는 사람이다. 한 가지 일을 빼고는 철저히 게으른 편이기도 하다."

"한 가지 일이라니?"

"물론 연극이죠. 오빠의 직업 말예요. 하지만 박재원한테는 불교방송국 프로듀서라고 얘기해두었어요."

"불교방송국 프로듀서? 왜 하필 그런 걸 골랐어?"

"커피숍 구석에 불화 한 장이 걸려 있었거든요. 세상에, 연출가가 그런 것도 미리 가르쳐주지 않으면 어떡해요?"
 "그러게 누가 혼자서 종횡무진 내 정신을 빼놓으랬어?"
 이제부터 나는 꽤나 분주해질 모양이었다. 불경을 열댓 권쯤 사다 읽어야 할 테고, 매일처럼 불교방송 라디오에 귀를 기울여야 할 것이었다. 드디어 본격적인 전쟁이 시작되려는가.
 이틀 뒤 금요일 나는 오후 시간을 몽땅 서점에서 보내었다. 그럴 듯한 불교 관계 서적들을 고르기 위해서였다. 스무 권 남짓을 사다가 집안 구석구석에 흩뿌려놓은 다음 나는 동네의 극장으로 가서 시간을 죽였다. 집으로 돌아온 것은 여덟시가 조금 지나서였다. 박재원은 거실에서 음악을 듣고 있었고 영인은 저녁식사를 준비하고 있었다. 박재원은 정중하게 그간의 안부를 물었다. 나는 긴 일과에서 돌아온 사람처럼 넥타이를 풀고 손발을 씻고 그들과 함께 식탁에 앉았다.
 "궁금한 게 있습니다. 형님은 왜 여태 결혼을 안 하셨습니까?"
 김치찌개를 겨우 몇 숟갈째 떴을 때 박재원은 대뜸 그렇게 물었다. 나는 하마터면 입술을 델 뻔했다. 정말이지 예상 밖의 기습이었다.
 "갑자기 그게 무슨 소린가?"
 "별다른 소리가 아니고, 형님은 왜 여태 결혼을 안 하셨냐는 겁니다."
 그는 두 눈을 동그랗게 뜨고 나를 쳐다보았다. 나는 잠시 혼란스러워졌다. 영인은 그가 나를 어려워하는 것 같다고 얘기하지 않았던가. 요즘 신세대는 어려운 사람에게는 이렇게 눈을 똑바로 치켜뜨고 노려보는 것이었을까. 그렇잖으면 영인의 설명이 나를 오히려 우스운 인물로 만든 것일까.

"자네는 결혼을 하고 싶은가?"
"네."
"그럼 결혼을 하게."

나는 다소 퉁명스레 말을 맺고는 숟가락을 움직였다. 내심 또 어떤 기습이 날아올까 긴장하면서. 하지만 그도 조금은 머쓱함을 느꼈는지 말투를 부드럽게 뭉갰다.

"제가 그런 질문을 드린 건 다른 뜻이 있어서가 아니고 형님이 결혼에 대해 어떤 생각을 갖고 계신지 알고 싶어서였습니다."
"우선 밥이나 먹게. 갑자기 너무 어려운 이야기를 하면 찌개가 식으니까."

영인은 그때 반찬을 집어들고 밥그릇 위로 고개를 숙이고 있었는데 잘게 어깨를 들썩이고 있었다. 억지로 웃음을 참는 모양이었다. 하지만 그와의 몇 마디 대화로 내 기분은 아주 엉망이 되어 있었다.

솔직히 말하자면 나는 처음부터 그를 좋아하지 않았다. '태양과 다른 별들을 움직이는 사랑' 작전이 시작되기 전에도 그랬다. 칠팔 년 터울이 지긴 했지만 그는 내가 알고 있는 몇 안 되는 남자 사촌들 중 한 명이었다. 그가 아직 국민학생이었을 적부터 어머니는 이따금 그에 대한 이야기를 하곤 했다. 그 녀석이 졸업식 때 교육감상을 받았다더라, 줄곧 반장을 하는 모양이더라, 아버지 생신 때는 글쎄 양복을 한 벌 선물했다더라, 자기가 저금한 돈으로, 무슨 애들 용돈을 그렇게 많이 주는지…… 그런 이야기는 대체로 장군네에 대한 어머니의 험담 끝에 붙어다니는 형편이었지만 그 속에는 또 묘한 질시와 부러움이 숨겨져 있었다. 나는 괜히 우리 집과 그의 가족이, 혹은 나와 그가 비교되는 듯한 기분을 지울 수 없었다. 대학을 진학할 때도 그랬다. 나는 겨우 나쁘지 않은 대학의 문과대생이 되는 것으로 만족해야 했지만 그는 일류 명문 대학의 경제학부생이 되었다. 나와 달리 그는 학생 운동에도 열성적이었던 모양이고, 그러고도 병역 의무는 육개월 방위라는 특혜로 때워버렸다. 말단 소총수로 이 년 반을 몸부림쳤던 나와는 비교할 수 없는 행로였다. 그런 다음에도 그는 여유로이 해외 여행을 즐겼다. 일 년이 넘도록, 소위 배낭족이라는 명함을 지니고. 해외라고는 인천 앞바다 영종도가 고작이었던 나는 그 덕분에 겨우 발리를 밟아본 형편이었다. 그와 나 사이의 사정이 그러했으니 내가 그에게 호감을 가졌을 리는 만무한 일이었다. 그런데 그는 이제 팔소매를 걷어붙이고 내게 시비를 걸어오고 있었다. 왜 여태 결혼을 하지 않았느냐고. 결혼에 대해서 어떻게 생각하느냐고. 그것도 영인이 빤히 지켜보는 앞에서. 바야흐로 나는 인내력의 한계를 느꼈다. 나는 그를 아주 어려운 상황으로 몰아넣어주리라 마음먹었다. 아주 까다롭고 깐깐한 처남감이 되어주리라!

"저는 결혼이라는 게 사람들의 삶에서 가장 중요한 의식이라고 생각합니다."

식사를 마치고 거실로 자리를 옮겨 맥주잔을 나누며 재원이 말했다. 그는 조금 조심스러워져 있었다. 자기는 원래 내성적이고 소심한 인물이라는 게 이제야 기억났는지.

"형님도 같은 생각이시리라 믿습니다. 다만 영인씨 때문에 머뭇거리고 계시는 걸 테죠."

나는 그의 결혼론에 진지하게 반응해야 할 필요성은 느끼지 않았다.

"요즘은 뭘 하고 지내나? 새로 시작한 게 있나?"

"일자리를 알아보고 있습니다."
"일자리를 알아본다고?"
"네."
"그건 뜻밖이구먼. 그래 어떤 일자리를 찾고 있지?"
"여러 가지가 있을 것 같습니다. 그 동안의 여행 경력이나 외국어를 써먹으려면 무역회사도 재밌을 것 같구요, 좀더 짧게 생각하자면 학원 강사 일도 괜찮을 성싶습니다."
"자넨 대학원에 재학중이었다고 하지 않았나?"
"물론 여건이 되면 공부를 마칠 겁니다. 하지만 당장 두 사람이 모두 학업을 계속하긴 어려울 것 같습니다."
 박재원은 그렇게 말하고는 멋쩍은 듯 영인을 돌아보았다. 나는 이해가 안 되는 얼굴로 다시 물었다.
"두 사람이라니? 자네는 원래 두 사람이었나?"
"제가 먼저 일을 해서 영인씨의 공부를 마치게 하고 싶습니다. 남자와 달라서 여자들은 한번 공부나 일을 중단하면 다시 계속하기 어려우니까요. 그래서 영인씨가 자리를 잡으면, 그리고 그때 형편이 된다면 저도 남은 학업을 마칠 생각입니다."
"영인이 공부를 왜 자네가 시키겠다는 거야?"
"결혼하면 남자가 가족을 책임지는 건 당연한 일 아니겠습니까…… 허락해주십시오. 영인씨와 결혼하고 싶습니다."
 나는 잠시 어처구니없는 얼굴로 두 사람을 돌아보았다. 영인은 그저 차분한 표정이었고 박재원은 진지함이 지나쳐 열에 뜬 모습이었다. 나는 손가락 끝의 간지러움을 견디기 힘들었다. 이런 기회에 그의 뺨을 한 대 갈겨버리고 싶은 충동 때문이었다.
"영인이랑은 얘길 했나?"

"형님께 먼저 허락을 얻으라고 했습니다. 영인씨한테는 오빠의 의견이 세상 무엇보다도 중요하다구요."

나는 사뭇 놀랍다는 표정을 지었다.

"네가 정말 그런 말을 했니? 발리까지 가서도 간섭이 지긋지긋하다고 야반도주했던 애가?"

영인은 아무 대꾸 없이 고개를 숙였다.

"물론 지금 당장 결혼식을 올리겠다는 건 아닙니다. 함께 살림을 차리겠다는 것도 아니구요. 다만 형님의 원칙적인 허락을 부탁드리는 겁니다. 그러면 저는 아마 아주 열심히 새 삶을 준비할 수 있을 겁니다. 형님한테나 영인씨한테나 절대 실망스럽지 않은 가족이 되겠습니다."

"자네 부모님께선 그래 뭐라고 말씀하시던가?"

"부모님께는…… 아직 말씀드리지 않았습니다."

"곧 말씀을 드려야겠구먼. 그럼 우리 천천히 생각하도록 하세. 조급하게 결정할 일이 아니니까. 자네 부모님도 영인이를 보셔야 할 테고, 나도 자네를 좀더 지켜봐야 할 테고, 그리고 자네 부모님과 나도 가능하면 한번 자리를 함께하고."

재원은 난감한 듯 맥주잔을 만지작거렸다.

"그게 말씀입니다, 형님, 저와 부모님과의 관계는 영인씨와 형님 사이처럼 매끄럽지 못한 편입니다…… 사실은 아주 본질적인 문제가 있습니다. 그래서 전 이미 오래 전부터 부모님과 관계를 끊다시피 하고 살고 있습니다. 제가 결혼을 하더라도 그건 제 부모님과는 상관없는 일이 될 겁니다."

나는 두 눈을 동그랗게 떴다.

"결혼을 하더라도 부모님과는 무관한 일이라고? 그러면서 지금 자네는 결혼이 사람들의 삶에서 가장 중요한 의식이라고 얘기하는 건가? 도무지 이해할 수 없는 친구로군."

"이해하시기 힘들 겁니다. 하지만 어쩔 수 없는 사정이 있었습니다."

"지금 자네가 서울에 돌아와 있다는 걸 부모님께서 알고 계시기나 하나?"

"제 부모님은 사랑보다는 다른 것들을 더 중요하게 여깁니다. 겉으로 드러나는 껍데기들을 말입니다. 특히 아버님은 권력이나 명예를 위해서는 가족의 인간적인 바람까지도 아무렇지도 않게 짓뭉개는 분입니다. 저도 나름대로는 그분을 이해하려고……"

"지금 자네가 서울에 있다는 걸 알고 계시냐니까?"

"……아직 모르십니다."

나는 고개를 저었고 목소리를 아주 딱딱하게 굳혔다.

"자네와 부모님 사이에 약간의 문제가 있다는 얘기는 내 이미 영인이 편에 들었네. 뭔지는 모르겠지만 자네한테는 무척 심각한 일이었겠지. 하지만 그렇더라도 부모와 자식간에는 사람 손으로 끊을 수 없는 천륜이 있는 법이야. 영인이와 결혼하고 싶다면 먼저 자네 부모님과 화해하도록 하게. 용서를 빌든지 용서를 하든지. 가족의 의미도 제대로 모르는 친구에게 내 동생을 시집보낼 수는 없어."

영인을 향해서도 나는 한마디 침을 놓는 것을 잊지 않았다.

"너도 똑똑히 들어라. 우린 어렸을 때부터 부모님의 사랑을 모르고 자랐다. 난 네가 결혼해서 가정을 꾸리고 아이들을 낳았을 때 그 아이들의 부모가 모두 부모 자식 간의 사랑이 무엇인지도 모르는 위인들이기는 바라지 않는다. 사랑은 자꾸자꾸 내려오면서 쌓이는 거지 맨땅에서 불쑥 솟아오르는 게 아니란 말이다. 내 얘기 알아듣겠니?"
"네."
작지만 분명한 목소리로 영인은 대답했다.
박재원이 힘없이 돌아간 후 나는 영인으로부터 칭찬을 받으리라 생각했다. 내 연기는 내가 생각해도 뛰어난 수작이었다. 감정이 듬뿍 실린 리얼리즘의 극치였다. 그럴 수밖에 없었던 게, 나는 마음속으로 그를 미워하고 있었고 그를 최대한 힘들게 만들어주리라 다짐하고 있었던 것이다. 그런데 뜻밖에도 영인의 반응은 시큰둥했다. 전철역까지 박재원을 바래다주고 온 그녀는 빈 잔에 혼자 맥주를 채워 마셨다.
"왜 그러니? 내가 뭘 잘못했니?"
"아뇨."
"그럼 왜 그러는 거야? 무슨 일 있었어?"
"아니라니까요."
그녀는 또 맥주를 마셨다. 나도 괜히 씁쓸한 기분이 되어 맥주잔을 기울였다. 그런데 그러자니 정말 씁쓸한 기운이 가슴속으로 스며들었다. 박재원과 장군 사이에서는 과연 어떤 사건이 있었던 것일까, 전말도 모르면서 나는 일방적으로 장군을 편드는 게 아니었을까, 단지 돈 때문에. 재원을 힘들게 만들었다고 흡족해하던 조금 전의 내 모습은 또 무엇이었을까…… 바람이 창을 심하게 흔들며 지나갔고 나는 다시 빈 잔에 맥주를 부었다.
"왜 그래요?"
이번에는 영인이 물었다.
"아니야."

"왜 그래요? 제가 뭘 잘못했어요?"
"아니라니까."
"놀랐어요. 형 연기가 너무 좋던대요."
 마침내 그녀는 내가 기다리던 말을 했지만 이미 나는 시들해져 있었다.
 그날 우리는 별말 없이 각자의 맥주만을 마셨다. 밤이 꽤 이슥하도록. 그러다가 자정이 되었고, 나는 마감 뉴스를 보기 위해 텔레비전을 켰다. 기상청 예보에 따르면 이틀 후부터는 장마가 시작될 것이라 했다.

23

 영인과 재원의 관계는 답보 상태로 빠져들었다. 영인은 애써 절제하는 태도를 취했고, 재원은 아마 나름대로 힘겨운 전쟁에 휘말려 있었을 것이었다. 자기 속의 서로 다른 두 욕망들 사이에서. 논리와 윤리와 분노의 욕망, 그리고 영인에 대한 사랑의 욕망 사이에서. 그러나 나는 그가 머지않아 화해의 깃발을 내걸리라는 것을 믿어 의심하지 않았다. 어떤 냉정한 분노도 눈앞의 사랑을 저지할 만큼 강력할 수는 없지 않겠는가.
 그러는 사이 나는 장군과 약간의 준비를 했다. 영인의 암종양 제거 수술 기록을 만드는 것이었다. 마지막 순간 영인을 빼돌리는 방법에 대해 나는 여러 가지를 고민했지만 역시 고전적인 수단을 쓰는 편이 가장 무난하리라는 결정을 내리고 있었다. 영인이 과거

위암에 걸린 적이 있었으며 수술을 받고 완치된 것으로 알고 있었으나 어느새 재발하여 더 많은 암세포를 여러 곳에 퍼뜨리고 있었다, 내장과 자궁에까지, 두 사람의 결혼이 가까워질 무렵에야 그같은 사실을 알게 된 영인은 충격 속에 종적을 감춘다…… 장군은 굳이 수술 기록까지 만들 필요야 있겠느냐고 물었지만 나는 단호히 그렇다고 대답했다. 당신 아들 박재원은 여간내기가 아니다. 자칫 허술한 틈을 남겼다가는 다된 일을 망칠 수도 있다. 장군은 군의관 시절 그에게 충성했다는 한 의사를 통해서 비밀리에 서류를 준비해주었다.

영인은 그날들 동안 충실한 재충전의 시간을 가졌다. 심리학과 대학원에서 사용하는 교재들을 그녀는 놀라운 속도로 읽어치웠다. 비가 내리는 날은 시장통에서 사온 튀김을 먹으며, 구름이 잔뜩 낀 날은 어두컴컴한 커피잔을 기울이며. 그녀 역시 장군의 아들이 조만간 백기를 펄럭이리라는 것을 의심하지 않는 모양이었다. 실제로 재원은 여전히 매일처럼 전화를 걸어오고 있었다. 그러나 아직 마음은 정하지 못한 상태였고, 영인은 그런 그에게 차분하게 생각을 정리하라고 조언하곤 했다. 그를 사랑하지만 오빠의 얘기는 모두 틀림없는 지적이라고. 자기도 그가 가족의 의미를 좀더 진지하게 되새겨주기를 바란다고.

그러던 어느 날 아침 우리는 드디어 한 통의 흥분되는 전화를 받았다. 수화기 너머의 목소리는 장군 것이었다.

"무슨 일이 있었는지 알겠나? 그애가 전화를 했어. 그애가 내게 전화를 했단 말일세."

나는 몰래 한숨을 내쉬었다.

"축하드립니다."

"고마우이. 이젠 정말 일이 일사천리로 진행되겠어."
"그랬으면 좋겠군요."
"그럴 테지. 그럴 거야. 영인이라고 했던가. 그 아가씨한테도 고맙다더라고 전해주게. 앞으로 조금만 더 수고를 부탁한다고."
"알겠습니다."

전화를 끊고 나는 영인에게 그 소식을 전했다. 그때 그녀는 샤워중이었는데 나는 두 번씩 반복해서 소리를 질렀다. 사정을 파악한 그녀는 내게 외출 준비를 지시했다. 그 즈음 우리 작전의 연출권은 거의 그녀에게 넘어가 있었다. 나는 무대 소품 담당 쯤으로 좌천된 형편이었고. 종양 제거 수술 기록을 만들어야 한다고 한사코 우긴 것도 사실은 그녀였다.
"갑자기 어딜 가려는 거야?"
욕실에서 나온 그녀에게 나는 불만스레 물었다.
"보고 싶은 영화가 있어요. 오늘 아니면 앞으로 또 오랫동안 기회가 없을 것 아녜요."
"영화 같은 거야 그 친구 만나서 보면 되잖아?"
"재원이랑 있을 땐 아무것도 마음놓고 즐길 수가 없어요. 같이 외출 한번 하기가 그렇게 싫어요?"
"그런 게 아니라, 청승맞게 비도 내리고, 이제 곧 그 친구한테서 전화도 올 테고……"

투덜거리긴 했지만 나는 과히 기분이 나쁘지 않았다. 그 동안 늘 그녀를 재원에게 빼앗긴 듯한 상실감 속에서 살고 있었는데 그녀는 그래도 나와의 데이트를 챙기고 있었던 것이다. 그녀는 거울 앞에 앉아 커다란 빗을 집어들었다.
"재원이 전화야……"

그런데 그때 전화벨이 울렸다. 나는 수화기를 들었다. 영인은 거울 속에서 고개를 내저었다. 재원이 자기를 찾는다면 없다 하라는 뜻으로. 그러나 그 전화는 그녀를 찾는 것도 아니었고 재원으로부터 온 것도 아니었다.
"오늘 별일 있으세요?"
예쁜 목소리의 주인공은 상은이었다. 나는 엉겁결에 대답했다. 그 무렵 나는 특별한 일이 없는 하루하루에 길들여져 있었기에.
"아니, 아무 일 없어."
"그럼 저 차 한잔 사주실래요?"
"그래? 그러지 뭐."
우린 한 시간 후에 대학로의 모 카페에서 만나기로 약속하고 전화를 끊었다.
나는 당연히 영인이 함께 나가리라 생각했다. 함께 차를 마시고 함께 영화를 보리라. 그러나 영인은 갑자기 생각을 바꿨다. 그녀는 추적거리는 빗속으로 외출하고 싶은 마음이 없노라고 말했다. 내가 이유를 물었더니 엉뚱한 소리를 늘어놓았다. 옷이 없다. 장마철엔 옷을 아껴야 한다. 비 오는 날 입은 옷은 다시 입질 못하니까. 재원일 언제 만나야 할지도 알 수 없는 일이고. 그리고 그녀는 레오노라 캐링턴의 「거대한 아기」를 펼쳤다. 그것으로 끝이었다. 그녀가 캐링턴의 그림을 펼쳐들면 나는 그녀와의 의사 소통을 포기해야 했다.
상은은 그럭저럭 건강해진 모습이었다. 아픈 그녀를 이국 땅에 팽개치듯 버려두고 떠나왔던 터라 나는 몹시 미안했고 반가웠다. 차를 마시며 그간의 사정들을 간략히 주고받은 다음 상은은 영화를 보고 싶다고 했다. 나는 무슨 영화를 보려는가를 물었다. 내심

이상한 날이라고 중얼거리며. 그런데 그녀가 원하는 영화는 아침에 영인이 들먹였던 바로 그 영화였다. 나는 더할 수 없이 상쾌한 기분으로 동의했다. 영화는 바로크 시대 모 음악가의 삶을 사랑과 야망과 섹스로 풀이한 것이었다. 제목이나 포스터가 풍기는 분위기만큼 격조 높은 영화는 아니었지만 그런대로 시간은 죽일 만했다. 게다가 내 입가에는 시종 흐뭇한 미소가 떠나지 않고 있었다. 어쩐지 나는 영인의 변덕에 복수의 철퇴를 내리는 기분이었던 것이다.

 영화관을 나와서 맛있는 스테이크를 썰고 다시 커피를 마시던 중 나는 상은에게 무언가 용건이 있음을 알게 되었다. 나는 그냥 지나가는 말로 요즘 그녀가 어떻게 지내는가를 물었는데 그녀는 무척 많이 망설이며 대답을 골랐다.
 "뭘 좀 생각하고 있어요."
 삼사 분을 머뭇거리다가 마침내 그녀는 그렇게 말했다.
 "생각이라니?"
 "연극을…… 아니 그러니까 희곡을 하나 써볼까 하구요."
 나는 무척 놀랐다. 그러나 내가 놀라는 시늉을 하면 그녀가 더 놀랄 것 같아 아무렇지도 않은 척했다.
 "그 얘길 그렇게 어렵게 해? 연극 배우가 희곡에 관심을 갖는 건 당연한 일이지. 그런데 어떤 이야기야?"
 "사실은 새 걸 만드는 게 아니라 각색 작업 정도에 불과해요."
 조금 더 이야기를 나누면서 나는 그녀가 지난 가을 우리가 실패했던 연극「하얀 피아노」를 붙잡고 있음을 알게 되었다. 그녀의 수두로 무대에 올리지도 못한 채 막을 내려야 했던 연극을. 더구나 소품 담당 보조였던 박정욱이 '연모'라는 괴상한 극단과 손잡고 「가면 담다디」라는 섹스극으로 만들어버린 연극을. 그건 몹시 감동적인 이야기였다. 그녀는 그 연극에 많은 부채 의식을 느낀다고 말했다. 또한 부채 의식보다 훨씬 강한 애정을 느낀다고도. 그녀가 손수 각색을 결심하게 된 것은 「하얀 피아노」가 「가면 담다디」 따위와는 본질적으로 다른 연극임을 사람들에게 보여주고 싶었기 때문이었다. 그래서 「하얀 피아노」의 독특함을 강조하는 방향으로 작업을 시작했으며, 사실은 이미 대강의 일차 각색은 마무리가 된 형편이다. 나는 사타구니가 젖을 정도로 흥분해서 손을 내밀었다.

"어디 좀 봐."

그녀는 손등으로 입술을 가리며 웃었다.

"지금은 없어요. 집에 있죠. 관심이 있으시면 다음에 제가 한번 보여드릴게요."

나는 그녀를 끌고 나와 택시를 탔다. 그리고 불광동의 그녀 집으로 향했다.

상은의 글솜씨가 그처럼 매끄러웠음을 그날 나는 처음 알았다. 내가 직접 쓴 희곡을 바탕으로 약간의 각색을 가한 것이었다지만 그건 원작보다 훨씬 더 깔끔한 미각을 갖추고 있었다. 뿐만 아니라 원작이 간과한 많은 의미와 상징들을 세련되게 부각시키고 있었다. 그녀의 언어 유희 세계에 빠져들어 나는 눈도 깜빡이지 않고 두 번을 읽어버렸다. 다만 한 가지 아쉬운 점이라면 그녀가 연극을 너무 희극적인 방향으로 몰고 갔다는 사실이었다. 이를테면 남편과 아내의 관계라든가 아버지와 딸의 관계가 모두 미묘한 우스꽝스러움으로 대체되어 있었다. 딸의 목욕 장면을 엿보는 아버지와 아들, 그걸 알고는 딸이 아버지에게 꼬리친다고 한바탕 소란을 일으키는 어머니, 자기 혐오증에 빠져들어 자살과 절대 독재의 양극단을 오락가락하는 아버지. 딸이 남자 친구와 주고받는 가족 비평도 영락없는 코미디 대사였다. '이런 가족도 가족이라고 해야 하는 거니?' '글쎄, 잘 얘기하면 새 걸로 바꿔줄걸' 등등.
"영인이와 이 연극에 대해서 많은 얘기를 나눈 모양이지?"
그녀의 글솜씨에 대해 솔직한 칭찬을 늘어놓은 다음 나는 그렇게 물었다. 희극은 나와 논쟁을 벌일 때마다 영인이 들고나온 불변의 지론이었던 것이다. 그러나 그녀는 전혀 생소한 표정을 지었다.
"아뇨. 걔가 무슨 이야길 하던가요?"
"그건 이상한데. 영인의 주장도 이쪽이었거든."
"「하얀 피아노」를 어떻게 하면 「가면 담다디」와 선명하게 구별지을까 고민했어요. 「하얀 피아노」는 인간 관계를 진정한 인간들의 사랑으로 끌어올리려는 노력이었잖아요? 비록 비틀린 가족사를 다루었지만. 그런데 「가면 담다디」는 오직 섹스와 리비도의 전시장이 되어버렸죠…… 그래서 생각을 거듭하던 중이었는데, 이번에 덴파사르 종합병원에 누워 있는 동안 문득 그런 느낌이 스쳐갔어요. 세상은 참 우스꽝스런 연구 대상이구나 하는 느낌요. 태양과 다른 별들을 움직이는 사랑 작전도 그랬고, 임무 수행 직전 갑자기 맹장염을 앓아 드러누워버린 내 신세도 그랬고. 예측할 수 없는 사건들이 도처에 널려 있으니."
"그래서 모든 게 우연스런 희극에 불과하단 말인가?"
"그렇게까지 부정적인 건 아니구요. 삶에는 진지함과 희극이 적절한 비율로 배합되어 있는 게 아닐까 싶어요. 우리 임무는 그걸 밝히고, 또 적절한 비율이 무엇인지를 찾아내는 일일 테구요. 그런데 더 재밌는 건 진지함이나 희극적임이 객관적인 실체가 아니라 우리의 태도 속에 존재한다는 사실이에요. 맹장염 사건만 해도 그렇죠. 제가 만약 그걸 비극적으로 받아들이기 시작했다면 얼마나 엄청난 비극이었겠어요."

나는 무어라 할말이 없었다. 영인이와 이 문제에 대해서는 이미 신물이 오르도록 논쟁을 벌여온 까닭이었다. 게다가 다른 한편으로 내 속에서는 묘한 의문이 제기되고 있었다. 그녀의 원고를 나는 정신없이 재미있게 읽었는데 왜 내 연극이 그렇게 되어서는 안 된다고 생각하는 것일까.

"피곤해 보여요. 요즘 일이 너무 힘들었던 모양이네요. 생각은 나중에 계속하고 음악이나 한 곡 들으세요. 아주 편안한 걸로 들려드릴게요."

상은이 늘 내게 요구하는 바는 생각을 접는 연습이었다. 그녀는 자기 삶의 주인이 되기 위해서는 어느 무엇에도 매몰되지 말아야 하며, 가장 경계해야 할 매몰 대상은 바로 스스로의 생각이라고 말하곤 했다.

그녀는 정말 편안한 음악을 틀어주었다. 바순 협주곡이었다. 나는 잠시 두 눈을 감고 소파에 머리를 기대었다. 모차르트였을까 베버였을까. 내가 아는 바순 협주곡의 작곡가는 그들 두 사람뿐이었다. 모차르트보다는 베버에 가까울 성싶었다. 현란한 기교보다는 분위기가 돋보이는 음악이었으니까. 그런데 나는 왜 희극을 애써 거부하는 것이었을까. 아니 그보다, 왜 내 주변에는 희극을 주장하는 사람들이 점차 늘고 있는 것이었을까. 우리 연극계 전체로 보자면 희극은 아직 진지한 연극의 한 자그만 사마귀 정도에 불과할 텐데…… 그런데 그런 고민들을 하다가 나는 깜박 잠이 든 모양이었다. 눈을 떴을 때 사방은 깜깜한 어둠에 잠겨 있었다. 내가 눈을 뜬 곳이 어디인지도 알 수 없었다. 잠시 시간이 흐른 다음에야 나는 잠들기 전의 상황을 기억해내었고, 내가 여전히 소파에 기대어 있으며 이제는 벌써 밤이 깊은 시각이리라는 것을 알게 되었다. 어딘가에 형광등 스위치가 있으리라는 생각에 조심스럽게 일어나 벽을 더듬었다. 그러나 내 조심성은 충분하지 못했고, 나는 어떤 모서리에 발이 걸려 요란하게 넘어지고 말았다. 그 소리에 상은이 나타나 거실 불을 켰다. 구세주처럼.
"괜찮아요? 절 부르지 그랬어요."
 꼬마아이를 안듯 그녀는 나를 안아 일으켰다. 그녀의 체온을 느끼며 나는 문득 호흡이 가빠졌다. 그 순간 내 머릿속으로는 지난해 마지막날 밤의 사건이 스쳐지나갔다. 사건이라고도 말할 수 없는 작은 일이. 함께 술을 마시다가, 그녀를 바래다주겠노라고 객기를 부려서는 집 앞까지 왔다가, 꼬리를 감추듯 슬금슬금 달아나버렸던 일이. 나는 얼른 아무렇지도 않은 듯 몸을 일으켜세웠다.
"잠이 들어버렸나? 몇 시나 됐지?"
"너무 곤하게 자길래 안 깨웠어요. 열한시 반쯤 되었을 거예요."
 떠나고 싶지 않은 충동과 싸우느라 나는 허겁지겁 그녀에게 작별을 고했다. 원고 꾸러미를 챙겨들고 두 발을 구두 속으로 쑤셔넣으며 거리로 나섰다. 실컷 자고 일어나서는 술 취한 사람처럼 허둥대는 모습을 그녀는 이해할 수 없었을 것이었다.
 집에 도착한 것은 자정이 조금 지난 시각이었다. 영인은 담배를 피며 혼자서 마감 뉴스를 보고 있었다. 나는 괜히 조바심이 나서 상은의 희곡 원고를 흔들었다.

"상은이한테 이런 글재주가 있는 줄은 몰랐어. 영인이 얘기했던 바로 그런 연극이던데."
"그 희곡 때문에 오빠를 만나자고 한 거예요?"
"꼭 그런 건 아니고, 얘기 끝에 알게 되어서 내가 오늘 당장 봐야겠다고 우겼어. 그래서 집으로 갔지."
"상은이 집으로 갔다구요? 여태 거기 있었어요?"
"아, 아니, 그러려고 한 건 아니고, 원고만 보고 나오려고 했는데, 음악을 듣다가 그만 잠이 들어버렸어…… 우습지? 나도 모르게 잠이 들어버리고 말았어."
 나는 스스로에게 어처구니가 없었다. 왜 그런 이야기는 지껄이는 것이었을까.
"아주 편안했던 모양이네요."
"그래. 바순 협주곡이었거든. 모차르트가 아니면 베버 같았는데, 아마 베버였을 거야."
"저도 보고할 게 있어요. 오늘 하룻동안 아주 많은 일들이 있었어요."
"집에 있지 않았어?"
"물론 집에 있었죠. 오빠가 나가고 두 시간이 지날 때까지는요. 그런데 장군의 아들한테서 전화가 왔어요."
 그녀는 가장 건조한 목소리로 그날의 일을 보고했다. 박재원의 전화를 받고 그녀는 그의 자취방으로 갔었다. 그가 마음을 돌린 것에 대해 약간의 상을 내릴 필요가 있었기에. 그런데 장군이 아들에게 전화를 걸었다. 오는 토요일 그들 부부가 결혼 삼십주년 파티를 열기로 했으니 영인과 함께 참석하라고 말했다. 파티에는 재원의 귀국을 환영하는 의미도 있으니까. 다른 참석자들의 명단을 들은 재원은 거절했다. 대체로 장군과 비슷한 부류의 인사들이었던 것이다. 전화가 끊어진 다음 영인은 재원과 다퉜다. 자기는 그 파티에 참석하고 싶다고. 그들은 제법 심하게 싸웠고, 영인은 기분이 상해서 혼자 대학로로 나왔다. 거리를 돌아다니다가(그녀는 얘기하지 않았지만 아마 나를 찾고 있었을 것이었다. 불쾌한 일이 생기면 그녀에겐 누군가 화풀이 대상이 필요했으니까). 그녀는 뜻밖에도 홍두와 유미를 만났다. 그들은 루머라는 커다란 카페에서 지배인과 얘기를 나누고 있었는데, 나중에 알고 봤더니 결혼식장을 섭외중이었노라고 했다. 두 사람은 한 달 후로 결혼 날짜를 잡은 것이었다.
"홍두와 유미가? 한 달 후에 루머에서 결혼한단 말이야?"
그건 코밑에 수염이 자라기 시작한 이후로 내가 접한 가장 충격적인 소식이었다. 그들이 그런 일을 벌이리라고는 정말이지 꿈에도 생각해본 적이 없었다. 그러나 영인은 담담하게 이야기를 이었다. 우리 일행이 발리로 떠난 이후 홍두와 유미는 각각 영인과 나를 찾으려고 애쓴 모양이었다. 그러다가 우리집 현관 앞에서 마주치게 되었고, 우리의 실종에 대한 불평으로 의기투합하여 깊은 관계로까지 발전한 것이었다. 유미의 늘씬한 다리와 홍두의 게슴츠레한 눈빛을 함께 떠올리니 내 입에는 홍건히 침이 고였다. 세상은 그래서 그럭저럭 굴러가는 모양이었다.
"두 사람이 여기까지 왔더랬어요. 오빠 못 본 지도 오래 되었다구요. 자정이 가깝도록 기다리다가 조금 전에 돌아갔어요."
그들을 만나지 못한 게 무척 아쉬웠다. 조금만 일찍 눈을 떴더라도 희대의 조화로운 커플을 만나볼 수 있었을 텐데. 그런데 영인의 보고는 거기서 끝난 게 아니었다.

"장군네 파티 있잖아요. 그날 모두 함께 가기로 했어요. 오빠랑 홍두, 유미언니 모두요."
"그건 또 무슨 소리야? 재원이도 안 가기로 했다면서?"
"재원이 전화가 다시 왔어요. 오빠랑 모두 함께 가자구요. 홍두와 유미언니도 파티라는 말을 듣고는 무조건 참석을 선언했어요."
"그래서 그 동안의 일들을 설명해주었어?"
 영인은 고개를 끄덕였다.
"어쩔 수 없었어요."
 푸우. 나는 길게 한숨을 내쉬었다. 홍두와 유미가 그림 속으로 끼여들면 이젠 또 어떤 예측 불허의 사건들이 기지개를 켤까. 역사는 밤에 이루어진다고 하더니, 내가 깜박 잠에 떨어졌던 사이 정말 많은 일들이 벌어진 셈이었다. 진지함과 희극은 늘 함께 움직이게 마련이라는 상은의 의견에 나는 조금은 더 진지하게 동의할 수 있을 것 같았다.

24

 파티 시작 시간은 오후 여섯시였다. 홍두와 유미, 상은과 나로 이루어진 우리 일행은 여섯시 오분 전쯤 장군네 대문 앞에 도착했다. 유미가 친구에게서 빌린 하얀색 소나타Ⅱ 승용차를 타고서였다. 상은이 함께 가게 된 것은 영인의 주장 때문이었다. 모두들 짝을 지어 나타나는데 나만 혼자 외톨이로 돌아다닐 수는 없다는 것이었다.
 "오빠, 인사드리세요. 재원씨 아버님 되세요. 이쪽은 제 오빠구요."
 영인은 입구에서 장군과 함께 손님들을 맞이하고 있었다. 나는 장군과 초면인 듯 인사를 나누었고, 일행을 인사시켰다. 그런데 그건 참 묘한 기분이었다. 영인이 이미 다른 집 사람이 된 듯한 모습을 본다는 것은. 단지 연극이었음에도 불구하고 나는 그녀를 빼앗겨버린 듯한 아픔을 느낀 것이었다. 이제 그녀는 내 손이 닿을 수 없는 먼 하늘로 날아가버린 듯한. 더구나 그녀는 연푸른색 드레스 속에서 한 송이 수국처럼 아름답게 반짝였다.

널찍한 정원에는 이미 많은 사람들이 와 있었다. 십여 개의 커다란 식탁들이 두 줄로 차려져 있었고, 모 호텔에서 나온 케이터링팀이 부지런히 돌아다니며 음식과 음료수를 배달하고 있었다. 식탁의 배경에는 커다란 나무들이 숲처럼 우거져 있었고, 그 한 구석에서는 통돼지 한 마리가 기름을 뚝뚝 흘리며 구워지고 있었다. 현악 사중주단의 고상한 클래식 선율에 맞춰. 누군가의 설명에 의하면 그 돼지가 구워지기 시작한 것은 지난밤 자정부터였다고 했다. 홍두는 두 손바닥을 마주 비볐다.

"모처럼 훌륭한 파티를 만나게 되는군요. 파티에 차려진 음식들은 주최자의 인격을 고스란히 반영하게 마련이죠. 이게 연극이 아니었다면 더 좋았을 텐데."

나는 기분이 언짢았다.

"무슨 소릴 하는 거야?"

"제 얘기는 영인이 정말 이 집 며느리가 될 예정이라면 좋겠다는 겁니다. 이렇게 훌륭한 음식을 차릴 줄 아는 사람이 며느리에게 못된 시부모가 될 리는 없지 않겠어요?"

"호텔에서 뷔페를 부르는 건 인격이 아니라 돈이야."

"그렇지 않아요. 돈이 아무리 많아도 구색을 갖출 줄 모르는 사람들의 식단은 엉성하기 짝이 없는 법이에요. 저걸 좀 보세요. 탕평채와 수삼겨자채, 그리고 오색냉채, 얼마나 절묘한 조합입니까. 장어의 크기도 적당하구요."

"게다가 파티가 있으면 며느리의 친구까지 초대할 줄 아는 사람들이고 말이지?"
"뭐 꼭 그렇대서 드리는 말씀은 아닙니다. 저런, 저렇게 탐스러운 타르타르스테이크는 처음 보는데요. 이건 정말 장난이 아니군요."
그는 참 많은 사물들의 이름을 알고 있었다.
잠시 후엔 파티가 정식으로 시작되었다. 장군과 그의 부인이 내빈들에게 인사말을 했고 샴페인이 터졌다. 사람들은 박수를 치고 접시를 들고 음식이 차려진 식탁으로 갔다. 구미에 맞는 음식들을 골라 담은 다음 곳곳에 세워진 파라솔 아래로 들어갔다. 우리 일행도 빠지지 않고 먹기 대열에 참여했다. 홍두와 유미는 새로운 음식을 한 가지씩 접할 때마다 전문가로서의 품평을 잊지 않았다.
"이 대합그라탕은 왜 색깔이 죽어버렸을까요. 당근을 조금 덜 익혔어야 했는데."
"그러게요. 브로컬리도 조금 더 넣어야 했어요."
"뫼니에르는 신선한 것 같으네요. 스위스제 버터를 썼나봐요."
나는 마음을 편안히 갖기로 했다. 이미 일은 자체의 관성으로 진행되고 있었다. 내가 조금 더 긴장하고 마음을 쓴다고 달라질 것은 없었다. 그들의 품평회에 귀를 기울이며 나는 그들이 칭찬하는 음식들을 한 젓가락씩 접시에 옮겨 담곤 했다. 그런데 그들의 품평회에 귀기울이는 사람은 나 말고도 몇 명이 더 있었다. 짙은 화장과 갖가지 보석으로 몸을 치장한 중년의 부인들이었다. 장군의 동료 장군들의 부인네였을까, 혹은 정부종합청사를 드나드는 이들의 부인네였을까. 그네들은 홍두와 유미의 전문가적인 촌평에 두 눈을 동그랗게 뜨기도 했고 고개를 연신 끄덕이기도 했다.

어떤 부인은 또 적극적으로 홍두의 의견을 물었다.

"글쎄 나도 그렇게 생각해요. 음식은 색상이 살아야 제 맛이 나는 법 아니겠어요. 그런데 이 바닷가재 요리는 어떻게 보세요?"

홍두의 강점은 어떤 주제 앞에서도 결코 물러섬이 없다는 데 있었다. 그는 여인이 가리킨 바닷가재 한 마리를 집어들어 아래위를 살펴보고 냄새도 맡아보더니 다시 내려놓았다.

"그런대로 잘 익혔군요. 소스도 강하지 않구요. 하지만 원래 롭스터는 사람들이 떠들어대는 만큼 가치 있는 요리는 아니랍니다. 만약 사모님께서 신선한 갑각류 요리에 관심이 있으시다면 더 맛있고 실속 있는 종류가 있죠."

"어머, 그게 뭐죠?"

"타이거프론, 그러니까 호랑이새우라는 겁니다. 어른 손가락 두 개 정도의 굵기에 한 뼘 남짓한 길이를 가졌는데 껍질 아래 하얗고 부드러운 속살이 가득 차 있어요. 철판에다 버터를 두르고 살짝 구우면 그 향기만으로도 며칠 분 꿈이 만들어진답니다."

"어쩜…… 정말 낭만적인 요리네요. 그런데 왜 호랑이새우라는 이름을 붙였을까요?"

"직접 보시면 아실 테지만 껍질의 무늬가 꼭 호랑이 가죽처럼 생겼거든요."

"그건 어딜 가면 맛볼 수 있을까요?"

다른 부인의 질문이었다.

"글쎄요. 몇 군데가 있는데…… 제가 여태껏 경험한 바로는 싱가포르의 래플즈 호텔 레스토랑이 최고의 맛을 선보였던 것 같군요. 파타야의 트로피카나 호텔이나 콸라룸푸르의 젠팅 하이랜드에서도 나오긴 했지만 어쩐지 선도가 떨어지는 느낌이었어요……."
 어느새 우리는 십여 명의 부인네에 둘러싸여 있었다. 그녀들은 모두 홍두의 낚시바늘에 걸려든 물고기들처럼 우리 곁을 떠날 줄 몰랐다. 우리가 멈추어 서면 함께 섰고 우리가 다른 음식을 향해 나아가면 함께 움직였다. 홍두는 신바람이 나서 그들에게 온갖 이야기를 풀어놓았다. 유미는 그러는 홍두를 자랑스럽게 부추기고 격려했다. 나와 상은은 그 무리가 부담스러워서 그만 빠져나오려 했지만 마음대로 되지 않았다. 홍두가 나를 불교방송국 프로듀서라고 소개했고, 부인들은 또 대단한 관심으로 이런저런 질문들을 던진 것이었다. 젊은 분이 대단하시군요. 불교에 그처럼 깊은 관심을 가지셨다니. 그런데 불교가 서양 종교와 비교해서 갖는 가장 중요한 특징은 무어라고 생각하세요?……!
 우리가 가까스로 그들 무리를 벗어난 것은 장군의 부름을 받고서였다. 식사가 한 시간 가까이 진행되었을 즈음 장군은 집사를 보내어 나와 상은을 집 안 서재로 초대한 것이었다. 그곳에는 장군과 그의 부인이 있었고 재원과 영인이 먼저 들어와 있었다.
 "따로 날을 잡아 자리를 마련해야 하는 건데, 이렇게 불쑥 초대해서 죄송합니다."
 장군은 정중한 절차를 시작했다. 그건 모두 준비된 일의 진행이었다. 나도 더불어 예의를 차렸다.
 "아닙니다. 이렇게 기쁜 자리에 불러주셔서 고마울 따름입니다."
 "부족함이 많은 제 아들놈을 가족처럼 대해주신다구요."
 "부족함으로 따지자면 제 동생이 훨씬 많은 셈이죠. 어려서부터 천방지축으로 자라서……"
 "그렇지 않습니다. 사실 전 영인양을 만난 게 두 시간밖에 되지 않았지만 벌써 흠뻑 정이 들어버린걸요. 우리 부부가 그토록 원했던 딸자식을 얻은 것 같기도 하구요. 당신은 그렇지 않소?"
"왜 그렇지 않겠어요. 그저 이게 꿈이 아니길 바랄 뿐이죠."
 장군의 부인은 영인의 손을 쓰다듬으며 말했다. 그녀는 장군과 나 사이에서 진행되는 거래를 알지 못했다. 따라서 그녀의 기쁨은 순수한 것이었고, 나는 그녀를 위해서 심심한 미안함을 느꼈다.
 그 자리에서 똥 마려운 강아지처럼 불편한 표정을 짓고 앉은 사람은 박재원뿐이었다. 장군과 나의 대화가 화기애애해질수록 그의 표정은 더 복잡하게 미묘해졌다. 그는 아마 그 자리에서 자신이 취해야 할 태도를 통일시키기가 어려웠을 것이었다. 자신과 영인의 장래를 생각한다면 장군과 내가 유쾌한 시간을 보내는 게 바람직했겠지만 부친에 대한 그의 증오심 쪽에서 보자면 그는 그렇게 사람 좋은 웃음을 머금고 즐거워하는 장군을 견디기가 힘들었던 것이다.
 그러나 장군은 또 나름대로 아들의 증오심을 누그러뜨리기 위해 최선을 다하고 있었다. 그는 그 자리에서 집사를 시켜 삼십 년 묵은 와인 한 병을 가져오게 했다. 아들의 손님에게 그가 얼마나 정성을 쏟는가를 보여주기 위해서였다. 그는 그 와인의 내력을 상세히 설명했고 우리 모두의 잔을 손수 채워주었다. 그리고는 재원과 영인의 앞날에 그들 부부가 지난 삼십 년 간 누려온 행복보다 더 아름다운 행복이 가득하기를 기원하노라고 말했다. 영인과 재원은 이미 결혼하는 쪽으로 굳어진 느낌이었다. 실제로 장군은 그런 말을 하기도 했다. 자신은 두 사람의 결합을 축원하고 싶노라고. 나 역시 반대할 이유는 없다고 말해주었고, 우리는 가까운 시일내에 다시 자리를 마련해서 구체적인 절차를 진행시키기로 의견을 모았다. 이야기가 이어지는 동안 줄곧 장군의 부인은 영인의 손을 쓰다듬고 있었다.
"산다는 건 결국 끊임없이 상처를 주고받는 과정 아니겠어요. 의도하건 의도하지 않건."
그 자리가 파하고 다시 정원으로 나왔을 때 상은이 속삭인 말이었다. 그녀 역시 장군의 부인이 마음에 걸린 모양이었다.
나는 이제 정말 홀가분해지고 싶었다. 앞으로의 일이 어찌되었건 그날 그 자리에서 내가 해야 할 일은 마무리지어진 셈이었으니까. 게다가 정원의 식탁에는 최고급 뷔페에서도 흔히 볼 수 없는 진귀한 요리들이 가득 차 있었으니까. 하지만 그건 전적으로 내 생각이었을 뿐 그날의 주요 행사는 아직 마침표를 찍지 않고 있었다. 내가 가까스로 홀가분해지려는 시점에서 나는 홍두의 엉뚱한 주절거림을 들은 것이었다.
"그런데 장군은 왜 다시 영인일 불러들였을까요?"
나는 잠시 후에야 그 말을 해석할 수 있었다.
"영인일 불러들였다니? 그게 무슨 소리야?"
"무슨 소리긴요. 그랬다는 거죠."
"언제?"
"조금 전에요. 못 보셨어요? 형님 일행이 정원으로 나오고 채 오 분도 지나지 않아 그 집사가 다시 나왔었잖아요. 등이 꾸부정하고 코끝이 빨간 양반 말예요."
"그래서?"
"그래서 영인일 데려갔죠…… 왜 그러세요? 뭐 짚히는 일이라도 있으세요?"
그건 아무런 일이 아닐 수도 있었다. 그런데 내 머릿속이 하얗게 흐려지는 것은 무슨 까닭이었을까. 나는 서둘러 주변을 돌아보았지만 영인의 모습은 보이지 않았다. 장군 역시 찾아지지 않았다. 그 공간에서 내가 아는 사람들 중 종적을 찾을 수 없는 이는 그들 두 사람뿐이었다. 재원은 그의 어머니, 그러니까 장군의 부인과 어느 파라솔 아래서 다정한 대화를 나누고 있었다.
"무슨 일일까요? 특별한 부탁이라도 하려는 걸까요?"
"그럴 리야 있겠어요…… 하지만 그럴지도 모르겠네요. 그처럼 은밀하게 불러들인 걸 보면. 벌써부터 등을 긁어달라는 건 아닐 텐데."
"돈을 들였으니 그만한 대가를 보장받겠다는 거겠지."
홍두와 유미는 온갖 불필요한 걱정들로 내 상상력을 자극했다. 상은은 침묵으로 사태를 관망했다.
영인의 화사한 연푸른색 드레스가 다시 정원으로 나온 것은 이십여 분이 지나서였다. 나는 다짜고짜 그녀를 붙들고 한쪽 구석으로 데려갔다. 홍두와 유미가 따라붙었지만 나는 차가운 시선으로 물리쳤다. 그들 한 쌍의 자아 확산증 환자들이 앞으로도 오래도록 주위를 맴돌리라는 것은 참으로 끔찍한 사실이었다.
"무슨 얘길 나눴지?"
나는 단도직입적으로 물었다. 영인은 의아스런 눈빛이었다.
"무슨 얘기라뇨?"
"장군과 무슨 얘길 나눴느냐고."
"장군과요? 장군과 얘길 나눈 사람은 오빠였잖아요."
"서재에서 나온 다음에 말이야. 홍두가 다 봤다던데. 무슨 얘긴진 모르지만 나한테까지 비밀로 할 건 없잖아."
그녀는 기가 막힌다는 표정이었다.

"그러니까 뭐예요, 내가 장군과 밀담을 나누고 나와서는 오빠한테 시침을 뗀다는 거예요? 그런 얘기예요? 언제부터 홍두를 그렇게 믿었어요?"
"홍두가 믿을 만한 친구라고 주장한 건 너였어."
"도대체 장군과 내가 어떤 음모를 꾸몄을까봐 그러는 거예요?"
"그거야 알 수가 없지. 그럼 지금 어딜 다녀오는 길인지 설명해봐."
"화장실요. 화장도 고치고. 이건 정말 믿을 수 없는 일이군요."
"아니, 잠깐만, 영인아!"
 그녀는 발끈해서 걸어가버렸다.
 나는 상황을 종잡을 수 없었다. 내 쪽에서 지나치게 민감한 반응을 보인 것이었을까. 그녀는 그저 화장실을 다녀왔을 뿐인데…… 그때 다시 홍두와 유미가 몰려오지 않았다면 나는 그렇게 믿어버렸을지도 몰랐다. 하지만 그들의 의견은 달랐다. 내 설명을 전해들은 유미는 어처구니없다는 듯 실소를 흘렸다.
"그래서 민재씬 그 말을 믿는다는 거야? 영인이가 직접 음모라는 말까지 했다면서?"
 홍두도 빠지지 않고 한마디를 거들었다.
"일이 점점 재미있어지는군요."
"글쎄. 재미있어지기만 해야 할 텐데, 영인이 기집애도 여우 같은 데가 있어서……"
 나는 작은 장난감이 되어버린 느낌이었다. 그들은 내 곁을 지나가며 툭툭 건드렸고, 나는 중심을 잃고 빙글빙글 돌았다. 그렇다면 내가 믿어야 할 사람은 누구였을까. 홍두나 유미였을까, 영인이었을까, 장군이었을까, 그렇잖으면 나는 나 자신을 제외한 어느 누구도 믿어서는 안 되는 것이었을까. 그런데 장군은 왜 또 영인을 은밀히 불러들인 것이었을까. 그들의 짐작이 사실이라면, 무슨 긴요한 이야기가 있었기에.

 파티가 끝날 때까지 나는 가면무도회의 초라한 광대처럼 적과 아군을 구분하느라 정신이 없었다. 정원을 가득 메운 고상한 현악사중주도 아무런 도움이 되지 않았다.

 마침내 파티가 파했을 때, 영인은 내게 함께 돌아갈 수 없노라고 말했다. 재원이 몹시 우울한 기분에 빠졌으며 그를 벗해주어야 한다는 것이었다. 나는 그녀에게 말하고 싶었다. 우울하기로 따지자면 나도 결코 재원보다 못하지 않노라고. 하지만 그 상황은 내게 그런 푸념의 권리를 주지 않고 있었다. 영인이 집으로 돌아온 것은 이튿날 새벽 동이 튼 다음이었다.

25

 일이 제대로 풀려나간 적은 한번도 없었다. 장군과의 거래가 시작되고부터. 그러나 장군네의 가든 파티를 다녀온 이후 사정은 더 엉망이 되고 말았다. 가뜩이나 불투명하던 영인의 행적은 안개 속으로 사라져버리고 나는 단단한 유리 상자 속에 갇혀버리고만 것이었다.
 "드디어 재원이 마음을 바꿀 모양이에요. 학업을 계속하는 쪽으로요. 어머님이 들으면 얼마나 기뻐하실까."
 "오늘은 그 사람이 무슨 얘길 했는지 알아요? 아기를 갖고 싶다고 말했어요. 그것도 많이요. 놀랍지 않아요? 이세에 대해서는 입도 벙긋하기 싫어하던 사람이었는데."
 데이트에서 돌아오면 영인은 이전보다 더 친절하게 이런저런 보고들을 했다. 하지만 나는 조금도 평화로워지지 못했다. 그녀가 보다 본질적인 무엇을 숨기고 있음을 느낄 수 있었기 때문이었다. 그것은 틀림없는 일이었다. 그녀의 눈에서는 점점 광채가 사라지고 있었는데, 그건 그녀가 스스로의 연기 속에 몰두하지 못하고 방황함을 뜻했던 것이다.
"우린 서로를 도와야 할 입장입니다. 솔직히 말씀해주십시오. 영인이에게 무슨 말씀을 하신 겁니까."
나는 장군에게 전화를 걸었다. 장군은 내 질문을 이해하지 못했다. 그런 시늉을 했다. 영인양에게 무슨 말을 했다니? 도대체 무슨 소릴 하는 건가? 그쪽 일이야 자네가 모두 알아서 처리할 바 아닌가? 나는 다시 한번 진지하게 물었다. 그가 내게 숨기는 일이 있다면 나 역시 최선을 다할 수 없노라고. 예상 못한 문제들이 불거져나와 일을 망쳐버릴지도 모른다고. 그랬더니 뜻밖에도 장군은 목소리를 높였다.
"이것 보게, 성민재군. 나는 군인이야. 군인은 거짓말을 하지 않아. 어떤 비열한 음모에도 가담하지 않고. 내 말 알겠나. 만약 자네가 이제 와서 꼬리를 감추는 거라면 정말이지 실망이 크네."
그 대목에서 나는 전화를 끊을 도리밖에 없었다. 하지만 그의 엄포는 아무런 신뢰감도 주지 않았다. 그처럼 공명정대한 군인이었다면 그는 애당초 나와 칠천만 원의 뒷거래 따위도 시작하지 않았으리라.
그럴 수만 있다면 나는 내가 알지 못하는 부분에 대한 신경을 끊어버리고 싶었다. 장군과 영인이 어떤 이야기를 주고받았는지, 그들 사이에서 어떤 은밀한 이중 거래가 이루어지고 있었는지. 그러나 그러기는 불가능했다. 공식적으로 나는 그들의 중간 자리에 있었고, 이 한 편의 드라마를 총괄 지휘하는 위치에 있었다. 끊임없이 그들을 접촉하며 상황을 점검해야 했다. 그러노라면 나는 심상찮은 무언가가 진행되고 있음을 너무도 선명히 느끼곤 했던 것이다.

나를 가장 빈번히 배신하는 것은 영인의 묘연한 행적이었다. 그녀의 행적은 가든 파티 이후로 묘한 불투명성을 띠고 있었다. 그녀는 내가 알지 못하는 어떤 시간으로 홀연히 사라졌다 돌아오곤 했으며 적절한 해명을 거부했다. 홍두를 만났다거나 유미와 인사동의 모모 미술관을 찾았다거나 하는 따위로 둘러대곤 했다. 그러나 나중에 확인해보면 그들은 그 시각 영인을 만난 일이 없었다.
"그런데 말예요, 혹시 상은씨 집에서 밤을 샌 적이 있었나요?"
홍두는 영인의 행적을 묻는 내게 엉뚱하게도 그런 질문을 했다.
"누구? 나 말인가?"
"그럼 누구겠어요."
"상은이랑 나랑 둘이서?"
"있어요? 없어요?"
"도대체 지금 무슨 얘길 하는 건가? 자넨 날 그런 인간으로 보나?"
"글쎄 저도 잘 모르겠지만…… 영인이 언뜻 그런 이야기를 했어요. 형이 상은씨 집에서 잠을 잤노라구요. 그것도 함께 영화 구경을 가기로 하고 화장까지 하고 있는 자기를 내팽개치고 나가서는요. 전 그런 일이 있었을 리 없다고 말했지만 영인인 절 믿지 않더군요. 자기가 직접 당한 일을 없었다고 우기는 건 월권이라나 뭐라나……"

그런 얘기를 듣노라니 나는 괜히 가슴이 울렁거렸다. 실제로 나와 상은 사이에서 모종의 사건이 있었던 듯한 기분이었다. 또 영인은 그걸 질투하는 느낌도 들었고. 과연 그럴 수가 있었을까. 하지만 그런 이야기를 늘어놓은 사람은 어느 누구도 아닌 자아 확산증 환자였다.
　홍두는 또 영인이 다른 어떤 일로 충격을 받은 것 같더라는 말도 했다. 정확히는 알 수 없지만 아마 이번 작전과 관계된 일 같더라. 작은 일이 아닌 모양이더라. 그렇잖으면 벌써 자신에게 털어놓았을 텐데. 그런데 그 점에 대해서는 나도 같은 생각이었다.
　"짐작되는 바는 없나? 자넨 종종 영인이의 마음을 읽어낼 수 있지 않았나."
　그는 고개를 저었다.
　"이번 일은 달라요. 비집고 들어갈 틈이 없어요. 영인이 철문을 잠그고 셔터까지 내려버렸거든요. 그럼 끝이죠."
　"그런 일이 자주 있는 건 아닐 테지?"
　"좀처럼 없는 일이죠."
　"그럼 한번 뒤집어서 생각해봐. 어떤 문제가 걸렸을 때 영인이 자네한테조차 그런 침묵을 지켰지?"
　홍두는 내 질문을 진지하게 받아들였다. 오래도록 정신을 집중시켜 고민했다. 그러더니 이윽고 이렇게 대답했다.
　"아주 중요한 문제들이었어요."
　영인이 내게 대화를 요청한 건 그렇게 며칠이 지나가던 날 새벽이었다. 장군네의 가든 파티로부터 따지자면 일주일 가량이 지난 날이었다. 그녀는 요란스레 내 방문을 두드렸다.
　"무슨 일이야?"
　나는 어설픈 잠에서 끌려나와 문을 열었다. 그녀는 잠자리의 옷이 아닌 외출복을 입고 있었다. 청바지와 티셔츠에 가벼운 재킷까지. 나는 얼른 눈살을 찌푸리며 두 손을 내저었다.

"아니야. 제발. 난 지금 아무 데도 가고 싶지 않아. 또 무슨 꿈을 꿨는진 모르겠지만 한강에는 눈도 내리지 않는다구."

"거긴 벌써 다녀오는 길이에요. 커피 한잔 마시지 않을래요?"

그녀는 주방의 불을 밝히고 커피메이커에 물을 부었다. 내게는 달리 선택의 여지가 없었다. 두 눈을 비비고 투덜거리며 거실의 소파에 나와 앉을밖에. 거실 벽의 시계는 겨우 다섯시를 가리키고 있었다. 그녀가 이미 한강 나들이를 다녀온 길이라는 게 그나마 위안이었다.

커피를 준비하는 그녀를 나는 물끄러미 지켜보았다. 그 무렵 내 행동 원칙은 조급함을 먼저 비치지 말자는 것이었다. 내가 조바심을 보이면 보일수록 그녀는 더 깊숙한 곳으로 숨어버릴 게 분명했으니까.

"형은 요즘 많이 편안해진 모습이에요. 풍요로워진 것 같기도 하고."

탁자 위에 두 잔의 커피를 내려놓은 영인은 그렇게 말했다. 발리를 다녀온 이후로 그녀가 나를 형이라 칭한 것은 그때가 처음이었다. 나는 놀랐지만 내색하지 않았다.

"왜 그런 소리를 하지?"

"글쎄요. 저도 그 이유를 생각해봤지만 알 수 없었어요…… 새벽에 형이 하늘로 날아오르는 걸 봤어요. 누군가랑 함께였는데, 전 아니었어요. 커다랗게 반짝이는 날개를 훨훨 내저으며 높이도 날더군요."

"난 어딜 다녀온 기억은 없는데?"

그때 문득 홍두의 목소리가 들려온 것은 무슨 까닭이었을까. 영인이 언뜻 그런 이야기를 했어요. 형이 상은씨 집에서 잠을 잤노라구요. 그것도 함께 영화 구경을 가기로 하고 화장까지 하고 있는 자기를 내팽개치고 나가서는…… 나는 영인에게 묻고 싶었다. 정말 그런 이야기를 그런 기분으로, 그러니까 질투 어린 감정으로, 홍두에게 한 적이 있느냐고. 있었다면 그건 무슨 까닭이었느냐고. 그러나 어쩐지 입술이 열리지 않았다.
 "얼마나 부러웠는지 몰라요. 하늘을 나는 건 제가 제일 좋아하는 꿈이거든요. 인간들은 모두 바닷가의 모래처럼 자잘한 알갱이들이잖아요. 날개도 없고, 부드럽지도 않고, 물이나 바람에 떠오를 수도 없구요. 게다가 특별히 커다란 마음을 가진 것도 아니고. 어쩌다 재수가 좋으면 그럴듯한 구조물의 일부가 될 수는 있겠지만, 역시 자유로움과는 거리가 먼 운명이죠."
 "자유로워지는 방법에는 아마 여러 가지가 있을 거야. 이렇게도 생각할 수 있지 않겠어. 인간들은 네 말처럼 자잘한 모래 알갱이에 불과하지만 함께 거대한 무엇을 쌓아나갈 운명을 타고났노라고 말이야."
 난 내가 지껄이는 말의 뜻을 알지 못했다. 그저 어떻게든 그녀를 다독거려야 한다고 생각했다. 그러나 그녀는 이미 나름대로의 방법을 찾아두고 있었다.
 "며칠 여행을 다녀와야겠어요."
 "여행? 어디로?"
 "그건 아직 정하지 않았어요. 바닷가가 좋겠지만 요즘엔 너무 복잡하겠죠?"
 "누구랑 가는 거야?"
 "혼자서요."

"무슨 일 있었어?"

나는 그녀를 똑바로 들여다보지 않을 수 없었다. 그녀는 고개를 젓더니 다시 가만히 끄덕였다. 그 모습은 너무 작고 쓸쓸해 보였다.

"일이야 늘 있는 거잖아요…… 생각을 좀 해야겠어요. 누가 한 가지 제의를 했거든요."

"어떤 제의지?"

"재밌는 제의예요. 자세한 건 나중에 가르쳐줄게요."

"그건 안 돼. 꼭 여행을 떠나야겠다면 막진 않겠지만 이유는 먼저 이야기해야 돼. 내가 도움이 될 수 있을지도 모르잖아."

"나중에 알게 될 거예요."

그녀는 조용히 완강했다. 나는 그녀의 입을 열기 위해 여러 가지 수단을 동원했지만 소용없었다. 그런데 이상한 일은 그처럼 완강한 그녀 앞에서 도무지 화를 낼 수 없었다는 사실이었다. 모든 객관적인 상황으로 판단하건대 내게는 명백히 그녀를 붙잡을 권리가 있었음에도.

"며칠이나 걸릴 것 같아?"

"길지 않을 거예요. 이삼 일? 아니면 닷새쯤?"

마지막으로 나는 박재원이 그녀의 여행을 알고 있는가를 묻고 싶었다. 그녀가 부재하는 동안 그가 그녀를 찾는다면 어떻게 해야 하느냐고. 그러나 차마 그런 질문은 할 수 없었다. 그녀는 삶의 가장 깊숙한 심연으로 여행을 떠나는 모습이었는데 내 관심은 오로지 장군과 돈에만 매달려 있는 듯한 인상을 줄 수는 없었던 것이다.

커피잔을 비운 다음 영인은 내 눈을 가만히 바라보았다. 그 눈길은 내게서 무언가를 원하고 있었다. 그렇게 느껴졌다. 나는 그녀가 원한다면 어떤 일이라도 기꺼이 돕겠노라고 생각했다. 여행 파트너가 필요하다면 기꺼이 동행해주리라. 그러자 그녀가 부탁했다.
"제 커피잔 좀 씻어줄래요?"
나는 고개를 끄덕였다.
영인은 그 길로 일어나 배낭을 메고 나갔다. 나는 문을 잠그고 멍하게 그녀가 떠나간 자리를 바라보다가 다시 침대로 들어가 잠을 청했다. 쉽사리 잠을 이룰 수 없을 것 같았지만 그녀가 만들어준 커피는 어떤 수면제보다 강력하게 나를 깊은 잠으로 이끌었다.
서른 번이나 마흔 번쯤을 이어진 전화벨 소리에 잠이 깬 것은 정오가 가까워서였다. 땀을 얼마나 흘렸는지 머리카락이 흥건하게 젖어 있었다. 전화는 재원으로부터 온 것이었다. 그는 조급한 목소리로 영인을 찾았다. 나는 영인이 집에 있는지 어떤지를 알 수 없어 주위를 두리번거렸다.
"글쎄, 영인이가……"
그러다가 나는 탁자 위에 놓인 두 개의 커피잔을 보았다. 이른 새벽에 있었던 일이 비로소 생각났고, 그게 꿈이 아니었다는 것을 알았다. 나는 내가 마시다 만 커피잔을 들어 한 모금을 삼켰다.
"여행을 다녀오겠댔어. 사나흘쯤."
"여행을 갔다구요? 어디로 간댔나요?"
그의 목소리는 한결 더 조급해졌다.
"그건 나도 몰라."
"무슨 일이 생겼습니까? 왜 갑자기?"
"나도 모른다니까. 오히려 내가 자네에게 물어야 될 형편 같은데?"

나는 그저 생각없이 그렇게 말했다. 그런데 그런 말을 하고 나니 정말 그런 생각이 들었다. 영인의 갑작스런 여행에는 분명 재원이 관계되어 있으리라는. 어떤 방식으로든. 그렇잖으면 왜 그가 처음부터 상기되어 있었겠는가. 선뜻 대꾸하지 못하는 그를 향해 나는 딱딱하고 차가운 목소리를 깔았다.
"자네가 얘기하고 싶지 않다면 굳이 강요하진 않겠네. 하지만 무슨 이유로든 난 내 동생이 힘들게 되는 건 원치 않아."
그의 대답이 돌아온 것은 제법 시간이 지나서였다.
"죄송합니다. 모두 제가 못난 탓입니다…… 괜찮으시다면 지금 형님을 찾아뵙고 모든 걸 말씀드리고 싶습니다."
"모든 거라니?"
"직접 뵙고 말씀드리겠습니다."
한 시간 후 재원은 내 아파트의 초인종을 눌렀다. 나는 여전히 푸석푸석한 모습으로 그를 맞았다. 그는 내게 오늘 방송국에 나가지 않느냐고 물었고 나는 그렇다고 대답했다. 프로그램 진행자가 녹화 관계로 지방을 내려간다기에 어제 녹음을 마쳤다. 게다가 영인이 문제로 마음이 심란하여 하루를 쉬기로 한 터이다.
"그런데 두 사람 사이에서 무슨 일이 있었던 건가?"
담배를 권한 다음 나는 그에게 해명을 요구했다. 그는 아주 어렵게 뜸을 들이고서야 입을 열었다.
"영인씨가 요즘 많이 힘들어하는 모습이었습니다. 특히 제 부모님을 뵙고서부터 말입니다…… 전 그걸 이해할 수 있었습니다. 겉보기엔 모두가 화해하고 모든 게 다시 매끄럽게 맞물려 돌아가는 것처럼 보이지만 사실은 그렇지가 않거든요. 저와 아버님과 어머님 사이가 모두…… 영인씨처럼 섬세한 사람이 그걸 느끼지 않을 수 없었겠죠. 그리고 제게 물었습니다. 대관절 무슨 일이 있었느냐구요. 부모님과 저 사이에. 전 얘기하고 싶지 않았지만 얘기해야만 한다는 걸 알았습니다. 만약 그걸 모르고 저와 결혼한 영인씨가 나중에라도 우연히 알게 된다면 더 큰 충격을 받을지 모른다고 생각했기 때문입니다."

"그게 무슨 얘긴지 물어봐도 되겠나?"

"제가 지금 형님을 찾아온 건 그 말씀을 드리기 위해섭니다. 어쩌면 다시는 형님을 못 뵙게 될지도 모르겠지만……"

재원은 다시 잠시를 망설였지만 마음을 바꾸지는 않았다.

"제겐 아주 소중한 친구가 두 명 있었습니다. 고등학교를 함께 다녔고, 대학교도 함께 들어갔습니다. 술과 담배를 배운 것도 그 친구들과 함께였고, 당구 큐대를 처음 잡은 것도 그랬습니다. 마찬가지로 우리는 학생 운동 서클의 멤버가 되었습니다. 형님도 아시겠지만 그 시절엔 누구나 그런 일들을 겪게 마련이었으니까요. 그럴 이유도 있었고…… 그런데 제 아버지는 다른 생각을 했습니다. 제가 소위 운동권 언저리를 맴돌게 된 게 전적으로 그 친구들 책임이라 믿은 겁니다. 매일처럼 저만 보면 무릎을 꿇려 앉히고는 일장 연설을 늘어놓더군요. 간부회의에서 소령 중령들을 질타하는 식으루요. 네 친구들은 모두 불우한 가정 배경을 지녔다, 불평 불만이 많아 사회 비판적인 성향을 띨 수밖에 없다, 그러나 너는 다르다, 너는 보다 건설적으로 사회에 이바지해야 할 운명을 타고 났다, 이후로 두번 다시 그 친구들과 어울리는 일이 없도록 해라…… 전 그런 아버지를 인정할 수 없었습니다. 너무 도식적이고 이기적이라 생각했습니다. 어쩌면 저는 그래서 더 깊숙이 학생 운동에 집착하게 되었는지도 모릅니다. 그 두 친구들로 말하자면 오히려 저 때문에 더 깊이 빠져든 것일지도 모르구요. 아무튼 그러다가 상황이 발생했습니다. 그 친구들이 차례차례 수사 기관으로 끌려가 돌아오지 않게 된 겁니다……"

 박재원은 부친에게 온갖 방법으로 매달렸었노라고 했다. 부탁도 하고, 사정도 하고, 단식 농성도 벌이고. 그러나 소용없었다. 부친은 숫제 아무런 반응도 보이지 않았다. 재원은 그 일의 배경에 애당초 부친이 자리하고 있었으리라 의심하지 않을 수 없었다. 그는 부친의 폭력에 맞서 일을 벌이기로 했다. 그는 커다란 학내 시위의 선봉에서 깃발을 치켜들었고, 전경들의 곤봉에 얻어맞으며 경찰서로 연행되었다. 그는 자신이 친구들과 같은 운명을 걷게 되기를 원했다. 하지만 그것 역시 부친에 의해 불가능해졌다. 친구들은 기나긴 심문 끝에 영장을 발부받아 휴전선의 소총수로 배치되었지만 자신은 집 앞의 동사무소 방위병으로 소집된 것이었다. 더 잔인했던 일은 두 친구들이 몇 달을 버티지 못하고 망가뜨려지고 말았다는 사실이었다. 한 친구는 연병장의 유격 훈련 구조물에 목을 매 자살했고, 다른 친구는 의병 제대를 당했다. 병명은 정신분열증이었다. 그건 죽음보다도 끔찍한 일이었다. 그가 얼마나 투명하고 생기 있는 친구였던가를 기억하는 재원에게는 더 그랬다.

 서클 친구들은 재원을 찾아와 욕지거리를 늘어놓았다. 운동할 자격도 되지 않는 녀석이 운동을 한답시고 얼쩡거리다가 친구들만 다치게 한다고 말했다. 그들은 다시는 그를 보지 않게 되기를 바란다고 했다. 재원은 아무런 의욕도 가질 수 없었다. 그는 어디에도 소속될 수 없었고 누구의 친구도 될 수 없었다. 그가 할 수 있는 일이라고는 떠나간 친구들을 그리워하는 것과 부친을 증오

하는 것뿐이었다.

"영인씨께 이 모든 걸 들려주었습니다."

긴 이야기를 마무리지으며 재원은 담배를 뽑아들었다. 나는 라이터를 켜주었다.

"그래, 영인인 뭐라던가?"

"아무 말도 하지 않았습니다. 그냥 물끄러미 절 바라보았는데, 눈가가 붉어지는 것 같더군요."

"그게 언제였지?"

"어제였습니다."

나는 영인의 기분을 이해할 것 같았다. 그녀는 아마 어떤 허전함에 빠져들었을 것이었다. 허망한 일에 열정을 바치고 있었다는, 가치 없는 인간을 위해 너무 많은 일을 하고 있었다는……

"정말이지 면목이 없습니다. 형님이나 영인씨가 다시는 저를 보시지 않겠다고 해도 이해하겠습니다."

나는 달리 할말이 없었다. 그는 충분히 지독한 측은지심을 일깨우고 있었으니까.

"그게 어디 자네만의 잘못이겠나. 오늘 얘기는 천천히 다시 생각해보도록 하세. 영인이 어떻게 받아들이는지도 지켜보고."

"혹시 영인씨가 지금 있는 곳을…… 아닙니다. 영인씨 연락이 오거든 잘 좀 다독거려주십시오. 제가 너무 미안해하더라고도 전해주시구요."

"알겠네. 자네도 좀더 편안해지도록 하게. 자괴감에 빠져든다고 지난 일이 달라지는 건 아니잖은가."

"고맙습니다."

재원은 일찍 자리를 일어섰다.

그가 떠난 후 이제 고민의 순서를 넘겨받은 사람은 나였다. 장군과의 거래가 시작될 즈음 이미 나는 내가 알지 못하는 뒷얘기가 있으리라는 점을 의심하고 있었다. 그들 부자 사이에는 모종의 사건과 관계가 얽혀 있으리라. 그렇지 않고서야 그들 사이가 그처럼 벌어질 수는 없지 않았겠는가. 그러나 나는 그 관계에 대해 관심 갖기를 거부하고 있었다. 그런저런 사정을 따지기 시작한다면 아무런 거래도 이루어지지 못할 게 뻔한 까닭이었다. 재원과 인간적인 대화를 원치 않았던 것도 그런 까닭이었다. 그런데 결국 내 앞에는 은밀한 관계의 보자기가 풀어헤쳐지고 있었다. 이제 그것을 외면하기는 불가능해 보였다. 이제 나는 장군이라는 인물에 대해 냉정한 판단을 내려야 할 모양이었다. 재원이 말한 파렴치한 비극이 모두 장군의 지시하에 이루어진 것인지, 그렇잖으면 그의 의도적인 개입과는 무관히 이루어진 것인지. 그 판단에 따라 다음 단계를 결정해야 하리라. 계속 장군을 도울 것인지 작전을 접을 것인지…… 영인이 여행까지 떠나면서 고민하는 바도 그 문제가 아니겠는가.

유미의 전화가 걸려왔을 때 나는 그렇게 어정쩡히 담배 연기 속에 잠겨 있었다. 그녀는 조심스런 목소리로 영인의 행방을 물었다. 나는 영인이 여행을 떠났노라고 대답했다.

"기어이 여행을 떠났어?…… 언제 돌아온대?"

그녀는 무언가를 아는 말투였다.

"그거야 모르지. 생각이 정리되면 돌아오겠지."

"함께 가지 그랬어."

"글쎄, 나도 그러고 싶었는데 영인이 굳이 혼자 가고 싶댔어."

그건 좀 우스운 대답이었다. 나는 함께 가겠노라는 말을 하지도 않았고 영인이 나를 거절한 일도 없었던 것이다. 그런데도 나는 거짓말을 하고 있다는 느낌은 들지 않았다. 유미는 조금 더 어두워졌다.

"그럼 그 얘기도 들었겠네?"

"무슨 얘기?"

"장군이 어쩌고 하는 거."

"응. 유미씨는 어디서 들었어?"

나는 그녀가 장군과 재원과의 관계에 대해 이야기하는 거라 생각했다.

"어제 영인이 찾아왔었어. 늦게까지 함께 술을 마셨어. 기집애, 아무한테도 이야기하지 말라고 신신당부하더니…… 그런데 그 인간 참 웃기더라."

"누구?"

"누군 누구야. 박영한 장군이지. 민재씬 어떻게 생각해?"

긴 한숨이 스며나왔다.

"모르겠어. 차근차근 생각해봐야지."

"그래? 차근차근 잘 생각해봐. 버스 떠날 때까지. 장군도 장군이지만 민재씨도 참 웃기는 인간이야. 민재씨가 맨날 그 모양이니 영인이 어떻게 안 흔들릴 수 있겠어. 그 정도 버틴 것만도 대견스런 일이지."

유미는 갑자기 언성을 높였다. 나는 영문을 알 수 없었다.

"당장은 어떻게 할 수도 없어. 석연찮은 점들이 너무 많잖아. 사정을 좀더 알아보고, 장군이 정말로 어떤 위인인지도 확인해봐야지."

"장군이 어떤 위인이건 우선 중요한 건 민재씨와 영인이의 문제잖아. 이 년이 넘도록 같이 살았으면서 아직 뭐가 석연찮고 뭘 더 알아봐야 한다는 거야."
 "이 년이 넘진 않았어."
 "맙소사."
 "그런데 이 년이 넘었건 안 넘었건 그게 이번 일이랑 무슨 상관이지?"
 "그럼 상관이 없어? 세상에. 한 여자가 한 남자랑 한집에서 이 년 씩이나 함께 살았다는 게 무얼 뜻하겠어? 영인이 밥해먹고 잠잘 곳이 없어서 민재씨네로 들어간 거라 생각해?"
 "그런 건 아니겠지만, 우린, 남자와 여자로서 함께 지낸 건 아니야."
 나는 생각지도 않았던 말을 더듬거리고 있었다. 왜 그런 변명을 늘어놓아야 했을까.
 "오라, 그랬었군. 그러니까 민재씨는 영인일 떼어버릴 기회만 노리고 있었다 이거지. 하기야 그럴 만도 하지. 이 년씩이나 함께 살았으면 지겨워질 때도 되었지. 그런데 마침 기가 막히는 기회가 만들어졌고."
 "기회라니?"
 "영인이 박재원과 결혼해서 미국으로 유학만 가준다면 더 바랄 나위가 있겠어? 민재씬 다시 자유의 몸이 되고, 장군은 흡족한 나머지 몇 천쯤의 사례비를 더 얹어줄 테고."
 "도대체 지금 무슨 얘길 하는 거야?"
 "무슨 얘긴 무슨 얘기야. 장군의 그 비열한 제의지."
 그제서야 내 머릿속으로는 한 줄기 섬광이 스치고 지나갔다. 왜 그걸 잊고 있었을까. 제의라는 말이 있었지. 영인이 새벽길을 나서며 나눴던 대화 속에는. 생각을 좀 해야겠어요. 누가 재밌는 제의를 했거든요. 자세한 건 나중에 가르쳐줄게요…… 나는 유미에게 정중한 부탁을 했다.
"장군이 영인에게 어떤 제의를 했는지 정확히 좀 얘기해주겠어?"
"그럼 그 얘기를 들은 게 아니란 말이야?"
유미는 놀라서 주춤했다. 꽤 오랫동안 망설이는 모양이었다. 그러나 그녀는 결국 다른 도리가 없다고 결정했다.
"할 수 없지 뭐. 어차피 민재씨도 알아야 할 얘기니까…… 그날, 장군네 가든 파티에서 영인이 잠시 증발했을 때 말야, 홍두씨가 본 게 맞았대. 장군이 영인이만 몰래 다시 서재로 불러들였던 거야. 그리고는 글쎄, 자기 아들이랑 정말로 결혼해줄 수 없겠느냐고 물었다는 거야. 연극이 아니라 진짜로. 그렇게만 한다면 다른 모든 일들은 장군이 알아서 처리할 것이며 박재원과 윤영인 부부를 미국으로 유학 보내주겠다고…… 일이 이만큼 진행되고 보니 만약의 일들이 두려워졌던 거지. 영인이 그림에서 빠져나갔을 때 박재원이 제대로 삶을 지탱할 수 있을지도 불확실했을 테고. 게다가 영인은 자기 며느리가 되어도 좋을 만큼 충분히 지적이고 매력적이었고……"
그녀의 설명은 그간의 모든 일들을 간결하게 정리하고 있었다. 장군은 영인에게 그런 제의를 했다. 자신의 진짜 며느리가 되어주지 않겠느냐고. 영인은 아마 혼란에 빠진 모양이었고, 그것은 파티 이후 며칠 동안 이어진 그녀의 수상쩍은 행태를 설명했다. 재원은 또 나름대로 다른 해석을 내린 모양이었다. 자신의 부모를 만난 영인이 회의적으로 변한 것이라고. 때문에 그는 아예 부친의 모든 비리를 그녀에게 고백하기로 마음먹은 것이었다.

하지만 내게는 아직도 유미에게 확인해야 할 부분이 남아 있었다.
"그런데 말이야, 영인이 그런 얘길 했었어? 밥해먹고 잠잘 곳이 없어서 내 집으로 들어온 건 아니라고?"
"아니."
"그럼 왜 그런 소릴 한 거지?"
"굳이 말하지 않아도 알 수 있는 일들은 있어. 더구나 같은 여자들끼리는. 민재씬 그럼 영인이가 기거할 곳이 없어서 민재씨네로 들어갔다고 생각하는 거야?"
"그런 건 아니지만……"
"남자 나이가 서른 하고도 서넛이나 되었으면 자기가 저지른 일에 대한 책임은 질 줄 알아야지. 자꾸 어린애처럼 보이려고 노력하지 마. 나 배고프니까 전화 끊어. 끊고 차근차근 잘 생각해봐. 십 년이든 이십 년이든."
"아니야. 그런 게 아니야. 유미씨가 뭘 잘못 생각하는 모양인데, 내 얘기는……"
나는 또 변명을 늘어놓으려 했다. 누구를 향해선지도 알 수 없는. 그러나 이미 전화는 끊어진 다음이었다.

26

 유미와의 통화는 나를 무아지경으로 빠뜨렸다. 고요하고 평화로운 상태가 아니라 너무 많은 생각들이 뒤얽혀서 도무지 아(我)를 찾아낼 수 없는 지경이었다. 나는 내가 누구이며 내가 살아온 삶은 무엇이며 내가 원하는 바는 또 무엇인지 어느 하나도 자신있게 정의할 수 없었다. 아파트는 문득 잘란 레간 뒷골목의 카페가 되어버렸고, 나는 또다시 네덜란드 호모와 욕쟁이 프랑스 창부들에 둘러싸이고 말았다. 맥주와 커피가 번갈아 위장으로 흘러들었다. 그런 지경은 이튿날 늦은 오후 상은이 초인종을 누를 때까지 계속되었다.
 "이게 무슨 일이에요? 누가 죽었어요?"
 문을 열자마자 두 눈을 동그랗게 뜨고 그녀는 그렇게 말했다.

"그럼. 시계바늘이 한 칸씩 움직일 때마다 얼마나 많은 사람들이 죽어가는데…… 들어와…… 여긴 어떻게 왔어?"

상은은 나를 부축해서 거실의 소파로 옮겨야 했다. 방안이 온통 빙글빙글 돌고 있었다.

"어떻게 오다뇨. 오늘 모여서 희곡을 검토하기로 했잖아요."

"희곡을?…… 아, 그랬었나. 그런 일이 있었군. 좋은 얘기지. 희곡이라. 맥주 한 깡 하겠어?"

"좀 가만 앉아계세요. 영인인 어딜 갔어요?"

"영인이? 글쎄, 영인이가 어딜 갔을까. 벌써 미국으로 떠난 건 아닐 테고. 아마 시댁에 다니러 갔을 거야."

"시댁이라뇨?"

"장군네지 어디야. 상은이도 가봤잖아. 그날, 성대한 가든 파티가 있었던 날. 정원에는 베르사유의 숲이 우거져 있고, 거실에는 노트르담 대성당의 샹들리에가 드리워져 있고, 서재에는 대영 제국의 브리테니카 백과사전이 한 호도 빠짐없이 진열되어 있고. 그런 집을 한번 방문하고 돌아오려면 적어도 며칠은 걸릴 테지. 원고는 우리끼리 검토해볼까?"

"언제부터 마신 거예요? 계속 혼자서 마셨어요?"

"그럼. 혼자지. 혼자고말고. 자아 확산증 환자들이 도처에 깔린 이 시대에 혼자서 술을 마실 수 있다는 건 대단한 행운이야. 한잔 한잔을 기울일 때마다 하늘을 나는 영혼들의 날갯짓이 들린다구. 비둘기가 되기도 하고 커다란 방패연이 되기도 하고. 그러다간 또 향기로운 포도주가 되어 쏟아져내리지. 장군 같은 작자는 삼십 년 아니라 삼백 년 묵은 포도주를 따도 이런 향기는 못 맡을걸……"

그때 나는 무척 신비로운 느낌을 경험하고 있었다. 내 중추 신경은 말짱했고 머릿속으로는 단숨에 구구단을 욀 수도 있었지만 입을 통해 내뱉아지는 말들은 허공으로 떠오르는 풍선떼처럼 자유로웠다. 피식피식 실없는 웃음도 새어나왔다.

"형은 우선 잠부터 자야겠어요. 이리 누우세요."

상은은 반강제로 나를 소파에 뉘였다. 나는 눕지 않으려고 버둥거렸지만 마음뿐이었다.

"괜찮아. 이 정도는 아무것도 아니야. 원고를 보여줘. 정 못 믿겠으면 상은이 읽어주든지. 그래, 그것도 좋겠는데. 희곡을 낭송하는 거야. 감정을 듬뿍 실어서. 그런데 오늘 같은 날 우리끼리 모여 앉아 희극이 어쩌구 비극이 어쩌구 떠들어봐야 무슨 소용이 있을까. 힘 있는 사람들은 연극이 자기네 사생활을 매끄럽게 만들 윤활유에 불과한 걸로 알고 있는데. 세상에, 모든 문화적인 작업은 독재자와 집 나간 아들을 잇는 교량이어야 한다니. 영인이 진짜로 장군의 며느리가 되기로 했대. 장군이 부탁했다더군. 아들과 결혼해준다면 돈도 많이 주고 미국에 유학도 보내주겠노라고......"

"도대체 무슨 소릴 하는 거예요? 맥주 마시다 가위라도 눌렸어요?"

"정말이야. 내 말을 못 믿는군. 하지만 좀 무섭기도 할 테지. 장군은 아들을 위해서라면 아들의 친구까지도 생매장시켜버릴 만큼 잔인한 양반이니까. 멀리 미국으로 떠난다는 게 그나마 다행이지. 맹장염만 일으키지 않았다면 지금쯤 그 영광은 상은이 것이었을 텐데...... 이제 저 방은 어떻게 하지? 광고를 내붙일까? 잠만 잘 분 구함? 아니면 우리 연극패의 다른 단원에게 잠자리로 제공할까? 수연이? 해미? 그렇지, 상은인 어때?......"

그뒤로도 나는 한참을 더 떠들어대었다. 그랬던 것 같았다. 그러다가 깜빡 필름이 끊어졌고, 다시 눈을 뜬 것은 몇 시간이 지나서였다. 나는 여전히 소파에 누워 있었고 거실의 벽시계는 아홉시 이십분을 가리키고 있었다. 상은은 주방 불을 켜고 식탁에 앉아 무언가를 읽고 있었다. 몸을 약간 움직이니 머리가 바스러지는 듯했다.

"녹차 한잔 마실래요?"

상은은 내가 깨어나는 소리를 놓치지 않았다. 그녀와 단둘이 있게 되면 나는 왜 늘 잠에 떨어지고 마는 것이었을까.

그녀가 끓여준 녹차를 마시면서 나는 잠들기 전의 상황을 전혀 기억하지 못하는 척 더듬거렸다. 그녀는 어떻게 이곳에 있고 나는 또 무슨 말들을 주절거렸는지. 하지만 그건 아무 소용이 없었다. 그녀는 이미 나보다 더 훤히 사정을 꿰고 있었다.

"형 자는 사이에 유미언니랑 통화했어요. 형이 술에 취해 떨어졌다니까 의아해하던데요."

"상은이도 알고 있었어?"

"아뇨. 하지만 놀랄 일도 아니죠."

"놀랄 일이 아니라니?"

나는 놀랐다.

"충분히 예상할 수 있는 일 아니었어요? 다른 사람도 아니고 영인이 투입된 바에는…… 뜻밖인 건 영인의 박재원에 대한 연민이 그처럼 깊어져 있었다는 점인데, 어쩌면 그것 역시 자연스럽다는 느낌도 들구요."

"그건 또 무슨 소리야?"

"영인이 이따금 그런 말을 했어요. 하루하루가 너무 힘겹게 지나간다구요. 소득 없는 전쟁을 치르는 것 같기도 하고, 자기 몸의 일부가 매일 조금씩 황무지 아래로 매장되는 듯도 하고. 걔가 얼마나 간절히 변화를 열망하며 살아가는지는 형이 더 잘 알잖아요."
"영인이 그런 소릴 했단 말이야?"
"그래요. 최근 들어 더 잦아진 셈이에요."
 온몸의 기운이 빠져 달아나는 느낌이었다. 나는 영인이 나와 함께 사는 동안 비교적 흥미진진한 하루하루를 보내는 것이리라 믿어온 터였다. 나름대로 자잘한 유희와 변주들을 즐기며.
"그런데 전 형이 가족이라는 단위에 대해 어떤 생각을 갖고 있는지 궁금해요. 사람들이 모여 하나의 가족을 형성해서 서로 돕고 의지하며 살아가는 방식에 대해서 말예요. 지금 형과 영인이 살고 있는 그런 방식말고.「하얀 피아노」라는 연극을 무대에 올리고 싶어한 이유는 또 무엇이었는지도 궁금하구요."
"갑자기 그건 왜?"
"영인이 결혼하고 싶어한다는 사실에 대해 형이 어떤 생각을 갖고 있는지 알고 싶은 거예요."
"하지만 걔가 원하는 변화라는 게 낯선 남자랑 결혼해서 미국으로 유학을 떠난다고 얻어지는 종류는 아니잖아?"
"물론이죠. 영인이 원하는 건 형식의 변화가 아니라 오히려 내부와 외부에서 함께 발생하는 화학 작용일 테니까. 그렇지만 문제는 가까이 있는 누구도 그걸 주지 못한다는 데 있는 거 아니겠어요?"
"그럼 영인이 누군가와, 그런 종류의 화학 반응을, 일으키려 노력하고 있었다는 얘기야?"
"영인이랑 하루 스무 시간 이상을 함께 지내는 사람이 누구죠?"
 나는 더 할말이 없었다. 상은은 아마 영인이 사는 모습을 가장 잘 알 사람이 누군가를 묻는 것일 터였다. 그러나 내게는 그 말이 훨씬 많은 뜻을 내포한 것처럼 들렸다. 갑자기 불거져나온 결혼이란 주제도 편안하지 못한 것이었고, 내가 머뭇거리자 상은은 원고 뭉치를 내 쪽으로 밀며 일어섰다.
"굳이 어려운 대답을 찾으려고 애쓸 필욘 없어요. 지난번에 형이랑 얘기한 부분을 손질했어요. 다른 곳도 조금씩 만지구요. 읽어보고 전화 주세요. 참, 영인이 일곱시쯤 유미언니한테 전화를 했더래요."
"어디서 전화했대?"
"그건 얘기하지 않았대요. 그냥 무척 평화로운 곳에 와 있다고만 하고."
"평화로운 곳?…… 또 무슨 얘길 했대?"
"글쎄요, 특별한 말은 없었나봐요. 여행을 떠나와 커피 한잔을 마시니까 더 먼 곳이 바라보인다고 했다던가, 그곳에서는 지금 자신을 괴롭히는 일들은 찾아지지 않는다고 했다던가…… 저 같으면 술병 따위는 이제 모두 발코니 아래로 던져버릴 거예요."
"그래. 그럴게. 미안해."
그녀가 돌아가고 나는 서둘러 유미에게 전화를 넣었다. 신호가 갔지만 아무도 대답하지 않았다. 쉰 번쯤 신호음이 되풀이된 다음 나는 별수없이 수화기를 내려놓았다.
평화로운 곳이라, 무척 평화로운 곳이라, 영인이 그런 말을 할 만한 곳이 과연 어디일까. 물을 좋아하는 아이니까 어느 한적한 바닷가라도 찾아간 것일까. 하지만 요즘 같은 피서철에 한적한 바닷가가 남아 있을까. 혹시 산으로 간 건 아닐까. 산에도 물은 많이 있을 텐데. 광대한 바다는 아니지만 맑고 차가운 물이 맹렬한 생명처럼 흘러내리고 있을 텐데. 그런데 그건 무슨 까닭이었을까. 여행을 떠나와 커피 한잔을 마시니까 더 먼 곳이 바라보인다느니, 그곳에서는 지금 자신을 괴롭히는 일들은 찾아지지 않는다느니, 그 말들이 낯설지 않게 들리는 것은 무슨 까닭이었을까…… 그 대목에서 나는 두 손바닥으로 이마를 쳤다. 그게 낯설지 않은 것은 당연한 일이었다. 나는 그와 유사한 삶의 지혜를 가르쳐준 누군가를 알고 있었고, 그 누군가는 바로 영인의 모친이었던 것이다.

그로부터 한 시간 후 나는 부산으로 내려가는 밤기차에 몸을 싣고 있었다.

27

 광안리에 있는 영인의 모친 집 대문을 두드린 것은 아침 여섯 시가 못 되어서였다. 이른 새벽이었지만 그녀는 단정한 옷차림을 하고 있었다. 피부는 윤기 있게 매끄러웠고, 안경을 끼지 않은 두 눈은 이슬처럼 투명했다. 그런 모습을 보고 그녀가 이미 쉰을 넘어선, 중년도 막차에 오른 여인이라 짐작할 사람은 많지 않을 것이었다.
 "어서 오렴."
 그녀는 놀라지 않았다. 일 년 만에 불쑥 찾아와 새벽 초인종을 누른 나를 마치 퇴근길의 가족처럼 담담하게 맞아들였다. 하지만 그녀는 내 얼굴에 드리워진 피로는 놓치지 않았다.
 "힘든 일이 있나보구나."

"밤차를 탔더니 그런가봐요. 혹시 영인이 오지 않았어요?"
"왔다."
"지금 집에 있어요?"
 그녀는 고개를 끄덕였다.
"하지만 아직 자고 있어. 너도 우선 눈을 좀 붙이렴."
 그녀는 내 출현의 이유 따윈 묻지 않았다. 다만 영인이 늦게까지 잠을 이루지 못하는 것 같더라고 말했다. 깨어나려면 제법 기다려야 할 테니 그 동안 나도 잠을 자두는 게 어떠냐고. 나는 그 권유를 사양했다. 영인을 마주하기 전까지는 도무지 잠을 청할 수 없을 것 같았기 때문이었다. 하지만 그녀는 부드럽게 완강했다. 그건 그들 모녀의 혈관 속을 흐르는 특징이었다.
"잠을 자지 않겠다면 그냥 누워 있기만 해. 넌 지금 당장이라도 쓰러져버릴 것처럼 초췌한 얼굴이야. 굳이 그런 모습으로 영인일 만나야 하는 건 아니겠지?"
 나는 그녀를 따라 그녀가 안내하는 방으로 들어갔다. 그녀는 익숙한 솜씨로 이부자리를 펴고 나를 그곳에 눕게 했다. 내 볼을 다정하게 토닥거려준 다음 방을 나갔다.
 내가 금방이라도 쓰러져버릴 듯해 보인다는 건 정확한 말이었다. 실제로 나는 더 힘들었던 기억을 찾기 어려울 만큼 지쳐 있었다. 영인이 그곳에 있다는 사실을 확인한 다음에는 더욱 그랬다. 억지로라도 그녀를 먼저 만나리라 고집부렸지만 이미 내 속에서는 그때까지 나를 지탱해주었던 긴장이 무너져내리고 있었던 것이다. 더구나 그 자리로는 새로운 문제가 밀려들고 있었다. 정작 영인을 마주하면 무슨 이야기를 해야 하는가에 대한 고민이었다. 그녀가 장군의 아들과 결혼하는 어리석은 불상사는 없도록 해야 할 텐데, 혹시 이미 그녀는 그쪽으로 주사위를 던진 것은 아닐까, 배낭을 짊어지고 장군의 일가라는 무대 위로 뛰어들기로, 만약 그렇다면 나는 어떤 방법으로 그녀의 연극을 깨뜨릴 수 있을까, 내게는 과연 그럴 만한 자격이 있는 것일까, 자격이……

 시간이 지나면서 나는 차츰 몽롱해졌다. 고민과 피로와 회의가 한데 얼버무려져서는 독한 코감기약처럼 나를 짓뭉갰다. 하지만 그건 썩 기분 나쁜 몽롱함은 아니었다. 내가 누운 방에서는 아스라한 추억의 향기가 배어나오고 있었다. 엷은 청회색의 문짝과 벽지는 그 옛날 이층집의 회벽 같은 아늑함을 주었다. 부드러운 감색 커튼은 바닷바람을 맞아 일렁이며 어린 시절의 속삭임들을 돌려주는 듯했다. 난 이담에 크면 엄마가 될 거야. 이 세상에서 내가 제일 좋아하는 사람은 우리 엄마거든. 오빠네 엄마도 나쁘진 않지만…… 영인은 그런 소릴 하곤 했었다. 그처럼 어른스럽던 그녀의 어린 목소리들이 사방 벽과 천장과 창틀에서 올올이 풀려나와 내 이마를 간지럽히며 날아다녔다. 여전히 몽롱함 속이었지만 나는 안도를 느꼈다. 그녀의 뿌리는 나의 뿌리와 닿아 있으며 나는 결코 그녀를 잃어버릴 수 없다는 느낌이었다. 더구나 내가 이곳 그녀 모친의 집에서 그 뿌리들에 편안히 감싸일 수 있는 한은.

 나는 꿈을 꾸었다. 영인이와 나는 거대한 나무의 두 가닥 뿌리였다. 우리는 달랐지만 서로에게 아주 가까이 위치해 있었다. 그곳은 따뜻하고 아늑했다. 우리는 잔뿌리들로 서로를 간지럽히며 깔깔깔 웃었다. 그러다가 그녀와 나는 조금씩 오르기 시작했다. 뿌리를 지나고 둥치를 지나 올라갔다. 높다란 줄기 끝에서 우리는 또 서로 다른 가지들로 나누어졌다. 햇살이 우리를 비추었지만 그

곳은 높고 위태로웠다. 나는 그녀 쪽으로 가기 위해 가지를 비틀었다. 그녀는 언제나 나보다 조금 더 높은 곳으로 올라가곤 했다. 그러다가 내가 거의 그녀를 따라잡게 되었을 때, 그녀는 이미 가지 끝에 이르러 꽃망울을 터뜨리고 있었다. 그러자 아름다운 새 한 마리가 날아와 그녀 위에 앉았고, 그녀는 역시 한 마리 날씬한 새로 변하더니 함께 날아가버렸다. 그녀를 데려간 새가 장군의 아들이라는 사실을 나는 선명히 느낄 수 있었다. 그것은 충분히 소름끼치는 악몽이었다. 나는 잠에서 깨어났다. 바람에 나부끼는 커튼 틈으로 한줄기 햇살이 비춰들고 있었다.

"영인인 어디 있어요?"

영인의 모친은 주방에서 무언가를 요리하고 있었다. 아무런 소리도 나지 않게 부드러운 칼질로.

"글쎄다. 어딜 잠깐 다녀오겠다더구나."

"나갔단 말예요?"

"그래."

"얼마나 됐죠?"

"두 시간쯤?"

시계는 어느 틈에 열한시를 가리키고 있었다. 맙소사. 나는 주방과 거실 사이의 커다란 거울에 얼굴을 비추며 까치집처럼 일어선 머리카락을 만졌다.

"그럼 다시 오는 거죠?"

"물론이지. 샤워나 좀 하려무나. 곧 식사가 준비될 테니."

잠시 안절부절못하다가 나는 그녀의 말대로 샤워를 하기로 했다. 적어도 그 집에서 나는 그녀의 말이라면 무엇이든 들을 준비가 되어 있었다. 내게 최초의 커피를 맛보이고 내 속에서 최초의 어른을 끄집어내주었던 사람이 바로 그녀였던 것이다. 샤워를 마치고 머리까지 감고 나오자 그녀는 내게 식탁을 차려주었다. 그녀가 특별히 나를 위해 요리한 것은 민어 매운탕이었다. 작은 돌냄비에서 차근차근 민어살을 발라먹고 두부와 무와 모시조개까지 한 조각 남기지 않고 먹어치웠다. 그리고는 당당하게 커피를 요구했다. 나는 한결 편안한 기분이 되어 있었다.
"영인이가 이모를 닮지 않은 유일한 부분이 요리인 것 같아요."
이모란 내가 영인의 모친을 부르는 호칭이었다. 그녀는 커다란 머그잔에 연한 커피를 가득 부어주었다.
"영인이 요리하길 좋아하지 않니?"
"이따금은 미친 듯이 요리에 매달릴 때도 있어요. 그럴 땐 그녀의 전생이 궁중 요리사가 아니었을까 싶어요. 하지만 일상적으론 아니에요."
"아직 젊어서 다른 할 일이 많아서 그럴 테지."
"그럴지도 모르겠네요."
"나도 젊어서는 요리가 손에 잡히지 않는 날이 많이 있었어. 가슴속의 호수가 너무 복잡하게 일렁여서 말이야."
"이모한테도 그런 날들이 있었단 말예요?"
"넌 가끔 날 섭섭하게 만드는구나."
"아녜요. 그런 뜻이 아녜요……"
샤워를 하고 식사를 하고 커피 한잔을 마시는 사이 어느덧 또 한 시간이 흘러가 벽시계는 정오를 가리키고 있었다. 그러나 영인은 기별이 없었다. 나는 그녀가 무슨 일로 어딜 나갔는지 궁금했지만 더 이상 그녀에 대한 언급은 않기로 했다. 그녀의 모친 앞에서 조급한 모습을 보이는 것은 가장 피하고 싶은 일인 까닭이었다. 대신 나는 우리가 이따금 도마 위에 올리곤 하던 단골 메뉴로 돌아갔다. 그건 내 아버지에 대한 이야기였다.
"그러니까 이모는 알고 있었단 말이죠? 아버지가 이모와 가까이 지내는 동안도 다른 여자들을 만나곤 했다는 사실을?"
"어떻게 모를 수 있었겠니. 네 아버지 몸에서는 언제나 다른 종류의 향수 냄새가 느껴지곤 했는데…… 물론 그 양반도 나름대로 노력은 했지. 커피를 마시고, 껌을 씹고, 담배 연기를 사방에다 내뿜고. 하지만 이질적인 향수에 대한 여자들의 후각은 어떤 연막으로도 방해할 수 없는 법이야. 네 어머니를 가장 힘들게 만든 것도 바로 그런 향기였을 게다."
"그런데 어떻게 아버지를 사랑할 수 있었죠?"
"사랑했다기보다는 그냥 좋아했다고 표현하는 게 맞을 거야. 난 네 아버지와 함께 있으면 편안하고 유쾌했지만 몇 주쯤 못 본다고 해서 하늘이 잿빛으로 변하진 않았거든. 어쨌건 그런 사람을 왜 좋아했느냐고 묻는 거라면, 글쎄다, 그 양반에게는 다른 누구에게서도 찾아보기 어려운 그 사람만의 방식이 있었기 때문이 아닐까."
"아버지만의 방식이라구요?"
"그래. 네 아버지만의 방식. 네 아버진 적어도 자기라는 존재를 소중히 여길 줄 아는 사람이었어. 이를테면 이런 거야. 프로야구 한국 시리즈 결승전이 벌어진다고 모든 남자들이 흥분해서 텔레비전 앞으로 몰려들 때도 네 아버진 레스토랑 창가의 자기 자리를 떠나지 않았어. 그 자리에 앉아서는 여느 때처럼 지나가는 처녀들의 몸매며 옷맵시에 점수를 매겼어. 그러면서 그날의 자기 자신을 점검한 거야."

"이모는 모든 걸 알고 있었군요."
"네 아버진 내게 아무것도 숨기지 않았지."
"그런데 그건 무슨 의미를 지니죠?"
"얘기하지 않았니. 그건 그 양반이 자기라는 존재를 소중히 여길 줄 아는 사람이었음을 뜻하는 거라고. 그런데 더 감탄할 만한 점은, 네 아버진 그렇게 혼자만의 고집을 우기면서도 결코 비장한 표정은 짓지 않았다는 사실이야. 왜 그런 사람들이 있잖니. 대다수의 의견이 자기와 다를 때면 헐크처럼 인상을 찌푸리는 사람들 말이야. 네 아버진 그러지 않았어. 그 양반은 모든 일에 진지했지만 아무것도 심각하게 여기지는 않았어. 너도 그런 얘길 하지 않았니? 네 친구들에게 그랬었댔나, 네 아버진 독창적인 면이 있었다고. 모든 사람들이 광을 내고 다니는 거리로 슬그머니 끼여든 또 하나의 멋쟁이는 아니었다고."

나는 고개를 저었다.
"그건, 그냥 해본 소리였어요. 사실 전 아버지가 당신 몫의 삶에 충실했노라고 자신할 수 없어요."

그 대목에서 영인의 모친은 나보다 더 단호하게 고개를 저었다.
"그렇지가 않아. 만약 네 아버지가 아직 건강하게 살아 있었다면 지금쯤 어디서 무얼 하고 있을 것 같으니?"
"그런 건 생각해본 적이 없어요."
"난 이따금 이런저런 공상을 해보는데, 아마 네 아버진 그린피스 회원이 되어 남태평양의 프랑스령 군도를 헤매고 있지 않을까 싶더구나. 반핵 반전 플래카드가 드리워진 함정을 타고."
"그래봤자 그건 또 하나의 변덕이었겠죠. 아버지의 삶은 늘 올올이 풀어져 있었으니까요."

"올올이 풀어진다는 게 무척 쉬운 일인 것처럼 말하는구나. 그러는 넌 네 삶이 올올이 풀어져본 적이 있다고 생각하니?"
 그건 좀 갑작스런 역공이었다. 글쎄, 그런 적이 있었을까. 내 삶이 올올이 풀어져본 적이. 그런데 올올이 풀어진 삶이라는 건 도대체 어떤 삶이었을까. 언젠가 영인이 얘기했던 것처럼 삶을 팽개치는 일련의 모험들이었을까. 그러면 개의 수호신이 그 삶을 물어다주고, 그러면 다시 더 멀리 내팽개치고…… 내가 선뜻 대답하지 못하자 그녀는 말을 이었다.
"풀어지기 위해서는 먼저 집중하는 법을 알아야 해. 호흡을 가라앉히고 두 눈을 가늘게 뜨고 자기 삶을 깊숙이 들여다보는 거지. 그리고 그 속에서 가장 소중한 무엇을 찾아내는 거야. 진정한 의미의 풀어짐이란 바로 그 가장 소중한 대상을 올올이 풀어버림을 뜻하는 거니까. 하지만 대부분의 사람들은 그 단계에까지 도달하지 못해. 자기 삶의 핵심을 풀어버리지 못하고 그저 주변의 알량한 자만심이나 흐트려버리는 정도지. 그러다가 할 일 없는 건달이 되기도 하고."
 삶의 신비로움을 향한 열정은 나이와는 무관한 모양이었다. 그녀의 두 눈은 그 새벽 내가 초인종을 눌렀을 때보다 더 젊어져서 반짝이고 있었다. 나는 그 눈빛에 감동했지만 어쩐지 조금씩 불편해졌다.
"언제나 다른 여자들을 만난다는 걸 알면서도 내가 네 아버지를 좋아할 수밖에 없었던 건 그 사람이 그런 방식에 자신의 삶을 걸고 있었기 때문이야. 그리고 내가 그걸 느낄 수 있었기 때문이고…… 그런데 넌 어떠니? 넌 이제껏 살아오는 동안 무언가에 네 삶을 걸고 있노라고 믿어본 적이 있니?"

"글쎄요, 그런 게 없지는 않았던 것 같아요."
 자신할 수 없었지만 나는 그 대목에서 머뭇거려서는 안 된다는 사실을 알고 있었다. 편안한 듯 평화로운 듯 해변을 산책하다가도 갑작스레 날카로운 화살촉을 돌려대는 게 그들 모녀의 유전자였던 것이다. 아니 어쩌면 그것은, 상은과 유미까지 포함하여, 내가 아는 대다수 여자들의 방식일지도 몰랐다.
 "전 언제부턴가 연극 작업과 제 삶을 분리시켜 생각할 수 없게 되었거든요."
 "연극이 네 삶의 가장 소중한 대상이 되었다고?"
 "그런 셈이겠죠."
 "그러니까 지금 넌 연극이라는 장르 일반에 대해서 얘기하는 거겠지?"
 "네."
 "그건 이해하기 어려운 얘기구나." 그녀는 서슴없이 내 말을 불신했다. "연극은 형식이야. 무언가를 담는 그릇이지. 그건 그 속에 담긴 내용물과 대등하게 중요해질 수는 있겠지만 결코 내용물 자체가 될 수는 없어. 한 생명의 목표가 될 수는 더더욱 없는 일이야."
 "꼭 그럴까요? 연극의 고유한 미덕들은 어떨까요? 현실을 모방하고 비틀고 단순화시키고, 그래서 현실을 더 현실적인 모습으로 보여주는 방식은요?"
 "영인이 언젠가 그런 걱정을 하더구나. 네 연극이 점점 더 딱딱해지고 있다고. 금방이라도 부러져버릴 것 같다고. 난 그게 무슨 말인지 알 수 없었다만 오늘은 이해할 것 같아. 네가 너무 형식에 집착하고 있다는 얘기 아니었겠니. 그 그릇에 담길 내용을 풍요롭게 살찌우지 못하고. 그건 결국 네 삶의 깊이가 풍요로워지지 못하고 있다는 얘기겠지…… 괜한 걱정인지 모르겠다만 이런 생각도 드는구나. 혹시 네가 다른 사정 때문에 내용은 외면하고 형식에만 집착하고 있는 건 아닌지……"

 나는 지금 나와 대화를 나누는 상대자가 누구인가를 종잡을 수 없었다. 내 앞에 마주앉은 그녀는 분명히 영인의 모친이었지만 또 그녀는 단지 모친의 가면을 쓴 영인 같기도 했다. 혹은 그들은 처음부터 하나의 인격체였던 것일까. 필요에 따라서 딸이 되기도 하고 모친이 되기도 하는. 그녀들은 한결같이 내 삶의 의미를 묻고 있었고, 나는 누구에게도 만족스런 대답을 줄 수 없었다. 그리고 바로 그런 이유로 나는 그녀들을 사랑할 수밖에 없음을 느꼈다.

 다른 어떤 사정 때문에 내가 내용을 외면하고 형식에만 집착하려는 게 아니냐는 질문도 그러했다. 애당초 내가 연극의 길을 선택한 까닭은 형식에 있었다. 연출가라는 직책의 견고함에 이끌려서였다. 대학을 졸업하던 무렵, 모든 길이 불확실하고 불투명하고 부조리해 보였던 날들에, 연극 연출가는 내게는 신의 권능을 부여받은 무적의 용사처럼 보였다. 연출가라는 역할을 뒤집어쓰는 순간 나는 모든 우유부단함을 잊고 새롭게 태어났다. 나는 갑자기 모든 것을 알고 있었고 모든 문제를 내 방식으로 결정할 수 있었다. 하나의 연극이 진행되고 있기만 하다면 나는 그 속에서 무한한 힘과 자만을 느낄 수 있었던 것이다. 그게 어떤 시답잖은 종류의 사기극이라 할지라도. 그러니 내 삶의 목표는 연극 자체였노라고 믿었을 수밖에…… 그러나 결국 그건 거짓이었단 말인가. 지속될 수 없는 환상이었단 말인가. 눈을 가리고 질주하는 말처럼 나는 그저 가면의 생을 치닫고 있었단 말인가.

영인의 모친은 조용히 이렇게 덧붙였다.
"그 너머를 가만히 들여다보렴. 연극의 무대 너머를. 그곳에 네가 진정으로 원하는 무엇이 있는지. 있다면 그건 무엇인지……그걸 찾지 못한 사람들에게 삶이란 시장바닥의 건달패와 다름없는 법이야. 우왕좌왕 정신없이 용만 쓰다가 밤을 맞게 마련이지."
그녀의 목소리는 한 편의 아름다운 시와 같았다. 그 너머를 가만히 들여다보렴. 그곳에 네가 진정으로 원하는 무엇이 있는지…… 그걸 찾지 못한 사람들에게 삶이란 시장바닥의 건달패와 다름없는 법이야. 우왕좌왕 정신없이 용만 쓰다가 밤을 맞게 마련이지…… 그 아름다운 속삭임 너머로 나는 아스라한 무대를 보는 듯했다. 배추잎 무잎이 시들어 흩어진 시골 장바닥, 노을이 깔리기 시작하고, 상인들은 하나둘 자리를 떨고 일어나고, 단단한 어깨 근육을 드러낸 더벅머리 총각들이 황소떼처럼 거리를 돌다가 서로에게 부딪쳐 시비를 걸고, 욕지거리와 샷대질이 오가고, 양푼이며 함지박이 요란스레 내동댕이쳐지고, 순진한 처녀들의 비명이 울리고, 그러는 사이 장터에는 검붉은 어둠이 내려앉고……그 장면들의 인상은 너무 강렬해서 나는 숨을 제대로 쉴 수 없을 지경이었다. 오랜 시간이 지난 다음에야, 그래서 장터의 소란들이 어둠 속으로 완전히 잦아든 다음에야 다시 영인의 모친을 볼 수 있었다. 나는 갑작스런 조급함을 느꼈다. 내게 주어진 시간은 정말 소중한 무엇을 찾기에는 턱없이 부족했다.
"영인인 왜 아직 돌아오지 않는 거죠?"
내 목소리에는 가슴속의 조급함이 고스란히 묻어난 게 분명했다. 그녀는 신비스런 미소를 머금었으니까. 하지만 그녀의 대답은 뜻밖이었다.

"글쎄다, 내 생각엔 네가 직접 올라가서 찾아보는 편이 빠를 것 같구나."
"올라가다뇨?…… 서울로 말인가요? 아니 이모, 영인인 잠깐 다녀오겠다며 나갔다지 않았어요?"
"그래, 그랬었지. 걘 집을 나설 때면 언제나 그렇게 말하거든. 잠깐 다녀올게요. 그리고 나가서는 두어 시간이 지나서 오기도 하지만 한 달이나 일 년이 지나서 돌아오기도 해."

28

 그날 오후 다섯시 나는 다시 김포공항에 내려섰다. 참으로 오랜만에 나는 내가 해야 할 일이 무엇인가를 알고 있었다. 연극 무대가 아닌 내 일상의 영역에서. 그리고 그 일을 실행하기 위해 흥분하고 있었다. 그러나 가슴 한구석에는 이미 시간이 늦어버린 게 아닐까 하는 두려움이 떠나지 않고 있었다. 이미 모든 상황은 나를 배제한 채 결정되어버린 게 아닐까. 영인은 장군과의 새로운 거래서에 도장을 찍었으며 내게 대한 이성으로서의 기대는 말끔히 포기해버린 게 아닐까. 지난날을 돌이켜보면 나는 내 무지한 어리석음을 용서할 수 없었다. 그토록 애틋한 가슴떨림으로 무려 이 년을 그녀와 함께 지내면서 어떻게 단 한차례도 내 감정을 자유로이 풀어보지 못했을까.

공항 로비에서 나는 몇 군데 전화를 걸었다. 우선은 그녀와 내가 함께 기거하는 아파트였다. 전화를 받은 목소리는 그녀였다. 그러나 그것은 우리가 부재중이니 메모를 남겨달라는 응답기의 기계음이었다. 다음엔 홍두와 유미의 집, 상은의 집, 재원의 자취방, 그리고 그녀와 내가 함께 아는 몇몇 사람들에게로 전화를 넣었다. 그러나 누구도 그녀의 행방을 알고 있지 않았다. 더러는 마찬가지로 썰렁한 기계음이 대답하기도 했다. 나는 또 대학로 부근의 몇 군데 카페에도 전화해보았지만 결과는 같았다. 힘없이 수화기를 내려놓고 돌아서려다가 마지막으로 나는 한 인물을 생각해내었다.
"마침 자리에 계셨군요. 저 성민잽니다."
"오 그래, 잘 지냈나. 그렇잖아도 궁금해하던 참이야. 며칠째 소식이 없길래."
장군은 너스레를 떨었다. 그가 가까운 곳에 있었다면 나는 아마 면상부터 쥐어박고 이야기를 시작했을 것이었다.
"드릴 말씀이 있습니다. 저녁에 시간 좀 내어주시겠습니까."
"급한 얘긴가?"
내 목소리가 너무 딱딱했던지 그는 조금 긴장하는 기색이었다. 나는 목소리를 풀었다. 미리부터 그를 불쾌하게 만들 필요는 없었다.
"뭐 아주 급한 건 아닙니다. 하지만 가능한 한 빨리 만나서 상의 드려야 할 것 같습니다."
"아이들 약혼식 문제라면 나도 이미 생각하고 있다네. 재원이랑 약속도 있고 하니까 미루지 않는 게 좋겠지."
"네, 그런저런 문제들을 전체적으로……"

"이렇게 하지. 이틀 후 이 시간쯤 자네가 다시 전화를 주는 걸로. 오늘 저녁엔 장관이랑 약속이 있고 내일은 전방 시찰을 나가야 하거든. 그럼 또 사단장들이랑 사기 진작 파티가 벌어지겠지. 국록을 먹는 자리는 결코 한가롭지가 않다네. 자네 같은 친구들이 부러워. 아예 모레 점심을 같이하는 것도 괜찮겠구먼. 어떤가?"
"그것도 나쁘진 않습니다만……"
"그럼 그렇게 하지. 부관이 출발해야 할 시간이라고 눈치하는구먼. 모레 오전에 다시 전화하게나."
 장군은 대단히 활기찬 목소리로 일방적으로 몰아붙이고는 전화를 끊었다. 나는 몇 마디 더듬거리지도 못하고 수화기를 내려놓아야 했다. 내 가슴속에서는 분노와 후회가 치밀어올랐다. 교활한 작자 같으니. 저런 능구렁이를 상대로 내가 무슨 이득을 보겠다고 거래를 시작했을까…… 그러자니 나는 한결 더 초조하고 불안해졌다. 영인이 만약 장군과 더 은밀한 거래에 서명한다면 어떤 어처구니없는 피해를 입을지 짐작조차 할 수 없을 일이었다. 그녀의 용도가 다한 다음 장군이 어떤 파렴치한 방법으로 그녀를 폐기 처분하게 될지. 나는 또 평생을 어떤 회한과 증오 속에서 살아가게 될지. 나를 더욱 조급하게 만든 것은 장군이 약속을 이틀 후로 정한 사실이었다. 그렇다면 그는 이미 사태의 추이를 낙관하고 있다는 얘기 아니겠는가. 적어도 오늘내일 사이에 그가 원하는 거래서에 서명 날인이 이루어지리라고. 영인이 그의 며느리가 되기로, 그래서 그의 망나니 히피 외동아들과 미국행 유학길에 오르기로…… 그러나 그건 또 내게 약간의 희망을 주기도 했다. 그가 이틀의 시간을 더 필요로 한다는 건 아직 모든 절차가 마무리되지는 않았다는 얘기였을 테니까.

다음 행동들을 생각하느라 나는 잠시 정신이 없었다. 다행히 나는 원칙과 목표에 있어서는 혼선을 빚지 않고 있었다. 어떻게든 영인을 붙잡아서 장군과의 거래를 포기시켜야 한다는 것이었다. 장군이라는 인물이 점점 더 혐오스러워진다는 사실이 그 원칙을 고수하는 데 도움을 주었다. 그렇다면 문제는 한 가지, 그녀를 체포하는 방법이 있었다. 그녀는 명백히 나를 피하고 있었는데, 부산까지 찾아간 나를 따돌리고 사라진 터인데, 어느 구석진 골목길에서 그녀를 가로막을 수 있을까.

가장 먼저 나는 집을 점검해보기로 했다. 그녀의 행방에 관한 작은 단서라도 기대할 수 있는 곳은 집뿐이었으니까.

공항에서 집까지의 길이 그처럼 멀게 느껴져본 적은 일찍이 없었다. 서울의 미어터진 교통 체증에 대해 나는 수백 가지쯤 저주와 욕설을 퍼부었다.

마침내 아파트 현관을 들어서 그녀의 방문을 열었을 때, 그곳에는 낯익은 얼굴 하나가 나를 기다리고 있었다. 영인의 배낭이었다. 홀쭉하게 배가 꺼진 그것은 마치 감색 털의 강아지 같았다. 약간의 안도감이 느껴졌다. 일단은 영인이 서울로 돌아왔다는 것을 알 수 있었기에. 하지만 안도감은 곧 다시 조급함으로 바뀌었다. 그녀가 서울에 있다는 사실은 다시 말하자면 모종의 사건들이 진행되고 있을 수도 있다는 얘기 아니겠는가. 나는 그녀의 배낭을 뒤집어쏟았다. 몇 가지 잡동사니들이 떨어져내렸다. 칫솔, 치약, 빗, 시집 한 권, 납작하게 짜부라진 초콜릿 하나, 공중전화 카드, 작은 수첩…… 나는 수첩을 집어들어 펼쳤다. 그러나 거기에도 그녀의 행방을 가늠하게 하는 단서는 없었다. 그저 몇 마디, 어딘가로 떠나고 싶다는 말들이 적혀 있을 뿐이었다. '멀리, 아주 멀리 떠나고 싶다. 바람이 시작되는 곳으로, 무지개가 추락하는 곳으로, 그러나 누구도 조난 신호를 보내오지 않는 곳으로……'

그래서 영인이는 여행을 떠났던 것일까. 그렇잖으면 그 글귀는 여행지에서, 더 길고 먼 여행을 그리며 쓴 것이었을까. 수첩은 그녀를 찾는 데는 아무런 도움도 되지 않았지만 나를 더 조급하게 만드는 데는 톡톡히 역할을 했다. 나는 허기진 개처럼 그녀의 방을 뒤졌다.

삼십 분쯤 후 나는 거의 완전한 탈진 상태에 도달했다. 그녀 방의 모든 물건들을 훑었고, 심지어는 거실과 주방과 전화기가 놓인 탁자까지 뒤집어엎었지만 나를 그녀에게로 인도할 길은 찾아지지 않았다. 나는 커피 한잔을 끓여 마시고 몇 차례 심호흡을 한 다음 그녀의 사진 한 장을 가슴 주머니에 넣었다. 그리고 밖으로 나갔다.

나를 향해 다가온 첫번째 택시 기사에게 나는 수표 한 장을 내밀었다. 오늘밤 이 택시를 사고 싶은데 괜찮겠습니까? 기사는 흔쾌히 고개를 끄덕였다.

기사와 택시와 나는 그로부터 서울 시내의 그럴듯한 호텔이란 호텔은 모조리 뒤지기 시작했다. 어쩐지 나는 그 시각 영인이 장군과 마주앉아 있을 듯한 느낌이 들었고, 만일 내 느낌이 사실이라면 그들은 그런 장소에 있으리라 생각한 까닭이었다. 장군과 내가 처음 만났던 호텔부터 출발하여 십여 개의 특급 호텔들을 뒤지는 데는 한 시간 남짓이 걸렸다. 하지만 어디서도 영인의 행적은 찾아지지 않았다.

"부부 싸움이라도 벌이신 모양이죠?"

대체로 침묵을 지키던 택시 기사는 시간이 흐르면서 슬금슬금 눈치를 살폈다. 이해할 만한 일이었다. 호기심이 한창 많을 오십대 초반의 남자였으니까.

"아닙니다. 그냥, 함께 지내던 사람인데······"

"아, 그러시군요. 하기야 부인치고는 좀 어려 보인다 했죠."

그는 어느 틈에 어깨너머로 영인의 사진까지 훔쳐본 모양이었다.

"여긴 제가 한번 들어가볼까요?"

어떤 수상쩍은 호텔 앞에 택시가 도착했을 때 기사가 물었다. 장군이 이용할 정도로 호화스런 특급 호텔은 아니었지만 썩 격이 떨어져 보이지도 않는 곳이었다. 복잡한 생각들에 짓눌려 있었던 나는 그러라고 대답했다. 그러자 그는 내게서 영인의 사진을 받아들고는 용감하게 들어갔다.

오 분 남짓 후 바지춤을 올리며 나온 기사는 고개를 저었다.

"이 호텔은 아닌데요. 그런 여자는 쓰지 않는대요."

"그런 여자라뇨?"

"그러니까, 댄서나 뭐 그런 여자들 말예요."

맙소사. 그제서야 나는 내가 들고나온 영인의 사진을 다시 쳐다보았다. 연극 무대에서 찍은 스냅인 듯싶었는데, 아닌게 아니라 그녀는 제법 섹시해 보였다. 나는 새삼 더 그녀가 그리워졌고 조급해졌다.

십여 군데의 호텔들을 더 헤집은 다음 일단 호텔 쪽은 포기하기로 했다. 장군과 연관지을 만한 호텔들은 이미 모두 검색했을 뿐 아니라 시간도 열시에 가까워지고 있었던 것이다. 설사 그들이 밀회를 가졌다 하더라도 그 시간쯤이면 자리를 파했을 테니까. 다음으로 생각할 수 있는 장소는 대학로 주변의 카페와 레스토랑들이었다. 영인이 혼자서, 혹은 내가 생각하기 힘든 누군가와 맥주잔을 기울이고 있을지도 모를 일이리라.

대학로 입구에서 나는 택시 기사에게 대기를 부탁했다. 한 시간이고 두 시간이고 내가 돌아올 때까지 기다려달라고. 그러나 택시 기사는 차를 주차장으로 넣고는 나를 따라나섰다. 나는 별로 내키지 않았지만 이미 그의 동행에 익숙해져 있었다.

문예진흥원 쪽에서 혜화로터리를 향해 올라가며 나는 눈에 띄는 레스토랑과 카페를 모조리 뒤졌다. 그녀와 내가 들어간 적이 있는 곳은 특히 신경을 쓰며. 그런 곳에서는 영인의 사진을 내밀며 카운터와 웨이터에게 묻기도 했다. 혹시 이런 사람 오늘 저녁에 보지 않았어요. 그들의 한결같은 대답은 모르겠는데요였다. 이따금은 다른 반응을 보이는 사람도 없지 않았다. 그런 사람은 사진 속의 여자가 누구인가를 알고자 했고 내가 그녀에게 누구인가를 궁금해했다. 더러는 은근히 입맛을 다시는 웨이터도 있었다. 하지만 그들 역시 한결같이 도움은 되지 않았다.

절반을 채 못 뒤져서 수색 작업은 중단되어야 했다. 시계는 이미 자정을 넘어서고 있었고, 카페들은 유리문에 자물쇠를 채우기 시작한 것이었다. 나는 지친 몸을 신호등 앞 돌계단에 주저앉혔다. 내 영혼은 육신과 더불어 절망하고 있었다. 나는 이제 영원히 영인을 만날 수 없을 것만 같은 두려움을 느꼈다. 영원히, 그녀와 관계된 무엇도 접할 수 없게 될 것만 같은. 애당초 우리의 운명은 이런 정도로 설정되어 있었더란 말인가. 그녀는 이미 화려한 날개를 팔랑이며 날아가버렸단 말인가. 술이라도 한잔 걸치고 싶었지만 근처의 술집들은 모두 조명을 끈 다음이었다. 그러자 택시 기사가 어디선가 캔맥주 두 개를 사왔다. 자기는 근무중이라며 두 캔 모두 내 앞으로 놓았다. 그는 이미 내 사연을 알고 있었다. 함께 수색 작업을 벌이는 동안 이런저런 질문을 쑤셔댄 끝에 어렴풋한 사정을 알아내었던 것이다.
"이제 그만 기분을 풀어요. 그 정도면 당신도 할 만큼 한 셈이니까."
담배에 불을 붙이며 그는 그렇게 말했다. 나는 캔 하나를 단숨에 비운 다음 두번째 캔을 열었다.
"정말 그렇게 생각하세요?"
"아 그럼요. 꼬박 다섯 시간을 돌아다녔잖아요."
"하지만 전 영인이와 이 년을 함께 살았습니다."
그는 고개를 저었다.
"그거야 다른 얘기고, 그렇다고 지금 이 시각에 장군이라는 양반 댁을 쳐들어갈 수도 없는 일 아니겠어요. 그러니까 그저 맥주나 쭈욱 들이켜면서 기분을 푸는 거예요. 그게 다 세상 사는 요령이지……"
나는 생각없이 그의 말들을 흘려듣고 있었다. 그런데 문득 몇 마디가 가슴으로 날아와 꽂혔다. 그렇다고 지금 이 시각에 장군이라는 양반 댁을 쳐들어갈 수도 없는 일 아니겠어요…… 그래, 왜 그 생각을 못 했을까. 왜 문제의 핵심을 정면으로 부닥뜨릴 생각은 하지 않았을까. 이 모든 소란의 시작에 장군이 있고 보면 내가 매듭을 푸는 순서는 당연히 그로부터여야 할 텐데.
"갑시다."
나는 비장하게 일어섰다. 맥주 캔을 짓밟으며.
"어디루요?"
"어디겠어요. 장군이라는 양반 댁이지."
어정쩡히 따라 일어서던 택시 기사는 안색이 달라졌다.

"젊은 양반이 왜 이러실까. 앞길도 창창하신 분이. 오늘은 그만하고 돌아가 주무세요. 아니면 술을 한잔 더 진하게 마시든지. 밤새워 영업하는 술집이야 내 입맛대로 찾아드리리다."

 기사는 한사코 나를 만류했다. 자신이 알고 있는 온갖 종류의 술집들에 대해 감탄할 만한 브리핑을 늘어놓기도 했다. 어느 동네엘 가면 파릇파릇한 영계 즉석 불고기가 별미고 어느 거리엘 가면「크라잉 게임」뺨치는 특급 게이들이 남자들의 심장을 녹인다. 그러나 나는 다시 결심을 바꾸기에는 너무 지쳐 있었다. 나는 그의 밤시간을 내가 몽땅 샀음을 명심하라고 다그쳤고, 마침내 그는 장군집 앞에서 나를 내려주고 곧바로 사라진다는 조건으로 운행에 동의했다.

 "난 부양 가족이 있거든요. 하지만 젊은이를 위해서도 이건 정말이지 권하고 싶은 일은 아니에요."

 그는 내가 장군집으로 들어가면 가미가제처럼 자폭이라도 해버릴 줄 아는 모양이었다.

 기사가 주차장에서 차를 빼는 사이 나는 두 군데 전화를 걸었다. 내 집과 홍두네였다. 내 집에서는 여전히 기계가 우리를 대신하고 있었다. 홍두네에서는 유미가 코먹은 목소리로 대답했다. 그녀는 내가 어디서 무얼 하고 있는가를 물었고 나는 영인의 소식이 없었는지를 물었다. 결론은 영인은 아직도 오리무중이라는 것이었다. 나는 그녀에게 내 결심을 전했다. 장군을 만나러 간다는.

 "어딜 간다고? 지금?"

 그녀의 목소리가 두어 음 높아졌다.

 "그래. 지금."

 "너무 서두르는 거 아냐? 꼭 만나기로 결심했다면 내일이라도 상관없잖아?"

"그렇지 않아. 세상에는 단 일 초도 미루어서는 안 되는 일들도 있어. 걱정하지 마. 별 일이야 있겠어."

"아니, 뭐 특별히 걱정을 하는 건 아니지만……"

그녀는 제법 놀라는 눈치였다. 옆자리의 누군가에게 그 이야기를 전하며 수군거리기까지 했다. 가만있어봐. 피박이 문제가 아니라, 지금 장군집으로 가겠대. 이건 실제 상황이야…… 홍두랑 고스톱이라도 치고 있은 모양일까. 나는 내 삶이 그들의 토론장이 되는 느낌이 들어 전화를 끊어버렸다.

장군의 집이 있는 동네까지는 많은 시간이 걸리지 않았다. 택시 기사가 아주 조심스러운 서행 운전을 하였음에도 이십여 분밖에 소요되지 않았다. 그러나 그 다음부터의 일은 간단하지 않았다. 유미가 운전해서 왔을 적에는 놀랄 만큼 편리한 위치에 있었던 집이 갑자기 어둠 속 어느 골목인가로 숨어버린 것이었다. 거리는 포화가 지나간 전장처럼 고요했고 집들은 모두 어슷비슷하게 황량했다. 게다가 그 동네의 대문들은 하나같이 문패를 붙이지 않고 있었다. 기사의 구박을 들으며 나는 같은 거리를 세 차례쯤 휘돌아야 했다. 그러는 사이 기사는 또 충고와 조언을 잊지 않았다.

"이제 곧 헤어질 사람이니까 하는 말인데, 사실 그 여자, 썩 대단해 보이지는 않습디다. 정숙해 보이지도 않고. 어지간하면 잊어버리고 새 출발 하시는 게 어때요? 아 재미봤겠다, 돈 받았겠다, 손해볼 일이 뭐 있어요?"

"직진하세요. 아니, 좌회전…… 아 아니, 직진인 것 같군요."

"내가 선생 입장이라면 말이오, 장군을 평생 은인으로 모실 거외다."

"아니에요. 여긴 아니에요. 처음부터 다시 시작해야겠군요."

 그렇게 다시 이십여 분을 헤맨 다음에야 겨우 나는 장군의 집을 찾을 수 있었다. 높은 담장과 짙은 청색의 대문, 자주색 차고문 등등 장군의 집이 분명했다. 내가 차에서 내리자 택시는 백미터 달리기 선수처럼 사라져버렸다. 그건 좀 씁쓸한 일이었다. 그가 내게 아무런 도움이 될 수 없으리라는 사실은 잘 알고 있었다지만…… 나는 우선 담배 한 개비를 피며 장군에게 할말들을 정리하기로 했다. 딱 한 개비만을 피며. 더 길어지면 다시 마음이 약해질지도 모를 일이었으니까. 그런데 무슨 말들을 해야 하는 것일까. 영인인 이미 사실상의 제 아냅니다, 우리가 벌써 이 년 동안 동거해온 것도 모르십니까? 아니면 보다 직설적으로 얘기할까? 당신은 정말 파렴치한 위인이군요, 당신 같은 작자와 거래를 시작한 나를 용서할 수 없습니다, 모든 계약을 파기합니다? 그러면 장군은 과연 어떤 반응을 보일까? 미친 듯이 화를 낼까? 웃을까? 그리고 내 인생은 예측할 수 없는 엄청난 재난에 휘말리게 될까?

 담배를 끄고 몸을 돌리고 막 초인종을 누르려 했을 때였다. 큰길 쪽에서 자동차 불빛 하나가 쏜살같이 달려왔다. 불빛은 내 곁을 지나 이삼십 미터쯤 미끄러지더니 천천히 되돌아왔다. 뜻밖에도 그것은 유미의 새빨간 프라이드였다. 차 안에는 유미와 홍두, 상은이 가지런히 모여 있었다.
"민재씨 여기서 뭐하는 거야?"
 유미가 차창 유리 너머로 물었다.
"보면 몰라? 장군을 만나려는 거지."
"장군네가 그새 이사했어?"
"무슨 소리야?"

"장군집은 여기가 아니야. 두 블록 더 밑으로 내려가야 해."

나는 초인종 앞에 멈춰 있던 오른손을 멋쩍게 내렸다. 그랬었나. 제기랄. 왜 이 동네 집들은 하나같이 이 모양으로 생겼담.

"어서 타."

"두 블록쯤이면 걸어갈 수 있어."

나는 그녀의 차에 오르고 싶지 않았다. 한번 오르면 다시는 땅으로 내려서서 장군네의 초인종을 누를 수 없을 것 같았기 때문이었다. 그러나 유미는 내가 거절할 수 없는 말을 했다.

"영인이 전화했었어. 듣고 싶지 않다면 그냥 갈게."

차에 오른 다음 그녀가 들려준 얘기는 이러했다. 영인의 전화가 온 것은 열한시가 조금 넘어, 그러니까 내가 마지막으로 전화하기 한 시간쯤 전이었다. 홍두 유미 상은 들이 모두 모여 우리 걱정을 하고 있을 때였다. 영인의 목소리는 침착했으나 썩 평화롭게 들리지는 않았다. 유미가 어디냐고 물었더니 전람회에 와 있노라고 했다. 무슨 전람회냐고 캐물었지만 대답하지 않았다. 내가 그녀를 찾아 사방을 돌아다니는 중이라 해도 별다른 대꾸를 하지 않았다. 그냥 자기는 잘 있다는 얘기를 하고 싶었을 뿐이라며, 그러나 아직 민재형한테는 전화왔었다는 얘길 말아달라며.

나는 화를 벌컥 내었다.

"그 얘길 왜 이제야 하는 거야?"

"말했잖아. 영인이 얘기하지 말랬다고. 일이 정리되는 대로 직접 민재씨를 만난다 그랬단 말야."

"전람회라는 건 또 뭐야. 밤 열한시까지 문을 여는 화랑도 있어?"

"카페 같은 곳 아닐까요. 인사동이나 대학교 앞 카페들 중에는 작품 전시를 함께하는 곳도 많잖아요."

상은의 말이었다.
"그렇더라도 너무 늦었어. 한시가 다 되었는데 아직 문을 닫지 않은 카페가 있을까. 전화가 오면 좀 잘 구슬러서 장소라도 알아낼 것이지……"
그런데 그때 한 가지 기억이 스쳐지나갔다. 전람회라는 낱말과 관계된 기억이었다. 어느 추운 겨울 새벽 영인이 잠자는 나를 깨워 한강변으로 나갔을 때였다. 그녀는 꿈속에서 전람회에 있었으며 그곳에 걸린 그림들 중 하나에서 자기 모습을 보았다고 말했다. 자신은 바로 그 자리, 눈 내리는 한강변에 우두커니 서 있었다고. 혹시 그녀는 지금도 그 꿈속의 전람회장을 둘러보고 있는 게 아니었을까.
나는 유미에게 차를 세우라고 했다. 들를 곳이 있으니 먼저 집으로들 돌아가 있으라고. 그리고는 택시를 잡아타고 한강변으로 달려갔다.
한강변의 고수부지에 도착한 나는 잠시 절망했다. 그곳의 풍경은 영인이 나를 끌고 왔던 겨울 새벽과는 판이하게 달랐다. 주차장에는 헤아릴 수 없이 많은 승용차들이 세워져 있었고 풀밭 위에는 승용차 수만큼의 돗자리들이 펼쳐져 있었다. 나이든 사람들은 고기를 구으며 화투짝을 두들기고 있었고 젊은 친구들은 병소주를 돌리며 목청을 뽑아대기도 했다. 웃통을 벗어제낀 남자들은 무리를 평정하려는 곰처럼 어슬렁어슬렁 돌아다녔다. 나는 고개를 저었다. 영인이 이런 곳에서 누군가를 기다리고 있을 리는 없었다. 혹은 기다리는 게 아니라 하더라도. 그렇다면 그녀는 과연 어디서 혼자만의 전람회를 즐기고 있었을까. 내가 기대할 수 있는 장소는 이제 한군데밖에 없었다.

고수부지를 벗어나 나는 기억 속의 길을 더듬기 시작했다. 샛길로만 이어진 좁고 어둡고 습한 길을. 간혹 갈림길이 나타나면 더 어둡고 좁은 쪽의 길을 선택했다. 기억은 선명하지 않았지만 그날의 느낌만은 강렬하게 남아 있었던 것이다. 마침내 나는 택시회사 앞을 지날 수 있었고 길모퉁이에 세워진 낡은 버스의 간이식당을 발견할 수 있었다. 그리고 그 속에 홀로 앉은 영인을 찾아내는 데 성공했다! 그녀 앞에는 소주잔이 놓여 있었고 시계는 새벽 두 시를 가리키고 있었다. 새벽이 되면 사람들은 많은 일들을 생각하고 기억해요. 하지만 해가 중천에 떠오르면 모든 걸 잊어버려요. 형도 언젠가는 이 간이식당을 잊어버리겠죠. 그 새벽 그녀가 했던 말을 떠올리며 나는 그녀의 옆자리에 앉았다. 내가 아직 그 간이식당을 잊지 않았다는 걸 부처님께 감사드렸다. 나는 그녀의 술잔을 끌어당겨 한 모금 목을 축였다.

"여섯 살 때였을 거야. 부산역 앞 광장에서 커다란 박람회가 열렸는데 아버지가 날 데리고 가셨어. 예쁘고 신기한 물건들이 동화책 속의 궁전보다 많이 쌓여 있었어. 아버진 내게 빨간 우산 하나를 사주셨어. 손잡이가 마술사의 지팡이처럼 빨갛게 꼬부라진 우산이었지. 그리고는 날 회전목마에 태우셨어. 말들이 오르락내리락하면서 빙글빙글 돌아가는 커다란 놀이 기구 말야. 날 말등에 앉히고 아버진 그 곁에 서 계셨는데, 그때 무서운 일이 시작되었어. 말들이 움직이자 아버진 날 내버려두고 반대쪽으로 달리기 시작한 거야…… 난 말등에 매달린 채 울기 시작했어. 두려워서, 엉엉, 하늘이 찢어져라. 그런데 놀랍게도 아버지가 나를 향해 달려오시는 게 보였어. 빨간 우산을 펼쳐들고, 마술사처럼 신비로운 몸짓으로, 달려드는 말들을 피하며. 난 울음을 그치고 아버지를 바라보았어. 아버진 바람처럼 내 곁을 스쳐지나갔지만 곧 다시 돌아오시곤 했어. 미소를 머금은 채, 마술사처럼 신비롭게, 깃털처럼 자유롭게……"

영인은 무표정히 내 이야기를 듣고 있었다. 나는 소주를 한 모금 더 마시고 창밖으로 펼쳐진 깊고 어두운 밤을 바라보았다.

"아마 난 삶이 그런 것이어야 한다고 믿게 되었을 거야. 그때 아버지가 내게 남긴 인상은 너무 강렬한 것이었거든. 그 이후로 내가 지켜본 아버지의 삶도 그랬고. 하지만 대학생이 되었을 때 나는 삶이 그렇듯 자유롭고 신비로운 미소만은 아니라는 사실을 알게 되었어. 그곳에서 내가 겪은 삶의 최소 단위는 개인이 아니라 집단이었어. 난 혼란에 빠지고 말았어…… 더 힘들었던 건 나를 제외한 모든 이들이 확신에 차 보였다는 거야. 자신들이 선택한 삶에 대해서. 학생 운동에 빠진 친구건 미팅과 디스코테크에 빠진 친구건 혹은 도서관에 빠진 친구건, 하나같이 자기가 하고 있는 일의 이유와 목적을 알고 있었거든."

"그래서 형은 연극 연출가를 선택했군요."

"그래. 내겐 껍질이 절실히 필요했어."

"언젠가 비슷한 얘기를 한 적이 있었죠. 하지만 그건 형이 잘못 본 것일지도 몰라요. 그들이 모두 이유와 목적을 알고 있었다는 것 말예요."

"그럴 거야. 내가 허약해질수록 주변 사람들은 더 건강해 보이게 마련이니까…… 어쨌건 상관없어. 난 이제 껍질에만 의존하는 삶에선 벗어나기로 마음먹었어."

그녀와 나란히 앉아 속삭이는 시간이 그처럼 소중하고 평화롭게 느껴지기는 아마 그때가 처음일 것이었다. 나는 그녀에게서 그녀의 모친을 느꼈고 캐링턴 레오노라의 그림 속에 담긴 여인들을 느꼈다. 그러자 그 여인들이 모두 함께 물었다.
"갑자기 왜 그런 생각을 했죠?"
"언제까지고 껍질에만 의존해서 살 수는 없다는 걸 깨달았기 때문이야."
"그럼 이젠 어떡할 거죠?"
"내용을 찾아야지."
 나는 담담히 그렇게 대답했다. 그리고 그녀를 쳐다보았다. 그녀도 내 쪽으로 고개를 돌렸다.
"그래서 말인데…… 영인이 내 첫번째 내용이 되어주지 않겠어?"
 그건 엉뚱한 말이었다. 갑작스럽기도 했고. 그러나 걱정했던 것만큼 어려운 말은 아니었다. 영인은 가만히 나를 지켜보았는데 그 눈가로 조금씩 장난스런 미소가 어렸다. 나는 거부당하지 않았음을 느꼈고 감당하기 어려운 흥분이 온몸으로 번져나감을 느꼈다. 문득 그녀가 참새처럼 조잘거렸다.
"그게 무슨 소리예요? 난 나지 다른 누구의 내용 따위나 되려고 태어난 게 아니에요. 우리 엄마도 기가 막혀 웃을 거예요. 어쩐지 모처럼 진지한 얘기를 한다 했더니……"
 그녀는 그러나 말을 계속할 수 없었다. 어디서 그런 용기가 찾아와주었을까, 내 입술이 그녀의 입술을 덮어버린 것이었다. 그녀는 잠시 버둥거렸지만 곧 잠잠해졌고, 뜨겁게 내 입술을 받아들였다. 입술이 아니라 영혼을 빨아들이려는 것 같았다. 우리는 그 순간만을 위하여 살아온 사람들처럼 농밀해졌다. 나는 지난 이 년 동안 그녀에게 하고 싶었던 모든 말들을 입맞춤 속에 쏟아부었고,

그녀는 또 그녀가 간직하고 있었던 모든 속삭임을 내게 들려주었다. 시간은 우리를 위하여 까마득한 높이에서 정지해 있었다. 그런데 그 어느 순간, 내 짧지 않은 인생을 통틀어 가장 놀라운 사건이 발생했다. 요란한 폭음 소리가 고요한 밤의 적막을 송두리째 부숴버린 것이었다.
 꽝 꽝 꽝!
 간이식당의 네모난 창유리들이 부르르 떨렸고 그 너머로는 폭죽이 터지고 있었다. 불꽃의 잔해들이 내려앉는 곳에는 새빨간 프라이드 한 대가 서 있었다. 프라이드는 강한 헤드라이트를 전방으로 쏘았는데 그 불빛 속에서 세 명의 광대가 악기를 연주하며 춤을 추기 시작했다. 한참을 쳐다본 다음에야 나는 그들이 홍두와 유미, 상은임을 알 수 있었다. 홍두는 자신의 트럼펫을 불고 있었고 상은은 어깨에 멘 작은북을 두들겨대었다. 산타클로스 분장에 빨간 초미니스커트를 입은 유미는 탬버린을 흔들며 엉덩이를 섹시하게 저었다. 맙소사! 저들이 저기서 무얼 하는 것일까.
 "지금 연주되는 곡이 뭔지 알겠어요?"
 영인은 그들에게 손을 흔들며 내게 물었다.
 "아니."
 "린데만의 「산타클로스 오시다」라는 곡이에요. 재밌죠?"
 "그걸 어떻게 알았지? 아니 그보다, 저 친구들 지금 저기서 뭘 하는 거야?"
 "벌이에요. 아까 고스톱 판에서 모두 내게 잃었거든요."
 "그건 또 무슨 소리야? 고스톱 판이라니?"
 "그런 게 있어요. 설명하려면 복잡해요. 우리도 나가서 춤춰요. 어서요."

영인은 참을 수가 없는 듯 밖으로 뛰쳐나갔다. 남은 술잔을 비우고 일어서던 나는 창밖으로 새로운 풍경이 연출되고 있음을 보았다. 세 명의 악단 주위로 어느 틈엔지 많은 사람들이 모여들고 있었다. 택시회사의 기사들과 세차 담당 아줌마들인 듯싶었다. 그들은 깊은 밤중에 나타난 홍두깨 악단의 연주에 흥이 겨워 춤들을 추었다. 어깨를 흔들고 발을 구르고 쌍쌍이 돌며. 그러자 그들 사이로 영인이 뛰어들었고, 악단과 춤꾼들은 더 신바람이 올라 빙글빙글 돌았다. 그들의 얼굴에는 모두 함지박 같은 웃음이 퍼져가고 있었다. 프라이드 꽁무니에서는 다시 폭음이 터졌고 몇 가닥 불꽃이 피어올랐다. 하늘도 그들과 더불어 빙글빙글 도는 듯했다. 낡은 버스로 만들어진 간이식당의 창들이 그처럼 아름다워질 수도 있다는 사실을 어느 누가 짐작이나 할 수 있었을까. 그건 그대로 기다랗게 펼쳐진 한 폭의 벽화였다. 나는 또 한잔의 소주를 마셔야 했다. 한여름밤에 문득 선물처럼 나타난 나의 산타클로스들에게 감사하며.

29

 "그러니까 말예요, 그건 모두 연극이었어요."
 영인이 그렇게 고백했을 때 나는 사정을 짐작하고 있었다. 장군의 제의에 대해 그녀가 심각한 척 방황하는 모습을 보인 것은 모두 나를 겨냥한 연극이었으리라고. 그리고 그 연극에는 뜻밖에도 상은과 유미 홍두까지 열정적인 연기자로 가세한 것이리라고. 연출가가 배우들에게 속은 건 좀 창피한 일이었지만 나는 그냥 넘어가기로 했다.
 "그럼 이제 장군에겐 어떻게 대답할 거야?"
 "대답이라뇨?"
 "진짜 자기 며느리가 되어달라는 부탁에 대해 말이야. 장군은 거의 그렇게 될 거라 믿는 눈치던데."

나는 진지하게 애초의 작전으로 돌아가고 있었다. 그런데 영인은 입을 막고 쿡쿡거렸다.
　"아직도 모르겠어요? 모두 연극이었다니까요…… 장군은 내게 그런 부탁을 한 적이 없어요."
　"………"
　"사실은 이건 상은이 머리에서 나온 아이디어였어요. 걔가 장군네 파티 소식을 들었을 때 문득 그런 생각을 해내었거든요. 모두들 만장일치로 찬성했구요. 이렇게 완벽하게 성공하리라곤 기대하지 않았지만…… 화난 거 아니죠?"
　맙소사.
　나는 더 이상 할말이 없었다.
　내가 영인이랑 다시 이야기를 시작한 것은 이틀이 지나서였다. 생각 같아서는 한 이 년쯤 말을 않고 싶었지만 끊임없이 재원의 전화가 걸려오고 있었으므로 어쩔 수 없었다. 나는 그녀에게 내 실망을 이야기했다. 그래도 나는 장군에게 기본적인 신뢰는 갖고 싶었다. 어느 정도의 인간성은 갖춘 위인이리라. 재원의 친구들이 어떻게 파괴되었는가를 들으면서 그러나 그 신뢰는 흔적 없이 사라졌다. 더 이상 그를 위해 일하고 싶은 생각이 없어졌다. 계약을 파기하고 싶다.
　영인은 내 생각에 반대했다. 장군이라는 위인에게 실망하기는 자기도 마찬가지다. 그러나 장군과의 이 거래에는 장군을 위한 것보다 많은 미덕들이 포함되어 있다. 첫째는 재원을 회생시킬 수 있다는 점이다. 그냥 그렇게 절망한 반항아로 사라져버릴지도 모를 한 젊은이를 사회의 일꾼으로 다시 탄생시킬 수 있다. 이건 중요한 일이다. 기성 세대가 아무리 썩어 문드러졌다 할지라도 역사는 계속되어야 하는 거니까. 그리고 둘째는 장군의 넘쳐나는 돈으로 우리가 의미있는 어떤 일을 할 수 있다는 점이다. 적어도 그 돈은 장군의 수중에 머무를 때보다는 유용하게 사용될 것이다. 어쩌면 바로 그 돈으로 장군의 어둡고 퀴퀴한 이야기를 그려낼 수 있을지도 모른다.

아마 나는 그 일련의 사건들을 겪으면서 적잖게 변화한 모양이었다. 그녀의 주장이 그럴듯하게 들린 것이었다. 적어도 내가 장군보다 덜 의미있는 인물이라는 생각은 들지 않았다. 과거보다는 앞으로, 내가 혹은 우리가 무엇을 할 것인가가 더 중요한 점 아니겠는가. 그러려면 거부의 습성보다는 자꾸자꾸 새로운 행동 속으로 옮겨가는 게 필요하지 않겠는가. 그날부터 당장 우리의 작전은 재개되었다. 영인은 재원을 만났고 나는 장군을 만났다. 일주일 후엔 영인과 재원의 약혼식이 있었고 다시 일주일 후엔 결혼 날짜가 잡혔다. 그들은 함께 살 집을 찾아 서울 시내 곳곳의 아파트 단지들을 돌아다녔다. 학교로 돌아간 재원은 의욕적으로 공부에 매달렸다. 잃어버린 시간을 보충하기 위해 매일처럼 도서관에서 살다시피했다. 그리고 한 달 남짓 후, 영인은 박재원 앞으로 한 장의 편지를 남기고 사라졌다. 자기를 진정으로 사랑한다면 부디 계속 용기를 잃지 말고 살아가달라는 당부의 편지였다.

"혹시 우리 예상보다 큰 충격을 받으면 어떡하죠?"

사라지기 전 영인은 약간의 걱정을 보였다. 그러나 나는 그 점은 염려하지 않았다. 한 번 절망을 딛고 일어선 사람들에게는 절망에 대한 항체 같은 게 형성되는 법이라 믿었으니까.

"어떻게든 정리될 거야."

"그럴 테죠?"

"물론이지. 이제 우린 우리가 갈 길을 생각하는 것만으로도 벅차."

이튿날 나는 재원을 만났다. 그는 영인의 마지막 편지를 움켜쥐고 떨고 있었다. 그는 어떻게 이런 일이 있을 수 있느냐고 물었고 나는 담담하게 설명했다. 영인은 자존심이 강한 아이다. 그래서 아마 편지에는 쓰지 않았을 것이다. 과거 그애는 위암으로 고생한 적이 있다. 수술 치료를 통해서 완치되었다고 믿었는데 최근 그게 더 악화된 것을 알았다. 장과 자궁으로까지 번져 있었다. 우리는 그애가 조용히 자기 삶을 정리할 수 있도록 도와주어야 한다. 만에 하나라도 병을 이겨낸다면 영인인 다시 자네를 찾아올 것이다. 재원은 고개를 저었다. 그런 일은 있을 수 없노라고. 그런 일은 믿을 수 없노라고. 나는 그에게 영인이 입원했던 병원을 찾아가 확인해보라고 말해주었다. 물론 장군을 통해서 위조해둔 병력이었다.

그 후로도 오랫동안 재원은 힘들어했다. 불쑥불쑥 나를 찾아와 영인의 행방을 알려달라고 조르기도 했다. 그러나 차츰 그는 상처에 무감각해져갔다. 그럴 수밖에 없었다. 그는 이미 다시 현실로 돌아와 있었고, 그곳에는 새로운 모습으로 무장한 일상의 적들이 그를 기다리고 있었던 것이다. 그러는 사이 나는 상은과 유미의 도움으로 「하얀 피아노」를 무대에 올렸다. 공연은 제법 관객들을 모았다. 포르노극 「가면 담다디」가 공연윤리심의위원회의 제재를 받아 막을 내리고 구설수에 오른 덕도 있었고, 상은과 영인이 반짝이는 아이디어로 희극화시킨 게 큰 역할을 한 듯도 했다. 무려 팔개월 동안 사차 오차 연장 공연을 했지만 관객들의 발길은 끊이지 않았다.

그리고 일 년 후, 우리 극단은 새로운 연극을 무대에 올렸다.

연극의 제목은「태양과 다른 별들을 움직이는 사랑」이었다. 짐작하겠지만 그것은 오개월여에 걸친 장군과 우리들의 거래를 다루고 있었다. 그의 아들을 위하여 연극인을 물색하고 거액을 지불하고 가슴 졸이는 뚱뚱한 장군과, 돈을 위해서라면 모든 것을 서슴없이 팔아치우는 계산 빠른 연극인들이 관객의 냉소 속에서 무대에 등장했다. 영인과 나는 사실적인 상황을 재현하기 위하여 아주 많은 정성을 기울였다. 한 가지 문제에 대한 관점이 서로 달라 약간의 마찰을 빚기도 했다. 나는 그 연극이 장군과 연극인의 어두운 거래에 초점이 맞추어져야 한다고 믿었지만 영인은 마지막에 이루어진 연출가와 여배우의 사랑이 더 중요한 사건이었노라 우긴 것이었다. 유미와 상은까지 가세해서 우리의 다툼은 팽팽히 맞섰다. 유미는 내 편이었고 상은은 영인이 쪽이었다.
"거래 자체가 중요한 게 아니에요. 그 거래를 수행하는 과정에서 연출가가 어떻게 다시 자기 삶을 사랑하게 되는가가 진짜 알맹이란 말예요. 제목도 사랑이란 글자로 끝나고 있잖아요."
상은과 영인은 한 발짝도 물러서려 하지 않았다. 결국 그 전쟁은 홍두의 중재로 평화 협정을 맺었다. 우리는 두 가지 모두를 똑같은 비중으로 조명하기로 타협했다.
초연이 있었던 날엔 아주 중요한 두 부인이 부산에서 올라오셨다. 내 어머니와 영인의 모친이었다. 두 분은 극장 제일 앞자리에서 손들을 꼭 잡으시고 연극을 지켜보셨다. 무대가 막을 내렸을 땐 가장 커다란 소리로 박수들을 치셨다. 눈물을 흘릴 만큼 웃으시며.
"그런데 말이다, 너희는 언제까지 각방 생활을 할 거냐?"
뒤풀이 자리에서 내 어머니가 영인에게 물으셨다. 영인은 얼핏 대답하지 못했다. 그러자 그녀의 모친이 말씀하셨다.
"연극을 보니까 영인이가 애를 많이 썼더군요. 성서방 정신 차리려면 아직도 몇 년은 더 걸릴 모양이에요."
"그렇기는 해요. 내 아들이지만 걱정이에요."
뜻밖에도 어머니는 선선히 동의하셨다.
영인인 내 옆구리를 찌르며 소곤거렸다. 벌써부터 그딴 고자질이나 하고 다닐 거예요? 하지만 나는 그런 고자질을 한 적이 없다. 내가 설명하지 않더라도 우리집을 한번 돌아본 사람이라면 누구나 그녀와 내가 여전히 각자의 방을 사용하고 있음을 알 수 있을 것이었다. 결혼식을 올린 후로도 영인은 철저히 자기 방과 자기 물건들의 독립성을 고수하고 있었던 것이다. 그걸 잃으면 자기라는 존재가 지워지기라도 하는 듯. 달라진 점이라면 아마 이따금, 특히 바람이 많이 부는 밤, 그녀의 침대나 내 침대 중 하나가 빈다는 사실과, 그녀의 방 한쪽 구석에는 이제 두 개의 감색 배낭이 세워져 있다는 사실 정도였다. 길 떠날 채비를 하는 두 마리의 털강아지들처럼. 꼭지점을 향해.